남궁민 장현

신인을 만나 행복했습니다
이 행복 잊지 않고 간직 하겠습니다

장현♡

안은진 길채

"연인"과 함께해주셔서
감사합니다.

유길채 x 안은진

김윤우 량음

〈연인〉을 만나 행복했습니다 ♡
이 행복 잊지 않고 간직하겠습니다 '3'

－ 량음
김윤우 －

이학주 연준

〈연인〉을 만나
행복했습니다 (-;)(_ _) 저번
이 행복 잊지
않고 간직하겠
습니다!

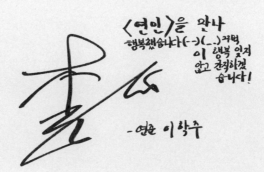

－ 연준 이학주

이다인 은애

Dain ♡

－ 은애. 이다인 －

2022

연인을 만나 행복했습니다 ♡
이 행복 잊지않고
간직하겠습니다 ♡

戀
人

황진영 대본집

몹시 그리워하고 사랑한, 연인 1

1판 1쇄 인쇄 2023. 12. 06.
1판 1쇄 발행 2023. 12. 22.

지은이 황진영

발행인 고세규
편집 김민경, 김은하 디자인 유상현 마케팅 김새로미 홍보 반재서
발행처 김영사
등록 1979년 5월 17일(제406-2003-036호)
주소 경기도 파주시 문발로 197(문발동) 우편번호 10881
전화 마케팅부 031)955-3100, 편집부 031)955-3200 | 팩스 031)955-3111

값은 뒤표지에 있습니다.
ISBN 978-89-349-4604-5 04810
      978-89-349-4607-6 (세트)

홈페이지 www.gimmyoung.com   블로그 blog.naver.com/gybook
인스타그램 instagram.com/gimmyoung   이메일 bestbook@gimmyoung.com

좋은 독자가 좋은 책을 만듭니다.
김영사는 독자 여러분의 의견에 항상 귀 기울이고 있습니다.

연인

몹시 그리워하고 사랑한 戀人

황진영 대본집

1

김영사

몹시 그리워하고 사랑한 戀人

작
가
의
말

드라마 〈몹시 그리워하고 사랑한, 연인〉의 봄·여름·가을·겨울이 지났습니다. 설레는 마음으로 기획안을 쓰기 시작해서 뜨겁게 열정을 불태웠던 여름을 지나 알록달록 과실을 거둔 가을, 그리고 이제야 눈 내리는 밤처럼 고요한 순간입니다.

〈연인〉은 지금의 제작진과 배우분들을 만나기 전, 여러 난관을 겪었습니다. 누군가로부터 이 이야기의 멜로 축은 살리되 '병자호란'을 내려놓으면 어떻겠냐는 제안을 들은 적도 있습니다. 영상으로 제작하기에 너무도 품이 많이 드는 이 기획을 놓아야 할까... 생각한 순간도 있었습니다. 패배한 전쟁을 드라마로 시도하는 것이 위험하고 그래서 어쩌면 실현되지 못할 꿈이란 것을 알면서도, 전란을 통과하는 장현과 길채의 격정을 그리고 싶다는 욕망을 놓을 수 없었습니다. 사랑으로 구원받아 아이러니하게 삶을 던지게 된 사내와 진실한 마음에 대한 답을 생의 의지로 증명하는 여인이, 비현실적이리만치 위대한 사랑을 하게 되는 여정을 꼭 그리고 싶었습니다. 그리고 다른 한편으론 '포로'에 대한 이야기를 쓰고 싶다는 마음도 포기할 수 없었습니다. 존재하지만 잊혀진 존재들, 알면서 모른 척했던 사람들.

그곳에 어떤 강력한 '이야기'가 있다는 확신이 있었고, 그 이야기를 잘 구현할 수 있다는 자신도 있었습니다. 양천과 한석처럼, '니도 (다리를)저네?', '예, 난 오른쪽!' 하며 오랑캐에게 뒤축 잘린 다리를 절룩이면서도 살 수 있다는 희망에 벌떡거리는 뭇 사람들이 몹시 귀엽고 사랑스럽게 느껴져 꼭 한번 시청자와 만나게 하고 싶었습니다. 더불어 인조와 소현, 홍타이지와 용골대 등의 실존 인물은 선입견 없이 묘사한 후, 시청자분들은 어찌 생각하시는지 대화하고 싶었고, 연준과 은애, 각화와 량음, 양천과 인옥, 구잠과 종종이 등등 다른 빛깔 사랑도 뜨겁고 유쾌하게 그리고 싶었습니다.

망상처럼 홀로 품었던 구현에 대한 욕망들은 우리 제작진과 배우분들을 만나 드디어 실현되었습니다. 지문 속 작은 소품 하나, 빛한 줄기, 소리 한 자락까지 소중하게 구현해 주셨고, 짧은 대사 한 줄까지 정성을 담아 연기해주셨습니다. 대본의 단점은 보완하고 장점을 키우려 애써주셨습니다. 또한 무거울 수 있는 청나라와의 전쟁사, 포로 이야기, 조선 조정 이야기에 대해서도 모두 한마음으로 지지해 주시고 보람차게 생각해 주셨습니다. 작가로 일하며 이토록 믿어주는 분들을 또 만날 수 있을까... 여러 번 생각했습니다. 덕분에 작가로서 큰 호사를 누렸습니다.

하지만 촬영 마지막 한 달간은 저에게도, 감독님과 스태프분들, 배우분들에게도 힘든 시간이었습니다. 여러 제작상의 어려움으로 인해 대본대로 다 찍지 못했고, 찍은 분량도 덜어낸 채 방영해야 하는 상황이 벌어졌습니다. 그럼에도 확장판에서 추가된 이야기에 시청자분들이 이 정도면 잘했다고 반응해 주셔서 고마우면서도 미안하고, 한편으론 애틋한 마음이 들었습니다.

해서 이번 대본집에는, 특히 방송분 기준으로 19부부터(대본집 기준, 18부부터) 마지막 부까지, 제작진에게 제공했지만 미처 촬영하지 못했거나, 촬영했으나 방송에 담지 못한 내용이 다수 수록되었습니다. 대본집을 통해 우리 〈연인〉 속, 연인들의 마음이 조금은 더 이해되지 않을까... 기대해 봅니다.

대본집은 오타와 비문을 수정한 외에, 촬영을 위해 제공한 대본대로 수록하였습니다. 제작진에게 제공하지 않은 씬은 18부에 수록한 단 한 씬으로, 마지막 한 달간의 상황과 맞물려 최종적으로 넣지 못했던 씬입니다. 드라마 전체의 이야기를 관통하는 씬이라 대본집에서나마 추가하게 되었습니다.

〈연인〉을 만드는 과정에서, 배우분들이며 제작진과 스태프분들로부터 뜨겁게 열정을 쏟은 만큼이나, 얼마나 힘들고 고통스러운 과정이었는지에 대한 속사정도 많이 들었습니다. 다들 뿌듯하게 마무리 짓는 마지막 날을 고대하고 계셨습니다. 저 역시 그래, 그래... 하며 끄덕였지만, 어쩔 수 없이 마음이 쓸쓸해지곤 했습니다. 아마도 우리 〈연인〉을 함께했던 모두를, 너무 사랑하게 된 것 같습니다. 해서 힘든 것은 알지만, 이제 더 좋은 곳으로 떠나야 하는 것도 알지만, 보내기 아쉽고, 미리부터 그리웠습니다.

〈연인〉 여정의 마지막 날, 중언부언하느라 제대로 전달되지 않았을 얘기를 다시 전합니다. 지난 시간 모든 것을 쏟아주신 제작진과 감독님, 스태프분들과 배우분들, 그리고 우리가 함께 만든 드라마에 뜨겁게 반응해 주신 시청자분들이, 이 불안하고 외로웠던 작가의 구원자이자 연인이십니다. 잊지 않겠습니다, 오래오래 간직하겠습니다. 그리고 참... 행복했습니다. 감사합니다.

2023년, 겨울.
황진영 드림.

병자호란의 병화 속으로 던져진 사랑
만남과 이별을 반복하며 닿을 듯 닿지 못한 연인들
그들이 몹시 그리워하고 사랑했던 시절의 이야기

내 인생에 사랑은 없다,
당당하게 비혼을 선언한 사내가
내 남자는 내 손으로 쟁취하리라,
야심 차게 선언한 여인을 만나 벼락같은 (짝)사랑에 빠진다.

하지만 때는 병자년,
조선이 청군의 말굽에 짓밟히는 병화를 겪으며
여자의 운명이 급류에 휘말려 떠밀려 가고,
흘러가는 여인 따라,
사내의 운명도 걷잡을 수 없이 휘청거린다.

세상 모든 일에 자신만만했으나
자신이 사랑에 빠지면 어떻게 변하는지
몰랐던 어리석은 사내,
세상 모든 사내의 마음을 사로잡고서도
자신이 진짜 연모하는 사람이 누군지
깨닫지 못했던 어리석은 여인.

사랑에 한없이 어리석었던 이 사내와 여인,
과연 사랑을 이룰 수 있을까?
아니, 살아남을 수 있을까?

목
차
—

인 물 관 계 도

장현의 사람들

양천
(최무성)
의주 건달

구잠
(박강섭)
의주 건달

랑음
(김윤우)
조선 최고 소리꾼

의형제

길채의 주변인물

구원무
(지승현)
조선의 무관

종종이
(박정연)
길채의 몸종

방두네
(권소현)
은애의 몸종

조선왕족과 신하들

표언겸
(양현민)
조선의 내관

몹시
그리워하고
사랑한

소현세자
(김무준)
조선의 세자

강빈
(전혜원)
소현세자 비

인조
(김종태)
조선 16대 왕

이장현
(남궁민)

유길채
(안은진)

길채의
첫사랑

절친

각화
(이청아)

남연준
(이학주)

정혼자

경은애
(이다인)

청나라 사람들

용골대
(최영우)
청의 무관

홍타이지
(김준원)
청나라 황제

이장현 ◇ 남궁민

어느 날 갑자기 능군리에 나타난 미스터리한 사내.

거죽은 양반인데, 대놓고 재물을 탐하는 것이 부끄러운 줄도 모르고, 되려 고귀한 선비들을 조롱하며 화를 돋우더니, 또 갑작스레 알 수 없는 슬픔에 잠겨 말문이 막히게 하는... 해서 진짜 본모습이 뭔지 자꾸만 헷갈리게 하는, 요상 복잡한 사내.

기실, 장현은 오래전 '그날' 이후, 인생사를 매우 간단하게 정리했다. 태어났으니 사는 것뿐, 인생의 그 어떤 것에도 집착하지 않게 된 것. 해서 장현은 삶의 목적이니 소명 따위, 진지한 유생들에게 던져주고, 자신은 그저 절친 량음과 농담 따먹기나 하고, 꿀 바른 대추나 주워 먹으며 쉬엄쉬엄 건성건성 인생을 살다 갈 생각이었다. 길채를 만나기 전까지.

"나의 벗 량음이 말하길, 지금 나의 마음속에 소용돌이치고 있는 이것이, 사랑이라 한다. 연모의 마음이라고 한다. 나처럼 무정한 사내에게도 누군가를 연모하는 고귀한 마음이 생길 수 있을까? 저런 철딱서니 없고 자기밖에 모르는 이기적인 여자를... 내가 정말 사랑하게 된 걸까?"

유길채 ◇ 안은진
낙향한 사대부 유교연의 첫째 딸.

자칭 능군리 서시이자 초선, 타칭 꼬리 아흔아홉 개 달린 상여우. 하지만 모든 사내를 쥐락펴락하던 길채도 정복하지 못한 사내가 있다.

길채는 오늘도 한탄한다. 왜 내 아버지는 연준 도령과 나를 정혼자로 맺어주지 않았던가... 하지만 언젠가 연준 역시 다른 사내들처럼 자신에게 정복당할 것이라 믿으며 성실하게 꼬리를 치던 와중에, 뜬금없이 한 사내가 끼어든다.

모든 것이 연준과 반대인 남자. 군자 따위는 개나 주라며 제멋대로 구는 주제에, 연준 대신 자신에게 오라고, 마치 시간 되면 잣 동동 띄운 수정과나 같이 마실까요...? 하듯 아무렇지도 않게 말하는 남자, 이장현. 도대체 저 인간은 뭐지?

남연준 ◇ 이학주

**성균관 유생. 군자로 살기 위해 태어나고 자란 듯,
외모에서마저 고고한 학의 풍모가 느껴지는 길채의 첫사랑.**

연준의 부모가 지병으로 일찍 죽자, 이후 연준을 키운 것은 능군리 사람들. 다행히도 능군리의 청정한 기운이 그대로 연준에게 전해져, 연준은 누가 보기에도 당당하고 올곧은 청년으로 성장한다.

남자라면, 사내라면... 어찌 길채를 보고 심장이 뛰지 않을 수 있을까? 하지만 연준은 길채의 미소 한 번에 정혼자를 내던지는 그런 흔한 사내가 아니다. 연준의 바람은 성인의 가르침을 깊이 새겨 진정한 군자, 인간다운 인간이 되는 것.

그런 연준 앞에 이장현이 나타난다. 사람들은 장현의 허허실실 시답잖은 농담에 속아 장현을 경멸하곤 하지만, 연준만은 알아본다. 장현이 누구보다 매서운 통찰과 직관, 기개와 능력을 지닌 자라는 사실을.

경은애 ◇ 이다인

연준의 정혼자, 길채의 친구. 경근직의 외동딸.

군자의 표본이 연준이라면, 조선이 원하는 현숙한 여인의 표본은 은애다. 세상이 길채와 연준에 대해 쑥덕거릴 때도 단 한 번도 연준을 의심하지도, 길채에 대한 우정을 저버리지도 않는다.

어쩌면 은애가 이토록 평정을 지킬 수 있는 것은 그녀의 통찰 덕분일지 모른다. 기실 연준에 대한 길채의 마음은 학창 시절 선생님을 향한 동경, 그 이상도 이하도 아니었던 것. 해서 그즈음 은애는, 어떻게 하면 장현과 길채가 서로의 마음을 깨닫게 할 수 있을까... 고민하는 재미가 쏠쏠했다.

은애가 훗날 회고하길, 능군리에서 보낸 그즈음이 은애 인생에서 가장 아름다운 시절이었으며, 이후에 닥친 시련은 참혹하여 차마 되새기기도 힘겨웠노라... 했다.

량음 ◇ 김윤우

조선 최고 소리꾼.

창백하리만치 하얀 얼굴, 애수로 가득한 눈빛, 거문고 뜯던 가늘고 긴 손가락으로 활과 조총까지 능숙하게 다루는, 묘하기도 신비롭기도 한 사내.

누가 봐도 여자 여럿 울렸겠구나... 싶을 만큼 잘생겼으나, 량음은 제 나이 열둘에 자신의 심장이 여인의 분향보다 사내의 땀 냄새에 반응한다는 사실을 깨닫는다. 이후 자랄수록 남색하는 사내들, 심지어 남색이 뭔지도 모르고 살던 사내들의 심장마저 흔들어 놓을 만큼 대단한 색기를 지닌 존재가 되고, 이후 노래를 풀어 세상을 매혹한다. 량음의 노래를 들은 사람들이 네 노래가 어찌 이리 마음을 울리느냐 물으면 빙그레 미소 지을 뿐이지만, 량음은 알고 있다. 이 아픈 가락이 어디서 시작되었는지.

이장현. 량음의 심장을 가진 사내. 하지만 장현은 량음과의 관계를 소중한 우정으로만 대할 뿐, 량음이 다른 마음을 품고 있는 것을 알지 못했고, 량음 역시 누구에게도 이 마음을 들키지 않겠다 마음먹는다. 자신이 속앓이를 하는 것을 알면 장현은 자신을 떠날 것이다. 그가 떠나게 할 수는 없다.

각화 ◇ 이청아

홍타이지의 딸. 청나라 공주.
유목민의 잔인하고 거침없는 기질을 그대로 이어받은 여인.

아버지가 황제였던 덕에, 세상 두려운 것도, 무서운 것도, 갖지 못하는 것도 없다. 해서 장현도 마음만 먹으면 제 맘대로 가지고 놀 수 있을 줄 알았다. 하지만 장현이 쉽게 제 것이 되지 않자, 놀라고 안달하다가 결국엔 집착하게 된다.

장현에겐 각화공주의 어떤 면이 과거의 길채를 떠올리게 하여, 각화를 볼 때, 가끔 장현의 마음이 아리곤 했는데, 그럴 때 장현의 눈빛이 각화를 착각하게 만들었을지도.

각화는 다짐한다. 반드시 이 사내를 내 것으로 만들 것이다. 하지만 곧, 사랑은 다짐으로 얻어낼 수 있는 것이 아니란 사실을 깨닫게 된다.

구잠 ◇ 박강섭

장현을 형님으로 모시는 의주 건달.

눈치가 빠르고 말재간이 있다. 어떨 때는 장현보다 더 냉소적이고 심지어 더 똘똘해 보일 지경. 장현의 헛발질이 한심하고 못마땅할 때마다 필터 없이 말을 내뱉는데, 그래도 어지간하면 장현이 하자는 대로 따라 준다. 장현 역시 구잠에게서 나오는 쓴소리만은 꾹 참는 편.

길채 때문에 장현이 속 끓는 것을 본 후로는 길채 그림자만 봐도 고개를 절레절레. 우리 형님은 멀쩡하게 생겨서 왜 이상한 것들과만 어울리는지, 곁에서 지켜보는 구잠 속은 매번 썩어 문드러진다. 내 눈엔 길채지 잡챈지보다는, 종종이가 훨씬 이쁜데 말이지.

양천 ◇ 최무성

의주 건달.

의주 내로라하는 주먹들이 형님으로 모시는 형님들의 형님, 건달 중의 건달. 한때 의주는 물론 조선의 알 만한 건달들을 한 손에 쥐락펴락하던 인물이었으나, 이제 늙고 쇠락했다. 그럼에도 양천이 위세를 지키고 있는 비결은, 비범한 장현이 양천을 형님으로 모시고 있기 때문. 해서 양천은 장현이 자꾸 의주를 떠나는 것이 영 불안하고 못마땅하다.

인조 ◇ 김종태

조선 16대 왕. 반정으로 왕위에 올랐으나 백성도, 아들도 지켜내지 못한 임금.

용상에 오르고 십여 년이 지난 지금까지 인조의 마음속에는 몇 가지 궁금증이 있다. 이괄의 난이 일어났을 때, 왜 도성의 백성들이 반란군을 환영했는지, 지금도 시퍼렇게 눈을 뜨고 있는 광해에 대해 백성들이 어떻게 생각하고 있는지... 인조의 재위 시절은 그 의문을 풀기 위한 몸부림이었으며, 그 몸부림의 정점에서 아들 소현세자마저 잃는다.

소현세자 ◇ 김무준

조선의 세자.

본시 예민하고 성마르며 백성보다는 왕가의 안위만을 생각하던 강팍한 성정. 하지만 아버지 인조를 향한 효심만은 진심이다. 이런 소현의 효심이 장현의 마음에 닿아, 이후 장현의 도움을 받게 된다. 처음에는 쓴소리도 마다하지 않던 장현을 경계했으나, 청에서의 혹독한 볼모 생활 동안 장현에게 큰 도움을 받으며, 인조의 아들 소현이 아니라 조선의 세자 소현으로 성장한다.

강빈 ◇ 전혜원

소현세자 비.

소현세자와 청나라 볼모 생활을 함께하며 모든 고초도 함께 겪는다. 그렇게 자신도 성장하고 소현세자가 성장하는 것도 지켜본, 조선의 세자 빈 중 그 누구도 하지 못할 경험을 쌓고 축적한 여인. 심양 땅에서 농사 짓는 일을 주관하며 경탄을 사기도 했으나, 소현세자의 죽음과 함께 모든 것을 잃고 만다.

표언겸 ◇ 양현민
조선의 내관. 소현세자의 충복으로 장현과 소현을 연결해 준 일등 공신.
언겸에게 가장 중요한 일은 소현세자를 잘 모시는 것으로, 병자호란이
일어났을 때 위험을 무릅쓰고 남한산성에 든 것도 소현세자 때문. 그뿐
인가? 심양 가는 길이 죽을 길이라며 다들 저어했으나, 언겸은 소현이
가는 길이니 두 번도 고민하지 않고 따른다. 언겸이 생각하기에 먼 길
가는 소현에게 가장 필요한 것은 비단옷도 가죽신도 아니요, 물정에 밝
고 유능한 장현이다. 해서 삼고초려 끝에 장현을 소현 곁에 붙여놓고
매번 뿌듯해하며 자신도 장현을 아끼고 의지한다.

최명길 ◇ 김태훈
조선의 문신.
임금이 남한산성에 고립된 40여 일 동안 일관되게 청과 화친을 맺을
것을 주장한다. 결국 임금이 최명길의 손을 들어주어 조선은 청과 군
신 관계를 맺게 되었으나, 이로써 명길은 오래도록 대명 의리를 저버린
인간이란 평을 감수해야 할 처지가 된다. 명길은 욕을 먹더라도 조선을
살리는 길을 택했으나, 이 모든 노력은 소현에 대한 인조의 의심이 깊
어지면서 뿌리부터 흔들리고, 이를 지켜보는 노신의 가슴에 깊은 골이
패이고 만다.

김상헌 ◇ 최종환

조선의 문신.

병자호란이 발발하자 60리 먼 곳에 있었으면서도 밤낮을 걸어 임금이 있는 남한산성으로 온 충성스러운 신하. 최명길의 반대편에서 청과 타협을 해서는 안 된다, 목에 피를 토하도록 간청을 올린 척화주의자. 때문에 원칙과 의리를 중시하는 사람들에게 김상헌은 등대처럼 밝은 빛이다.

신이립 ◇ 하경

효종 때의 지평.

오래전 기록된, 씻겨졌어야 할 사초 속 이름인 '이장현'에 의구심을 가지고 추적하다가, 이장현과 이장현의 사람들이 남긴 것들과 대면하게 된다.

구원무 ◇ 지승현

조선의 무관.

유서 깊은 무관 가문 출신으로 병자호란 때 오랑캐를 물리친 공을 세워, 젊은 나이에 종6품 종사관에 봉해진다. 말수 적고 우직하며 무엇이든 행동으로 보여주는 사내. 몸에 박힌 화살촉을 빼기 위해 생살을 찢을 때도 신음 한 번 흘리지 않은 용감무쌍한 무관이지만, 왜인지 길채 앞에서만은 작아진다. 예민해진다. 그리고 불안해진다. 때문에 대장간 야장들로부터 비아냥을 사지만, 원무는 이런 자신이 싫지 않다. 아니 이렇게 끌려다니더라도 길채가 곁에 머물러주길 바란다. 하지만 원무도 알고 있다. 길채의 마음속에 다른 사내가 있다는 것을, 아마도 자신은 그 사내를 이길 수 없으리라는 것을.

봉시 ◇ 정병철

내시부 종2품 상선尚膳.

인조가 가장 가까이 곁에 두고 쓰는 내관. 인조의 속내를 짐작하는 데 도가 튼 인물로, 인조의 수족이 되어 움직인다.

(청나라 사람들)

홍타이지 ◇ 김준원

청나라 황제.

아버지 누르하치가 이루지 못한 중원 정복을 위해 인생을 건 인물. 비상한 추진력과 판단력, 리더십으로 조선을 복속하고 중원 통일의 문턱까지 명나라를 추격한다. 부하들을 믿어주는 만큼 충성을 돌려받을 수 있다는 것을 알기에, 용골대 등의 신하에게 일을 맡긴 후에는 절대적인 믿음을 보여주며, 결정적인 순간에는 부하들의 손을 들어준다.

용골대 ◇ 최영우

청의 무관. 청 황제 홍타이지의 심복.

홍타이지가 무척 신임하여 조선에 관한 일은 거의 전권을 주어 맡긴 신하. 홍타이지가 원한다면 목숨이라도 내줄 만큼 충심이 깊지만, 슬쩍슬쩍, 부지런히 제 주머니를 챙기는 것도 잊지 않는 이중적인 인물. 장현은 그런 용골대의 이중성을 알아보고, 용골대 역시 자신의 딴 주머니를 채우는 데 장현의 능력이 요긴함을 알아본다. 해서 두 사람은 서로의 잇속을 위해 알고도 모른 척, 모르고도 아는 척 속고 속아주며 위태로운 평화를 유지한다.

정명수 ◇ 강길우

청나라 역관.
조선에서는 천예였으나, 청나라 역관이 된 후 용골대의 신임을 받으며 조선 당상관을 무릎 꿇릴 만한 위세를 떨치게 된 인물.

(능군리 사람들)

유교연 ◇ 오만석

길채의 아버지.
사람들은 길채가 저렇게 되바라지고 자기밖에 모르는 아이가 된 것은 다 아버지 유교연이 길채를 너무 오냐오냐 키웠기 때문이라고 한다. 하지만 교연의 길채 사랑을 어찌 막을까? 교연은 길채가 너무 귀하고 아까워, 불면 날아갈까 만지면 터질까... 애지중지 키워왔다. 교연에게 있어 길채는 세상에서 가장 귀하고 소중한 보물. 하지만 병자호란이 몰고 온 거대한 비극, 조선의 사대부에게 강요된 엄격한 강상의 흐름 속에서, 교연의 무한한 딸 사랑에도 균열이 생긴다.

종종이 ◇ 박정연

길채의 몸종. 이쁜 길채를 수발하는 것이 인생 최대의 기쁨.
길채가 이쁘게 꾸미고 나가 뽐내고 칭송받으면, 마치 자기가 칭찬 듣는 듯 기분이 좋다. 주인과 종의 관계지만 자매만큼 돈독하여, 길채와 어디든 함께한다. 얼핏 어리숙하고 맹해 보이지만, 종종이는 알고 있다. 세상천지, 자신을 지키고 보호해 줄 수 있는 사람은 오직 길채뿐이라는 것을. 그래서 종종이는 길채에게 끝까지 충성한다. 아, 구잠이는 언제 나한테 고백할지 궁금하지만, 티를 내지 않으려다. 이게 다 길채 몸종

십수 년 동안 터득한 사내를 손에 쥐는 요령이다.

유영채 ◇ 박은우

길채의 철없는 여동생.

영채는 친구의 남자를 탐내고, 내외의 법도도 무시한 채 분향을 펄펄 풍기고 다니는 언니가 한심하고 창피하다. 하지만 결정적인 순간에는 언니 길채에게 모든 것을 의존한다.

경근직 ◇ 조승연

은애의 아버지.

유연한 교연과 달리 철저한 원칙주의자이지만, 근직 역시 융통성이 있는 자인지라, 교연이 유연하고 유쾌한 마음으로 한 결정들을 존중한다. 교연과 사돈을 맺고 싶었으나, 교연에게는 아들이 없었고, 대신 딸 은애가 길채를 오랜 벗으로 사귀며 좋아하니 그 또한 만족한다.

방두네 ◇ 권소현

은애의 몸종.

진중하게 생긴 외모와는 달리 잔소리가 심해 자신의 손을 거치지 않은 일은 제대로 되는 법이 없다며 수시로 한탄한다. 은애가 몇 번 주의를 주지만 고약한 버릇은 고쳐지지 않는다. 방두네에게 이 세상 선악의 구별은 매우 뚜렷하다. 은애는 선이요, 길채는 악이다. 하지만 전쟁이 세상을 요지경으로 만들었다. 악의 화신이 보살이 되어 날 보살펴 주다니!

박대 ◇ 박진우

방두네의 철없는 남편.

전쟁이 났을 때는 어디 가서 코빼기도 안 비쳐 방두네 혼자 몸을 풀게 했다가, 돌아와서는 사고만 친다. 그래도 부부 금슬이 좋아 방두네가 곁에 없으면 밤잠을 설친다나.

공순약 ◇ 박종욱

유생. 능군리 터줏대감 공만재의 외동아들.

글 읽기보다는 말타기 활쏘기를 좋아해 아버지로부터 꾸중도 많이 들었지만, 도무지 글공부에는 재주가 없다. 첫눈에 길채에게 반해 오랫동안 연모해 왔다. 하지만 길채같이 아름다운 여인이 자기처럼 공부 못하는 사내를 좋아할 리 없다 여겨, 병자호란이 일어나자 밑져야 본전이라는 심정으로 길채에게 청혼한다. 헌데 뜻밖에도 길채가 순약의 청혼을 받아들이고, 순약은 평생 길채를 위해 살 것을 다짐한다.

송추 ◇ 정한용

능군리에서 유일하게 전쟁을 겪어본 사람.

능군리 서원의 점사를 맡아 농사를 짓고 있다. 괴팍하고 무뚝뚝하지만 세상에서 딱 두 사람에게만 상냥하다. 60년 넘게 자신과 살아준 아내 이랑, 그리고 새로 사귄 친구, 장현.

이랑 ◇ 남기애

송추 할배가 애지중지하는 아내.

곱게 나이 든 태로 보아 젊은 시절의 미모를 짐작할 만하다. 말은 못 하지만, 송추와의 의사소통에는 아무 문제가 없다.

대오 ◇ 진건우

영채가 좋아하는 능군리 유생.

대오 역시 영채를 좋아하고, 미래를 기약할 마음도 있지만, 어쩐지 자꾸 영채의 언니 길채에게 뭔가 선물해 주고 싶고, 말이라도 걸어보고 싶고, 웃겨주고 싶다. 내 마음이 왜 이런지는 나도 모른다.

유화 ◇ 김가희

곱게 자란 능군리 애기씨.

준절 도령과 함께할 행복한 미래를 꿈꾼다. 길채 고년만 아니면 우리의 미래에 아무런 문제가 없을 것이다.

준절 ◇ 김은수

길채 바라기 하는 능군리 유생.

길채가 준절에게 명필이라며 칭찬해 준 이후로, 글 쓰는 것이 세상에서 제일 재미있는 일 중 하나가 된다.

임춘 ◇ 하규림

능군리 애기씨.

밝고 명랑한 성격이지만, 어쩐지 태성 도령 앞에만 서면, '네...', '네...'밖에 나오는 말이 없다. 답답하다.

태성 ◇ 남태훈

능군리 유생, 임춘의 짝.

평생 자신은 능군리를 벗어날 수 없을 것이라 여긴다. 한양에서 공부하는 연준이 부러우면서도 대리만족하기도 한다. 연준이 임금님을 보았는지, 임금님은 어찌 생겼는지 무척 궁금하다. 임금님 얼굴을 보기 위해 의병에 나갔다 해도 과언이 아니다.

정연 ◇ 최수견
능군리 애기씨.
순약 도령을 좋아한다. 순약 도령이 길채를 좋아하는 것을 어렴풋이 눈치채고 있지만, 그 마음을 돌리기 위해 무엇을, 어찌해야 할지 잘 모르겠다.

(그리고)———————————————————

장철 ◇ 문성근
병자호란 이후, 혼란에 빠진 사림들의 여론을 수습한 은둔 거사.
누구보다 먼저 인조의 변질을 알아보고 염려하여 대책을 세우려 애쓰지만, 그 여정의 끝에 오래도록 외면했던 자신의 과거와 맞닥뜨리게 된다.

S#	장면(Scene)을 의미하는 것으로, 번호를 매겨 장면의 순서를 표기한다.
(Ins.C) 인서트 Insert	화면의 특정 동작이나 상황을 강조하기 위해 삽입한 화면으로 이 화면을 삽입함으로써 상황이 명확해지고 스토리가 강조되는 효과가 있다.
(E) 이펙트 Effect	효과음을 뜻하며, 보통 등장인물은 보이지 않고 소리만 나는 경우에 사용한다.
(N) 내레이션 Narration	등장인물 사이에 오가는 대사가 아닌 독백이나 시청자를 향한 설명을 뜻한다.
CUT TO	하나의 씬이 끝나고 다음 씬으로 넘어가는 장면 전환 효과를 뜻한다.

이야기 흐름에 의미 있는 변곡점이 되었거나, 등장인물의 캐릭터를 가
장 잘 보여주었던 대사와 장면들을 모았습니다.

제 一 부

S#5. **(광인의 회상) 바다 / 해 질 녘**

장현 들리는가? 이 소리... 꽃 소리...

S#47. **능군리 그네터 / 낮**

길채(E) 언젠가, 내게 물으셨지요? 그날, 그네를 구르며 무슨 생각
을 했느냐고. 기억이 나지 않는다 답했지만 실은 생생히 기
억하고 있었습니다. 그날, 어쩐지 꿈속 낭군님이 내게 오실
것만 같았지요. 하여, 내 앞의 모든 것이... 초록으로, 분홍으
로 반짝이고 있었습니다.

장현(N)	분꽃이 피는 소리를 들어본 적 있습니까? 내 오늘... 그 진기한 소리를 들었소.

제 二 부

S#32.   홍타이지 침전 안 / 밤

홍타이지	나는 기다릴 수 있다. 아버지가 위로 일곱 형님들 대신, 나를 봐주길 기다렸고, 내가 칸이 된 후엔, 내 형제들이 나를 칸으로 인정하기를 기다렸으니 이제... 조선의 강물이 얼기까지 기다릴 수 있어. 나의 기다림은 단 한 번도 실패한 적이 없다.

S#59.   서희서원 마당 / 낮

길채	내가 바라는 것은 오직... 변치 않을 사람에게, 변치 않을 마음을 주는 것뿐인데. 난 그저 연모하는 이와 더불어... 봄에는 꽃구경하고, 여름엔 냇물에 발 담그고, 가을에 담근 머루주를 겨울에 꺼내 마시면서... 함께 늙어가길 바랄 뿐인데...

제 三 부

S#5.   송추집 방 / 밤

송추	왜 나한테 이리 잘해주시오?
장현	어르신은 누릴 자격이 있으니까요.

S#43.   동장소 / 낮

장현	그럼 낭자 혼자라도 피난 가시오. 나도 다른 사람한텐 관심 없소. 약조했소이다!!

S#10. **성황당 / 낮**

은애 　오랑캐 놈들을 만나거든... 팔다리는 부수고, 뼈는 갈아 없
　　　애... 오랑캐의 골이 터지고, 살거죽이 벗겨지고, 모가지가
　　　비틀려, 다시는 남의 땅을 침략 못 하게...

S#17. **산 일각 / 낮**

순약 　자네... 길채 낭자를 좋아하지? 길채 낭자도... 자네를 좋아
　　　했고.

연준 　...!!

순약 　하지만 자네가 은애 낭자랑 정혼한 덕분에, 나 같은 놈에게
　　　도 기회가 왔지. 운이 좋았어...

연준 　순약이...

순약 　이럴 줄 알았으면... 그날... 말할걸.

마치 지금 눈앞에서 길채가 그네를 구르는 듯 배실... 미소 짓더니,

순약 　낭자는... 모르지. 나는 낭자 덕에... 사내가 됐지. 낭자는
　　　내게...

S#32. **여희서원 고방 / 낮**

송추 　회혼례 날, 할멈도 봤디? 스승님들이 제일 아끼는 옷을 입
　　　고 나오셨디 않아?

이랑 　(마주 미소)

S#35.	**능군리 일각 / 낮**

송추 기래. 우리 담 생에도 꼭 신랑각시로 만나자. 내래... 큰 땅 꾼이 돼서 니 호강시켜 줄 게야.

이랑 (뭐라 손짓. 나는 말을 할 거라는 듯)

송추 일 없어. 님자가 말 못 해도 아무 상관없어. 나는 다 좋아...

S#55.	**산 일각 / 밤**

길채 넌 오랑캐 놈, 만난 적 없고, 난... 사람 죽인 적 없어. 오늘 우리에겐, 아무 일도... 일어나지 않았어.

S#61.	**산 일각 / 밤**

길채 서방님, 피하세요!!!

장현 헌데... 방금 나 보고 서방님이라고 했소?

제 五 부

S#15.	**불강집 부엌 / 낮**

종종이 (눈치 없이 코 훌쩍하며) 그러실래요?

S#29.	**동장소 / 밤**

장현 코 고는 소리가, 이렇게 달 줄은 몰랐구만.

S#32.	**개울가 / 낮**

장현 다르지.

길채 뭐가 달라요!

장현 내 마음이 달라.

S#12.　　**남한산성 편전 / 밤**

인조　　저들이 죽기로 나의 출성을 반대하니, 그 충심을 고마워해
　　　　야 할 것인가... 나와 더불어 죽기를 다짐하니, 그 절개를 원
　　　　망해야 할 것인가?

소현　　세상이 전하를 오해하여도 소자는 아옵니다. 전하께오선
　　　　사직을 위해 굴욕을 감내하시는 것입니다. 오직 용기 있는
　　　　자만이 비굴함을 견뎌 삶을 구할 수 있으니...

인조　　그래... 동궁만은... 이 애비의 맘을 알아줄 것이다. 세상이
　　　　모두 등을 돌려도... 동궁만은... 내 아드님만은...

S#32.　　**(장현의 환성) 고방 / 밤**

길채　　이리 오셔요, 어서요. 어서 이리 오셔요!!

장현　　말했던가? 낭자가 웃으면 분꽃 피는 소리가 들린다고, 내
　　　　가, 말... 했던가?

S#55.　　**동장소 / 낮**

장현　　내 죽기 전까진 이 댕기를 놓지 않을 작정이야. 정 가져가
　　　　고 싶으면 직접 손을 넣어 가져가시든가.

몹시 그리워하고 사랑한 戀人

戀人 —— 제 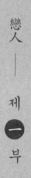 부

戀
人
—

S#1.　　**사헌부 집의 집무실 + 복도 / 낮**

사헌부 집의 집무실로 들어서는 누군가의 차분한 발걸음. 보면, 영
민한 눈빛을 한 젊은 사내, 사헌부 지평 신이립이다.

자막　　　**1659 효종 10년 봄**

신이립이 안으로 들어서면, 탁상에 앉아 문서를 보고 있던 집의 임
헌영 보인다. 이립이 온 것도 모르는지, 그저 탁상 문서에 집중하는
임헌영. 이립, 어정쩡하게 일각에 서고. 격자 창틀로 오후의 햇살이
들어오고 있다.

CUT TO

햇살이 눈에 띄게 짧아졌다. 벌써 몇 시간이 지난 후. 하지만 여전
히 아무 말도 없이 앞의 문서들만 보고 있는 임헌영. 각을 잡고 앉

아 있던 신이립도 점점 좀이 쑤셔 잠시 목이라도 돌리려던 찰나,

임헌영   (여전히 문서에 시선을 둔 채) 올해 지평(자막: 사헌부 정
               오품 관직)이 되었다지.

신이립   (화들짝 다시 각 잡으며) 예. 제게... 시키실 일이 있다
               들었습니다.

그제야 임헌영, 돋보기를 내려놓고 침침한 눈을 만지며, 자신 앞에
있는, 가장자리가 낡고 해진 낱장으로 된 사초 문건들을 무심하게
신이립 앞으로 밀어낸다. 보라는 듯.

임헌영   선세자께서 승하하신 후에 발견된 걸세.

신이립   (순간 안색 변하며) 선세자라 하오시면...

임헌영   (고개 끄덕) 소현... 세자 저하.

신이립   ...?!!(당황스런 얼굴 되어 문건을 들어 보다가 또 놀란
               표정된다) 이것은.... 사초(자막: 사관史官이 기록하여 둔 사기
               史記의 초고)가 아닌지요?

임헌영   (놀란 이립과 달리 여전히 담담하게) 엄밀히 말하면,
               씻겨 내려졌어야 할 말들이지. 존재해서는 아니 되는
               말이야. 선세자 저하에 대한 불충으로 가득하거든. 허
               나...(문득 이립은 보지 못한, 헌영의 눈빛 뜬다. 조금은
               두렵고, 조금은 몹시 궁금해하는 눈빛)

신이립   ...!!

임헌영   ...한 가지 걸리는 게 있어. 이 사초에 빈번히 등장하는
               사내가 있는데, 그자의 행적이 자꾸 걸리거든.(그제야

이립에게 눈길 주며) 이 사초의 진위를 밝혀주게. 그 사
내에 대해 알아봐.

신이립 하오나... 이미 씻겨졌어야 할 사초의 뒤를 캐는 것은...

임헌영 그러니... 은밀히 해야겠지.

신이립 ...!!

사초를 읽는 이립. 이립의 눈빛이 깊어진다.

(Ins.C)

그때의 궁관(宮官) 무리 중에 혹 궁관답지 못한 자가 있어

보도하는 도리를 잃어... 과연 세자를 미혹하여,

그릇된 일을 담기게 하니...

... 무리 중 하나가 하늘의 벌을 받아 점차 광증이 생겨...

상께서 이르길.... 다시는 해를 볼 수 없게 하라...

사초를 보던 이립의 눈이 가늘어진다.

신이립 이... 장현?

눈빛이 깊어지는 이립. 그 위로 혜민서의 소란한 소리들 겹쳐진다.

S#2. **혜민서 마당 / 낮**

마당엔 지푸라기 거적을 침상 삼아 시름거리는 병자들, 그 사이를
병자와 다름없이 지친 몰골로 분주히 오가는 의녀들, 평상이며 대

청 위엔 양인들이, 문 열린 내실 안엔 사족으로 보이는 자들이 의원의 진찰을 받는 풍경. 그 사이를 가로질러 가는 신이립.

마침, 마루에서 환자의 겨드랑이에 크게 난 종기를 짜고 있던, 나이 지긋한 의원 한씨와 눈이 마주친다. 신이립, 가볍게 눈인사하면, 한씨, 이립에게 마주 까닥하곤, 더욱 힘을 주어 종기를 짠다. 곧 피고름이 터져 나오고, 으아아악... 몸부림치는 환자. 이립의 눈살이 찌푸려진다.

S#3.   혜민서 집무실 / 낮

한씨의 집무실 안. 이립이 책장에 꽂힌 의서 따위를 건성으로 훑으며 기다리는데, 곧 한씨가 면목 수건으로 손의 피고름 따위를 닦으며 들어온다.

한씨	부인께 말씀은 들었습니다. 여길 둘러보고자 하신다구요?
신이립	(책 다시 꽂이에 넣으며) 여기서 광증환자들도 돌본다 들었네.
한씨	(창을 열어 후욱... 맑은 바람 쐬며) 그렇지요. 허나, 아무나 들어올 수 있나요? 지체 높은 집안에서 데리고 있지도, 차마 버릴 수도 없는 혈족들을 쉬쉬하면서 맡기는 곳입니다.(하며 찻잔에 차를 따르는데)
신이립	혹 자신을 선세자 저하의 충복이라 우기는 자도 있는가?

순간, 차 따르던 한씨의 손이 멈칫한다. 그대로 이립을 보는 한씨. 그런 한씨의 반응을 관찰하듯 마주 보는 이립.

한씨	(흥미롭다는 듯) 그자를 아십니까?
신이립	...그자에게 물을 것이 있어 왔네.
한씨	물어요?(클클 웃으며) 그자와 대화라니... 가당치도 않습니다.
신이립	어째서?
한씨	만나보시면 압니다. 이상한 것은...(잠시 틈) 까마득한 웃전에서 그자를 잘 데리고 있으라 각별히 당부했답니다. 수년 동안 같은 말만 주절거리는 자를 뭣 때문에...
신이립	같은 말이라니?
한씨	때가 되면, 그이가 자기를 데리러 온다나?
신이립	?!!

S#4.   혜민서 광증환자 처소 / 밤

광증환자 처소를 지나가는 이립과 의원 한씨. 지체 높은 집안 광증환자들을 돌보는 곳이라서인지 나름 정갈하다. 독방마다 괴이한 꼴로 광증을 드러내는 환자들.

'과거 급제했습니다, 어머니. 과거 급제했습니다!!' 하며 방방 뛰는 백발 성성한 노인, 옆방에선 여인처럼 얼굴에 분칠을 하는 청년, 그 옆 방, 핏발 선 눈으로 '저년이 내 아기를 삶아 먹었다!! 저년이다!!' 외치는 여인 등등.

이윽고 광증환자 처소 일각에 당도한 이립과 한씨. 보면, 처소 구석 동그랗게 구부리고 앉은 광인의 뒤태.

한씨   이잡니다. 어쩐 일인지 머리가 허옇게 새어버렸어요.

말을 마친 한씨가 사라지면, 이립 다시금 광인을 주의 깊게 살핀다.

긴 머리를 단정하지만 느슨하게 뒤로 묶은 두루마기 차림의 광인. 쪽창의 달빛을 받아 길게 늘어진 광인의 전신을 보여주는 그림자. 여자 같기도, 남자 같기도, 젊은이 같기도, 노인 같기도 한 가늠할 수 없는 뒤태. 잠시, 이립과 광인 사이에 고요한 정적이 흐르고, 이윽고,

신이립   나는 지평 신이립일세. 물을 것이 있어 왔어. 얘기를...
광인   (요지부동한 뒷모습)
신이립   자네를 데리러 온다는 자가... 이장현인가?
광인   (순간 움찔 반응하며 그림자도 움찔하고)
신이립   (그 반응이 당황스러우면서도 반가워 한 걸음 가까이) 얼마 전에 기이한 이야기를 읽었지. 그 이야기에 이장현이라는 사내가 나오더군. 그자의 행적이야 새빨간 거짓이겠으나... 혹, 자네가 그 사내를 알까 하여...
광인   (조금 더 반응하면)
신이립   (섬세한 광인의 반응을 보더니 눈이 가늘어진다) 내 말을 다 알아듣는군. 자네... 미친 게 아니야, 그렇지? 이장현에 대한 얘기를... 해줄 수 있겠는가?

다음 순간, 동그랗던 몸을 펴는 광인. 광인 따라 움직이는 광인의 그림자. 그러다 한순간, 광인의 그림자가 멈칫 서더니 쪽창에 어린 달을 본다.

이립이 그 시선을 따라가 본다. 그곳엔 붉은빛을 뿜는 달뿐, 아무것도 없으나, 마치 광인, 뭔가를 보듯 굳었다. 그 위로 파도 소리, 싸아... 싸아... 이윽고 붉은 달이 이글거리는 붉은 해와 겹쳐지며 광인의 회상이 펼쳐진다.

S#5.   (광인의 회상) 바다 / 해 질 녘

붉은 바다가 일렁인다. 이글거리며 떨어지는 해, 고요히 밀려왔다 물러가는 파도, 반짝이는 윤슬. 그리고 붉은 해와 마주 선 한 사내, 이장현이다.

신음인 듯, 낮은 숨을 뱉는 장현. 느리게 눈을 끔벅, 눈앞에 펼쳐진 바다를 응시한다. 장현의 눈빛이 슬프고, 외롭고... 혹은 무언가 사무치게 그리워하고 있다.

천천히 카메라 멀어지면, 뜻밖에 장현은 한 무릎이 꺾인 채 바닥에 꽂아 세운 검 손잡이에 의지하고 있다. 박힌 검 끝에서 흘러내린 피가 모래를 적시고.

이제 카메라 천천히 뒤로 물러나며, 장현 뒤편 공간이 열린다. 장현에게 창검을 겨눈 수십 명 내수사 노비들. 노비들, 오직 장현 한 사람을 경계하며 천천히 다가오고 있다.

하지만 장현, 등 뒤의 노비들을 느끼면서도 여전히 바다를 응시할 뿐. 그러다 한순간, 먼 곳을 더듬던 장현에게 설핏 미소가 뜬다.

장현   들리는가? 이 소리... 꽃 소리...

장현의 혼잣말은 파도 소리에 삼켜지고, 노비들은 점점 더 가까워지는데, 이윽고 검을 짚고 끙... 몸을 일으켜 세우는 장현.

장현의 작은 몸짓 하나에 노비들이 움찔... 주춤하고. 이제 장현, 결심한 얼굴이 되어 노비들을 향해 돌아선다.

그렇게 지는 해가 이글거리는 바닷가에서 무장한 내수사 노비들과 대치한 장현. 장현의 비감한 표정에서 서서히 화이트 아웃.

S#6.   능군리

화면 또렷해지면, 파란 하늘, 하얀 구름 사이로 날아다니는 작고 노란 새. 노란 새, 능군리의 하늘을 난다.

자막   **1636 인조 14년 봄**

능군리를 유랑하는 작은 새를 따라, 이곳저곳 능군리의 평화로운 풍광 펼쳐진다.

- 능군리 논밭 / 낮

능군리 논밭 위를 나는 새. 송추 할배와 다른 농군들이 논일을 하고 있으면, 저편에서 새참을 이고 들고 오는 이랑 할멈과 다른 여인들.

- 여희서원 / 낮

서원 마당 나뭇가지 위로 날아든 노란 새. 글공부하는 순약, 대오, 준절, 태성 등의 능군리 유생들과 다른 방, 용맹이 등 어린 학동들. 이들을 가르치는 교연과 근직.

- 현겸집 대청 / 낮

현겸집으로 날아든 작은 새. 마을 어른 현겸의 집 대청에서 은애와 영채, 유화, 임춘, 정연 등 능군리 애기씨들이 모여 자수를 놓고 있고, 그 사이를 지나며 살피는 현겸. 그 위를 노닐던 노란 새, 다시 어딘가로 떠난다.

S#7.   길채방 / 낮

능군리를 유랑하던 노란 새가 길채의 방 쪽문 턱에 앉았다. 마무리 단장하던 길채, 새를 보자 눈을 반짝 빛내며 말을 건다.

길채	새야 새야, 노랑새야... 세상에서 제일 예쁜 사람이 누구게? 능군리 길채 애기씨요... 라고 생각하면 쩍쩍, 다른 애기씨요... 라고 생각하면 물구나무를 서보련?
노랑새	....

길채	새야 새야... 노랑새야... 세상에서 제일 예쁜 사람이 누구냐구...(하다가 욱) 말 안 하면 다리 몽둥이를 콱 분질러버린다!!
종종이	애기씨!!!
길채	(화들짝!!)

S#8. 길 일각 + 현겸집 / 낮

현겸의 집을 향해 바삐 걷는 길채와 종종이. 종종이, 길채에게 쓰개치마 씌워주고 옷의 먼지 따위를 떼어주며 연신 잔소리한다.

종종이	늦으면 저만 혼난단 말예요. 참봉댁 마님한테 잘 보여야 좋은 혼처가 들어오죠! 매파들이 우리 동리 와서 제일 먼저 찾는 사람이 참봉댁 마님이라구요!!
길채	뭘 해도 날 싫어하잖아.
종종이	그럴수록 더 노력해야죠! 애기씨가 시집을 잘 가야, 나도 떵떵거리고 살 거 아녜요? 제발 애기씨 생각만 하지 말고, 주변을 좀 돌아보란 말이에요. 그게 양반 된 도리 아니에요!!
길채	너는 종 된 도리로 그렇게 막 가르치고 그래야겠니? 니 목소리 꿈에 나올까 무서워!

S#9. 현겸집 / 낮

뒤늦게 현겸의 집 대청에 도착한 길채와 종종이. 다른 애기씨들은 이미 자수틀을 앞에 자리 잡았고, 종종이가 얼른 빈 자리에 방석을 놓고, 반짇고리 보자기를 풀어 길채의 자리를 마련한다. 길채, 조신하게 앉고선, 눈을 잔뜩 휘어 현겸에게 비굴한 미소를 지어 보이지만, 냉정하게 외면하고 가버리는 현겸. 길채, 끙 참고 바늘 드는데, 뒤편에서 소곤소곤 대화 소리 들린다.

유화	은애야, 너두 꽃달임 갈 거지?
길채	(얼른 끼어들며) 나는 그날 진달래색 저고리랑...(하는데)
유화	(쌀쌀) 너한테 안 물어봤어.(다시 다정하게 은애에게) 은애야, 준절 도련님이 일전엔 꽃달임 날 내 부채에 시구를 나누어 쓰자더니, 아직까지 아무 말도 없지 뭐야?
길채	헷갈리게 하는 사내는 널 좋아하지 않는 거야. 정 준절 도령 마음이 궁금하면 먼저 말이라도 걸어봐. 알잖아, 웃으면서 어깨 두드리기...(꺄르르... 웃으며 가볍게 어깨 치는 시늉 해 보이면)
유화	어머머!! 나보고 그런 경망한 짓을 하라는 거니?!! 준절 도령은 그런 짓에 넘어가는 분이 아니다. 너나 실컷 해보렴!(홱 외면하며) 아무튼 은애야...
정연	내가 먼저야. 은애야, 나랑 반쪽씩 나눠서 자수 놓을까?
임춘	은애 오늘은 나랑 단짝 하기로 했어!

은애를 놓고 서로 단짝 하겠다고 옥신각신하는 애기씨들, 그 사이에서 천사처럼 자애로운 표정으로 난처해하는 은애. 길채, 시샘이 폭발하여 부글부글하다가,

길채   난 꽃달임 같은 건 안 갈려구. 풀떼기 뜯어서 전을 왜 부쳐? 게다가 부채에 시를 쓰네 어쩌네... 호호호호, 유치하긴... 한양 사람들은 그런 거 안 한대. 아유 시시해라...

그사이 검은 그림자가 서서히 길채에게 드리워지고, 애기씨들이 꿀꺽... 침을 삼킨다. 길채, 쓰윽... 돌아보면, 엄한 얼굴로 길채를 내려보는 현겸.

S#10.   현겸집 대문 앞 / 낮

쫓겨나듯 밖으로 밀쳐지는 길채와 종종이. 그리고 마지막으로 던져지는 길채의 반짇고리 보자기. 길채, 머쓱해져서 쓰개치마 푹... 눌러 쓰면,

종종이   (홱, 신경질적으로 보자기 주우며) 내가 못 살아!! 지금이라도 다른 애기씨를 모시든 해야지 원... 요샌 내 노후가 걱정돼서 잠이 안 와요, 잠이 안 와!!

S#11.   길채방 / 밤

밤이 깊었다. 길채가 쪽창에 턱을 괴고 달을 올려 보며 상념에 잠겼고, 그 뒤로 구시렁거리며 길채의 잠자리를 보는 종종이.

길채   니 노후는 걱정 마렴. 난 곧 멋진 사내에게 시집갈 테

니. 난 반드시 운명적인 사랑을 만나고 말 거라구.(하고 이불 속으로 쏙 들어가면)

종종이 담부턴 아무리 잘난 척을 하고 싶어도 그래, 쟤들도 나 보다 예쁜 구석이 하나는 있겠지... 하면서 꾹 참으란 말이에요.

길채 장차 그분을 만나면, 내가 직접 수놓은 베개를 드릴 거야. 우린 꿈에서도 만나는 거지.

종종이 맨날 쫓겨나면서 어느 세월에 자수를 배워요?

계속되는 종종이의 잔소리. 길채, 종종이의 잔소리를 자장가 삼아 스르르... 잠이 드는데,

S#12. *(길채의 꿈) 누각 일각 / 아침*

노랗고 하얀 나비들이 꽃들 위로 폴짝거리고, 부드러운 봄바람이 달큰한 봄 향기를 실어 나르는 볕 좋은 어느 날, 별채 마루에 너른 폭 치마를 펼치고 앉아 자수를 놓는 여인, 길채다.

별을 심은 듯 반짝이는 눈에 세상을 향한 호기심과 설렘을 가득 품고, 고요하게 자수 놓는 모습마저도 온통 생기가 넘쳐, 누구든 한번에 절로 미소 짓게 하는 빛의 여인, 길채.

길채의 손끝에서 피어나는 바다, 형형색색 노을, 사이좋은 기러기 한 쌍. 그런데 길채, 정성스레 수를 놓다가 실수로 실패를 떨어뜨리고 만다. 손을 뻗어 잡으려 하지만 실패는 저만치 굴러가고. 결국

한 손엔 실 끝을 쥐고, 다른 손은 치맛단을 잡고 실패를 주우러 마당으로 나선 길채.

하지만 실패는 마치 어디선가 끌어당기는 마냥, 통통 데구르르... 문턱을 넘어, 별채 마당을 지나, 대문을 지나, 길거리로 굴러가기 시작한다. 실패를 쫓아 별채를 나서고, 집을 나서고, 살던 마을을 벗어나는 길채.

기이하게도 실패는 봄꽃이 피는 오솔길과 여름 계곡을 지나, 서리 꽃 앉은 늦가을 낙엽을 지나, 얼음강을 가로질러 지치지도 않고 굴러간다. 그렇게 태양이 뜨고, 달이 지도록, 봄여름 가을을 넘겨 겨울이 오도록 하염없이 '데구르르...' 소리를 내며 굴러가는 실패. 그사이, 길채의 꽃신은 해어지고, 옷은 낡았으며, 고운 손은 거칠어지고, 단정하던 머리도 흐트러졌다.

그럼에도 차마 실패를 포기하지 못한 길채는 지친 몸을 이끌며 실패를 쫓는데, 이윽고 길채 앞에 이제껏 한 번도 보지 못했던 풍광이 펼쳐진다.

바다. 길채가 놓던 자수 속 풍광처럼 넘실대는 파도 위, 형형색색의 노을과 한 쌍의 기러기가 노니는, 해 질 녘 바다. 하지만 길채에게는 바다의 풍경을 감상할 여유도 틈도 없다. 길채, 이젠 모래사장 위를 데구르르... 굴러가는 실패를 쫓는데, 한순간, '데구르르...' 굴러가던 실패 소리가 그친다. 실패가 누군가의 발치에 멈춰 섰다.

보면, 바닷바람에 미색 도포 자락을 부대끼며 바닷가에 선 한 사내의 뒷모습. 사내가 천천히 허리를 굽혀 실패를 주워 들더니 길채를 향해 돌아선다. 하지만 역광 때문에 사내의 얼굴이 보이지 않고.

길채　　도련님은 누구...?

대답 대신 사내가 길채 앞으로 한 걸음 다가온다. 가까워지는 사내, 여전히 알 수 없는 사내의 얼굴, 터질 듯 두근거리는 길채의 심장.

사내(N)　　기다렸지, 그대를. 여기서, 아주... 오래.

다음 순간, 사내가 양손으로 길채의 얼굴을 감싼다. 그리곤 점점 길채에게 다가오는 사내의 입술. 길채, 마치 예정된 운명이라는 듯 스르르... 눈을 감는데, 문득, 사내의 입이 열리더니, 뜻밖에 그 입에서 들리는 새된 목소리.

종종이(E)　　애기씨! 애기씨!

S#13.　　(현재) 길채방 / 아침

퍼뜩, 눈 뜨는 길채. 종종이가 땡그런 얼굴을 하고 길채를 내려 보고 있다.

종종이　　애기씨, 소셋물...(하는데)
길채　　(으르릉) 내가 니 목소리 꿈에 나올까 무섭다고 했지...

왜 깨워!!!

종종이 (눈 가늘어지며) 또 그 꿈 꾸셨수? 그럼 오늘도... 꿈에 나온 그 도련님하고...

길채 (화들짝 수습) 암! 오늘도 꿈속 도련님과 함께 책을 읽었다.

(Ins,C) *길채 꿈*

길채의 얼굴을 감싸는 사내의 두 손. 두근거리는 길채의 심장.

길채 (새삼 얼굴이 발그레해져서) 내가 소학 입교 편을 읊으니, 도련님은 명륜 편을 읊으시곤...

(Ins,C) *길채 꿈*

길채에게 가까워지는 사내의 입술, 터질 듯 빨라지는 심장 소리.

길채 (마른침 꿀꺽) 마침내 수신제가의 의미를 내게 일깨워 주시려는데...

(Ins,C) *길채 꿈*

사내의 입술이 이제 길채의 입술과 만나려던 순간,

길채 (발끈) 헌데 왜 나를 깨우냔 말이다!!!

종종이 피... 여즉 꿈에서 그 도련님 얼굴도 못 봤다면서...

길채 얼굴이야 안 봐도 뻔하지.(배실 미소) 연준 도련님이 분명해.(하는데)

영채(E)	김칫국 진하게 마시구 누워 있네.

보면, 방문 뒤에 숨어서 고개만 빼꼼 내놓은 길채 동생 영채다.

영채	사람들이 그러는데 연준 도련님은 은애 언니 좋아한
	대. 뭐, 세상 사내들은 다... 언니만 좋아할 줄 알았어?
길채	(피실...) 연준 도령이랑 은애는 그런 사이 아니야.
영채	아니긴. 능군리 사람들은 연준 도련님이 은애 언니 좋
	아하는 거 다 알아. 언니만 몰라!
길채	(으르릉...) 내 앞에서 은애 얘기하지 말랬지!!
영채	(깐족) 은애은애은애!!

S#14. **은애방 / 아침**
은애방의 쪽문이 열리며, 방실 모습을 드러내는 은애.

은애	(쪽문 밖 살피며) 누가 나를 불렀는가?
방두네	부르긴요.(배실...) 오늘 연준 도련님 오신다니 맘이 급
	하신가 부네.
은애	(믿지 않게 흘기며) 자네는...
방두네	(머리 꽂이를 대주며) 이게 어울리려나...?
은애	되었대두.
방두네	그래도 연준 도련님 오랜만에 뵙는 날인데, 곱게 차
	리고 나가시면 좋지 않습니까? 애기씨가 자꾸 이러시
	니...(슬쩍 눈치 살피며) 그 앙큼한 길채 애기씨가 자꾸

만만히 보고...

은애 (정색하며) 또 그 소리!

방두네 (합, 입 다물면)

은애 그나저나 (밖을 보며 설핏 설레는 미소) 동구는 넘으셨을꼬...

S#15. **능군리 동구 / 아침**

막 능군리 동구를 지나는 한 사내. 미색 도포 자락을 바람에 흩날리며 걷는 뒷모습이 꼭 길채 꿈속 사내 같다.

S#16. **길채방 / 아침** (13씬 연결)

길채 놀리는 재미에 잔뜩 빠진 영채.

영채 연준 도령은 은애 언니를 좋아한대요오, 좋아한대요오
~!

하다가 픽, 날아온 베개를 정통으로 얻어맞고 대자로 자빠지고 만다.

종종이 (헉!! 놀라 보면)

길채 (탁탁 손 털며) 너도 가. 다시 잘 거야.(하며 눕는데)

종종이 오늘 꽃달임에, 성균관서 공부하시던 연준 도련님이 오실지도 모른다던데...

길채 (눈 번쩍)

종종이	(새촘) 뭐 정 싫으시면 어쩔 수 없죠.(일어서려는데 뭔가에 잡혔다)
길채	(종종이 치맛단을 꼭 쥐곤) 가끔 꽃을 벗삼는 것도 좋겠지...(쓱... 일어나 앉으며 싱긋) 허면, 소세부터 할까?

S#17.　　은애집 대문 앞 / 낮

설렌 표정의 은애가 방두네를 대동하고 대문을 나서는데,

길채(E)	어머, 은애야!

은애 돌아보면, 잔뜩 요란, 화사하게 꾸민 길채가 미소 짓고 있다. 모든 사정을 간파한 방두네가 착, 종종이 째려보면, 괜히 먼 산 보며 시선 피하는 종종이.

방두네	(은애에게 바싹 붙어 마치 복화술 하듯) 제가 뭐랬습니까? 오늘 반드시 온다고...(하는데)
은애	(말 끊으며 환한 미소) 길채 왔구나. 그렇지 않아도 꽃달임 가는 길인데, 같이 가련?
길채	어머, 오늘이 꽃달임 날이니? 안 들었음 모를까... 그럼, 같이 갈까?

은애가 다정하게 길채의 팔짱을 끼어 앞장을 서면, 종종이 천연스레 따라가려는데,

방두네	(콱, 종종이 잡아 세우며 작게 속삭) 내... 늬 애기씨 올 줄 알았다. 오늘 연준 도련님 오는 걸 늬 애기씨도 알지?
종종이	(흥!) 은애 애기씨가 가는 꽃달임, 우리 애기씨가 안 갈 게 뭐예요?
방두네	일전에도 길채 애기씨가 내친 도령이 죽는다고 약을 먹었다지?
종종이	그게 우리 애기씨 잘못인가요? 이쁜 것도 죕니까?
방두네	늬 애기씨가 이뻐서 사내들이 안달해? 행실이 그 모양 이니 그렇지. 일전엔 도련님들 있는 곳에서 목젖이 다 보이도록 소리 내어 웃었다지? 아이고 망측해!
종종이	(흥, 피식) 그럼 방두네는 웃을 때 목젖 보이지 딴 젖 보여요?
방두네	(얼른 가슴 감싸며) 어머머머!!
종종이	심보 그렇게 쓰면 애한테 안 좋아요!!
방두네	(이젠 얼른 제 배를 감싸며) 이게 말 다 했어?

방두네와 종종이 한참을 옥신각신하는데. 그 위로 능군리 여인들
이 부르는 〈화전가〉 흐른다.

S#18. 능군리 곳곳 / 낮
- 능군리 길 일각
집을 나서는 유화, 마주 오던 정연을 만나 환하게 손잡고 인사한다.

여인들(E)	가세 가세 화전을 가세 꽃 지기 전에 화전을 가세

- 길채집. 별채 마당

길채에게 베개 맞아 생긴 멍 자국을 보며 울상이 된 영채. 하지만 아버지 교연이 쓱 이쁜 노리개를 건네주자 훌쩍, 눈물 삼키며 웃고.

여인들(E)   상단이는 꽃 데치고, 삼월이는 가루지 풀고

- 산 일각

임춘이 꽃바구니를 옆에 끼고 노래 부르면, 그 뒤로 작게 덩실 춤도 추며 산을 오르는 여인들.

여인들(E)   꾀꼬리는 벗 부르고, 호랑나비 춤을 추고

- 산 일각

꽃나무 아래에 모두 모여 꽃을 따며 수다 떠는 길채와 은애, 영채, 유화와 정연, 임춘 등. 영채부터 은애에게 딱 붙어 있고, 역시나 인기 만점인 은애. 길채, 삐죽거리면서도 꽃을 따며 기분을 낸다. 애기씨들 옆구리에 낀 꽃바구니에 탐스러운 꽃송이들이 담긴다.

여인들(E)   취단이가 불을 넣어라, 향단이가 떡 굽는다.
            춤도 추고 노래도 하니 웃음 소리 낭자하네.

봄꽃나무 아래, 수다떠는 애기씨들의 미소도 꽃처럼 화사하게 피었는데, 한순간, 여인들의 미소가 싹 가신다.

보면, 떡하니 애기씨들 앞에 나타난 능군리의 두 과부, 아흔은 되어

보이는 애복과 애복을 부축한 칠순 남짓 현겸이다. 길채와 애기씨들 한순간, 흥이 팍 식는데,

S#19. **마을 정자 / 낮**

능군리 정자에 자리한 길채와 은애 등 애기씨들. 애기씨들 앞에 삽화 그려진 삼강행실도가 펼쳐져 있고, 현겸과 애복이 여인의 정절에 대해 강하고 있다.

현겸	꽃달임이라 하여 함부로 나대면 어찌 되는지 아느냐?
애복	임진년에...(노쇠하여 말도 길게 못 하고 목소리 떨리면)
현겸	(얼른 받아서) 임진년에 왜구들이 쳐들어왔을 때... 왜적이 범하려 하자 덕복이 힘껏 항거하여 손가락을 깨무니 왜적이 노하여 두 손을 잘랐다. 그럼에도 따르지 않으니 왜적이 마구 찍어 죽였으나, 죽을 때까지 적을 꾸짖는 소리가 입에서 끊이지 않았으며...
애기씨들	(잔인함에 눈살 찌푸리는데)
애복	정묘년 오랑캐들이...
현겸	(또 가로채며) 십 년 전, 정묘년에 오랑캐들이 쳐들어왔을 때, 이씨는 시어머니를 업고 산으로 피난을 갔으나, 오랑캐가 쫓아와 이씨의 얼굴을 보려 하자, 이씨가 굳게 항거하니, 오랑캐가 칼로 두 눈을 꿰뚫었으며...
애기씨들	(두려운 탄식)
길채	(구시렁) 또 전쟁이 날 것도 아닌데 왜들 한 소리 또 하고 또 하고. 누가 들으면 당장 오랑캐라도 쳐들어오는

줄 알겠네....

길채, 지루해 미칠 지경인데, 그 위로 다급한 내관 봉시의 음성.

봉시(E)   전하, 선전관 민진익 들었나이다!

S#20.   **인조 침전 / 낮**

곧, 다급한 기색의 민진익이 인조 침전으로 들어와 부복하면, 인조를 일으키던 소현, 화난 얼굴로 민진익을 꾸짖는다.

소현   전하께서 편찮으시어 내 종일 전하의 곁을 지키고 있거늘... 어찌 이리 소란인가?

인조   (꾸짖지 말라는 듯 손 저으며) 후금에 보낸 사신이 돌아와?

민진익   예, 사신이 왔사온데, 후금 왕이 말하길...(차마 말을 잇지 못하면)

인조, 소현   ...?!!

S#21.   **궁 편전 / 낮**

인조 아래 일벌한 최명길, 김상헌, 김류, 홍서봉, 윤집, 오달제 등의 대신과 간관들. 바싹 부복한 채 떨고 있는 사신 나덕헌과 이확. 그리고 혼란스러운 눈빛으로 나덕헌 등과 인조를 번갈아 보는 소현 세자.

인조   후금 왕, 홍타이지가 <u>스스</u>로 황제가 되었다며 하늘에 제를 올렸다?

나덕헌   (덜덜 떨며) 허나 전하! 소신은 끝끝내 저들에게 무릎을 꿇지 않았사옵니다.

김상헌   (차가운 표정) 헌데 어찌 저들이 준 국서는 보는 데서 찢어버리지 않고 받았는가?

윤집   전하, 사신들의 머리를 베어 오랑캐에게 던져주소서!

오달제   사신들이 이 지경을 당하고도 자결하지 못하였으니, 극히 놀랍습니다. 속히 국문하소서!!

최명길   (젊은 간관들의 도발을 누르며) 말들이 과하시오!(하는데)

김상헌   중원의 일들은 다들 아시지요?

찬물을 끼얹듯 낮은 목소리 편전에 퍼진다. 김상헌이다.

김상헌   대국 명나라가, 후금 오랑캐와 맞서 싸우기 시작한 지 벌써 수년. 오랑캐들이 쓸고 간 현엔 온전히 보전된 집도, 온전히 보존된 사내도, 온전하게 부인을 보존한 사내도 없다지요. 저들이 부녀자 겁탈하기를 즐겨 대낮에도 스스럼없이 겁간하는데, 큰 침상을 만들어 여인들을 차례로 탐하고, 저항하는 여인은 나무판에 사지를 못박아 강간한 연후에, 시체는 강에 버린다 합니다.

김상헌의 한마디 한마디가 무겁게 편전에 퍼지고, 소현 역시, 두려움과 공포로 안색이 무거워지는데,

김상헌	오랑캐들의 참람함이 이에 이를진대, 그래도 말이 과합니까? 그런 자들의 우두머리를 황제로 모시겠소?
최명길	옛말에, 여진 기병 만 명이 모이면 아무도 대적할 수 없다 했습니다. 명나라 대릉하성이 무너졌소. 오랑캐의 기세가 심상치 않아요!

동시에 젊은 간관들인 윤집, 오달제 등이 핏대를 세워 최명길을 공격하며 후금 화친파와 반대파가 극렬하게 다투기 시작하는데,

인조	그보다...
신하들	(일제히 싸우기를 멈추고 인조 보면)
인조	저들이 조선은 명과의 의리를 지키는 나라로, 절대 후금왕을 황제로 섬기지 않음을 모르지 않을 터... 어찌 경솔히 우리 사신에게 무릎 꿇기를 강요한 것인가? 그 이유가 무엇인가?

인조가 던진 화두. 그제야 다들 같은 물음을 품고 당혹스러운 시선 교환하고, 소현 역시 왠지 모를 불안감에 휩싸이는데.

S#22. 마을 정자 / 낮 (19씬 연결)

행실도 강을 들으며 지루해 미칠 지경이 되어 흐린 눈으로 딴짓하는 길채. 그때 애기씨들이 작게 술렁인다.

보면, 저편에서 순약, 준절, 태성, 대오 등... 능군리 유생들이 당도했

다. 발그레해진 여인들의 볼, 사내들의 입가에 걸린 배실 미소, 솔
솔~ 봄바람 타고 일렁이는 알록달록 연심들. 그리고 이를 본 길채
의 얼굴에 씨익... 잔인하고 장난기 가득한 미소가 뜬다.

길채   (준절 보고 설레하는 유화를 보며) 뭐? 내가 경망하고
      앙큼해? 흥! 나를 시샘하는 애들은 내가 예뻐서 사내들
      이 좋아하는 줄 알지. 하지만 종종아... 꼭 내 빼어난 미
      모 때문만은 아니란다. 난 노력하는 여인이다.
종종이 (또 잘난 척이네...) 어련하실까요...
길채   오냐, 오늘 내 앙큼한 맛 좀 봐라!

S#23.   계곡 일각 / 낮

계곡 곳곳에 자리한 능군리 애기씨들, 도령들이 서로 쭈뼛거리며
제대로 말도 못 걸고 겉돌고 있는데, 저편에서부터 웅성웅성 소란
한 기운.

길채가 등장했다! 곧, 능군리 도령들 사이를 지나며 요란하게 한마
디씩 건네는 길채.

길채   그사이 풍채가 더 당당해지셨습니다.
태성   (길채가 내게 말을 걸다니!! 눈 동그래지면)
길채   오다 보니 산길이 가팔라서 하마터면 넘어질 뻔하였지
      요. 도련님이 내려갈 때 길잡이를 해주시겠어요?
태성   그, 그야 물론!

길채가 지나가며 살짝 웃어 보이자 태성의 정신이 혼미해지고, 다시 몇 걸음 후, 이젠 준절을 향하는 길채. 마침 유화가 준절의 관심을 끌려고 살짝 자신의 손수건을 떨구는데, 준절, 길채만 보고 가느라 그 손수건 밟고 가버린다. 유화가 붉으락푸르락하는 사이,

길채   (뾰로통) 도련님, 너무하서요.

준절   (화들짝 당황) 예?!! 제가 뭐, 뭘 잘못했습니까?

길채   (빈 부채 펼치며) 제 부채 시구를 부탁드리려고 종일 찾아다녔는데, 이제야 나타나시다니요.

준절   제게요?

길채   허면, 누가 있습니까? 도련님이 능군리 최고 명필 아니신지요?

준절   내가 명필...?!! 허면 제가... 반드시 낭자 부채에 시구를!!

길채   (슬쩍 유화 보곤) 남는 시간에 써주시겠다는 거지요? 그건 싫습니다!

길채, 원망스럽다는 듯 외면하며 가버리면, 남겨진 준절, 정신없이 필함을 챙겨 길채의 뒤를 쫓으려다 필함을 쏟아버리고.

그리고 마지막 순약 앞에 선 길채. 길채에 홀려 얼어붙은 순약이 길을 막고 있는 모양새.

길채   길을 막고 계셔요.

순약   아... 아!! 미안, 아니 죄송... 아니, 잘못했습니다.(퍽, 자

기 머리라도 치며) 이... 망할 망부석 귀신이라도 붙었
는지...

길채   망부석 귀신이요?(꺄르르... 웃으며 순약의 어깨를 살
짝 두드리면)

순약   (길채의 손이 닿은 어깨가 그대로 얼음장처럼 얼어붙고)

길채   역시 절 웃겨주는 분은 도련님밖에 없으셔요.

길채, 싱긋... 미소 지으며 가면, 순약, 멍... 해진다. 그사이 겨우 필
함을 챙긴 준절, 태성이 순약 옆에 서고. 세 사람, 차마 길채에게 더
다가가지 못하고, 멀어지는 그 상큼한 뒤태를 보기만 할 뿐.

순약   (멍...해져서) 난... 아주 웃기는 사내야.

태성   난 능군리에서 제일 당당한 풍채를 지녔다네.

준절   난... 천하의 명필일세.

길채가 멀어지면, 사내들 각각 아쉬운 표정, 남겨진 여인들은 화나
는 표정, 길채는 즐기는 표정, 종종이는 자랑스러운 표정.

S#24.   계곡 일각 / 낮

길채가 휩쓸고 간 후, 꽃나무 밑에서, 계곡 물가에서, 산 일각에서
서로 옥신각신 싸우는 능군리 커플들.

- 꽃달임장 일각, 태성과 임춘

온몸으로 삐진 티를 내며 화전을 부치는 임춘. 태성, 비굴하게 웃으

며 슬쩍 엉덩이 디밀며 '화전 맛이나 볼까…' 하고 앉는데,

태성	(젓가락으로 부침개 집으려 하면)
임춘	(탁, 뒤집개로 막고)
태성	(흠흠… 다른 부침개 먹으려 하면)
임춘	(또 탁, 막고)
태성	(결국 태성, 이미 부쳐놓은 부침개 바구니에서 하나 들어 올리려는데)
임춘	(뒤집개로 옮기려던 부침개로 태성의 볼따구를 철썩!)

턱, 태성의 얼굴에 달라붙은 부침개.

| 태성 | (잠시 멍… 했다가) 아 뜨거, 뜨거뜨거뜨거!!! |

- 꽃달심장 일각, 준절과 유화

몸종을 사이에 두고 선 유화와 준절. 유화, 준절에겐 눈길도 주지 않고 몸종에게 다다다,

유화	어떻게 다른 여인에게 시를 써주겠다고 하실 수 있는지 여쭈거라. 그것도 내가 보는 앞에서 필함을 챙기다가 엎어지다니. 그리 마음이 급했는지, 과연 체통은 잊은 것인지!!
준절	(정신 아득한데)
몸종	(잠시 준절 눈치 보여 난처했으나 곧, 눈을 부릅뜨고 포효) 내가 이렇게 눈을 시퍼렇게 뜨고 있는데 어떻게 딴

여인 부채에 글을 써주겠다고 하십니까아~~~!!!

- 꽃달임장 일각, 정연과 순약

쓰개치마를 푹 눌러쓰고 순약에게 등을 보인 채, 뭐라 중얼중얼하
는데, 순약에게 따지는 모양새긴 하나, 워낙 소심하게 중얼거리는
지라 들리지 않는다.

순약   응?

정연   (소심하게 중얼중얼)

순약   뭐라고? 통 들리질 않소...(하는데)

정연   (결국 벗어던지고) 길채가 좋으시냐구요!

순약   말도 안 돼. 길채 낭자는 나와 아무 상관 없는 사람이야.

정연   (뜻밖의 대답. 안색이 펴지는데)

정연을 등지고 몸을 돌려 저편을 보는 순약. 꽃나무 아래 부채를
펴놓고 그림을 그리고 있는 길채 보인다.

순약   (혼잣말) 저런 여인이... 내게 가당키나 하겠소...

순약의 시선 끝, 꽃이 길채고 길채가 꽃인 듯한 폭 그림 같은 모습.
순약, 애틋한 눈빛만 더해가고.

S#25.   **계곡 일각 / 낮**

모든 풍파를 만든 장본인인 길채가 혼자 거룩하게 붓에 먹물을 찍

어 부채 위로 옮기는데 갖은 폼과 달리 졸라맨같이 조악한 그림. 그사이, 화전 접시를 들고 옆으로 와 앉는 종종이.

길채   그래, 다들 어찌하고 있든?

종종이   (화전 뜯어 먹으며) 어쩌긴요. 임진년 왜놈들 난리는 난리도 아니지.

길채   (풉)

종종이   (풉풉)

길채와 종종이, 한마음이 되어 쌤통이다... 풉풉거리다가,

길채   그나저나 연준 도련님은?(하는데)

저편에서 '왔는가?', '어서 오게...' 등등의 웅성거리는 소리와 함께 등장하는 사내. 길채 꿈속 사내처럼 미색 도포 자락, 단정히 갓을 쓴 차림에, 하얀 피부, 가늘고 긴 손가락, 학처럼 고고한 풍모를 지닌, 연준이다.

길채   연준 도련님...!

연준을 보자, 볼이 붉어지고, 심장이 쿵쿵거리는 길채. 연준이 길채의 아버지 유교연을 정자로 모시면 길채의 눈이 더욱 커진다.

길채   어째서 도련님이 아버지와... 혹 나와 교제를 허락 받으시려구? 아이참, 내게 언질이라두 주시지...

이윽고 연준이 스승들께 읍하고 정자를 내려와, 바위 위로 올라간다.

연준   모두 모이셨으니, 드릴 말씀이 있습니다.

모두의 시선이 연준에게 집중되고, 길채, 심장이 두근두근 터질 듯한데,

연준   지금 중원에서 명나라와 후금 오랑캐가 싸우고 있는
          것을 다들 아시지요? 헌데 오랑캐 왕이 우리 임금께 보
          낸 글에 자신을 '대청 황제'라 칭하더니, 조선을 '너희
          나라'라 불렀다 합니다.
길채   (순간 김이 팍 새서) 뭐야...

반면 분위기는 달아올랐다. 정자에 앉은 경근직과 유교연 등 마을
어른들, 서로 무거운 시선을 교환하고, 순약과 준절, 대오 등 유생
들에게선 '뻔뻔한 오랑캐 놈들', '참람하구나!', '감히 황제를 칭해?'
따위의 말들이 사방에서 터진다.

연준   허나 조정에선 명나라를 도와 오랑캐와 싸우기는커녕,
          오랑캐 왕을 달래기 위해 사신을 보내려 하고 있습니다.
유생들 (저마다 목청 돋우고, 삿대질하며 흥분하고)
연준   하여 오늘...(정자에 앉아 있는 유교연과 경근직을 보더
          니) 스승님께서도 허락해 주신 바, 우리들의 뜻을 모아
          전하께 상소 올리고자 합니다.
대오   좋아! 나도 함께하지!

태성   나도 함께함세!

순약   암, 우리가 명나라를 도와 오랑캐에게 본때를 보여야지!

사방에서 유생들이 벌떡벌떡 일어나고, 불쑥불쑥 손을 쳐들며 목청 높이는데,

길채   또 재미없는 얘기들 한다...(하면서도 당당한 연준 보며 역시 연준 도령...반한 눈빛 되는데)

그때, 저만치서 들리는 나직하고 여유로우면서도 은근한 조롱이 섞인 사내의 음성.

장현(E)   명나라가 반드시 오랑캐를 이긴다는 보장이 있소?

길채와 다른 모두의 시선, 소리가 나는 쪽으로 쏠린다. 보면, 도무지 사족의 겸양이라곤 보이지 않게 반들 윤이 나는 최고급 채단으로 갖춰 입은 한 사내가 우적우적 화전을 먹으며 술을 마시고 있다. 이장현이다.

장현   오랑캐가 명을 이길 수도 있다는 생각은 안 해보셨냔 말입니다.

순간 마른 풀에 불이 붙여진 듯 파르르... 끓어오르는 마을 도령들.

순약   (벌떡 일어서서 삿대질) 그걸 말이라고 하는가?

준절　　　오랑캐에게 돌팔매질한 어린아이들보다 못하구만!

대오　　　천명이 중화에 있거늘, 어찌 오랑캐가 이기겠소!!

맞은편, 장현의 시종 구잠, 불안해진 표정으로 눈치 살피고. 장현, 술을 털어 넣고 끙... 일어서다가 술기운에 삐끗 넘어질 뻔한다. 서로 비웃는 눈빛 교환하는 능군리 유생들. 하지만 장현, 전혀 민망해하는 기색 없이 실실... 능청스레 옷자락 털더니,

장현　　　아, 천명? 천명이 명나라에 있으니 반드시 명이 오랑캐를 이길 것이다? 헌데 그거 아시오? 오랑캐들은 그리 생각 안 합니다. 저 큰 나라의 이름은, 명나라 이전엔 몽골이 세운 '원'이었고, 원 이전엔 오랑캐 여진족이 세운 '금'이었지요. 오랑캐들 생각에... 천명은 오랑캐에게 있어요.

순약 등, 저저..! 감히 천명이 오랑캐에 있다니! 이런 망발을...!! 하며 흥분하는데,

연준(E)　　　(차분하고 싸늘한) 천명은 그런 것이 아닙니다.

모든 소음이 정리되고, 사람들의 시선이 이번엔 연준에게 집중된다. 장현 역시 소리를 좇아 보면, 냉정해진 표정의 연준. 두 사람의 눈빛 쨍... 만나고.

연준　　　천명은 때에 따라, 상황에 따라 변하는 것이 아닙니다.

변하지 않는 지고지순한 의리가 천명이오. 또한 아무리 오랑캐의 기세가 오른다 하나, 명은 대국이고, 청은 이제 발호하는 작은 나라일 뿐이오. 오랑캐 왕 누르하치가, 명나라 장수 원숭환에게 져 죽은 것을 모르시오?

사방에서 암, 그렇고말고... 등등 응원하는데,

장현	허면 그 원숭환이 어찌 죽었는지도 아십니까?
연준	...!!
장현	온몸의 살점을 수백 개로 도려내는 책형(자막: 기둥에 묶어 놓고 칼로 온몸의 살점을 발라낸 후, 두개골을 부숴 죽이는 형벌)을 받아 죽었습니다. 명 황제께서, 명에 단 하나 남은 충신을 의심하다... 결국 잔인하게 고문해 죽였어요.

충격받은 눈빛을 교환하는 교연과 근직, 순약 등 유생들. 연준도 말문이 막히고.

장현	과연 누가 그런 황제를 위해 목숨을 걸고 싸우겠소? 아, (씩... 미소 지으며 유생들 휘이 보더니) 조선! 조선의 의리 있는 도령들이 나가 싸워주시겠구만. 헌데 여기 용맹한 서생분들은... 전쟁이 나면 무엇으로 싸우시려오? 붓으로 성을 쌓으시겠소, 먹을 갈아 검을 삼으시겠소?
유생들	뭐... 뭐!!!(또 삿대질하며 화내면)

장현, 실실... 웃으며 짧게 고개 까닥하더니, 착 부채 펼쳐 한들거리며 저편으로 사라지고, 구잠이 대신 사과라도 하듯 사방에 굽신거리곤 장현의 뒤를 따른다.

남겨진 순약, 준절, 대오 등 유생들, 흥분하여 장현 뒤에 대고 삿대질하는데, 오직 연준만은 저 사내는 뭘까... 하며 가만... 응시하고, 역시 관심을 보이는 길채.

길채 저자는 뭔데 감히 우리 연준 도련님께 말대꾸를 해?(하는데)

영채 (어느새 곁에 찰싹 붙어선) 응. 나도 들은 얘긴데... 아주 못 배워먹은 사람이래. 한 달포 전에 우리 마을 홍시를 사겠다고 나타났는데...

S#26.   (한 달 전) 능군리 동구 / 낮

말을 걸려 터덜터덜 능군리 동구로 들어서는 장현과 그 옆에 말고삐 쥔 구잠. 구잠, 방귀를 뽕... 뀌면, 장현, 째려보고, 구잠, 능청 떨며 냄새 날리겠다는 듯 손사래 하면,

장현 (쓱... 둘러보며) 풍수가 아~~주 맘에 들어.

구잠 번번이 서원에서 쫓겨나면서 풍수의 풍자는 배웠나 몰라.

장현 슛...! 알아 온 것이나 읊어보거라.

구잠 (흠흠...) 이 마을, 능군리로 할 것 같으면, 식혜와 홍시

맛이 좋고, 술로는 죽순주가 일품... 마을 어른들 인심이 온후하여 백성들이 믿고 따르는지라 관에서도 함부로 건들지 못한다 들었습니다. 또한... 내외의 법도가 맹탕이라... 툭하면 여인과 사내들이 사사롭게 어울리는데...

장현   오호...!!

구잠   좋아할 줄 알았지. 암튼 그 때문인지... 웬 요물이 하나 설친답니다.

장현   요물?

구잠   예, 꼬리 아홉 개, 아니 아흔아홉 개 달린 여시인데...(하는데)

장현   (단박에 눈빛 반짝)

S#27.   (한 달 전) 여희서원 내실 / 낮

장현, 교연과 근직 앞에 큰절을 하더니,

장현   고고한 선비에게서만 난다는 죽향을 따라왔습니다. 제자로 받아주십시오!

교연과 근직, 서로 어리둥절한 시선을 교환하고.

S#28.   (다시 현재) 계곡 / 낮

어느새 능군리 유생, 애기씨들이 모두 계곡 일각에 모였다. 각각 자리에 앉은 길채와 은애, 영채, 유화, 정연, 임춘 그리고 연준과 순약,

준절, 대오, 태성, 등등.

순약	갑자기 우리 서원 제자로 받아달라지 않겠습니까? 하여 스승님들께서 우리 서원은 반드시 서당에서부터 시험을 치러 합격한 이들만 들어올 수 있다 일렀더니,
대오	굳이 시험을 치르겠다 하지 않겠습니까?
은애	(놀라) 허면 코흘리개 학동들과 같이 서당 시험을 치렀단 말입니까?

S#29. (과거) 서원 마당 / 낮

서원 마당에 자리를 깔고 앉은 코찔찔이 용맹이를 비롯한 예닐곱살 학동들. 그 사이에 불쑥 솟아 있는 장현. 장현, 명상이라도 하듯 근엄하게 눈 감고 있고, 그 옆에서 벼루에 먹을 갈아주며 구시렁구시렁 잔소리하는 구잠.

구잠	뜬금없이 무슨 시험을 치른다고. 오래 붙어있을 것도 아니면서...
장현	(옆 꼬맹이 용맹이에게 괜히 말 건다) 혹... 오늘 시제가 뭔지 아누?(하는데)
용맹	거 참! 조용히들 합시다!!
장현, 구잠	(합, 입 다무는데)

곧 마루에 교연과 근직이 나와 앉고, 순약과 준절, 대오, 태성이 나와 마당에 선다. 그리고 순약이 시제가 직힌 종이를 펼치면,

장현   (흠흠. 붓에 먹물 묻히며) 그래, 시제가 무엇일꼬...(했다가)

시제를 보고 안색이 식는 장현.

절節

순약   절이 무엇인지 쓰시오! 여인의 정절, 신하의 충절 또한 아들과 백성이 지켜야 할 절!

용맹이를 비롯한 학동들은 반가운 시제라도 나온 듯 열심히, 재주껏 글을 쓰는데, 장현, 붓을 든 채 시제를 빤히 보기만 한다.

구잠   (소리 죽여 안달복달) 뭐 하시우, 되련님! 되련(하다 욱) 성님!!

장현   (여전히 한 글자도 쓰지 않고 멍... 번지는 먹물만 보다가, 탁, 붓 내려놓으며) 이거 시제가 시시해서 못 쓰겠다!

준절(E)   거죽만 사족이지, 글 한 자, 제대로 못 쓰더란 말입니다.

S#30.   (다시 현재) 계곡 일각 / 낮 (28씬 연결)

순약   필시 가짜 사족인 게지. 소문에... 본시 상놈인데, 돈 주고 공명첩을 사서 양반 행세를 한다더군.

준절	그래놓곤, 뭐라 했는 줄 아십니까? 재물을 내놓을 테니 서원에 들여 달라지 않습니까?
일동	(흐익... 놀라며 분노하는 탄성)
길채	그런 자는 당장 쫓아내야지요!
대오	헌데... 어찌 된 일인지 마을 어르신들을 구워삶아서...

S#31.　(과거) 마을 일각 / 낮

마을 논두렁 일각에 모인 노인들. 현겸과 애복, 송추와 이랑 할멈을 비롯한 농사꾼 노인들까지. 장현이 그들에게 뭔가 재미있는 얘기를 하는 듯, 손짓, 발짓, 몸짓까지 해가며 썰을 풀자, 다들 껄껄, 꺄르르... 웃음보 터지고. 마침, 지나가다 이를 불길하게 보는 교연과 근직.

S#32.　(한 달 전) 여희서원 사랑채 / 낮

애복과 현겸 등 머리 허연 마을 어르신들이 상석에 주룩 앉았고, 사랑채 가운데 벌 받듯 무릎 꿇고 앉은 교연과 근직. 아랫목에서 화로의 숯을 뒤적이는 척하며 귀 기울여 듣는 송추 할배.

애복	서원에서 배우고자 하는 자를 내쳤다지?
현겸	우리 능군리가 그리 박절한 곳이었던가?

좌우로 늘어선 노인들이 저마다 핏대를 세우고 삿대질을 하며, 목청 높여 교연과 근직을 혼내고, 심지어 송추도 숯 뒤석이며 교연과

근직을 째려본다. 이게 무슨 일인가... 식은땀을 뻘뻘 흘리며 당황
스런 시선 교환하는 교연과 근직.

S#33.   (현재) 계곡 일각 / 낮 (30씬 연결)

대오   심지어 송추 할배까지 구워삶았답니다.

다들 허억... 토끼 눈 되어 놀란다. 송추 할배를? 송추 할배가? 하며
웅성웅성. 모두의 시선, 저편에서 고기 굽는 화로에 불붙이고 있는
송추 할배를 향한다.

순악   (괜히 작게 속삭) 다들 아시지요? 송추 할배가 얼마나
         괴팍합니까?

마침, 지나가던 태성이 쌓아놓은 숯을 건드리자, 불같이 역정을 내
는 송추.

송추   눈 없소? 땀 찔찔 흘리메 불 피우는 거 안 보이십네까!!
태성   너무 화내지 말게. 내가 잘못했어...
송추   (벌떡 자리 털고 일어나며) 거 못 해 먹겠네!!!

추상같은 송추의 짜증에 다들 마른침을 꿀꺽...

순악   (역시 마른침 꿀꺽... 하며) 헌데 이장현 그자가, 지금

송추 할배 집을 제집 삼아 지내며 할배를 제 수족처럼 부리고 있다니까요!

S#34.　(한 달 전) 산 일각 / 저녁

해 질 녘, 산짐승을 잡아 장대에 꿴 것을 들쳐 매고 산등성이를 넘는 장현과 송추, 구잠. 앞에 선 장현이 '노세 노세 젊어서 노세...' 하며 선창하자, 장대를 앞뒤로 메고 걷는 구잠과 송추가, 손짓 너울너울해 가며, '늙어지며는 못 노나니...' 화답한다. 곧, 일동, 얼씨구절씨구 차차차~~ 해가며 덩실덩실 춤이라도 추고.

S#35.　(현재) 계곡 일각 / 낮 (33씬 연결)

다들 경악하는 표정인데, 곰곰 생각에 잠겼던 은애,

은애	헌데 관직에 들지도 않은 자가, 재물을 어찌 모았답니까?
순약	듣기론 오랑캐들에게 홍시와 남초를 팔아 큰돈을 벌었답니다.
길채	(놀라 순약 보며) 오랑캐와 어울려요?!!
순약	(길채가 대꾸를 해주자 더욱 흥분하여) 그렇다니까요!! 내, 이런 말까지 하고 싶진 않았으나! 일전에 어머님 약을 사러 변경에 갔다 보았는데...

S#36. (과거) 의주 저자 일각 / 낮

순약이 지나다가 장현을 우연히 목격한다. 저자의 술전에서 오랑 캐들과 인사말 나누며 잔을 부딪치는 장현. 마침 다른 후금인 일행 이 당도하자, 장현, 일어서서 그들의 허리를 껴안고 볼을 부비는 만 주족 인사를 하는가 싶더니, 심지어 만주족 여인과도 허리를 감싸 고 볼을 부빈다. 숨어 보다가 놀라서 눈 커지며 입 틀어막는 순약.

S#37. (다시 현재) 계곡 / 낮

경멸과 놀라움으로 어쩔 줄 몰라 하는 능군리 사람들.

영채	...오랑캐 놈들과 보, 볼을 문대다니...
길채	(절레절레...) 아주 상스럽구만!
은애	(역시 당황하여 차마 말도 못 하며 볼이 붉어졌고)
대오	그뿐 아니라 들리는 소문에... 팔도를 돌아다니며 장사 를 하는데, 각 도마다 친하게 지내는 여인들을 두고 있 답니다.

여인들, 경악하고 혐오하는 표정. 특히 가장 혐오스러워하며 어머 머!! 소스라치는 길채.

순약	헌데 더욱 기막힌 것은... 갖은 선물로 여인들의 환심을 사놓곤...(작게 속삭속삭)

사람들이 후욱... 순약 쪽으로 모여 듣고, 곧, 무슨 소리를 들었는지,

길채의 눈이 땡그래진다.

S#38.   (과거) 산 일각 / 낮

산 일각, 작은 꽃나무 아래서, 구잠과 웬 여종이 쪼그리고 앉아 괜히 이쪽 옆구리를 찔렀다, 저쪽 어깨를 부대꼈다 수작 걸며 시시덕거리고 있는데, 카메라 멀어지면, 구잠에게서 조금 떨어진 곳에 있는 정자에 장현과 여종의 주인 여인1이 나란히 붙어 앉아 있다. 장현, 여인1 앞에서 작은 자개함을 열어 보이면 그 안에 들어 있는 댕기.

장현	요즘은 이렇게 끝단에만 자수를 놓는 댕기가 유행이라오.
여인1	어머 고와라!(얼른 환한 얼굴로 댕기를 달며) 이제 어서 과거를 봐서 급제하셔야지요. 그래야 혼인을 허락해 주신답니다.
장현	혼인?
여인1	(살포시 장현에게 어깨 기대며) 너무 서운해 마셔요. 저야 급제 전이라도 혼례를 올리고 싶으나... 부모님께서 절대 그것만은 아니 된다 하시어...(하는데)
장현	(받쳤던 어깨를 빼면 여인 휘청~) 날 연모하시오? 아니구만. 허면, 나는 낭자를 연모하는가? 나도 아직 그 정도는 아니오.
여인1	하지만 우린 벌써 세 번이나 만났고, 도련님은 제게 선물도 주셨고, 세가 오늘 도련님 어깨에 머리도 기대었

는데!

장현 그러니 혼인을 해야 한다?(절레절레) 이런... 낭자는 좀 다른 줄 알았더니. 잘 들어보시오, 낭자. 연모하는 마음이란 그저 찰나에 지나지 않는다오. 인간이란 본시 얄팍해서, 그런 거룩한 감정을 오래 품고 살 주제가 못되거든. 그러니 서로를 혼인으로 묶는 어리석은 행동은 하지 않는 것이 좋아. 해서... 난, 오래전부터 비혼으로 살기로 했습니다.

여인1 (눈 꿈뻑꿈뻑) ...비혼이 뭡니까?

장현 아니할 비, 혼인할 혼... 하여 혼인을 아니하기로 했다... 이 말이지.

여인1 그, 그럼... 나를 왜 만난 것이오?

장현 여인과 사내가 꼭 혼인을 해야 만날 수 있소?(하는데)

여인1 (순간 하얗게 질리며 사색 되더니, 목청 높이며 절규) 오라버니!!! 이자가 저를 능멸했어요!!!

순간, 저편에서 불쑥불쑥 모습을 드러내는 여인1의 예닐곱 오라버니들. 하나같이 우락부락 두툼한 덩치들. 장현, 마른침 꿀꺽, 여종과 수작 부리던 구잠의 눈도 땡그래지고.

여인, 두 손으로 얼굴을 감싸고 흑흑... 울며 오라버니들 쪽으로 뛰어가면, 여인의 오라버니들이 우둑우둑 목을 풀고, 손을 풀며 장현에게 다가오고, 장현, 주춤주춤 뒷걸음질치다 꽁지 빠지게 도망치기 시작한다.

구잠   (사색 되어 같이 도망가며) 그러게, 그놈의 비혼 애긴
            하지 말랬잖아요!!

S#39.   (현재) 계곡 / 낮

처음 들어보는 '비혼'이란 단어에 다들 의아해하며 웅성거린다. 여
기저기 웅성웅성, '비혼?', '비혼이 뭔가?', '미혼 말고 비혼?' 등등...
다들 웅성웅성한 와중에. 길채, 불쑥,

길채   (눈 가늘게 뜨고, 뭔가 알겠다... 하는 표정 되어) 뭔가
            모자란 구석이 있는 모양입니다. 필시... 밤에 사내구실
            을 못 한다든가...(하려는데)
종종이   (다급하게 쿨럭쿨럭) 애기씨이...!!!

하지만 길채의 말에 설핏 웃음 터진 연준. 길채도 아차 싶어 얼른
입 다물었다가, 저편의 연준과 눈빛 만난다. 이 순간만은 길채를 보
고 웃는 연준의 눈빛이 따뜻하고 부드럽다. 심장이 두근... 하며 볼
붉히는 길채. '나를 보고 웃었어!'

S#40.   송추집 마당 / 같은 시간

장현   (귀 쑤시며) 누가 내 애길 하나?

보면, 송추 할베기 석쇠 불에 구워준 고기를 날름날름 받아먹고 있

는 장현. 그런 장현이 얄미운 구잠, 고기도 안 먹고 째려보며,

구잠	어디서 욕하나 부지. 가는 데마다 욕을 몰구 다니구... 아주 벽에 똥칠할 때까정 오~래 사실 것 같어. 정말 서원 들어가는 조건으로 재물을 댄다고 하셨수?
장현	(고개 *끄덕*) 응.
구잠	아우 챙피해, 아우 챙피해...
장현	(그러거나 말거나 고기 받아먹고)

S#41. 계곡 일각 / 낮
이제 여인들과 사내들이 각기 흩어져 자기들끼리 장현 얘기를 계속하는데, 사내들은 계곡 일각에 모였다.

순약	지금 오랑캐 얘길 할 때가 아니야. 이장현, 그자가 우리 서원, 물 흐리는 것부터 막아야 해!
연준	하지만 그자가 서원에 쌀을 대준다 했다던데...
대오	쌀 때문에 그런 자를 받잔 말인가! 감히 명나라가 오랑캐와 싸우다 질 수도 있다는 망발을 한 자야!!

S#42. 산 일각 / 낮
꽃나무 오솔길을 지나며 모여 역시 장현에 대한 얘기를 나누는 능군리 여인들.

유화	내 생각엔 (흠흠...) 사내구실을 못 할 것 같진 않더구나. 그러기엔 풍채가...
정연	풍채뿐이니? 도련님들을 몰아세울 땐 매섭기가 꼭 사슴 무릴 노리는...
영채	맹수! 아니, 야수!!
유화	에그머니!
은애	(역시 고개 갸웃... 궁금한 표정인데)

오직 장현에게 관심 없는 한 사람, 길채다. 지금 길채의 머릿속은 자신에게 미소를 지어주었던 연준뿐.

(Ins.C)   1부 39씬
길채를 보고 설핏 미소 짓는 연준.

연준의 미소 한 번에 한껏 희망으로 부풀어 오르는 길채. 눈치 살피며 괜스레 길게 하품하더니,

길채	아우 지루해. 그 비혼 나부랭이 얘기는 종일 할 거니? 난 그네나 타야겠다.(총총 가며 종종이 쓱 보면)
방두네	(길채의 의도를 짐작하곤 입이 쩍, 혼잣말) 저, 저... 요살스러운...!

S#43.   능군리 그네터 / 낮
종종이를 데리고 그네터에 당도한 길채. 그네터가 썩 잘 보이는 위

치에 있는 마을 정자. 저편 마을 정자에서 연준을 비롯한 사내들이 담소 나누고 있는 것이 보인다. 길채, 빙그레 미소 지으며 그네 위로 올라서는데,

길채	너도 그 소문 들은 적 있지? 저... 남쪽, 남원인가 어딘가 하는 고을에서 과거 급제한 이몽룡이란 도령이 기생 딸 춘향이란 아이에게 반해 정실부인 삼았단다.
종종이	소문이야 들었지요. 헌데 그게 말이 되나요? 어디 기생 딸을...
길채	왜 말이 안 돼? 암튼 이몽룡이 왜 춘향이한테 반했는지 아니?
종종이	뭐 단옷날 그네 타다가 눈이 맞았다나 뭐라나...
길채	그러니까 왜 그네 타는 것을 보고 반했겠느냐는 것이다.(주변 살피더니 겉치마를 들어 속치마 보인다)
종종이	(화들짝 치마 내려주며) 에그머니, 왜 이러셔요!
길채	(피실...) 그네를 타면 치맛자락이 들리면서 속치마가 언뜻언뜻 보이겠지. 그러다가 운 좋으면, 속살도 살짝 보이겠지? 애간장들이 타겠지? 그래서 버선이 중요한 것이다!
종종이	(입이 쩍...)
길채	(비장하게 그네에 올라 자세 잡으며) 가자, 종종아!

S#44. 송추집 마당 / 낮
든든히 먹었는지, 손을 뒤로 짚고 배 두드리던 장현. 마침 송추 할

배가 쌈에 싼 고기를 아내 이랑 할멈 입에 넣어주려 하면, 이랑이 할배 먼저... 하며 송추에게 돌려주고, 송추가 또 고개 절레 먼저 먹어, 다시 이랑이 서방 먼저... 이 꼬라지를 짜증 난다는 듯 보다가 중간에서 쏙, 뺏어 먹어버리는 장현.

장현   눈꼴시려...

송추   (쩝... 다시 정성껏 쌈을 싸는데)

그때 장현의 눈에 저만치 멀리 그네를 구르는 여인 보인다.

장현   저 여인은...?

구잠   (흘긋 보곤, 올 것이 왔구나...) 능군리 여시. 꼬리 아흔 아홉 개.

순간, 눈이 반짝 빛나는 장현.

장현   아... 그래?(벌떡 일어서며) 배가 부르니 좀 걸어야겠다.

S#45.   계곡 일각 / 낮

여전히 이장현에 대한 얘기로 침 튀기는 순약, 준절 등 능군리 사내들.

순약   어서 가서 스승님께 이장현 그자는 절대 서원에 들여선 아니 된다, 말씀 올리자고...(하다 저만치 뭔가를 보고 말끝이 절로 흐려진다) 말씀을 드려야... 드려...

순약 시선 따라가면, 저만치에서 그네 타는 길채가 보였다, 안 보였다... 풍성한 치맛자락이 흩날렸다, 가라앉았다 하며, 길채 말대로 언뜻언뜻 보일락말락 하는 길채의 하얀 종아리.

순약 따라, 시선 좇았던 준절, 대오, 태성도 길채를 보며 턱이 떨어지고, 그제야 연준이 넋 놓은 유생들의 시선을 따라갔다가 그네 타는 길채 본다. 피실... 상황을 짐작하고 웃는 연준.

S#46. 능군리 산길 / 낮

산길 일각, 뒷짐 진 손에 부채를 까닥거리며 그네터로 향하는 장현.
못마땅한 표정으로 그 뒤를 따르는 구잠.

장현　　(랩 하듯 다다다 수다) 너도 알겠지만, 내가 팔도를 다
　　　　니며 무수히 많은 여인들을 보았다. 얼굴이 고운 여인,
　　　　손이 고운 여인, 허리가 가는 여인, 손목이 가는 여인,
　　　　목청이 좋은 여인, 맘씨가 좋은 여인, 사내들이 좋아하
　　　　는 여인, 사내를 좋아하는 여인... 그뿐이냐, 자칭 전라
　　　　도 양귀비, 평양 서시, 경상도 초선까지 두루 만나보았
　　　　으나, 겉거죽만 요란할 뿐, 속은 텅텅 비었더라... 이 말
　　　　이야.

구잠　　예예... 어련하시겠수...(방귀 뿡)

장현　　(에이... 손사래 하며 째려보곤 다시 수다) 해서 말이지.
　　　　능군리 꼬리 아흔아홉 개 달렸다는 그 여인도 말이지...

뭐 얼마나 대단하겠느냐... 싶다만은...

S#47. 능궁리 그네터 / 낮

열심히 그네를 굴리며 뒤편을 신경 쓰는 길채. 그러다 종종이, 저만
치에서 오는 장현을 연준으로 착각한다.

종종이　　옵니다. 와요!

기쁨으로 벅차 환해지는 길채의 얼굴. 길채가 환하게 웃으며 발을
구른다. 그사이 점점 그네터로 가까워지는 장현.

장현　　내 니가 말한 정성을 생각해서 직접 눈으로 확인은 해
　　　　　보마. 허나 큰 기대는 없어. 너도 알겠지만 내가 눈이
　　　　　좀 까다로우냐? 내가 찾는 여인은 말이지...

했다가 그네를 구르는 길채를 보곤, 순간, 말문이 막혀버린다. 길채
의 발그랗게 상기된 볼, 반짝이는 눈동자, 터질 듯 충만한 생기...

길채(E)　　언젠가, 내게 물으셨지요? 그날, 그네를 구르며 무슨 생
　　　　　각을 했느냐고. 기억이 나지 않는다 답했지만 실은 생
　　　　　생히 기억하고 있었습니다. 그날, 어쩐지 꿈속 낭군님
　　　　　이 내게 오실 것만 같았지요. 하여, 내 앞의 모든 것이...
　　　　　초록으로, 분홍으로 반짝이고 있었습니다.

저런 생기가, 저런 반짝거림이, 저런 아름다움이... 서서히 굳어가는 장현.

길채(E) 어느 날, 님께 물었습니다. 나를 처음 보았던 날을 기억하십니까? 님께선 기억하다마다... 그날 아주 진기한 소리를 들었거든... 하셨지요. 무슨 소리를 들으셨소... 물었더니,

장현 (넋을 놓은 채 입술만 움직인다) 구잠아... 들리느냐?(혼잣말 같은) 이 소리... 꽃 소리...

구잠 (뭔 뚱딴지...) 예? 꽃이 뭔 소리를 낸다고...(하는데)

그때, 그네 발판과 줄의 연결 부분이 끊어져, 어마... 하며 길채가 중심을 잃고 떨어지고, 장현, 놀라 달려간다.

곧, 장현의 너른 품에 포옥... 안착하는 길채. 놀란 길채와 장현의 눈빛이 만난다. 두 사람 사이에 흐르는 당혹과 긴장, 그리고 숨 막힐 듯 흐르는 정적.

장현(N) 분꽃이 피는 소리를 들어본 적 있습니까? 내 오늘... 그 진기한 소리를 들었소.

마음 깊숙한 곳에서 시작된 떨림에, 어쩔 수 없이 동요하는 장현과 낯선 사내의 상기된 얼굴을 마주하고 당황한 길채, 두 사람 위로,

타이틀 오른다.

〈몹시 그리워하고 사랑한 **연인**戀人〉

- 1부 끝

戀人 ——

제 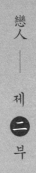 부

S#1.   능군리 그네터 / 낮

길채   (비장하게 그네에 올라 자세 잡으며) 가자, 종종아!

종종이   (한숨 푹... 쉬면서도) 예, 갑니다!

종종이가 힘껏 밀면, 길채가 훌쩍 날아오르고.

S#2.   송추집 마당 / 낮

장현   저 여인은...?

구잠   (올 것이 왔구나...) 누구긴, 능군리 여시. 꼬리 아흔아
홉 개...

S#3. 계곡 일각 / 낮

순약 등, 정신 놓고 길채가 그네 타는 것을 보는데, 아얏!! 비명 소리와 함께 길채가 시야에서 사라졌다.

순약   (벌떡 일어서며) 저, 저기... 사고가!!

순약이 뛰어나가자, 준절 등도 같이 무슨 일이야!! 하며 우르르... 나가고. 이제 자리에는 연준만 남아 피실... 미소 지으며 술잔을 드는데, 마침, 오던 은애가 의아해하며 묻는다.

은애   (놀라) 다들 어디 갔습니까?

연준   다친 사람이 있어 도와주러 갔습니다. 그네 타던 길채 낭자가...

은애   (놀라) 그럼 가봐야지요!(하면서 그네터 쪽으로 가려는데)

연준   (얼른 은애 손목 잡으며) 거긴 우리 말고도 도와줄 사람들이 많아요.

은애   (...!! 곧, 볼이 붉어지고)

S#4. 능군리 그네터 / 낮

길채가 약한 척 다리를 주무르고 있으면, 순약을 필두로 우르르 밀려오는 유생들.

순약   길채 낭자!

길채	(한껏 여린 표정 되어) 발판이 떨어질 뻔하여...
순약	(길채를 잡아 일으켜 주려다, 차마 손도 대지 못하곤, 괜히 그네를 탓한다) 이런 못된 그넷줄 같으니! 어서 고칩시다, 어서!!

순약과 준절, 대오, 태성 등이 달라붙어 연결된 줄을 풀어 그넷줄을 단단히 고정시키는 사이, 다리 주무르는 시늉 하며 주변을 둘러보는 길채. 연준이 안 보인다.

길채	다 온 것이요?
순약	당연히 달려와야지요. 길채 낭자가 다칠 뻔하였는데.
길채	아니, 그게 아니라...(하며 아무리 둘러봐도 연준이 없다. 실망스러워져 벌떡 일어나며) 고쳤습니까?
순약	아직 더 손봐야 합니다. 낭자, 다친 곳은...?(하는데)
길채	비키셔요. 다시 타야겠습니다.(다시 올라타고)
종종이	(놀라) 에휴... 애기씨!!

하지만 길채, 다시 보란 듯이 그네 위로 오르는데.

S#5. 산길 / 낮

뒷짐 진 손에 부채를 까닥거리며 그네터로 향하는 장현. 못마땅한 표정으로 그 뒤를 따르는 구잠.

장현	해서 말이지. 니가 말한 능군리 꼬리 아흔아홉 개 달렸

다는 그 여인도 말이지... 뭐 얼마나 대단하겠느냐... 싶다마는...

S#6.　　능군리 그네터 / 낮
열심히 그네를 굴리며 뒤편을 신경 쓰는 길채.

길채　　오니? 오고 있니?

종종이　　(그때, 저만치에서 오는 장현을 연준으로 착각하고는) 옵니다. 와요!

길채　　(기쁨으로 벅차 환해지며) 내가 말한 것 있지?

종종이　　위험할 텐데...

길채　　할 수 있어! 종종아, 넌 할 수 있다!! 우리 종종이만 믿는다!!

종종이 하는 수 없이, 그네를 밀다가 헐거워진 부분을 손으로 건드려 뚝 끊으면, 길채, 어머나... 하며 떨어진다. 놀라 사색이 되는 순약과 준절 등, 길채를 향해 몸을 던지는데, 일각에서 제일 빠르고 민첩하게 다가가 길채를 안아 드는 사내, 장현이다.

타이틀 오른다.

〈몹시 그리워하고 사랑한 **연인**戀人〉

S#7.   동장소 / 낮

길채, 장현의 품에 살포시 안착하고. 자신을 받아든 것이 연준일 것이라 여긴 길채, 잔뜩 수줍고, 여린 표정으로 지그시 고개를 들었다가 순식간에 낯이 일그러진다.

장현(N)   (그윽한 눈빛 되어, 마음의 소리) 분꽃이 피는 소리를...(하는데)

길채   (화들짝 장현 밀쳐내며) 뭐요!!!

홀딱 깨는 표정된 장현, 휘청... 뒤로 밀려나며.

장현   (어안이 벙벙) 나야말로... 뭐요? 기껏 도와줬더(니...하려는데)

길채   누가! 내가? 내가 언제 그쪽보고 날 도우랬소!!

장현   아니...(눈 꿈뻑꿈뻑) 그럼... 받아주기로 맡아놓은 사람이라도 있소?

길채   그야 당연히...(하다가 입 꾹 다문다)

보면, 순약 등이 길채와 장현의 다툼을 어안이 벙벙하여 지켜보고 있고. 길채, 종종이를 착 째려보면, 종종이 얼른 눈 피하고.

길채   (다시 장현 위아래로 쓱 보더니) 운도 좋으시구만.

장현   낭자가 아니고 내가? 내가 운이 좋다고?

길채   초면에 나랑 이리 길게 말도 섞고, 운이 좋아, 운이...

장현   (길채의 자뻑에 어이없고)

길채	여튼 어디서 굴러온 도령인 줄은 모르겠으나... 가던 길 가시오. 되련님 운은 이것으로 끝이니.
장현	아니, 고맙다는 인사 정도는 해야...(하는데)
길채	(듣지도 않고 괜히 순약 등에게 화풀이) 이게 고친 것 입니까? 도련님, 참으로 실망입니다.
순약	(완전 울상이 되어) 그러기에 아직 다 고친 것이 아니 라고...
길채	(대답도 듣지 않고 휙 돌아서 가버리면)
순약	다시 고쳐놓겠습니다. 다시는 이런 일이 없을 것입니 다!!(괜히 준절 등에게 화풀이) 제대로 해야지!!

장현, 위풍도 당당하게 성질부리며 멀어지는 길채며, 꼼짝 못 하는 순약 등의 꼬라지에 더 기가 막히는데, 구잠, 꼬시다는 표정으로 부들거리는 장현 옆으로 쓱 다가와,

구잠	(깐족) 꽃 소리 한번 요란합니다.
장현	꽃? 누가 꽃이야?!! 뭐가 분꽃이야!!!

S#8.   *계곡 일각 / 낮*

씩씩거리며 연준이 있는 정자 쪽으로 왔던 길채, 우뚝 서고 만다. 보면, 길채의 시선 끝, 부채에 시를 적고, 나누어 낭독하며 오붓한 시간을 보내고 있는 연준과 은애.

종종이	(맘이 아파져서) 애기씨...

| 길채 | 또 둘이 재미없는 얘기를 하는 모양이야. 오늘은 그만 가자. 역시 버선이 맘에 들지 않아. |

길채, 시무룩해져서 몸을 돌려 가고. 그런 사정을 모른 채, 연준을 올려 보는 은애의 눈빛은 사랑으로 가득한데.

S#9. 길 일각 / 낮

기운 없이 가는 길채. 그 뒤로 덩달아 기운 없이 따르는 종종이. 마침 장현, 길채에게 당한 분이 남아 씩씩거리다가 길채가 지나가는 것을 목격한다.

장현	옳거니, 저기 가는구만. 내 가서 따져야겠다!(하는데)
길채	(좀 전과 딴판. 어쩐지 맥이 풀려 기운 없이 걷고 있고)
장현	(...?!!) 왜 저리 맥이 풀렸어? 시퍼렇게 성질부릴 땐 언제고.
구잠	그러게... 어디서 뺨이라도 맞고 울고 싶은 얼굴인데요. 아닌가? 누구 뺨이라도 때려서 울리고 싶은 얼굴인가?

그사이, 길채는 저만치 멀어졌고.

S#10. 송추집 마당 / 낮

마당 평상에 마주한 송추와 이랑. 송추는 짚신을 꼬고, 이랑 할멈은 자투리 천으로 옷이라도 꿰매는데, 송추, 장난기가 발동해서 형

겊 조각을 지푸라기로 요리조리 묶어서 신랑 인형을 만들어 보인
다. 재미져서 꺄르르... 웃는 이랑 할멈. 아마도 이랑은 말을 못 하
는 듯. 그때, 활활 부채질하며 들어오는 장현.

송추	왜 뿔이 잔뜩 나서리...(하며 묻는 얼굴로 구잠 보면)
구잠	(어깨 으쓱)
장현	(끙... 툇마루에 앉아 부채질만 활활 하다가) 그... 이 마을에 사는 그... 낭자 말이지...
송추	능군리 사는 낭자가 한둘입네까?
장현	거... 자기가 무척 이쁜 줄 알고 잘난 척하는...
송추	아... 길채 애기씨?
장현	흥, 딱 나오는구만. 헌데 길... 채라고?
송추	예. 유길채. 유교연 나리 따님. 사내 여럿 울렸디 아마... (하다가 퍼뜩) 아하! 되련님도...
장현	(당황) 아하는 무슨 아하!!
이랑	(무슨 일이냐고 송추에게 묻는 표정)
송추	(이랑에게 속삭속삭. 간헐적으로 들리는 음성) ...해서... 장현 도련님도... 벨 수 없디 메야...
이랑	(꺄르르... 고개 끄덕끄덕)
장현	(벌게져서) 왜 웃나? 왜 그리 웃어? 뭐가 별수 없어!!

S#11.   송추집 방 + 마당 / 낮

장현, 방에 앉아 쪽문에 한 팔을 걸치고 다른 팔로 열을 식히겠다
는 듯 활활 부채질을 하고 있고, 구잠은 그 옆에서 구멍 난 옷 따위

를 바느질하고 있는데, 쪽문 밖, 송추 할배가 이제 완성된 신랑 각시 인형을 놓고 할배 인형이 할매 인형에게 다가가 뽀뽀하고 나 잡아봐라 도망가는 시늉을 하면, 이랑 할멈이 든 인형이 꺄르르... 웃으며 쫓아가는 등, 둘이서 어화둥둥 얼씨구절씨구 사랑 놀음이 한창.

장현	(송추 보며 짜증 나서 구시렁) 저 노인네... 하루라도 닭 살 돋는 짓을 안 하면 하늘이 무너지지.
구잠	(바늘을 쓱쓱 머리에 비비며) 남이사...(하는데)
장현	거 바느질은 고만하고, 내 서원 들어가는 일이나 어찌 되는지나 알아보고 오너라.
구잠	받아주기 싫다는데 기를 쓰고 들어가야겠수? 백지 답 안지 내놓곤... 염치도 없지.
장현	서원에도 못 들어가는 주인, 챙피하다며!! 그리고 그 길챈지 뭔지, 꼬리 아흔아홉 개가 하는 말 못 들었느냐? 나보고 굴러왔다지 않아? 어서 다른 데로 굴러가라지 않아?(비장) 내, 보란 듯이 이 마을에 뿌리를 내려야겠다.
구잠	거 참... 이 마을 스승님들이 돈 받고 서원에 들여줄 분들인 줄 아시우?

S#12.   여희서원 사랑채 / 낮

서로 놀란 시선을 교환하는 근직과 교연. 그 아래 바싹 부복한 구잠.

교연	홍시값을 세 배로 쳐서 쌀로 주겠으니 서원에 넣어달라?
구잠	(구김살 가득…) 예.
근직	아무리 사창이 비었다 한들… 우리가 돈을 받고 서원에 들일 듯싶으냐!!(노기 탱천한데)

S#13. 동장소 / 저녁

겸연쩍은 표정이 된 근직. 그 옆으로 역시 민망해서 괜히 흠흠… 헛기침하는 교연. 그들의 민망해하는 시선, 아랫목에 무릎 꿇은 장현에게 향하고 있다.

근직	쌀이 넘쳐 주체를 못 하겠는가? 허면 쌀을 버릴 수도 없고… 어쩔 수 없지. 우리라도 받아야지, 흠흠…
교연	(역시 계면쩍어) 흠흠….
장현	(납죽) 참으로 잘 생각하시었습니다.
교연	헌데 왜 기를 쓰고 우리 서원에 들어오려는 겐가? 과거에 급제하고 싶으면 더 명망 높은 서원도 많거늘…
장현	(미소) 전 과거엔 뜻이 없습니다.

교연과 근직 등, 장현이 아리송…해서 서로 보는데,

장현	헌데 한 가지 청이 있습니다.
근직	(발끈) 뭐? 또 청이 있어?!! 이보게, 내가 뭐라고 했는가? 이자가 다른 꿍꿍이가 있다 했지?(하는데)
장현	송추 할배 아시지요? 섣달이 되면, 송추 할배가 혼인한

지 꼭 예순 해랍니다. 해서 제가 회혼례(자막: 부부가 혼인하여 함께 맞이하는 예순 돌을 기념하는 잔치)를 치러주고 싶은데, 서원 땅을 맡아 농사짓는 노인이니, 이곳 서원에서 회혼례를 올려도 될는지요.

근직 (버럭) 뭐어?!!

장현 (바싹 더 고개 조아리며) 예, 물론 회혼례라는 것이 양반들이나 하는 것이니, 송추 할배에겐 가당치도 않겠으나...(하는데)

근직 송추 할배가 혼인한 지 벌써 예순 해가 되었어?

교연 연상연하라지?

근직 이랑 할멈이 나이가 더 많단 말인가? 동안이군...

교연 그 소문 들었는가? 그 내외는 요즘도 밤에...

근직 (발끈) 말이 되는 소릴 하게!!(했다가)...참말인가?

등등 해가며 수다 터진 교연, 근직. 장현, 이게 무슨 분위기인가... 어리둥절한데,

교연 (문득) 헌데 회혼례를 왜 자네가 치르는가? 우리 서원 점사를 맡아 보는 송추 할배 회혼례니 우리가 치러야지. 회혼례는 사족이 올리는 것이긴 하나...(하고 근직 보면)

근직 본시... 예는 정(情)에서 나온다 했어.

장현 ...?!!

S#14. 여희서원 대문 앞 / 밤

잔잔한 미소를 지으며 서원을 나서는 장현. 그 곁의 구잠.

장현   예는 정에서 나온다...? 이 마을에서 참으로 죽향이 나
                는 것 같지 않으냐...(하는데)

픽, 누군가와 맞닥뜨린다. 보면, 마침 서원 쪽으로 오던 길채다.

길채   에그머니!(했다가 종종이가 초롱 들어 보이자 장현임
                을 알아보고) 혹시... 나를 기다렸소?

장현   (어이가 없다) 그 무슨...! 나는 서원에서 일을 보고...
                (하는데)

길채   에휴... 우리 이러지 맙시다. 내 이 길로 지나는 건 어찌
                알고...

장현   듣자 듣자 하고, 보자 보자 하니... 나는 말입니다, 낭자
                를 기다리고 있었던 게 아니라, 내 갈 길 가는 중이었
                소. 내 가던 길을 뚜벅뚜벅... 앞만 보고...!!

길채   그렇겠지. 다들 말은 그리합니다. 원... 어디서 천 년 전
                바보 온달이 평강 공주 꼬실 때나 쓸 법한 뻔한 수작
                을... 아무튼, 난 길이 바빠서!(쌀쌀맞게 지나쳐 가면)

장현   (헉..!!) 바... 바보 온달, 수... 수작?!!

길채는 벌써 멀어졌고, 장현, 기가 막힌다.

장현   (다시 활활 부채질) 종일 어이가 없구나. 종일...!!

S#15.　　여희서원 마당 / 밤

연준이 서원의 마지막 정리를 하고 문을 닫고 나서면, 마당에 서서 기다리는 이, 길채다. 쓰개치마를 내리며 싱긋 미소 짓는 길채.

연준　　　...!!

CUT TO

마당 일각에 마주한 길채와 연준.

연준　　　낭자, 이런 말을 하여 미안하지만, 본시 서원은 여인들
　　　　　　이 출입할 수 없는...(하는데)
길채　　　(피실..) 그런 고지식한 말은 마셔요.
연준　　　(절레... 피실) 역시 낭잔... 못 말립니다.

하고 길채 보는데, 길채, 연준을 간절한 눈빛으로 올려 보고 있다.
연준, 조금 당혹스러워져 시선 피하려는데,

길채　　　그러지 마셔요! 지금 그거 말입니다. 제게 향하는 마음
　　　　　　을... 애써 외면하지 마시란 말씀이어요.
연준　　　...!!
길채　　　(한 걸음 다가가) 낮에도 절 보고 웃어주시었죠? 저는
　　　　　　잘 압니다. 그 웃음의 의미가 무엇인지.
연준　　　(이젠 피하지 않고 가만... 길채 보다가) 예, 낭자를 보니
　　　　　　절로 웃음이 지어졌겠지요. 누군들 아니 그렇겠습니까?
길채　　　(벅찬) 도련님...!

연준	낭자는 누구든... 어떤 남자든 가질 수 있지요. 허나... 은 애 낭자에게는 나쁩니다.
길채	(충격받아 안색이 굳고)

S#16. 길채집 별채 외경 + 길채방 / 밤
(Ins.C) 길채가 머무는 별채를 부드럽게 감싸는 달빛

잠시 후, 쪽문이 열리더니 시름 가득한 얼굴의 길채가 빼꼼 고개를 내민다. 침의 차림으로 쪽문에 턱을 괴고 앉아 달을 올려 보는 길채. 뒤에서 이부자리 살피며 길채를 달래주는 종종이.

종종이	· 예전에 근삼이가 저한테 그러더라구요. 너는 나 없이도 살 수 있지만, 약순이는 나 없으면 못 살아. 그러더니 저를 뻥 차고 약순이한테 갔습니다. 사내들이 그런 말을 할 때는... 사실 속마음은 다...(하는데)
길채	내가 너무 안이했어. 그동안 한양 생활을 한 연준 도련님에 대해선 아는 게 없어. 생각해 보렴. 성균관 유생들은 장차 대과에 급제해서 임금님을 지척에서 뫼실 분들이니, 매파들이 얼마나 눈독을 들였겠니. 도움이 필요해. 물정에 밝고, 한양 사람들의 세련된 취향과 기호를 잘 아는...

(Ins.C)
순간, 둥실... 떠오르는 장현의 얼굴. 비웃는 것인지, 놀리는 것인지

알 수 없는 장현의 묘한 미소.

길채   (화들짝 뒤로 주저앉으며) 에그머니!! 아유, 망측해! 안
될 말이지, 안 될 말이야!

종종이   (놀라) 왜 그러셔요?

길채   아무리 그자가 견문이 넓고, 아는 것이 많고, 한양 물정
에 밝다고 해도, 내가 그런 비혼 나부랭이에게 도움을
받다니...!

종종이   ?!!

S#17.   **송추집 앞 / 아침**

맑은 새소리 호로로롱... 능군리의 아침이 밝았다. 정겹고 포실한
능군리 일각에 자리한 아담한 송추의 초가. 장현이 송추 할배 집
싸리문을 열고 나서다가 툭, 길채와 마주친다. 화들짝 놀라며 뒤로
물러서는 장현.

장현   이보시오. 나는 절대 그대를 여기서 기다린 게 아니니
오해일랑 말고...(하다가, 고개 갸웃) 아니지, 여긴 송추
할배네 집이지.

길채   (씩... 미소)

장현   (어라?) 날 기다렸소?

길채   혹... 나와 조금 더 시간을 보내고 싶다면...(마치 은혜를
베풀겠다는 듯 씩... 미소) 내 기회를 드리다.

장현, 그런 길채가 기가 막히고, 코가 막히고.

S#18. 능군리 정자 / 낮

위풍도 당당, 도도하게 마을 일각 정자에 착 앞서 앉는 길채. 장현,
용건이 뭐야, 뭐가 저리 당당해... 하며 보면,

길채	날 좀 도와주시오.
장현	내 도움 맡아놨소? 내가 왜 낭잘 도와줍니까?
길채	그야... 그리도 들어가고 싶어 하는 우리 마을 서원 스승님이... 내 아버지시니까요.
장현	(씩...) 하지만 난 이미 서원에 들어가기로 예정된 몸이요.
길채	아... 재물을 대고 들어가기로 했다지요?
장현	(쩝...)
길채	그건 압니다만... 이번에 날 도와주시면, 나도 도련님을 도와드리지요.(가까이 오라는 손짓)

장현, 못마땅하지만 하는 수 없이 길채에게 다가간다. 하지만 길채
를 바로 코앞에서 마주하자, 자기도 모르게 미미하게 긴장하는 장
현. 길채, 그런 장현 속도 모르고, 주변을 살피더니 작게 속삭... 한다.

길채	다음번 서원 시험 시제를 몰래 훔쳐 보여드리지요.

장현, 긴채를 본다. 어이없이 보는 것이다. 허나 길채, 아주 대단한

제안이라도 하는 듯 눈을 가느다랗게 뜨고 장현 보며 고개를 끄덕 끄덕... 의미심장한 표정 짓고. 장현, 쿡... 웃음이 나올 것 같았으나, 어쩐지, 진지한 길채를 무시하고 싶진 않아,

장현	(짐짓 놀란 듯) 참으로 시험 시제를 내게 보여주시겠소?
길채	그렇다니까요. 일전 서당 시험 때 한 글자도 쓰지 못했 다면서요? 그러니 사람들이 도련님 보구 가짜 양반 아 니냐구 쑥덕거리지요.
장현	(순간, 잠시 표정 굳었으나 다시 능청스레 표정 고치 며) 헌데, 그 대가로 내게 무슨 도움을 받고 싶소?
길채	(끙... 몸 일으키곤 괜히 옷매무새 만지며) 전 이곳 능군 리에서 나고 자랐지만, 사실... 이런 곳과는 어울리지 않 습니다. 제겐 더 화려하고 근사한 곳이 어울리지요. 이 를테면 한양이랄까...
장현	흐음...(피실)
길채	해서 한양 생활에 대해 궁금합니다. 한양 사람들은 어 떤 대화를 하고, 무슨 옷을 입고, 무엇을 좋아하는지... 어떤 사람을 멋스럽게 느끼고, 사귀고 싶어 하는지... 말 이지요.
장현	(흐음...) 헌데 왜 바보 온달 수작이나 부리는 나 따위에 게 도움을 받으려 하실까?
길채	제 생각이 짧았습니다. 전 도련님이 내게 흑심을 품고 접근한 것이라 여겨 경계했는데, 생각해 보니 도련님은 그 비혼인가 뭔가로 산다고 했다면서요?
장현	그래서?

길채	(담뿍 미소) 그럼 되었지요. 도련님과 저 사이엔 아무것도 없지요. 우리는 절대 혼인할 사이가 아니니, 서로 여인과 사내가 아니지요. 아니, 저는 여인이지만, 도련님께 저는 여인이 아니고, 도련님도 사내지만, 제게 도련님은 사내가 아닌 것입니다. 그냥...(발끝의 돌멩이 야멸차게 툭 차며) 이 돌덩어리나, (나무 틈의 풀을 뜯어 가차 없이 버리며) 저 풀때기 같은 것이지요.
장현	(도, 돌덩어리? 묘하게 빈정이 상하고)
길채	그러니 우리는 서로 거리낌 없이 도움을 주고받을 수 있지요.(씩... 미소) 도와주시겠지요?

S#19. 능군리 나루터 / 아침

이른 아침, 능군리 나루터 일각. 작은 쪽배 곁, 장현이 서성이며 누군가를 기다리고 있는데, 이윽고 기척! 보면, 저만치서 길채가 쓰개치마를 푹 눌러 쓰고 장현에게 다가온다. 장현, 씩... 미소 짓고.

S#20. 저자 일각 / 낮

저자 잡화를 파는 가게 앞에 선 길채와 장현. 버선과 당혜(신발), 각낭(주머니 가방) 등등 구경한다.

장현	(버선을 하나 집어 보이며) 요즘은 말이지요, 버선을 발 크기보다 작게 만들어 신는 것이 유행입니다.(붉은 새 연지 들어 보이며) 한양 삼정승 댁 따님들은 다...

길채	(그럼 그렇지...) 어쩐지 내게 어울릴 것 같더라니...(하고 들면)
장현	(착, 뺏으며) 이런 색은 너무 싫어하고, (다른 연지 보이며) 이런 연지를 바릅니다.
길채	(민망...)

S#21. 저자 서가 / 낮

장현과 길채가 서가에 섰다. 장현, 책꽂이에서 책들을 살피다 한 권 골라 길채의 품에 올려준다. 이미 길채의 품에는 책이 서너 권 들려 있다.

장현	한양 사람들이 가장 좋아하는 이야기책들입니다. 한양 사람들의 욕망과 바람이 고스란히 드러나 있지요.
길채	(제일 위 책의 제목 읽는다) 운영전...
장현	한 선비가 꿈에서 운영을 만나 들은 이야기를 적은 소설이지.
길채	꿈이요?(순간 곰곰...) 사실... 나도 가끔 아주 생생한 꿈을 꿉니다. 어떨 땐 꼭 그 꿈이 진짜같이 느껴지고, 그 꿈에 나오는...(하는데)
장현	(그사이 밖을 살피더니, 문을 닫아 걸어 잠근다)
길채	(눈 똥그래져서) 뭐 하십니까?
장현	옷 갈아입으시오. 이제 갈 곳은 사족 여인들은 못 가는 곳이거든.(구석에 가서 보자기를 풀며 다시금 길채를 위아래로 쓱... 살피다가) 맞으려나?(하고 펼친 것은 사

내의 도포와 갓)

길채   (발끈) 나 보고 사내 옷을 입으란 겁니까?!!

장현   한양 가 살기 싫으시오?

길채   ...!!

S#22.   동장소 / 낮

서가 구석진 일각, 창틀로 들어온 빛에 먼지 조각들이 반짝이며 유영한다. 보면, 사내 옷을 입고 상투를 올리려 애를 쓰는 길채. 구석 벽에 등을 기대고 앉아 한 손을 무릎에 얹은 채 보던 장현, 답답해서 잔소리한다.

장현   거거... 위로, 위로 올려서 돌돌 말라니까.

길채   이렇게요? 이렇...게?

장현   아니, 반대로, 반대!! 거 참!!

결국 장현이 다가가 길채의 머리를 잡고 상투를 틀어주는데, 한순간 길채의 머리카락이 장현의 얼굴을 스쳐 그 향이 퍼진다. 잠시 멈칫... 하는 장현.

길채   아직 멀었습니까?

장현   ...다 됐소.(서둘러 마무리하면)

이윽고 면경 속에 상투 튼 길채가 등장한다. 길채, 자기 얼굴을 빤... 히 보더니, <u>스르르 녹는다.</u>

길채	사내로 났어도 참으로 미남이었겠어...
장현	(어이없어 절레...)

S#23. *여각 / 저녁*

초롱이 알록달록하고, 아름다운 기녀들이 살랑이며 움직이는 번화한 여각 외경. 장현이 길채를 데리고 여각 마당 일각의 정자에 자리 잡는다. 마루 위, 평상 위, 방방마다 자리한 수십 명의 사람들. 다들 누구를 기다리는지, 목청 높여 안달복달한다. '왜 아직이냐?', '량음은 언제 나오는 것인가?', '량음이를 어서 불러줘!!'

길채	량음...이 누구요?
장현	(미소. 술잔 들며) 운 좋은 줄 아시오. 조선 최고 명창의 노래를 듣게 해줄 테니. 한양 우심정 같은 곳에서나 들을 수 있는 소리지만... 오늘 량음이 특별히 예까지 행차해 주셨거든. 능군리에서 꽃놀이나 하던 처지에 좋은 소리를 알아들을지나 모르겠지만...

이윽고 저편부터 소란스러워지더니 우레와 같은 박수와 함께 등장하는 량음. 창백한 피부에 애수가 느껴지는 아름다운 외모와 서정적인 눈빛을 한, 젊은 사내다.

길채, 신비로운 분위기의 량음을 홀린 듯 보고, 량음이 무대 중앙에 서면, 곧 사방이 고요해진다. 그 적막을 뚫고 량음에게서 흘러나오는 아름다운 목소리.

량음   (자작시 노래)

애간장이 끊어지듯 절절한 량음의 노래. 누구 하나 숨 한 번 크게 쉬지 않고 량음의 노래에 빠져들었고, 장현 역시 량음의 노래를 음미하며 길채 봤다가, 문득 당황한다. 길채의 눈에 눈물이 그렁… 맺혔다.

장현   (놀라) 우시오?
길채   (손가락으로 쉿)

이윽고 량음의 노래가 끝나자, 사방에 여운이 남아 적막이 가득한데, 가장 먼저 자리에서 일어서서 격하게 박수를 치는 길채. 곧, 길채를 시작으로 사방에서 우레와 같은 박수 소리 터진다.

길채   좋습니다. 참으로 좋습니다. 내 태어나서 이런 귀 호강은 처음입니다!

그런 길채를 보며 설풋… 미소가 뜨는 장현. 이제 관중의 환호를 받으며 단정히 인사하는 량음. 량음, 고개 들었다가 저편의 장현을 보곤 담뿍 미소가 뜬다. 장현, 술잔을 들어 인사를 대신하는데, 량음의 눈에 장현 옆 곱게 생긴 젊은 유생 들어온다. 량음이 젊은 유생의 얼굴을 더 자세히 보기도 전에, 장현이 데리고 사라지고.

누굴까? 궁금해지는 량음에서.

S#24.　강**일각 / 밤**

잔잔한 강 위, 달이 두둥 떴다. 물결을 고요히 가르며 지나는 쪽배. 쪽배에 마주한 길채와 장현. 사공 대신 장현이 배의 노를 젓고 있다. 길채, 아직도 량음 노래의 여운이 남았는지 손을 강물에 적시어 가며 량음이 부르던 노래를 흥얼거리는데,

장현　　헌데... 무슨 꿈이요?

길채　　예?

장현　　가끔 진짜처럼 생생한 꿈을 꾼다고 하지 않았소?

길채의 말을 흘려듣지 않고 기억하고 있었던 장현. 길채, 잠시 머뭇 하다가,

길채　　그게...(말하려다) ...아닙니다.

장현　　(뭔가 있을 것이라 여겼으나 더 묻지 않는데)

길채　　(가만... 장현을 보다가) 역시 소문이 사실인 모양이군. 나와 이렇게 단둘이 있는데도 볼이 붉어지거나, 말을 더듬지 않아. 비혼인가 뭔가로 살려는 이유가... 사내구 실을 못 해서라더니...

장현　　뭐?(너무 재미있다는 듯 껄껄껄 웃음 터지면)

길채　　(장현의 폭소에 당황스럽다) 아니오? 그럴 리가 없는 데...

장현　　(이번에도 길채가 보기 민망할 정도로 킬킬거리며 크 게 웃고)

길채　　(민망하여) 뭐가 그리 웃깁니까?

장현	(눈가에 맺힌 눈물을 닦으며 다시 노를 젓는다) 그만 가지. 이제껏 낭자가 만난 사내들은, 평생 서원에서 공부만 한, 소심하고 물정 모르는 어린 유생들이었겠지. 해서 낭자 눈길 한 번에 어쩔 줄 몰라 했을 게야. 하지만 낭자, (길채와 눈을 맞추더니) 난 그들과 달라요.
길채	...!!
장현	뭐, 차차 알게 되겠지.

S#25.　능굴리 나루터 / 밤

이윽고 장현과 길채가 탄 배가 뭍에 닿았다. 장현이 먼저 배에서 내리더니, 길채에게 손을 내민다. 새삼 장현이 사내로 느껴지기 시작한 길채, 어색해서 잠시 머뭇거리면.

장현	(피실...) 왜? 내가 갑자기 풀때기나 돌덩어리가 아니고, 사람으로 보이오?

길채가 뭐라고 답하기도 전에 길채를 번쩍 들어 배에서 뭍으로 내려놓는 장현. 그 간단하고 가뿐한 몸짓에 길채 당황하여 얼굴이 벌게지고. 이제 장현이 앞장서 걸으면, 길채, 왜 심장이 두근거리는지 당황하며 뒤를 따르다가,

길채	이 옷은... 언제 돌려드립니까?
장현	나는 내일 홍시와 바꿀 쌀을 가지러 떠납니다. 몇 달 걸릴 게요.

길채	허면 옷도 돌려드릴 겸, 제가 내일 배웅을 하지요.
장현	(돌아보며 씩) 그거 좋군.

장현이 부채 쥔 손을 뒷짐 진 채, 앞서 걷고, 길채, 조금 혼란스러운
표정으로 그 너른 뒷모습을 보는데.

S#26.   길채방 / 밤

달빛이 은근히 비추는 길채의 방. 침의 차림으로 잠자리에 든 길채.
모로 누워 뭔가를 응시하고 있다. 보면, 길채 앞, 곱게 개켜진 장현
이 빌려준 옷.

(Ins.C)   2부 25씬

장현이 자신을 안아 가뿐히, 번쩍 들어 올리던 순간.

길채	(괜히 귀밑이 벌게져선) 무슨 생각을 하는 거야.

능군리의 밤이 깊어간다.

S#27.   능군리 동구 / 아침

길 떠날 채비를 하고 능군리 동구에 선 장현과 구잠. 장현, 길채가
올 저편을 본다. 벌써 흐뭇하다.

S#28.　길채방 / 아침

길채 역시 장현을 만나러 가는 길이 설레는지, 자기도 모르게 흥얼
흥얼 콧노래 부르며 장현의 옷을 보자기에 싸는데, 문득 옷 주머니
에서 뭔가가 떨어진다. 보면, 단도다. 단도에 새겨진 글귀.

'배꽃에 서린 달, 내 맘에 어린 님'

길채　　　　내 맘에 어린 님...(순간 안색 싹 굳으면)

종종이　　　(마침 들어오다가 의아하여) 이게 뭡니까?

길채　　　　(실망스러운 쓴 미소) 아마도 어느 여인이 준 모양이
　　　　　　지. 이런 물건을 아무 데나 흘리고 다니다니. 그런 사내
　　　　　　에게 내가 무슨...(괜히 분한데)

종종이　　　저기... 연준 도련님이 마님 사랑채에 드셨대요.

S#29.　능군리 동구 / 낮

생각보다 길채가 늦어진다. 그래도 장현, 잔잔한 미소를 지은 채 서
성이며 기다리는데 저편에서 기척! 장현, 환한 미소 지으며 돌아보
았다가 실망하는 얼굴 된다. 보면, 길채 대신 옷 보자기를 든 종종
이가 종종종... 걸어오고 있다. 종종이, 장현 앞으로 와선 꾸벅하고,
보자기를 턱, 구잠에게 주며,

종종이　　　(거만한 말투) 울 애기씨는 못 오십니다. 도련님들이
　　　　　　오셨거든요.

장현　　　　(못내 시운하여 저편을 보고)

S#30. 길채집 사랑채 + 마당 / 같은 시간

같은 시간, 문기둥 뒤에 숨어 사랑채에 든 연준을 보며 미소 짓는 길채. 보면, 교연과 근직 아래로, 연준과 순약, 대오, 준절, 태성 등등이 앉아 있고, 그 사이에 놓인 상소문. 연준 등이 상소문에 올릴 글을 상의하고 있다.

길채　　저리 당당한 연준 도련님을 두고, 내가 무슨 생각을 한 거야...

곧, 상소문을 들고 일어서는 연준.

연준　　허면 이대로 상소를 올리겠습니다. 제가 읽어 보이지요. 오랑캐가 스스로 칭제하는 이때에, 예의의 나라인 우리나라가 이를 두고 본다면 우리 역시 짐승과 다를 바 없어, 끝내는 인심을 수습할 수 없을 것입니다. 하오니 상께오서는 싸울 방도를 마련하여...

연준이 들고 있는 상소문, 다음 씬, 상소문들로 연결된다.

S#31. 조선궁 편전 / 낮

인조 아래로 소현세자와 최명길, 김상헌, 김류, 홍서봉 등 대신들이 일별해 있고, 인조 앞엔 각지에서 온 상소들이 수북하다.

김상헌　　전하, 팔도에서 오랑캐와 척화하고, 싸우기를 청하는 상소가 빗발치고 있사온데, 굳이 사신을 보내 오랑캐의 비위를 살피시려는 뜻이 무엇이옵니까? 저들은 이미 정묘년에 조선과 형제의 우의를 맺기로 약조하였소. 헌데 이제 멋대로 약조를 어기고 군신의 예를 맺자니!

최명길 저들이 몽고를 차지한 후, 스스로 황제라고 칭했으니, 기어이 우리한테서 명분을 찾고자 할 것입니다. 지금 사신을 보내 달래지 아니하면 저들이 그것을 빌미 삼아 반드시 군을 몰고 올 것이오!

김상헌 허면, 좋소이다. 국서를 보내되 정묘년의 약조를 지키지 못한 것을 꾸짖는 내용이 담겨야 할 것이오! 저자의 코흘리개도 오랑캐를 보면 침을 뱉고 있어요. 민심이 이러할진대 전하께서 오랑캐를 꾸짖지 않으시면, 백성들이 전하를 어찌 여기겠소? 민심이 한 번 흩어지면 다시는 담기 어려우니, 그것이 오랑캐보다 더 무서운 것임을 모르시오?

인조 (극심히 갈등하는 표정인데)

CUT TO

이제 모두 물러나고 인조와 최명길만 남았다. 인조, 극심한 스트레스로 속이 부대끼는지 손으로 쓱... 배를 쓸어내리며,

최명길 전하, 후금에 정묘년의 약조를 지키라 꾸짖는 국서를 보내시면 일을 그르칠 것이옵니다.

인조 알지. 내 어찌 모르겠는가? 허나... 내가 오랑캐와 화친한 광해를 벌주겠다며 반정을 일으켰거늘, 이제 와 후

금의 비위를 맞추면 저 나이 어린 간관이며 유생들이 어찌 나오겠는가? 지금도 매일같이 사신 나덕헌을 효시하라는 상소가 올라오고 있네. 물정도 모르는 어린 것들...(끙... 다시금 위통을 느끼는데)

최명길 명에서도 오랑캐에게 간첩 쓰는 일을 간곡히 부탁하였으니, 그것을 핑계 삼아 후금에 사신과 국서를 보내면 될 일입니다. 어린 간관들의 말들을 모두 들으실 필요는 없나이다!

인조 (끄덕) 허나... 그들이 민심일세. 민심을 잃는 것은 모든 것을 잃는 것이야. 광해가 민심을 잃어 끌려 내려간 것을 자네는 알지 않는가?

최명길 ...!

인조 (질끈...) 결국... 전쟁을 피할 수 없을지도 모르지... 십 년 전, 강화도로 파천(자막: 임금이 도성을 떠나 다른 곳으로 피란하던 일)한 고통이 아직도 생생하거늘...

최명길 ...

인조 안주(자막: 평안북도 병영 소재지)는 저들이 반드시 뺏으려는 성이니, 내탕고에 저장한 목면 천 필을 보내 군졸들에게 나누어주고, 나머지는 청천강 이북 산성에 보내 호인들이 쳐들어올 때를 대비토록 해. 정묘년 이래 산성의 방비를 해왔으니, 이제 그들을 믿어볼밖에. 설사 일이 잘못되어도... 강화도가 있지 않은가...

인조, 그리 다짐하면서도 어쩐지 불안감이 가시지 않는데.

S#32.　　홍타이지 침전 안 / 밤

별다른 장식 없이 담백한 홍타이지의 침전 안. 한켠에 홍타이지의
아버지 누르하치의 화상이 있고, 홍타이지가 누르하치의 화상 아
래 향을 피우고 있다. 잠시 후, 들어와 읍하는 장수 용골대.

용골대　　폐하, 조선 임금이 전쟁을 대비해 무관을 뽑고, 각성의
　　　　　　　방비를 단단히 하고, 강화도에 화포와 식량을 들여놓고
　　　　　　　있습니다.

홍타이지　(피실...) 저들이 믿는 것은 언제나 강화도뿐이지.

용골대　　허나 폐하, 조선이 작다 하나 고구려였던 시절, 수나라
　　　　　　　백만 대군을 물리쳤고, 임진년 왜구들과의 칠 년 전쟁
　　　　　　　에선 결국 승리했습니다. 정묘년에 우리가 깊숙이 들어
　　　　　　　가지 못한 이유도 그 때문입니다.

홍타이지　(고개 끄덕) 안다. 작으나 매서운 자들이지. 그러니 이
　　　　　　　번엔 우리도 이전과는 다른 방도를 찾아야겠지.

용골대　　...?!!

홍타이지　(다시 누르하치의 화상 올려 보며) 나는 기다릴 수 있
　　　　　　　다. 아버지가 위로 일곱 형님들 대신, 나를 봐주길 기다
　　　　　　　렸고, 내가 칸이 된 후엔, 내 형제들이 나를 칸으로 인
　　　　　　　정하기를 기다렸으니 이제... 조선의 강물이 얼기까지
　　　　　　　기다릴 수 있어. 나의 기다림은 단 한 번도 실패한 적이
　　　　　　　없다.

홍타이지가 올린 향 연기가 고요히... 누르하치의 화상 앞에서 흩어
지고. 그 위로, 넝구친의 음성.

닝구친(E)   배곯아 다 죽어가는 놈 살리는 법 아십니까?

S#33.   *의주 양천 사랑채 / 낮*

큰 고방을 개조한 구양천의 입식 사랑채. 보면, 변발한 머리에 뒤로 꼬랑지를 내린 만주족 사내 닝구친이, 그 너른 머리통에서 땀을 삐질거리며 말을 쏟아내고 있다.

닝구친   곡기부터 먹이면 창시가 놀라 토하다가 참말로 죽지요. 해서 똥물을 한 대접 먹여야 합니다.

닝구친 뒤로, 닝구친의 부하 특재가 두 손을 모으고 가만... 가구처럼 서 있는데, 특재, 뒤편에서 들리는 차르륵 착... 부채 장난질 소리가 영 거슬리는 모양. 보면, 뒤편 벽에 비스듬히 서서 부채를 들고 손장난을 치는 한 사내의 실루엣.

닝구친   오래 삭힌 똥물을 먹여서, 혈색이 누르죽죽 돌아오면, 그때, 쌀죽을 먹여야 사람 꼴을 하거든요.

이제 닝구친 맞은편, 닝구친이 열변을 토하는 상대 보인다. 호랑이처럼 부리부리한 눈에 덥수룩한 수염, 단순하면서도 불같은 기질이 엿보이는 구양천이다.

닝구친   끗쇠 그놈이 내 똥물을 먹고 살아난 놈이요. 헌데... 감히 내 사업을 가로채려고 날 관에 찔러?!!

양천   (턱수염을 만지작만지작하는 모양이 영 지루한 듯)

닝구친   기강이 무너졌어요. 양반들이 좋아하는 기강 말입니다. 양반들이 툭하면 이런 소릴 하죠? 기강이 없으면 짐승과 다를 바 없다. 예! 내 말이 그 말이요!! 그 멍청한 양반놈들도 가끔은 옳은 소릴 한다... 이겁니다.

그사이, 뒤편 실루엣 사내가 이편으로 다가오며 부채 장난질 소리도 점점 가까워지고 있다. 신경 쓰이는 특재. 곧, 부채 든 실루엣 사내가 양천의 뒤편 일각에 선다.

양천   해서 끗쇠 놈 볼기짝이라도 때려달라는 게야?

닝구친   그걸론 부족하지. ...죽일 거요.

잠시 정적. 양천이 슬쩍 뒤편, 부채 든 사내의 기색을 살핀다. 마치 의견을 묻듯. 그제야 드러나는 실루엣 사내, 이장현이다. 장현, 약하게 어깨 으쓱.

양천   ...안 돼.

닝구친   뭐가 안 돼, 왜 안 돼!! 이러려고 내가 상납금 바치는 줄 알아?

양천   상납금은 끗쇠도 바친다. 너보다 많이. 끗쇠가 관에 널 찔렀다는 증좌 있네?

닝구친   아, 쓰에다 말이...(하는데)

양천   (피식...) 아둔한 놈... 쓰에다 말을 믿네?

닝구친   (울컥) 난 무시헤! 내가 아직도 어진족 떠돌이 닝구친인 줄 알아? 나도 이제 의주에서 똥깨나 뀌는 놈이고, 너 같은 조선놈한테 굽신거리는 것도 신물이 나!!

양천 닝구친, 잊디 말라. 넌 내가 허락하는 똥물에서만 놀 수 있어.

닝구친 이이!!(욱해서 벌컥, 양천의 멱살이라도 잡으려는데)

턱, 닝구친의 손목을 잡아 막는 장현, 동시에 그런 장현의 어깨를 잡는 특재. 장현과 특재의 눈빛이 쨍... 만나는데,

장현 (곧 씨익... 미소) 오늘은 그만 가시지요.

S#34. *의주 저자 / 낮*

의주 저자 일각, 남초 점포 앞에 선 장현과 량음.

량음 해서 큰형님은 닝구친이랑 끗쇠 중에 누구 손을 들어 주시겠대?

장현 모르지...(하는데)

누군가 툭, 장현을 치고 가면, 량음, 무신경한 사내를 노려보곤, 장현의 어깨를 털어주는데,

장현 이걸로 백 근 준비해 주시오. 내 능군리에서 온 최상급 홍시 열 상자로 값을 치르지.

상인 (발끈) 홍시 열 상자를 남초 백 근이랑? 아무리 어르신

청이래도 그렇겐 못 합니다!

장현   대신... 지금 고방에 쌓인 묵은 남초를 내가 직접 팔아
                 주지. 일전에도 남초 팔려고 강까지 넘어갔다가 물건만
                 뺏기고 제값도 못 받았다지?

상인   (눈 땡글...) 참말로... 직접 팔아주실 겁니까?!!

량음   남초를 이리 많이 사서 뭐 하려고?

장현   응...(미소) 능군리에 보낼 쌀이랑 바꿀 거야.(하는데)

저편에서 턱에 숨이 차게 뛰어오는 구잠.

구잠   일 났소. 쓰에다가 칼을 맞았답니다!

S#35.   **의주 저자 / 낮**

웅성거리며 둘러선 사람들을 헤치고 안으로 들어서는 장현. 보면,
부르르... 떨며 죽어가는 왜인 쓰에다. 천천히 길을 내며 흐르는 쓰
에다의 피.

장현   ...!!

S#36.   **의주 양천 안가 마당 / 낮**

안가 내실로 속속 들어오는 사람들. 특재를 대동한 닝구친을 필두
로, 사무라이 무인들을 대동한 왜 상인들, 그리고 덩치 큰 수하를
대동한 끗쇠를 비롯한 조선 상인 등등... 조선, 여진, 일본 밀부역 업

자들이 각자 자기 나라 말로 이러쿵저러쿵해 가며 안으로 들어서
자, 마지막으로 큰 덩치가 문을 닫는다.

S#37. 의주 양천 안가 내실 / 낮

긴 회랑 같은 안가의 내실. 각상을 놓고 자리에 앉은 닝구친과 꿋
쇠를 비롯한 밀무역 업자들. 곧 마지막으로 양천이 들어와 자리를
잡는데, 닝구친의 뒤에 특재가 앉았듯, 양천의 뒤에 장현이 그림자
처럼 고요히 앉았다.

양천   오랜만에 조선 잡놈, 여진 잡놈, 대마도 잡놈들 다 보니
            까 좋구나.

각양각색, 다종다양 밀무역 업자들 각각의 표정.

양천   쓰에다가 죽었다지?

보면, 원래 쓰에다의 자리였을 법한 각상 하나가 비어 있다.

닝구친   (부글부글 꿋쇠를 노려보고)
꿋쇠   (태연한 표정)
양천   우리 같은 놈들이야 비명횡사해도 고통 없이 죽었다면
            호상이다. 허나 이 의주에선 말이야... 내가 모르는 칼부
            림이 나선 안 돼.

잠시 정적. 그때,

닝구친　　수일 전에 쓰에다가 내게 급히 할 말이 있다고 연통을
　　　　　　보냈습니다. 헌데 날 보러 오는 길에 죽었어요. 누군가
　　　　　　입막음을 하려고 죽인 거요. 필시... 내 사업을 탐내는
　　　　　　놈 짓이지.

꿋쇠　　　누가 탐내? 조잔하게 세곡미 빼돌리는 거이 사업 축에
　　　　　　나 끼네?

흐흐... 하며 웃자 다른 밀매업자들도 몇몇 실실... 따라 웃고. 닝구
친, 부글거리면,

꿋쇠　　　왜에서 은을 가져와 조선 인삼과 바꾸고, 조선에서 은
　　　　　　과 인삼을 가져가 명나라 주단과 바꿉니다. 그게 우리
　　　　　　한 해 장사지요. 하지만 세곡미 사업은 별개요. 세곡미
　　　　　　를 빼돌리자면, 바닥부터 머리통까지 매수해야 할 관리
　　　　　　들이 얼마나 많소? 우리 형제들이 피땀 흘려 매수한 관
　　　　　　리들을 몽땅 데려다 쓰면서 내 사업이니 상관티 말라?

닝구친　　(쿵... 서안 내리치며) 오냐! 그래서 니놈이 관에 날 찔
　　　　　　렀구나? 입막음을 하려고 쓰에다를 죽였지!!!

꿋쇠　　　증거 있네?!!(하는데)

쿵, 서안 내리치는 구양천. 찬물을 끼얹듯 고요해지는 내실.

양천　　　만일 이 중에 쓰에다를 죽인 놈이 있다면... 내가 직접

손보갔어. 그러니... 다들 까불디 말라. 알갔어?!!

끗쇠와 닝구친, 서로 이글거리며 보고.

S#38.　길 일각 / 밤
닝구친이 분한 얼굴로 바삐 걷고, 그 뒤로 특재와 대여섯 수하들이
따르고 있다.

닝구친　　끗쇠 놈이 선수 치기 전에 우리가 손봐야 돼.(하는데)

특재, 뒤편에서 뭔가 기척을 느끼고 재빠르게 허리춤 검에 손을 대
며 뒤를 살핀다. 뒤편 따라오던 부하들 역시 멈칫 서서 뒤편의 기
색을 살피고. 하지만 휘잉... 낙엽만 뒹굴 뿐. 특재, 고개 갸웃... 하곤
다시 닝구친의 뒤를 따르려는데, 닝구친이 없다!

특재　　　...!!

S#39.　고방 / 밤
재갈이 물리고 손발이 묶인 채, 몸부림치는 닝구친. 그때, 드르륵...
닝구친 앞에 의자를 끌어 앉는 이, 장현이다. 장현, 눈짓하면 구잠
이 닝구친의 재갈을 푼다.

닝구친　　(커커컥... 침 뱉어내며) 이 쌍놈의 자식이!!!

144　　　　　　　연인 1

장현	(실실...) 조선 욕도 찰지게 잘한다니까. 뭐 하나 묻지. 오랑캐놈들이 조선을 쳐들어올 것 같아?
닝구친	(발끈) 뭐?!! 그딴 걸 왜 나한테 물어?!!
장현	왜긴, 니놈도 오랑캐니까 물어보지. 청나라 오랑캐들도 한때는 조선을 형님으로 모셨거든. 헌데 이제 방구깨나 낀다면서 예전 형님을 치려고 벼르고 있어. 어때? 하는 짓이 너랑 똑같지?
닝구친	(순간 멈칫. 흔들리는 눈빛)
장현	(피실...) 왜? 니놈이 끗쇠를 치겠다 큰소리치면서 뒤론 끗쇠랑 손잡고 우리 큰형님을 죽이려 했던 걸... 내가 모르는 줄 알았나?
닝구친	(사색 되고)
장현	헌데... 너랑 끗쇠 놈 사이를 오가며 말 옮기던 쓰에다가 죽고 보니, 니놈들 우정 따위, 지나던 거지발싸개만도 못하더라... 그 말이야.
닝구친	(이제 하얗게 질려 벌벌 떨며) 나, 난 아니야. 난 싫다고 했어!!! 다 끗쇠 놈 생각이야!!!(하는데)

그때 저편에서 구잠에게 끌려 나오며 소리 지르는 끗쇠.

끗쇠	이놈 말 믿지 마시오!! 니놈 짓이야! 난 죽어도 싫다 했어!!
닝구친	닥치지 못해!!

끗쇠와 닝구친, 서로 핏줄을 세워가며 싸우고, 이를 보며 고개 절

레... 하는 장현. 그때, 저편에서부터 우아아아아 함성과 함께 수십 여 명이 몰려오는 소리. 꾯쇠와 닝구친, 서로 당황해서 보면.

장현   (닝구친 보며) 니 부하들이 올 거야.

닝구친   (화색 돌고)

꾯쇠   (반면 사색 되어) 살려줘, 제발 살려줘!!

장현   니 부하 놈들도 불렀어. 닝구친을 잡아 죽이겠다고 하더군.

닝구친, 꾯쇠   ...!!(서로 당황스러운데)

장현   이제 원수 된 기념으로 원 없이 싸워봐.

말이 끝나자마자, 밖에서 발로 걷어찬 문이 쿵... 내려앉으며 특재와 수하들이 밀려들어 온다. 그리고 동시에 다른 편에서 꾯쇠의 수하들이 밀려들어 오고. 곧 양편이 고방 한가운데서 맞붙으며 후끈... 한판 개싸움이 일어나면, 장현, 풀쩍 뒤로 물러나서 옷에 묻은 먼지 따위, 부채로 탁탁 털어낸다. 이를 보는 구잠, 고개 절레절레...

S#40.   **의주 우심정 마당 / 낮**

량음이 근심 가득한 얼굴로 서성이는데, 쩌억... 대문 열리며 장현과 구잠, 그리고 장현의 수하 서넛이 함께 들어온다. 황급히 다가가 장현을 살피는 량음.

량음   다친 데는? 고생했지?

구잠   고생은 무신...(장현 흘끗 보며) 입만 나불나불... 굿이

나 보고 떡이나 묵고...

장현　　숫! 큰형님은?

S#41.　　**의주 우심정 내실 / 낮**

장현 들어서면, 제 잔에 술을 따르고 있던 구양천.

양천　　왔네?

보면, 구양천 옆에 닝구친이 무릎을 꿇고 앉아 땀을 뻘뻘 흘리고 있다.

닝구친　　형님, 살려주십시오!!(하곤, 비굴하게 애원하는 눈빛으로 장현 보면)

양천　　(닝구친 보며) 니... 춤 좀 추네?

닝구친　　...?!!

CUT TO

밤이 깊었다. 술 마시는 장현과 구양천. 그리고 아랫목에서 뒤뚱뒤뚱 땀을 뻘뻘 흘리며 춤을 추는 닝구친. 장현과 양천 모두 꽤 술을 마셨는지 불콰해졌다.

양천　　니... 내 아들 할래? 니랑 내랑 아바이, 아들... 하면서 검은 머리 파뿌리 되도록 의주에서 알콩달콩 오손도손...(하는데)

장현	(안주 씹으며) 노인네 노망들었나....
양천	(벌떡 일어나더니) 싫어? 왜 싫어?!! 오냐, 내 니놈이 의주에 뿌리박게 해주마!!

하면서 쿵쾅쿵쾅 나가면, 장현, 졸린 눈을 꿈벅이면서... 보고. 닝구친, 어찌해야 하나... 계속 눈치 보며 춤을 추는데.

S#42. 동장소 / 밤

밤이 깊었고, 장현이 잠들었다. 문득 장현의 귓가에 흐릿하게 들리는 꺄르르.. 여인의 웃음 소리. 장현, 스르르... 눈 뜨면, 길채가 장현이 반했던 환한 미소를 지으며 장현을 내려 보고 있다. 이상하여 미간을 좁히는 장현.

다시 보면, 눈앞에 있는 이는, 어린 기생 영랑이다. 영랑, 제 옷고름으로 장현의 얼굴을 살살 간지럽히다가 장현이 깨자 얼른 반긴다.

영랑	일어나셨세요? 그럼...(하면서 자기 저고리 옷고름을 풀려 하고)
장현	(화들짝 벌떡 일어나며) 에헤... 뭐 하는 게야?!!(주안상의 술을 주전자 채 벌컥벌컥 마시더니) 너 누구니? 예서 뭐 하는 게야?
영랑	새벽이슬처럼 영롱하고 초롱하다 하여 영랑입니다. 가만 계셔요. 저도 다 할 줄 압니다.(하며 다시 저고리 벗으려 하면)

장현	에헤!!(얼굴 돌리며 얼른 다시 막고)
영랑	(눈 똥그래져서 보다가) 아... 벗겨드릴까요?(하며 이번엔 장현의 옷고름을 풀려고 다가오자)
장현	(화들짝 몸을 더욱 가리며) 가, 저리 가!! 가지 못해!!
영랑	(당황하여 눈만 꿈벅꿈벅)
장현	니가 영롱초롱, 영랑인 건 알겠는데... 왜 여기서 옷을 제끼구 그러냐 말이다!!
영랑	왜긴요. 뫼시러 왔지요. 장현 오라버니 뫼신다니 다들 얼마나 다투어 나섰는지 아십니까? 고깟 것들 제가 다 물리쳤지요. 전 바라는 거 별로 없세요. 평생 제 서방 노릇 아니해 주셔도 좋습니다. 그저 제가 장현 오라버니께 머리 올렸다는 것만 사람들이 알면 그만이야요. 장현 오라버니가 머리 올린 기녀를 감히 누가 함부로 할까요?(배실 미소. 다시 옷고름 푸려는데)
장현	너... 그 솜털이나 떨어지고... 아니 니 나이가 몇이냐?
영랑	이제 열다섯... 했다가 (장현 보더니 찔려서 슬쩍 눈 내리깔며) 사실은 열여섯이지만, 아직 열다섯으로 보이고...
장현	(푸르르... 한숨) 이 노인네를 내가!!(하고 벌떡 나가고)
영랑	!!

S#43. *의주 양천 사랑채 / 밤*

양천이 기녀들과 희롱하며 놀고 있는데, 우당탕 소리. 곧, 벌컥 문이 열리더니 장현이 들어와 양천의 멱살을 잡아 일으켜 세우자, 꺄악, 놀라며 뛰쳐나가는 기녀들.

장현	솜털도 안 떨어진 걸 내 방에 들여보내?
양천	(헤헤...) 왜? 별루네? 다른 아이를 붙여줄까?
장현	이 노인네가 이래도! 내가 그런다고 여기 붙어 있을 줄 알고!!
양천	뭐?!! 또 의주를 뜨겠다는 게야? 일전에도 달포 바람 쐬고 온다더니 해를 넘겼디 않아!!(털푸덕 쪼그리고 앉으며) 나도 이제 늙었어... 이제 나도...

그새 깊어진 양천의 주름. 그 모습에 장현의 마음이 약해진다.

| 장현 | (마주 쪼그리고 앉아) 노인네 하곤... 왕년 거지왕 구 양천이 어디 갔소? 이번엔 참말로 홍시값만 치르고 온대두! |
| 양천 | (영 못 믿겠단 얼굴로 장현 보는데) |

S#44. *의주 우심정 앞 / 낮*

우심정 대문 앞, 말 위에 여행 짐을 챙겨 올리는 구잠. 구잠, 뭐가 못마땅한지 저편을 곁눈질한다. 보면, 역시 여행 차림이 되어 장현과 다정히 담소 나누며 짐을 챙기는 량음.

구잠	저건 왜 델구가...(못마땅한데)
영랑	오라버니, 장현 오라버니!!(저편에서 숨이 차도록 뛰어

오고)

장현	영롱초롱, 영랑이 날 배웅 왔누?
영랑	(헉헉... 숨을 고르더니 함박 미소) 예! 제가 오라버니께 머리 올렸다구 다들 저한테 얼마나 잘해주는지 몰라요.
장현	오호... 그래? 헌데, 왜 내가 고자라는 소문이 났을꼬?
영랑	(헉... 얼른 두 손으로 입 틀어막으면) 애옥이 고년... 내가 아무한테도 말하지 말랬는데!!
장현	단연코 말하지만 난 그 고... 뭐시기래서 널 두고 간 게 아니야!!

얼굴이 벌게져서 따지는 장현, 피실... 웃으며 물 마시는 량음, 안절부절 영랑.

장현	미안하면 내 청 하나 들어줄 테냐?
영랑	...뭐든 말씀하세요...
장현	앞으로 넌, 솜털 떨어지기 전까진 절대 머릴 올릴 생각은 말 거라.
영랑	(헉... 놀란 표정) 어째서요?
장현	넌 아직 너무 어려서...(하는데)
영랑	혹... 저를 온전히 차지하고 싶으셔요? 허면... 아랫도리 병도 고쳐 오시겠지요?
량음	(수통의 물 마시다 풉... 터지고)
장현	그런 거 아니라고!!!(하는데)
구잠	(장현 끈다) 갑시다. 이왕 밝혀진 거 길게 말해 뭐 하우, 구치하게...

장현   야, 놔... 놔!!

장현이 우당탕, 구잠에게 끌려가고, 량음도 웃으며 그 뒤를 따르는
데, 손 흔들며 목청 높여 인사하는 영랑.

영랑   오라버니, 기다리겠습니다! 오 년이고 십 년이고 기다
         리지요!! 그러니 아랫도리 병을 꼭 고치셔야 합니다!!!
         아랫도리가 건강해져서 오셔야 합니다아~ 꼬옥!!!

S#45.   산길 일각 / 낮

산길을 가로질러 길을 떠나는 장현 일행. 구잠, 간만의 여행길에 신
이 나서 들썩들썩.

구잠   날 좋고, 바람 좋구나...!! 이제 와 말이지만, 쓰에다 그
         놈 참말로 잘 죽었소. 그놈이 쥐새끼처럼 이리 붙었다
         저리 붙었다, 이간질, 협잡질하는 통에 사람 여럿 억울
         하게 죽어 나가지 않았습니까? 끗쇠 놈... 그래놓곤 자
         기가 쓰에달 죽인 게 아니라고 눈 부릅뜨는 꼴 하고는.
         끗쇠 놈도 사기꾼 다 됐지, 흐흐...(하며 장현 보면)
장현   (무심한 얼굴로 앞만 보고 가고)
구잠   (뭔가 이상한 느낌) 끗쇠 놈이 본시 머리가 나빠서 거
         짓말도 잘 못 하는 놈이긴 하지만...(하다가 뭔가 깨닫
         는다) 혹시... 쓰에다를 죽이라고 시킨 게...

(Ins.C)   *의주 저자 일각 / 낮*

막 구경꾼들을 헤치고 들어와 죽어가는 쓰에다를 보는 장현, 처음
엔 놀란 표정이었으나 곧 고개 들어 맞은편 어딘가로 시선 옮긴다.
보면 남초 점포에서 장현을 툭 치고 갔던, 아마도 장현의 사주를
받아 쓰에다를 죽인 사내가, 장현과 눈 마주치자 작게 고개 끄덕하
곤 사라진다.

구잠   대체 왜...?

장현   (태연하게 앞을 보면서) 왜긴. 나도 잡놈이니까 그렇지.

장현, 한들한들 말을 걸려 가면, 이미 알고 있었던 듯, 담담한 얼굴
로 따라가는 랑음. 구잠, 얼빠진 얼굴로 장현의 뒷모습을 보고.

S#46.   여희서원 마당 / 낮

마당에 차양을 치고, 혼례청을 세우고, 생닭을 비단 보자기에 싸려
다 놓쳐 몰려가 잡노라 분주한 마을 사람들. 교연이 서서 이것저것,
단상은 이쪽에, 차양은 저쪽에 등등 지휘하고.

S#47.   여희서원 내실 / 낮

회혼례 준비하는 소리가 작게 들려오는 서원 내실. 은애와 방두네
가 이랑이 혼례복 입는 것을 도와주고 있고, 이를 보며 애틋해진
송추.

송추	예순 해 전, 밭일하다 신부 온단 소리에 개울물에 얼굴만 닦고 내려갔시오. 내 주제에 색시는 무신... 헌데, 저만치서 둥실둥실... 보름달 같은 애기가 봇짐 하나 덜렁 안고 오지 않았슴네까?
이랑	(배실 미소)
송추	내래... 말도 못 하고, 봇짐만 채서리 툭툭 걸어갔다. 신방에 들어가지도 않고 술만 마시니까네... 사람들이 말 못 하는 신부를 얻어서 기린다... 수군댔디만 그게 아니었시오. 미안했습네다. 밭 한 뙈기 없는 땅꾼한테 저런 고운 신부가 가당키나 해야 말이디...

마침, 언제 들어왔는지 이를 보고 있던 길채. 노부부의 모습에 잠시... 뭉클해져선,

길채	나만 믿으시오. 세상에서 제일 고운 신부로 만들어 드리리다.

S#48. 회혼례 풍경
이곳저곳에서 회혼례를 준비하는 능군리 사람들.

- 길 일각 / 낮
말 위에 사모관대를 차려입은 송추 할배를 태우려고 노력하는 연준, 순약, 대오 등등. 송추가 미끄러지자 연준이 어어어... 하며 받쳐 주며 웃음보 터지고.

- 여희서원 내실 / 낮

이랑이 길채와 은애의 도움으로 곱게 단장을 하고 있다. 분세수 후, 진주분을 바르고, 날렵한 버들 눈썹에 잇꽃 연지를 기름에 개어 볼과 입술에 톡톡 두드려주고, 마지막으로 족두리를 올려주면, 환하게 미소 짓는 이랑.

- 여희서원 마당 / 낮

혼례청이 세워졌고, 복장을 갖춘 근직이 혼례식 홀기를 살펴고 있으면, 교연이 흐뭇한 얼굴로 곁에 다가와 서는데,

근직 이장현 그 사람은 회혼례에 맞춰 온다더니... 내가 뭐랬나? 그자를 마냥 믿을 수는 없다고 했지?

교연 (흠흠... 난처한데)

그때 능군리 코찔찔이 꼬마 용맹이가, 가래떡을 쥔 채 뛰어 들어온다.

용맹이 왔어요! 쌀이 왔어요!!

S#49. 능군리 동구 / 낮

마을 사람들이 놀랍고 반가운 얼굴이 되어 들썩거린다. 보면, 줄을 지어 오는 쌀 실은 달구지들의 위용! 그리고 제일 앞, 말을 걸려 부채를 한들거리며 마을로 들어서는 장현과 구잠, 랑음.

S#50.　여희서원 마당 / 낮

이제 송추와 이랑의 회혼례가 시작된다. 마을 사람들이 혼례청을 둘러싸며 신랑신부를 기다리고, 장현도 그중에 섞여든다.

곧, 연준과 순약 등이 수행한 신랑 행렬이 안으로 들어서면, 다들 박수치며 '청년 같구나', '신랑 좋아 죽네!' 해가며 맞이하고. 장현, 이 풍경을 흐뭇하게 보는데, 잠시 후, 그사이 만삭이 되어 배가 두툼해진 방두네가 목청 높인다.

방두네　　신부 드시오!

곧, 항아가 되어 초록 원삼을 차려입은 이랑 할매의 양옆을 받치고 오는 길채와 은애. 길채, 이날따라 더욱 미소가 곱다. 그런 길채를 보는 장현, 자기도 모르게 스르르… 미소가 뜨고. 그리고 일각의 량음, 장현의 미소를 보더니 의아해져서 그 눈빛의 끝을 따라갔다가 길채를 보고 눈이 가늘어진다.

(Ins.C)　　*2부 23씬*
량음을 향해 박수를 치던 사내 차림을 한 길채.

량음　　…!!

S#51.　동장소 / 낮

이제 초례상을 사이에 두고 마주한 송추와 이랑. 은애가 이랑의 입에 단 술을 댔다가 건네면, 연준이 받아서 송추의 입을 축이고. 마을 사람들이 '백년해로하시게!', '천수를 누리시게!' 하며 거드는 사이, 장현이 저편의 량음에게 눈짓한다. 곧, 마당 가운데로 나서는 량음.

량음   귀한 자리, 노래 한 곡조 뽑아 올리겠습니다.

다들 저 친구가 누군가... 하여 웅성웅성하는 사이, 량음이 노래 한 구절을 뽑는데, 기막힌 명창이다.

놀란 마을 사람들. 역시 놀라, 장현 보는 근직과 교연, 날아갈 듯 기분이 뻗치는 송추와 아이처럼 좋아하는 송추를 보며 덩달아 행복한 이랑 등등. 분위기가 순식간에 들썩들썩 달아오른다. 그리고 길채 역시 량음을 알아보곤 놀라서 주변을 살핀다. 혹시 장현이 돌아온 거야?

곧, 저편의 장현과 눈 마주치는 길채. 장현, 길채에게 까닥 눈인사를 하면, 길채, 반가워 활짝 웃으려다가 얼른 새침하게 외면한다. 장현, 그런 길채의 새침함조차 귀엽다는 듯 피식 웃는데, 다음 순간, 뭔가를 본 길채의 표정이 묘하게 변하는 것을 목격한다. 사르르... 수줍은 표정인가 싶다가, 화르르... 질투에 사로잡힌 표정 되는 길채. 장현, 뭐지... 하고 길채의 시선을 따라갔다가 그곳에 량음의 노래를 들으며 다정하게 은애와 대화하는 연준이 있는 것을 발견한다.

장현   ...!!!

S#52.　　여희서원 고방 / 낮

량음의 노랫소리가 어렴풋이 들리는 서원 고방 안. 지푸라기 더미 위에 드러누워 머리 뒤로 양손을 받친 채, 곰곰 생각에 잠긴 장현.

(Ins.C)　　2부 51씬

다정한 연준과 은애를 보며 질투심에 사로잡힌 길채의 눈빛.

장현   (묘한 기분이 되어) 맘에 둔 사내가 있었어?

그때, 벌컥 문 열리며 들어오는 길채와 종종이. 장현, 반가운 마음에 기척 하려는데,

길채   내 오늘 연준 도령에게... 거절하지 못할 제안을 할 것
　　　　　　이다.

종종이   거절... 뭐요?

길채   내 입술을 줄 거야!

장현   ...!!!(얼른 옆으로 숨으면)

종종이   에그머니...!!(화들짝 밖에 누구 들은 사람 없나 살피
　　　　　　며) 마님 아시면 어쩌려구요!

길채   아버지가 왜 알아? 그러니 얼른 가서 연준 도련님 모셔
　　　　　　와. 길채 애기씨가... 갑자기 얼굴이 퍼렇게 질려 쓰러졌
　　　　　　다구 해. 어서!

종종이 끙... 누르며 나가면, 이제 길채, 연준이 봤을 때 최대한 아름다운 포즈를 찾느라 애쓴다. 이렇게 누워봤다, 반대로 누워봤다, 다리를 꼬아봤다, 머리에 손을 받쳐봤다... 숨어서 그 모습을 지켜보며 피실... 웃음이 새는 장현. 잠시 후, 밖에서 바삐 걸어오는 발소리. 길채, 화들짝 청초하게 쓰러지면, 곧, 벌컥 문 열리며,

연준	낭자!(다가와 얼른 부축하고)
길채	도련님...(기운 없이 기대는 척하며, 얼른 종종이에게 나가란 눈짓)
종종이	(입 모양으로 구시렁거리며 문을 꾹...닫고 나가고)
연준	어찌 이리 땀을 흘립니까? 물이라도...(하고 나가려는데)
길채	(턱 연준을 잡으며) 아닙니다. 좀 놀란 것뿐이에요.
연준	놀라다니요. 항시 씩씩한 낭자가 무엇 때문에...
길채	씩씩하다니... 무슨 말씀을. 전 파리 한 마리...(하며 주머니에서 벌레 하나를 몰래 풀면, 벌레가 길채 곁을 가로질러 가자) 에그머니!(하면서 얼른 연준의 품에 안기고)

장현, 너무 재밌어서 웃음이 터져 나오려는 것을 손으로 입을 꾹... 막으며 보고, 밖에서 문틈으로 지켜보던 종종이, 차마 눈 뜨고 볼 수 없어 눈을 질끈 감고 만다. 아우, 창피해...! 하지만 꿈뻑 속은 연준, 얼른 벌레를 쫓아 멀리 보내며,

연준	낭자, 괜찮습니까?

길채, 고개 끄덕이며 스르르... 고개를 들어 연준을 보는데, 순간 연준, 길채의 아름다운 눈망울에 말문을 잃고 만다.

길채 도련님, 그간 제가 도련님 마음을 떠보기만 할 뿐, 제 진심은 보이지 않아 답답하셨지요? 이제 말씀드리지요. 예! 저도 도련님과 같은 마음입니다.

연준 무, 무슨...?(하는데)

길채, 연준의 옷깃을 꾹... 쥐더니 입을 맞추려 스르르... 다가가고, 연준 역시 분위기에 휩싸여 자기도 모르게 길채에게 홀리듯 다가간다. 이 모습에 내둥 재미있어하며 보던 장현도, '얼씨구... 저놈 봐라...' 조금 예민한 표정 되는데, 다음 순간, 연준이 정신을 차리고 길채를 밀어낸다.

연준 낭자, 나는 은애 낭자와 혼인할 사이오.

길채 코흘리개 시절 한 약조가 무에 그리 중요합니까?(하는데)

연준 나는 어릴 적 약조 때문에 은애 낭자 곁에 있는 게 아니에요. 난... 은애 낭자를 진심으로 아낍니다.

길채 (순간 안색 식으며) 허면... 그간 내게 보낸 눈빛이며, 부드러운 말들은 다 무엇입니까? 나를 희롱한 것이오?

연준 그대는 스승님의 따님이고, 또한 은애 낭자가 가장 좋아하는 벗이기에...

길채 해서... 그저 상냥하게 대해준 것뿐이다? 거짓말. 전부 거짓말이야! 난 알아! 도련님은 분명 나를... !!

연준　　(안색 굳히며) 오늘 일은 없던 것으로 하지요.(나가버리면)

충격을 받아 멍해졌던 길채. 곧 벌떡 일어나 폭발한다.

길채　　내가 먼저야! 도련님을 먼저 좋아한 것도, 도련님을 은애와 만나게 해준 것도 나야! 내가 먼저 연모(했어... 하려는데)

벌컥, 고방 문이 열리며 의원을 대동하고 나타난 은애. 순간, 뒤에서 얼른 길채의 입을 막고, 쌓인 쌀섬들 뒤로 몸을 숨겨주는 장현.

은애　　길채야... 길채야!!

은애, 고방을 살피지만 길채가 없자, 다시 '길채야...' 부르며 나가고. 길채를 부르는 은애의 소리가 멀어진 후에야, 고방에 정적이 찾아온다. 그제야 길채의 입을 막았던 손을 떼는 장현. 길채, 홱 돌아봤다가 장현임을 확인하고 놀란 얼굴 되면,

장현　　내가 천년 놀림거리에서 구해드린 겁니다.

빙글... 웃는 장현과 당황한 길채의 눈빛이 만나고.

S#53.　　여희서원 마당 / 낮

의원을 대동한 은애가 길채를 찾느라 분주하다. 그 옆에서 난처한 종종이, 건성으로 같이 찾는 시늉.

은애	길채야, 길채야...! 쓰러졌다면서 어딜 간 게야?
종종이	그그게 말이에요... 애기씨...(하며 연신 뒤편 고방을 돌아보면)
방두네	(눈 가늘게 뜨며 의심 가득 눈초리)

S#54.　　여희서원 고방 / 낮

장현을 밀쳐버리고 벌떡 일어나는 길채.

길채	엿들었소?
장현	엿듣다니? 그 요란한 사랑 고백이 무슨 수로 안 들립니까?
길채	(사랑 고백? 얼굴이 붉으락푸르락) 이런... 무뢰한...
장현	친구의 친구를 연모했네... 뭐 그런 건가? 내 저자에서 들은 통속극의 내용과 비슷합니다. 일종의 만남이되, 해서는 안 될... 잘못된 만남... 이런 것이겠지. 그 통속극 줄거리가 뭐고 하니, 난 널 믿었던 것만큼 내 친구를 믿었기에, 아무런 부담 없이 널 내 친구에게 소개시켜 줬고, 그런 만남이 있은 후로 우린 자주 함께 만나며, 즐거운 시간을 보내며 함께 어울렸던 것뿐인데...

길채, 부들거리더니 밖으로 나가버리면, 실실 웃으며 쫓아나가는 장현.

S#55.   여희서원 뒷마당 / 낮

길채가 씩씩거리며 나오면, 부채 든 손을 뒷짐 진 채 능글맞게 따라오는 장현.

장현   연준 도령을 좋아했소?

길채   (계속 걸어가고)

장현   그때 그네터에서 기다리던 사내가... 연준 도령이었소? 호오... 능군리에 꼬리 아흔아홉 개 달린 요물이 있다 하여 꽤 기대를 했건만... 사내 맘 하나를 못 잡아서...(쯔쯔...)

길채   (우뚝 멈춰 서서, 어금니 꾹... 물고) 말... 다 했소?

장현   무슨 말? 아 요물? 꼬리 아흔아홉 개?

길채   (부르르르)

장현   뭐, 말이야 관 뚜껑 닫히기 전까지 주절댈 수 있소만, 내가 지금 하고 싶은 말은 다른 건 아니고... 아무리 봐도 연준 도령과는 가망이 없는 것 같으니...

길채   그 입... 다무시오...

장현   헛된 희망 품지 말고...

길채   다물라 하였을 텐데...

장현   ... 나한테 오시오.

순간, 안색 변하는 길채. 그런 길채를 사뭇 부드러운, 하지만 진지한, 그리고 조금 긴장된 표정으로 보는 장현.

S#56. 여희서원 마당 / 낮

회혼례장. 량음의 사랑가가 한창이고. 마을 사람들이 흥겹게 노래를 즐기고 있는데.

S#57. 여희서원 뒷마당 / 낮 (씬 연결)

길채   내게 청혼하시는 겁니까?

장현   혼인이라니? 당치도 않소. 알지 않습니까. 난 아니할 비, 혼인할 혼...하여,

길채   아... 비혼?(피실... 쓴 미소)

장현   (미소) 정혼 따위를 하여 우리 마음속 낭만을 갉아먹을 필요가 있습니까? 남녀의 죽고 못 사는 정도 몇 번 즐기다 보면 시들해지거늘.

길채   (싸늘하게 경멸하는 눈빛으로 보면)

장현   그러니 내 말은 혼인이니 뭐니 그런 거추장스러운 건 다 던져버리고, 우리 한번 뜨겁게...

길채   (피실) 뜨겁게?

장현   운우지정이라도 나누는 것이 어떨까... 하는 게지. 이런 얘기 아무한테나 하는 게 아니오. 다른 여인들하곤 이런 대화가 통하질 않아. 헌데 낭자는 배짱이 두둑한 것

이 나랑 대화가 통할 것 같거든.(하는데)

길채 이제야 본색을 드러내시는구만. 나한테 반하시었소? (장현이 뭐라 답하기도 전에) 뭐, 사내라면... 나를 보고 그런 마음이 드는 것은 당연합니다.

장현 (또 자백이군... 하며 피실)

길채 한 번 본 순간 숨이 막히고, 두 번 보면 마음이 간절해지고, 세 번 보면 끝내는 상사병에 걸려, 아이처럼 부모님께 울며불며 매달리지요. 그게 바로 이 마을 사내들이 한 번씩 앓는 정체 모를 병의 실체로...

장현 (길채의 잘난 척을 실실 웃어가며 듣는다)

길채 다... 나에게 반해서 생기는 병입니다. 헌데... 그거 아십니까? 나는 그대가...

장현 ...?

길채 아주 싫소.

장현 (한 번도 들어본 적 없는 말이다. 멍... 해지고)

길채, 홱 돌아서 가버리면. 말로 얻어맞고 멍해졌던 장현, 곧, 정신을 수습하고 뒤쫓아 간다.

S#58. **여희서원 뒷마당 / 낮**

길채가 모퉁이를 돌아 빠르게 걸으면 장현도 재빨리 뒤쫓아 오며,

장현 내가 싫다... 그것도 아주...?

길채 예, 싫습니디!! 듣자 하니 그간 여러 여자들 웃겼다 울

렸다 해가며 흥청망청해 온 모양인데, 나한텐 안 통하
니, 며칠 더 놀다 어서 다른 데로 굴러가시오. 마을 물
흐리지 말고.

길채, 더욱 잰걸음으로 걸으면, 성큼 크게 걸어 아예, 길채의 앞을
막아서는 장현.

장현	도대체 왜 나는 안 된다는 거요?(진지하다)
길채	궁금하십니까? 내 입에서 나오는 말을... 감당하실 수 있겠습니까?
장현	(무슨 말을 하려구? 눈 꿈뻑이면)
길채	(빠른 속도로 속사포 쏘듯) 오랑캐 놈들이랑 말 섞으며 도리를 갖추지 못하고, 감언이설로 어르신들을 호도하여 그 속을 들었다 났다, 쥐새끼처럼 숨어서 남의 얘기나 엿듣고, 감히 외간 여자의 손목을 잡아채 예의도 없이 지분거리는가 하면, 여인들의 마음을 훔치곤 되먹지 않게 뒤꽁무니나 빼면서, 비열하게 뭐? 비혼? 비이호온!!!
장현	...!!
길채	그리고... 무엇보다, 그 조잔한 면상이 싫소.
장현	...!
길채	못생겼어!(하고 쌩, 가버리면)

얼빠진 얼굴이 되어 부르르... 떨리는 손으로 자신의 얼굴을 만져보
는 장현. 내 면상이... 그렇게 조잔한가... 내가... 그렇게 못생겼나?!!

S#59.　　여희서원 마당 / 낮

회혼례 잔치가 한창이다. 량음의 노래 따라 어깨춤 추는 마을 사람들.

길채가 회혼례장에 들어서면 한켠에서 태성과 준절 등이 또 길채에게 시선을 뺏겨 얼빠진 눈으로 길채를 좇고, 동시에 눈초리 매서워지는 유화 등 능군리 여인들. 길채, 그 눈초리들을 무시하며 지나쳐, 마을 사람들 틈, 일각에 선다.

시선은 노래하는 량음에 둔 채, 마음은 먼 곳에 둔 채, 쓸쓸한 표정이 된 길채. 장현도 길채 뒤에서 수군거리는 여인들 곁을 가로질러 길채 옆에 서고.

길채	쟤들, 나를 놓고 또 뒷소리들을 하는 모양이지? 이번엔 뭐라고 하던가요?
장현	(능청스럽게) 낭자가 필시 언젠가는 성종조에 교형(자막: 목을 매어 달아 죽이는 형벌) 당한 어우동(자막: 조선 성종기 여러 사내들과 문란한 관계를 맺어 교형에 처해진 실존 인물) 꼴이 나고 말 것이다... 그리 말합디다.
길채	(째려보면)
장현	(사실대로 말한 건데... 라는 듯 어깨 으쓱)
길채	차라리 어우동처럼... 내 마음도 여러 길이면 좋겠습니다. 내가 바라는 것은 오직... 변치 않을 사람에게, 변치 않을 마음을 주는 것뿐인데.
장현	(피실...) 연준 도령이 변치 않을 사람이라는 거요?
길채	예. 연준 도련님은 흰걸같은 사람이시오. 사내늘이란

본시 지조도 절개도 없는 자들이라, 그저 더 이쁜 꽃을 찾아 매양 눈이 돌아가지만... 연준 도령은 그런 사람이 아닙니다.

장현 ...

길채 난 그저 연모하는 이와 더불어... 봄에는 꽃구경하고, 여름엔 냇물에 발 담그고, 가을에 담근 머루주를 겨울에 꺼내 마시면서... 함께 늙어가길 바랄 뿐인데...

순간, 묘한 파장이 이는 장현의 얼굴. 길채의 말이, 장현의 어떤 부분을 건드렸다. 장현, 길채를 보면, 길채의 초롱하고 맑은 눈에 눈물까지 고였고.

장현 그리... 살고 싶습니까?

그때, 눈이 내리기 시작한다. 량음, 노래 부르다 멈추곤,

량음 혼롓날 눈이 오면 백년해로한다지요? 두 어르신, 만수무강하십시오!!

사방에서 만수무강하십시오, 만수무강하시게... 등등의 소리 정겨운데, 그 위로 천둥 같은 말발굽 소리.

S#60.　여희서원 마당, 진격하는 청군 교차 / 저녁

- 들판

벌겋게 이글거리며 저물어가는 해를 뒤로한 채, 마부대를 필두로 상인의 옷을 입고 진격하는 삼백여 청군 군졸들.

홍타이지(E)　너는 상인으로 위장하고, 아침과 밤을 가리지 않고 달려, 먼저 조선왕이 있는 궁을 포위하라!

- 여희서원 마당

노을빛으로 물들어 가는 회혼례장의 풍경. 이제 이랑의 손을 잡고 일어서서 량음 노래에 맞춰 덩실덩실 춤을 추는 송추 할배. 량음 흥이 올라 더욱 목청 높이고. 이제 온 마을 사람들이 다 나와 덩실덩실 춤을 추고.

- 들판

달리던 청군들, 겉옷을 벗어 던진다. 상인의 옷으로 감추어졌던 청군 갑주들이 모습을 드러낸다. 노을빛에 번쩍거리는 청군의 갑주들.

홍타이지(E)　조선의 각 성과 다투며 시간을 지체하지 말라. 너는 반드시, 조선왕이 강화로 도망하기 전에 한양에 입성하여, 짐이 오기를 기다리라!

- 여희서원 마당

춤추는 마을 사람들. 눈송이가 포근하게 마을 사람들 위로 날리고. 긴채이 속눈썹 위에 앉았다가 사르르... 녹는 눈송이, 길채의 고인 눈물과 하나 되어 길채의 눈동자가 더욱 촉촉해지면, 그 모습에 심장이 쿵... 내려앉는 장현. 장현, 자기도 모르게 길채의 눈가에 맺힌 물기를 닦아주려 스르르... 길채에게로 손을 뻗는데, 그때, 순약이 서원 마당으로 뛰쳐 들어온다.

순약　　　오랑캐... 오랑캐가 쳐들어왔소!!!

순간 뚝 끊긴 량음의 노래, 멈추는 풍악. 길채에게 향하다 멈춰버린 장현의 손. 그 위로... '전하, 전하...' 통곡하는 대신들의 오열 소리.

S#61.　　**남한산성 편전 / 저녁**

옷을 갈아입지도 못한 채, 편전 바닥에 넋을 놓고 멍하니 앉은 인조. 대신들의 우는 소리가 아득하게 들린다. 애써 정신을 차리고 보면 점점 명징하게 뚜렷하게 크게 들리는, 최명길, 김상헌을 위시한 대신들의 오열.

대신들　　　전하... 전하!!

인조 옆 가장 가깝게 앉은 소현세자, 피가 나도록 입술을 깨물면서 온몸을 부들부들 떨고 있다. 그 참담한 정경 위로 자막.

자막　　　**1636 병자년 겨울. 병자호란 발발**

S#62.　여희서원 마당 / 낮 _(씬 연결)

모두의 시선이 순약에게 고정되어 있다. 도대체 무슨 말을 하는 건가... 하는 듯.

순약　　오랑캐가 쳐들어왔소... 오랑캐가 임금님을 가두었소!!

경악하는 길채와 장현, 은애와 연준. 두려워하고 놀라는 네 사람 각각의 모습에서.

– 2부 끝

戀人 ——

제 **三** 부

S#1.   남한산성 외경 / 저녁

수십 겹 청군의 단단한 포위망으로 고립된 남한산성. 청군의 장군 막사 앞, 남한산성을 바라보는 청 장수, 마부대의 날카로운 눈빛. 그 위로 매섭게 몰아치는 겨울바람.

S#2.   남한산성 편전 / 저녁

오열하는 최명길, 김상헌, 김류, 홍서봉과 윤집, 오달제 등의 대신들.

대신들   전하... 전하!!

비통한 울음소리가 행궁 편전 안을 그득 채웠고, 인조 옆 가장 가깝게 앉은 소현세자, 피가 나도록 입술을 깨무는데, 대신들의 울음소리, 회혼례장의 울음소리와 연결된다.

S#3. 여희서원 마당 / 저녁

교연과 근직이 서로 마주 보며, 이게 무슨 말인가... 당황하는 사이, 현겸과 애복 등 마을 어른들이 바닥에 엎드려 오열하는 것을 시작으로 덩달아 부복하여 바닥을 치며 오열하는 마을 사람들. 이를 보곤 겁이 나 눈물이 글썽해진 이랑, 그런 이랑을 끌어 옆에 두는 송추.

그리고 놀라 연준을 보는 은애, 연준 역시 놀라 은애를 보고. 길채 역시 놀라 자기도 모르게 어딘가, 누군가를 보는데.

타이틀 오른다.

〈몹시 그리워하고 사랑한 **연인**戀人〉

S#4. 여희서원 마당 / 밤

휘잉... 바람결에 잠시 허공을 맴돌다 가라앉는 낙엽. 흥겹던 여운은 오간 데 없이 쓸쓸하게 파장한 잔해만 남은 회혼례장.

S#5. 송추집 방 / 밤

신방처럼 꾸민 송추 할배 내외의 방. 송추 내외, 주안상을 사이에 놓고 앉았지만, 전쟁이 났다는 소식에 심란한 표정인데, 곧 문이 열리며 장현이 소반에 탐스러운 홍시를 담아 들어온다.

송추　　(장현 보며) 전쟁이 났다는데, 이러고 있어도 될라는가...

장현	(주안상 앞에 앉아 홍시 껍질 까며) 오랑캐들이 임금을 가두었으니, 아직은 예까지 화가 미치지 않을 겁니다. (다 깐 홍시 상 위에 올리며) 오늘은 귀한 날이니... 달달한 홍시 들면서 쉬세요. 첫날밤처럼 뜨겁게 운우지정이라도 나누시든가.

송추	에헤... 이 판국에!!

이랑, 심란했던 얼굴에 배실... 웃음이 새고, 장현, 마주 피실 웃으며 나가려는데,

송추	(문득 진지해져서) 도련님.
장현	(돌아보면)
송추	왜 나한테 이리 잘해주시오?
장현	(잠시 보다가 옅은 미소) 어르신은 누릴 자격이 있으니까요.

송추, 무슨 말인지 이해하지 못한 표정이지만, 장현, 미소 지으며 나가고.

S#6.   송추집 마당 / 밤

장현이 송추방을 나서는데, 밖에서 지팡이를 짚고, 머리를 풀어헤친 백발의 노인이 마치 불길한 예언을 쏟아내듯, 마을을 서성이며 중얼중얼 한탄한다. 마을 잔치에서 신나게 노래 부르던 노인 중 한

명이다.

백발노인   오랑캐가 쳐들어왔으니, 나라가 망하겠구나, 사직이 부
서지겠구나! 문을 닫아라! 여인들은 낯을 감추고, 사내
들은 쇠를 들어라! 여인들은 낯을 감추어라, 낯을 감추
어라...!!

장현, 노인이 멀어지는 모습을 예민하게, 불길하게 보는데, 순간,
뒤편에서 들리는 거센 장대비 소리!

얼어붙은 장현, 겁에 질린 얼굴로 소리 나는 쪽을 천천히 돌아보면,
그곳에 장대비를 맞으며 부복한 어린 소년이 있다.

S#7.   (장현의 환영) 고방 / 밤

고방 앞, 침의 차림, 일곱 살 남짓 마르고 유약해 보이는 어린 소년
이 부복해 있다. 소년 위로 장대비가 거세게 쏟아지지만, 온몸으로
비를 맞으며 아버지를 부르는 소년.

소년   아버지... 아버지!!!

마치 무언가에 결박당한 듯, 온몸이 굳은 채로 환영 속 소년을 보
는 장현. 그때, 빗소리에 섞여 들리는 둔탁한 몽둥이질 소리 들린
다. 퍽... 퍽퍽... 퍽퍽퍽...!

소년   ...아버지!!

소년의 절규에 섞인 몽둥이 소리 점점 커지고, 장현, 더욱 하얗게
질려가는데,

랑음(E)   뭐해?

퍼뜩 깨어나는 장현. 보면, 랑음이 의아한 얼굴로 장현을 보며 섰
고, 이제 장대비가 쏟아지던 저편은 그저 어둠뿐이다.

S#8.   능군리 길 일각 / 밤

방두네와 종종이가 길채와 은애 앞으로 초롱불을 밝히며 걷고, 그
뒤로 걷는 길채와 은애, 영채. 서로 말은 없지만, 역시 근심스런 표
정인데,

은애   길채야 오늘은 나랑 같이 자자. 우리 집에서 자도 좋고,
           너희 집에서 자도 좋구.
길채   애는 또 이런다.
영채   나도 은애 언니랑 같이 잘래!
은애   그러자. 무서워서 그래. 응?
길채   (끙...)

S#9.　　송추집 장현방 / 밤

량음이 낮에 놀던 북과 북채 따위를 손질하고 있고, 장현은 작은 주안상을 놓고 앞섶이 풀어진 편한 침의 차림으로 술을 홀짝인다.

량음　　(쓱... 방 안을 둘러보다가 장현을 살피는 표정 되어) 아깐 뭘 보고 그리 놀랐어?

장현　　(표정 굳은 채 술만 홀짝 하면...)

량음　　(화제 돌린다) 기어코 전쟁이 났군. 어쩔 거야?

장현　　어쩌긴? 도망쳐야지.

량음　　이장현이? 도망을 쳐?(피식)

장현　　나는 칼 맞음 안 죽나?

장현이 술을 벌컥 들이켜면, 량음, 장현의 입에 대추 정과 하나를 넣어주며,

량음　　헌데 오랑캐들 말이야, 이번에도 십 년 전 정묘년에 쳐들어왔던 것처럼 며칠 있다 물러가지 않을까?

장현　　글쎄... 이번엔 임금을 가뒀어. 십 년 전과 달라.(피실...) 딴엔 이제 오랑캐가 아니라 황제가 됐다지 않아.

량음　　전쟁이 났다는데 웃음이 나와?

장현　　뭐... 내가 울면 전쟁이 끝난다든가?(하고 대자로 천장을 보고 벌러덩 눕더니, 량음이 낮에 불렀던 노래를 흥얼흥얼) 역시... 노래는 량음이야... 만고절창 량음... 만 년에 한 번 나올 명창...(하면)

그 모습을 다정하고 부드러운 눈빛으로 보는 량음에서.

S#10.   길채집 길채방 / 밤

이불 속으로 쏙 들어가 도란도란 대화 나누는 길채와 은애, 영채,
종종이.

영채	오랑캐들 본 적 있수?
은애	아니.
영채	정말 오랑캐들은 머리를 박박 밀었을까?
길채	머리 밀고 다니면 겨울에 안 춥나?(종종이가 볶은 콩 까는 거 보고 입, 아... 벌리는데)
종종이	(자기 입으로 쏙 넣으며) 내 말이요. 헌데 그놈들 왜 또 쳐들어온 걸까요?
길채	(얄밉게 째려봤다가 자기가 콩 먹으며) 왜겠어. 뭐 뜯 어갈 거 없나... 하고 왔겠지.
은애	(근심스런 표정으로) 오랑캐들이 이전 정묘년에 쳐들 어왔을 땐, 아래까지 내려오지 않고 돌아갔는데, 이번 엔 임금 계시는 산성을 포위했다니 그게 걱정이지 뭐 니.(하는데)
영채	설마 오랑캐 놈들이 임금님 잡아가진 않겠죠?(하다가 자꾸 콩 오물거리는 길채 보며) 고만 먹어. 언니는 걱정 도 안 돼?
길채	내가 걱정한다고 오랑캐들이 돌아간다니!!

하고 벌러덩 드러누우면, 은애, 그런 길채에게 살포시 어깨를 기대며 미소 짓는다.

은애　　　이래서 난 속 시끄러울 때 길채랑 있고 싶어. 맘이 편해지거든.

길채　　　(마뜩잖지만, 또 은애를 밀쳐내지는 않는다)

밤이 깊어 가는데, 그 위로, 다급한 말발굽 소리.

S#11.　　돌판 / 밤

어둠을 밝히는 달빛. 오직 그 달빛만 의지하여 다급히 말을 달리는 전령.

S#12.　　여희서원 사랑채 / 밤

밤이 깊어가도록 전쟁에 대해 얘기를 나누는 능군리 사람들. 교연과 근직, 순약의 아버지 만재, 연준과 순약, 준절, 태성 등등 유생들이 모두 모였는데, 근직은 아직도 전쟁이 났다는 사실에 반신반의다.

근직　　　(순약 보며) 오랑캐들이 참으로 남한산성을 포위했다던가? 또한 오랑캐가 쳐들어왔다면 전하께서 강화도로 가실 일이지, 어찌 남한산성에 계신단 말인가?(하는데)

대오가 벌컥 문을 열고 들이선다.

대오　관에서 소식을 듣고 왔습니다.(앉으며) 삼 일 전, 적군이 평양을 지나고, 이틀 전에 송도를 지났다 합니다. 그러니 전하께서 강화도 갈 시간이 없어 남한산성으로 드신 게지요.

교연　(놀라) 오랑캐가 아무리 빠르다 하나, 어찌 삼 일 만에 한양에 입성한단 말이냐? 민심을 소란케 하려는 자들의 헛소문은 아니냐?(하는데)

연준　아닙니다.

모두의 시선이 연준에게 집중된다.

연준　지금 압록강의 얼음이 모두 얼었을 것입니다. 만일... 오랑캐 기병들이 성을 들르지 않고 바로 한양으로 진격했다면, 충분히 가능합니다.

교연　직도(자막: 直擣 적의 진중으로 곧바로 달려가서 공격함)?!!

그제야 깨달은 듯, 충격받은 표정이 된 근직, 만재와 유생들.

근직　허나... 뒤에 조선군을 두고 어찌 조선 땅 깊숙이 들어오는 길을 택했단 말인가?

연준　위험을 감수할 만한 가치가 있기 때문이지요. 조선의 임금!

일동　...?!!

연준　남한산성의 전하가 적에게 포위됐다면, 저들이 목적을 이룬 것입니다.

다들 얼빠진 얼굴 되어 당황한 시선 교환하는데, 그때, 밖에서 들리는 전령의 우렁찬 음성.

전령(E)   전하의 명을 받드시오!! 전하께서 교서를 내리셨소! 전하의 명을 받드시오!!

S#13.   여희서원 마당 / 밤

교연을 필두로 연준 등이 우르르... 나와 보면, 밤길을 달려와 입술이 부르트고 얼굴이 까매진 전령. 하지만 소리만은 우렁차게,

전령   전하의 교서(자막: 왕이 신하, 백성, 관청 등에 내리던 문서)를 받드시오!

다들 놀라, 더러는 신발도 신지 못하고 마루 아래 우당탕 내려와 부복하면.

전령   (교서를 펼쳐 읽는다) 후금의 무리가 나라의 경계를 넘어 침범하였으니, 충의로운 사람은 각각 책략을 바치고, 용감한 선비들은 출정을 자원해, 나라의 은혜에 보답하라!!

엎드린 채 황망한 눈빛을 교환하는 순약 등. 다만 연준, 시선을 땅에 둔 채 결기가 차오르는 표정 되고.

S#14. 길채집 길채방 / 아침

아침이 밝았다. 세상모르고 태평하게 잠든 길채. 이번에도 꿈을 꾸는지 종알종알 거린다.

길채 도련님은 누구...? 그리 원하신다면 오늘은 꼭 저와 입을 맞추시렵니까...(음냐음냐...)

하며 꿈속 말을 뱉다가, 곧 주변의 부산한 소음에 잠에서 퍼뜩 깨고 만다. 보면, 어젯밤 같이 도란도란 수다 떨던 친구들은 다 어디 가고 길채 혼자 있다.

쪽문을 열면, 종들이 삼삼오오 두런거리며 밖으로 나가고 있다. 무슨 일이지?

S#15. 능군리 광장 / 낮

마을 광장에 사람들이 모여 웅성거린다. 일각에 근직과 교연, 만재와 현겸, 애복 등 마을 어른들은 물론이고, 순약과 대오, 준절, 태성도 보이고, 조금 떨어진 곳에 장현과 량음, 구잠도 있다. 그리고 한켠에 눈물이 그렁한 은애와 유화 등 마을 애기씨들. 길채, 의아하여 은애의 시선을 따라가면, 마을 광장 연단 위에 선 연준.

연준 (이마에 하얀 띠를 불끈 매더니) 임금께서 갇히셨소. 조선의 지존께서 의로운 자들을 목 놓아 부르고 있습니다. 조선의 백성이여, 이제 그대들이 옳게 쓰일 때가 왔소. 임금을 구합시다. 그대들의 충심을 만천하에 보입시다!

일각에서, 심드렁한 표정으로 연준 보며 만담하는 장현과 량음, 구잠.

장현   목청 좋군.

량음   노래를 배웠으면 잘했겠어.

구잠   양반네들이 노래 배우는 거 봤냐? 상것들이나 배우지.

량음   (화도 안 내고 눌러준다) 허면 너도 내게 배워볼 테냐? 같은 상것끼리.

구잠   이게!!

장현, 두 사람 농 주고받는 걸 보며 피식... 웃다가 곧 뭔가에 시선 고정된다. 보면, 저만치 눈물 바람을 하고 있는 은애... 옆의 길채. 길채가 연준을 올려 보며 은애처럼, 아니 어쩌면 은애보다 더 콸콸 흐르는 눈물을 옷섶으로 닦고 있다.

하지만 은애와 길채의 표정은 사뭇 다르다. 은애가 낭군의 위험을 감지한 슬픔이라면, 길채는 아이돌 가수의 퍼포먼스를 보는 듯, 감격에 겨운 눈물이다. 그런 길채를 본 장현, 슬쩍 빈정 상하고.

- 광장 일각

은애가 울자 곁의 방두네도 덩달아 눈물 고여,

방두네   애기씨 왜 우셔요. 애기씨가 우니 저두 사꾸 눈물이 나잖아요.

은애 아닐세...(하면서도 연신 옷섶으로 눈물을 찍으면)

방두네 (자기 옷섶으로 은애 눈물 닦아주다가 뒤에서 더 훌쩍
이는 소리에 보면, 길채다. 순간 눈물 쏙 들어가 작게
혼잣말) 저 물건은 왜 또 저래.

길채, 연신 옷섶으로 눈물 찍어내는데, 누군가 쓱 길채의 뒤에서 말
을 건다.

장현(E) 왜 우시오?

길채 (화들짝 돌아보면 장현이다. 바로 눈꼬리 올라가며) 뭡
니까?

장현 왜 우는지 궁금해서.

길채 (어이없어 쌱 외면하고 다시 애틋한 표정으로 연준 올
려 보면)

장현 (조금 질투심이 나서 길채를 보다가, 끙... 허리 세우며)
의병을 모으노라 저리 목이 터져라 외치는 모양이오.

길채 암요. 연준 도련님은 누구처럼 도망갈 궁리하는 샌님은
아니지요.

장현 (깜짝 놀라) 내가 피난 채비하는 걸 어찌 알았소?

길채 (쓱 보더니...) 그 못생긴 얼굴에 써 있소. 나라는 어찌
되든 말든, 나만 잘 먹고 잘살고 싶어 한다고.

장현 호오... 역시 내가 사람 보는 눈은 있으이. 눈치가 기민
한 것이, 장차 내 사람이 될 만한...(하는데)

연준 (더욱 목청 높여) 심장이 뜨거운 자들은 나오시오! 충

심으로 벅차오르는 자들은 나서시오!

순약 (성큼 연단 위로 올라서며) 내가 가리다! 또 누구 없소!

준절 나도 가겠소!

대오, 준절, 태성 등, 사방에서 손 번쩍번쩍 들면, 구잠도 손 번쩍!

구잠 (손 번쩍 들며) 나, 나도...!!(하는데 장현이 확, 끌어당기고)

용맹이 나도 가겠소!!

코찔찔이 용맹이가 비장한 표정으로 자그마한 주먹을 치켜들자, 와하하 웃음 터진다. 그만큼 현장의 분위기는 달아올랐고, 다들 벌써 승리라도 한 듯 벅찬 시선 교환하는데, 순약의 시선, 저만치 구잠을 단속하는 장현에게 멈춘다.

순약 (장현 보며) 그대는 어찌하겠소?

순약이 장현을 지목하자, 모두의 시선이 장현에게 꽂힌다. 기대 가득한 표정으로 장현을 보는 송추 내외와 역시 멋진 모습을 보여주길 바라는 간절한 표정의 구잠. 량음 역시 장현의 대응이 궁금하고, 길채마저도 장현의 답이 궁금해 잠시 눈물이 쏙, 들어갔는데, 시선이 집중되자 당황스러운 장현.

장현 나는...(했다가 곧 씩... 미소) 난 의병에 나설 생각이 없습니다.

실망하는 송추 내외, 더 실망한 구잠, 피실 웃는 량음. 길채 역시,
'한심한 작자...' 하는 표정 되고, 순약 등, 웅성웅성 한심하군, 겁쟁
이야, 못난 사람... 등등 하면, 교연 나서서 진정시키며, 장현 본다.
교연 역시 실망스럽지만,

교연   의병일세. 의로운 마음이 스스로 충만해 나설 뿐, 강요
할 수는 없네. 나가 싸울 만큼 건강이 좋지 않거든...(하
는데)

장현   사지 육신이야 멀쩡하지요. 헌데... 그게 참 궁금하단 말
입니다. 임금이 백성을 버리고 도망을 하였는데, 왜 백
성이 임금을 구해야 한단 말입니까?

순간 찬물을 끼얹은 듯 싸늘해지는 분위기.

연준   (차가워진) 나라의 근본을 구하는 일입니다!

장현   위험할 때 제일 먼저 몸을 피하는 것이, 나라의 근본이
하는 일이요?

연준과 장현의 눈빛이 쨍... 만나고. 곧 순약을 필두로 유생들이 장
현에게 삿대질하며 꾸짖는 소리로 소란해지는데,

장현   (어깨 으쓱) 나는 도통 이해를 할 수 없으니, 그대들은
열심히 임금님을 구해보시오.

하고 돌아서 버리면, 피실... 웃으며 따라가는 량음, 괜히 자기가 꾸

중 듣는 듯 구김살 가득한 얼굴로 장현 따라가는 구잠. 길채, 그런 장현을 역시 한심하다는 듯 보는데.

S#16. 능군리 길 일각 / 낮

성큼 가는 장현, 량음이 피실... 웃음 머금고 따라오며,

량음　　차암 대단하십니다.

하고 장현 보는데, 어쩐지 장현의 표정이 굳어 있다.

(Ins.C)　　***3부 15씬***

장현을 한심하다는 듯 보던 길채의 눈빛.

S#17. 은애집 은애방 / 낮

은애의 주관으로 길채, 영채, 유화, 정연, 임춘 등등이 모여 의병들을 돕기 위한 준비들을 논의하고 있다.

은애　　겨울 출병이니 무엇보다 의복이 걱정이야. 각자 집에서 솜 열 근씩 내어서 핫옷(자막: 솜을 두어서 지은 옷)을 만들면 어떻겠니?

유화　　그거 좋은 생각이다. 준절 도련님께 두툼한 핫옷을 지어드리고, 옷섶엔 내 이름자를 수놔야지.

영채　　전 대오 도련님 옷 안쪽에 수건으로 싼 부적을 꿰매놓

	을 거예요.
정연	안 죽는 부적?
영채	아니. 절대 한눈 안 파는 부적.
임춘	어머어머! 그런 부적도 있니?
길채	허면 나도 내 이름자를 연주(운... 하려다 보면)
방두네	(서늘...하게 보고 있고)
길채	(침 꿀꺽)

S#18. 송추집 내실 / 낮

피난짐을 꾸리는 장현. 그 옆에 쪼그리고 앉아 장현을 조르는 구잠.

구잠	진짜로 피난 갈 거유? 남들은 다 싸우러 가는데!
장현	그렇다니까!
구잠	(팩 빈정 상해서) 사나이로 태어나서 말이야, 전장에서 말도 달려보고, 검도 휘둘러 보고 그래야지!
장현	(피실...) 전쟁이 재밌을 것 같으냐?
구잠	뭐... 나쁜 놈들 혼내주는 거니까...
장현	오랑캐들이 나쁜 놈들이라 쳐들어온 것 같어?
구잠	아 그럼, 남의 나라 쳐들어와서 사람 쑤시고 다니는데, 그놈들이 착한 놈들입니까?
장현	하긴, 착한 놈들도 아니지.(그러다 문득) 헌데... 사내들이 다들 의병으로 출정하면, 이 동리에는 누가 남을꼬?
구잠	뭐 늙은이랑 애들이랑... 여자들이랑...
장현	(곰곰 생각하더니 갑자기 벌떡 일어나며) 아무래도 아

니 되겠다.(하고 나가면)

구잠   또 어딜 가요!!

S#19.　은애집 대문 앞 / 낮

논의를 끝낸 길채와 은애 등이 문 앞에서 서로 인사하고 각자의 집으로 흩어지고 있다. 조금 떨어진 곳에서 이를 지켜보던 장현. 마침 길채가 종종이를 대동하고 이편으로 오자, 장현, 마침 지나가던 것처럼 하고 그 앞을 가로지르며 길채와 맞닥뜨린다.

장현   (씩 미소) 낭자, 또 봅니다.

길채   (쓱.. 위아래로 장현 훑더니) 아직도 피난 안 가셨소?

장현   곧 갑니다.

길채   (한심하다는 듯 그럼 그렇지... 하고 쓱 지나가려는데)

장현   그러지 말고!(길채 의아한 얼굴로 돌아보면) 낭자도 나
          와 같이 피난 가십시다.

종종이   어머어머!!(했다가 길채가 눈치 주자 얼른 뒤로 물러
          나고)

장현   산성에서 멀찍이 떨어진 이남으로 몸을 피하면...(하는
          데)

길채   (경멸스런 눈빛) 난 피난 생각 없으니, 도련님이나 부
          지런히 도망가셔요.(가려는데)

장현   죽을 수도 있을 텐데. 의병들 말이오.

길채, 돌아보면, 여전히 입가엔 미소를 띠었으나 차가운 눈을 한 장현.

길채	(피실) 그쪽이나 피난길에 뒤로 넘어졌다 코 깨지지 않게 조심하십시오. 우리 당당한 연준 도련님은 반드시 오랑캐 놈들을 다아 무찌르고...(하는데)
장현	오랑캐들 본 적 있습니까?
길채	(당황) 그, 그야...
장현	없겠지. 아직 오랑캐들이 이 아래까지 내려온 적은 없었으니. 오랑캐에 대해 뭘 아시오? 짐승의 생살과 생피를 먹고, 내외의 법도도 없이 아무렇게나 엉켜 사는 미개한 종족이라 들었소?
길채	아니란 말이오?
장현	뭐... 짐승 생살을 먹긴 하지. 헌데 그들이 말 위에서 먹고 잘 수 있을 만큼 단련된 전사들이란 말은 못 들었소?
길채	...!!
장현	예, 오랑캐들은 아직도 농사짓는 일에 서투르고, 대부분 글과 종이도 구분 못 하지요. 허나 그들은 글은 몰라도...(바싹 길채에게 다가가서) 사람 죽일 줄은 압니다.
길채	....!!
장현	낭자의 그 잘난 연준 도령. 매일같이 책상 앞에 앉아 글을 읽으며 나라 걱정에 심장이 미어지는 그 연준 도령 말입니다. 그 충심은 참으로 갸륵하나... 과연 오랑캐 전사들 털끝 하나 건드릴 수 있을 줄 아십니까? 아니, 사람 죽이는 데 이골 난 오랑캐 전사들을 상대해서... 무사할 줄 아십니까?
길채	...!!

S#20.   남한산성 외경 / 낮
산성 위로 매서운 눈발이 흩날리고 있다.

S#21.   남한산성 편전 / 낮
인조 아래로 소현세자를 비롯한 최명길과 김상헌, 김류, 홍서봉 등 대신들이 일별했는데, 가운데에 선 박난영과 심집, 능봉군.

최명길   (겁에 질린 심집 등 보니 안타깝지만 달래듯) 우리가 예를 지키면 저들이 차마 그대들을 험하게 대하겠는가?

심집   허나 소신은 대신이 아니옵고, 능봉군 대감은 전하의 아우가 아니온데... 저들이 알아차릴까 하여...

김상헌   (엄한) 저들이 어찌 조선의 대신이며 왕제를 구분할 수 있다더냐? 또한 저들이 원한다고 전하의 아우님을 보낼 수 있다더냐?

심집, 능봉군, 안절부절못하지만, 그 뒤에 선 박난영만은 나름 의연하다.

최명길   (박난영에게 부드럽게 당부) 기미년에 오랑캐들에게 포로로 잡힌 적이 있었지? 그때 호인들이 그대의 기백을 높이 사 잘 대우했다는 얘길 들었소. 이번에도 잘 부탁하네.

박난영   (읍하며) 예.

S#22.　　청군 진영 마부대 막사 앞 / 낮

마부대가 웃는 얼굴로 박난영을 맞아 만주식 인사를 한다. 조금 긴장한 채, 마주 인사하는 박난영.

마부대　　오랜만이구만.

박난영　　예, 오랜만에 뵙습니다.

마부대, 곧 박난영이 대동하고 온 능봉군과 심집을 본다. 바싹 긴장한 능봉군과 심집. 마부대가 가만... 그들을 훑어보자, 능봉군과 심집, 더욱 긴장하여 식은땀마저 나고,

마부대　　당신이 참으로 조선 임금의 아우요?

능봉군　　(끄...덕, 끄덕)

마부대　　당신은 대신이고?

심집　　그... 그렇소.

마부대, 흠... 하더니 이번엔 박난영을 본다.

마부대　　딱 한 번만 묻겠네. 나를 속여선 안 돼.

박난영　　(그럴수록 더욱 침착하고 당당한 눈빛으로 보고)

마부대　　이자들이 조선 임금의 아우와 대신이 맞는가?

박난영과 마부대의 눈빛이 만나고,

박난영　　(의연한 미소) 예, 틀림없이 두 분은 조선의 임금님의

아우와 대신이시옵(니다... 하기도 전에)

마부대가 칼을 뽑아 박난영을 베어버리고. 온몸에 피가 튄 채 놀라 숨이 막혀 뒤로 넘어지는 심집. 선 채로 그대로 얼어붙은 능봉군.

마부대　(칼집에 칼 넣으며 두 사람 쓱 일별) 그대들은 돌아가 라. 가서 임금께 전해. 이번엔...

S#23.　**남한산성 편전 / 낮**
마부대의 말을 전해 들은 인조의 망연한 얼굴이 화면 가득.

심집　(여전히 마부대 앞인 듯 두려움으로 온몸이 경직된 채 덜덜) 이번엔...(덜덜덜 인조 아래 앉은 소현을 흘긋 보 며) 세자 저하를 인질로... 보내라 하였사옵니다.

소현　(놀라 얼음장처럼 굳어버리고)

최명길　(올 것이 왔구나... 질끈 눈을 감고)

김상헌　(노기를 감추지 못하고 폭발한다) 이노옴!!! 감히 세자 저하를 입에 올리느냐!! 전하 아니 되옵니다, 아니 되 옵니다 전하!!

김상헌을 필두로 일제히 부복하며 핏대 세우는 대신들. 아니 되옵 니다, 전하, 아니 되옵니다...!! 혼란스러워 어쩔 줄 몰라 하는 인조. 두려움에 휩싸인 소현.

S#24. 능군리 산 일각 / 낮

남한산성에 내리던 진눈깨비가 능군리에도 내린다. 진눈깨비를 맞
으며 훈련하는 연준과 순약, 준절, 대오, 태성 등등의 유생들과 마
을 사람들. 낡고 녹슨 병장기, 어설픈 무예.

창 찌르기 동작을 하다가 발을 잘못 디뎌 넘어지는 준절, 활쏘기
연습을 하다가 활촉에 손끝 다쳐 피 내곤 호들갑 떠는 대오. 태성
이 쏜 화살은 과녁 근처에도 가지 못했고, 그나마 순약이 검을 조
금 휘두르는 듯 보이지만 검이 낡아 볏단도 베지 못하고, 연준은
검을 몇 순 휘두르더니 체력이 달려 헉헉... 숨을 고른다.

이 모습을 먼발치에서 지켜보는 이, 바로 길채다. 길채, 이들의 어
설픈 모습에 불안감이 깊어진다.

(Ins.C) *3부 19씬*

장현   *허나 그들은 글은 몰라도...(바싹 길채에게 다가가서)*
       사람 죽일 줄은 압니다.

연준 헉헉 숨 고르다 시선 느끼고 보면, 길채가 이편을 보고 있다.
연준, 의아해지는데.

S#25. 능군리 산 일각 / 낮

훈련하는 장소 산 일각에서 서성이는 길채. 곧 뒤편에서 연준이 다
가온다.

연준	낭자, 무슨 일로 예까지...?
길채	출병 준비는 잘 되어가십니까?
연준	예. 무기가 녹슬고, 몸에 익지 않아 며칠 훈련을 한 연후에 출병키로 하였습니다. 그보단 갑주와 말을 구해야 하는데...
길채	의병 나가는 걸 그만두세요.
연준	....예?!!
길채	(그제야 연준 쪽으로 몸을 돌려 마주 보며, 간절하게) 청군들이 말이지요, 사람 죽이는데 이골 난 자들이랍니다. 말 위에 올라 장창을 휘두르면 한 번에 대여섯도 꿰뚫는다지요.(성큼 연준에게 다가가며) 도련님은 활 쏘는 시간을 아껴 글을 읽으신 분입니다. 맘이 약해 새 한 마리 죽이지 못하는 분이지요. 전장에 나가시면 그 거친 오랑캐 놈들에게 필시...
연준	죽을 수도 있겠지요.
길채	...!!
연준	하지만 전하께서 남한산성에 갇혀 계십니다. 이제 조선 백성이 할 수 있는 일은... 비굴하게 살거나, 떳떳하게 죽는 일뿐입니다.

연준, 까닥 인사하고 가버리면, 길채... 망연하게 남고.

S#26.   온애집 온애방 / 낮

이제 길채, 은애를 설득하고 있다.

길채	말려야 해! 청군 전사들이 날래고 잔인해서 글공부만 하던 유생들은...
은애	상대가 되지 않겠지.
길채	(놀라 눈 동그래지며) 허면 넌 도련님이 죽을 수 있다는 걸 알면서도 의병 나가는 걸 말리지 않았단 말이니?
은애	싸움을 힘으로만 하는 건 아니야. 도련님께는 뜨거운 충심이 있고, 지략이 있으니...
길채	(발끈) 오랑캐들은 지략이 없으며, 저희 대장한테 충성하지 않는다던?
은애	(잠시 말문 막혔으나) 연준 도련님은 군자의 도리를 다하기 위해 평생을 공부하고 수련하신 분이야. 그런 분이 어찌 나랏일을 외면하겠니?
길채	군자? 그래, 군자 좋지. 백성을 섬기고, 임금께 충성하는 군자... 헌데 난 임금님이 살든 죽든 관심 없어.
은애	(놀라) 길채야!
길채	하지만... 능군리 도련님들이 오랑캐들 활에 심장이 뚫리고, 장창에 뼈가 부서지는 상상을 하면...
은애	(두려움에 부르르... 온몸이 떨리고)
길채	(덥석 손잡으며) 도련님이 죽게 둘 셈이야?

은애, 심장이 쿵... 떨어지듯 고통스러워 눈물 그득한 얼굴로 길채 본다. 길채도 덩달아 눈물이 고이고. 결국 서로 껴안고 펑펑 눈물을 흘리는 길채와 은애. 매사 차분했던 은애답지 않게 엉엉... 소리 나는 것도 개의치 않고 울더니,

연인 1

은애   (애써 추스르곤) 그래... 니 말이 맞아. 도련님은 죽을
                수도 있어. 이제 영영 보지 못할 수도 있어.

은애, 뭔가 결심한 표정이 되고.

S#27.　　**능군리 정자 / 낮**

길채가 정자가 잘 보이는 나무 기둥에 몸을 숨기고 정자 쪽을 보고
있다. 보면, 정자에서 은애와 연준이 대화를 나누고 있다. 은애가
간절하게 뭔가를 설득하면, 도리질하는 연준. 다시금 간절히 설득
하는 은애. 덩달아 간절한 마음이 된 길채.

길채   (은애를 응원하며) 그래, 잘한다, 잘해. 옳지, 옳지...!!
종종이   두 분이 뭔 얘기를 하시는 건데요?

이윽고, 두 사람이 다투는 듯한 모습... 하지만, 결국 고개를 끄덕이
는 연준. 길채, 얼굴이 환해진다.

길채   됐어. 얘기가 잘 된 게야!!

이윽고 연준과 헤어져 눈물을 훔치며 이쪽으로 다가오는 은애. 길
채, 몸을 숨겼다가, 은애가 다가오자 나서며,

길채   은애야!
은애   길채야...(눈물진 얼굴에 비소를 싯고 있고)

길채	그래, 얘기는 잘 되었구?
은애	(길채 손을 덥석 잡으며 고개 끄덕끄덕)
길채	(환해지며) 허면... 도련님이 의병을 아니 나가실..(하는데)
은애	도련님이 출정 전에 나랑 혼례부터 올리기로 하셨어.
길채	(싸악... 안색 굳어) 뭐? 혼례?
은애	니 말이 다 맞아. 도련님이 돌아가실 수도 있는데, 아무 연도 맺지 않고 허망하게 보낼 수는 없어.(다시금 길채의 손을 꼭... 잡으며) 다 니 덕분이야.

길채, 뭐라 말도 못 한 채, 얼어붙고.

S#28. **길채집 길채방 / 낮**

털푸덕 주저앉아 아이처럼 발을 동동 구르며 우는 길채. 그 앞에서 손수건 들고 어쩔 줄 몰라 하는 종종이.

종종이	고만 우셔요. 자꾸 울면 눈매가 미워진다니까!
길채	(엉엉 울다가 문득, 코 훌쩍 하더니) 정말 혼례를 올리진 않겠지?
종종이	연준 도련님은 한다면 하는 분이잖아요. 아니지, 은애 애기씨야말로 한다면 하는 분이지.
길채	(더 사색 되어) 몰라, 난 몰라!!!
종종이	그러게 뭐하러, 은애 애기씨를 부추겨서...(하는데)
길채	시끄러!! 내가 전쟁 나가지 말랬지, 혼례 올리라고 한

줄 알아! 도대체 왜 은애야? 왜 내가 아니구 은애냐
구!!(하는데)

종종이 그거야 애기씨가 너무...

길채 너무 뭐?

종종이 에이... 애기씨가 제일 잘 아시잖아요. 사내들은 잡은 물
고기는 밥 안 주고, 자기 좋단 여자는 금세 시시해 한다
면서요!

순간, 눈물 뚝, 그치더니 눈 꿈벅꿈벅 뭔가를 생각하는 길채.

길채 그래... 니 말이 맞아.

종종이 그쵸? 그러니 이젠 연준 도련님 생각은 놓으시구...(하
는데)

길채 연준 도련님은 내가 다른 사람의 배필이 될 거란 생각
은 전혀 못 하는 게야.(쓱... 종종이에게 손수건 낚아채
서 코 흥흥... 풀며) 만약... 내가 다른 사람의 아내가 된
다고 하면... 연준 도련님이 자기 마음을 깨달을 거구...
결국 내 앞에 무릎을 꿇고 진심으로 연모한 건 나뿐이
라고 고백하실 거야... 그럼 난 못 이기는 척 도련님을
일으켜 드리면서... 나 역시 도련님을...

종종이 애기씨!!

S#29. 농군리 그네터 / 낮

훈련받다 온 듯, 훈련복 차림으로 힐레빌띡 그네터로 뛰어온 순약.

보면, 저만치 쓰개치마를 쓰고 순약을 기다리는 여인, 길채다. 순약, 벅찬 얼굴로 길채 앞에 서면, 길채, 쓰개치마를 내리고 살짝 미소를 지어 보인다.

순약	(긴장하여 어버버) 기, 길채 낭자, 어찌 나, 나를 보자고....
길채	(그넷줄을 괜히 만지작거리며) 출병 준비는 잘 되어 가십니까?
순약	예. 이 손으로 오랑캐 목을 따서 길채 낭자에게 바치겠...
길채	에그머니... 무서운 얘기는 싫어요.
순약	아, 미안... 미안합니다!
길채	(피실...) 하지만 도련님이 오랑캐와 싸워주신다니, 참으로 든든하지 뭐여요?
순약	(다시 흰해지며) 고맙습니다. 아니, 내가 고맙지요, 내가...(하는데)
길채	헌데... 참으로 서운합니다.
순약	(다시 사색) 예? 무엇이...
길채	오래전 집안 어른들끼리 저와 도련님을 놓구, 자라면 혼인을 시켜도 좋겠다... 말이 오간 적도 있다면서요?
순약	(자신감 없이 시선 내리깔며) 다 어르신들 욕심이지요. 낭자가 저같이 공부도 못하는 놈을 좋아해 주실 리가...(하는데)
길채	연준 도령은 출정 전에 은애와 혼례 하여 마음을 보이겠다 했다던데...(잠시 순약 보더니) 참으로 무심하셔요.

길채, 그 말만 뱉고 팽... 하니 가버리면, 순약, 무슨 말인지 몰라 혼란, 당황, 어쩔 줄 몰라 하다가, '설마...?!!' 하고 갑자기 깨달은 표정되고.

S#30. 여희서원 마당 / 낮

마을 사람들이 서원 마당에서 훈련하던 의병들에게 음식을 베풀고 있다. 길채와 은애, 영채, 유화, 정연, 임춘 등 여인들이 그간 지은 핫옷을 나눠주기도 하고, 아들 가진 부모는 저마다 아들의 수저 위에 고기를 얹어주거나, 밥 먹는 아들을 보며 눈물 찍고 있는데, 태성, 벌떡 일어서서 밥상 앞 부모에게 절하더니,

태성　　아버지, 어머니 절 받으십시오. 며칠 후면 저희는 떠납니다. 돌아올 때까지 부디 건강하십시오.

태성의 부모가 눈물 콧물을 찍자, 곧, 일각에서 대오와 준절 등등도 각각 가족들에게 절하고, 순약의 부모님도 순약의 밥술 위에 고기를 놓아주며 눈물 콧물 찍는데, 물끄러미 밥술 위에 있던 고기를 보던 순약, 갑자기 벌떡 일어서더니,

순약　　하늘이시여! 이제 며칠 후면, 이 미천한 몸이 전하를 구하기 위해 떠납니다.

순약의 어머니 금당과 아버지 만재는 벌써부터 콧등을 잡는다, 손수건을 꺼낸다... 눈물 흘릴 준비끼지 미쳤는데,

순약	가기 전, 오직 한 가지 소원이 있으니...
만재	(벌써 콧등 잡으며) 애미애비 걱정은 말래도...(하는데)
순약	길채 낭자, 저와 혼인을 해주십시오!
만재, 금당	...!!

모두의 시선이 길채에게 집중되고, 마침 핫옷을 나눠주던 길채, 전혀 예상치 못했다는 듯, 깜찍하게 눈 끔벅이며 놀란 척한다. 일각의 교연과 근직, 은애와 연준도 역시 놀라고.

길채	도련님 어찌... 이리 사람들이 많은 곳에서...
순약	제 마음은 하늘 아래 부끄러울 것 없이 떳떳하기 때문이지요. 태어나서 제일 잘한 일이 뭐냐고 물으면, 오늘 용기를 낸 것이라 할 것입니다.
만재	순약이 이놈아! 이 무슨 추태냐?!!(하는데)
순약	(되려 버럭) 아버지!! 이 아들의 유일한 소원입니다!!! 전장에 나가 죽을지도 모르는 이 아들의 소원을...(거의 포효) 모른 척하실 것입니까아아~~?!!

금당, 뒷목을 잡고 쓰러질 뻔하면 만재가 부축하고, 울먹이며 뛰쳐나가는 정연. 길채, 난감한 척하며 쓱... 주변을 살피면, 정연을 달래며 길채를 노려보는 여인들의 매운 눈을 지나, 역시 당황하는 은애를 지나, 저편 연준에게서 멈춘 길채의 눈빛. 연준, 어쩐지 표정이 싸늘하게 굳어 있다. 됐구나! 배실... 미소가 뜨는 길채. 하지만 애써 표정 감추고.

그리고 길채는 못 봤지만, 조금 떨어진 저편에서 이 모든 상황을 지켜보고 있던 장현. 장현, 내심 쾌재를 부르는 길채를 보며 옅은 한숨 뱉는데.

S#31.   길 일각 / 낮

길채가 종종이를 대동하고 만면에 깨소금 먹은 얼굴이 되어 걷고 있다.

(Ins.C)   3부 30씬

연준의 차갑게 식은 얼굴.

길채, 두 손으로 얼굴을 감싸고 꺄르르... 발 동동... 기분 좋아 어쩔 줄 몰라 하면, 종종이, 고개 절레절레... 하는데, 쓱, 길채 앞에 나타난 장현.

장현   뭐? 혼인?

길채   (화들짝 놀라) 에그머니!!

장현의 표정 사뭇 진지해져 있다. 어쩌면 조금 화가 났는지도.

장현   홧김에 혼인을 하시겠다?

길채   무슨 상관이셔요?

장현   과연 그 숙맥 같은 순약 도령이 아무 이유 없이 요란하게 청혼했을지... 그린다고 언준 노녕이 맘을 돌릴 것

같소?

길채   (정곡이 찔렸다. 홱 노려보면)

장현   연준 도령은 계산에 밝은 사람이오. 낭자에게 흔들리는 척했겠지만, 낭자와 혼인할 마음이 전혀 없어요. 왠지 아시오?

길채   (마른침 꿀꺽)

장현   낭자처럼 평판이 안 좋은 여인을 감당할 자신이 없거든.

길채   (싸악... 안색이 굳고)

장현   그자는 심약해서 절대 낭자를 담지 못합니다. 그러니...(하는데)

길채   뭐? 연준 도령이 계산에 밝고, 심약해? 고작 자기 한 몸 구하자고 피난짐이나 챙기는 주제에, 임금님과 백성을 구하려 목숨을 걸겠다는 연준 도령을 함부로 입에 올려? 한 번만 더 그 가증한 입에 연준 도령 이름자를 올리면, 그대의 돌덩이 같은 면상을 가루로 만들어주리다!

장현   (헉... 놀라며 두 손으로 자신의 얼굴을 감싸면)

길채   (찬바람 쌩... 하도록 가버리고)

S#32.   *길 일각 / 낮*

길채가 화난 얼굴로 쿵쿵거리며 가면, 그 뒤를 따라오며 의심스럽다는 듯 눈 가늘게 뜨고 길채 보는 종종이.

길채   뭐? 연준 도령이 계산에 밝고 심약해? 내가 평판이 안

좋아?!!(하는데)

종종이　뭐... 미친 듯이 평판이 좋진 않지요.

길채　(욱했으나 차마 반박 못 하고) 아무튼!!(하는데)

종종이　헌데, 애기씨도 참 이상하세요. 이장현 그 되련님이 말 걸면, 뭘 그리 구구절절 다... 대꾸해주시는 거예요? 다른 도련님들이 심기 거스르면 가까이 오지도 못하게 하시면서.

길채　(어이없다) 내가 언제?!! 나 그런 적 없거든!(하는데)

저편에서 근심스런 표정으로 길채를 기다리는 은애가 있다.

S#33.　은애집 은애방 / 낮

길채와 은애가 마주하고 있고, 차를 마시며 은근 은애의 안색을 살피는 길채. 은애, 뭔가 곰곰 생각에 잠긴 표정인데.

은애　너... 순약 도령과 혼인을 할 생각이니?

길채　글쎄...(괜히 은애 눈치 살피면)

은애　사실 난 길채 니가... 마음에 둔 다른 사내가 있는 줄 알았어.

길채　(...?!! 혹시 은애가 내가 연준 도령 좋아하는 걸 눈치챘나? 놀라고 당황하여, 마른침 꿀꺽) 내가? 누... 굴?

은애　(잠시 생각하다가) 회혼례 날, 전쟁이 났다는 소릴 듣고, 우리 모두 얼마나 놀랐니?

길채　그랬지.

은애	그때, 니가 그 말을 듣자마자 제일 먼저 누굴 봤는지 아니?
길채	응? 글쎄, 기억이...
은애	난... 니가 그분께 마음을 두고 있다고 생각했단다.
길채	...?!!
은애	사실... 순약 도령 청으로 이 자리를 마련했어. 곧 오실 거야.

그때, 들어오는 연준과 순약. 길채, 은애 말은 이미 잊었고, 마음을 감춘 채, 새침한 표정으로 일어서서 맞으면,

CUT TO

이제 다과상을 사이에 두고 네 사람이 마주했는데,

은애	원래대로라면 혼렛날은 가리고, 분별해야겠지만, 난리 중이니 어찌 원하는 대로 할 수 있겠습니까? 해서 말인데, 길채야, 출병 전에 순약 도령과 혼례를 할 셈이니?

순약, 긴장하고, 길채, 괜히 뜸 들이며 차를 든다. 길채, 시선은 내리깐 채, 계속 연준의 반응을 감지하며,

길채	순약 도련님은 본시 부모님께서 맺어준 인연이니...(천천히 고개 끄덕)
순약	(벅차올라) 낭자!!

길채, 슬쩍 연준의 표정을 살피는데, 연준의 표정에는 미동이 없고.

은애   허면 우리 함께 혼례를 올리도록 할까요?(연준 보며)
               도련님 생각은 어떠신지요?

길채   (긴장된 표정으로 연준 보면)

연준   (잠시 틈. 곧 미소) 그거 좋지요.

순간 길채 얼굴에 웃음기가 싹... 사라진다. 모든 기대가 한순간에 무너지는 듯한 기분. 굳은 얼굴을 감추려 떨리는 손으로 찻잔을 들지만, 표정을 감추기 힘들고.

S#34.   능군리 그네터 / 저녁

홀로 그네에 앉은 길채. 종종이도 기운 없이 곁에 섰다. 결국 후두둑... 굵은 눈물을 흘리고 마는 길채.

종종이   애기씨...

길채   무정해... 참으로 무정해...(하는데)

어디선가 다가오는 장현. 종종이가 놀라 장현 보면, 장현, 손가락에 입을 대고 잠시 자리를 피해달라는 눈빛. 구잠이가 못마땅한 표정으로, 하지만 어쩔 수 없이 종종이를 이끌고 저만치 가고, 이제 그네터에 길채와 장현만 남는다. 길채, 두 손으로 얼굴을 가리고 펑펑... 울다 보니 콧물이 흘러 훌쩍훌쩍... 하는데, 장현이 손수건을 대준다.

길채	...!!
장현	닦아요. 젖은 얼굴에 찬 바람을 쐬면 피부가 상할 테니.
길채	(손수건을 홱 뺏어 눈물을 닦다가 코라도 팽 풀고)
장현	(이제 무릎 굽히고 눈높이 맞춰 앉아, 아이 달래듯 길채 보며) 연준 도령이 혼인하는 게 그리 서러우시오?
길채	(코만 팽팽 풀면)
장현	나라가 넘어가고 임금이 갇힌 판국에, 그게 그리 슬퍼?
길채	에! 저는 나라 넘어가는 것보다 이게 더 슬픕니다!! 까짓것 전쟁 나 죽는 거 따윈 무섭지도, 두렵지도 않아요!
장현	죽는 건 무섭지도 않다?(피실...) 못 말린다니까... 허면, 혼례를 올리지 못하게 막으시오.
길채	갖은 수를 써도 막을 수 없으니 이러지!!
장현	(한숨 푹...) 내가 도와드리리까? 만약 내가 도우면, 나한테 뭘 해주겠소?
길채	도련님이 무슨 수로!! 사람 놀리지 말고 가세요, 가요!!

하다가 다시 엉엉... 발까지 동동거리며 아예 목 놓아 우는 길채. 장현, 그런 길채를 보며 절로 한숨이 푹... 나오고.

S#35.   여희서원 사랑채 / 밤

서원에 모인 능군리 사람들. 상석의 교연과 근직 만재와 양옆으로 앉은 연준과 순약, 대오, 준절, 태성 등. 그리고 모두가 지켜보는 가운데, 아랫목에 무릎 꿇고 앉은 장현.

장현	갑주와 병장기 마련에 어려움이 있으시다 들었습니다.
교연	(끄덕) 십 년 전, 정묘년 난리 때 장만했던 무기들이 녹슬고 낡았네. 수선을 하고는 있으나...(흠... 한숨 쉬는데)
장현	제가 도울 수 있습니다. 수달 전에 장만한 갑주와 무기가 있습니다.

다들 놀라는 얼굴이 된다.

연준	무기를 사두다니요?
장현	그저 장사치의 직감이지요. 오랑캐들을 상대로 장사를 하다 보니, 언젠가 심상치 않은 일이 일어날 것을 짐작했습니다. 전장에 나가자면 무기며 갑옷 일체를 백성들이 스스로 장만하여야 하니... 장차 큰돈이 될 줄 알았지요.
순약	(울컥) 명색이 사대부란 자가 재물 모으는 데 혼을 바쳤구만. 나라의 위급함을 짐작하고도 그저 재물 모을 궁리만 했소!!

웅성웅성 장현을 질책하는 말들로 소란한데,

교연	(진정시키더니) ... 우리가 염치가 없으이. 서원 사창에 쌀을 대 준 은혜도 다 갚지 못했는데...
연준	이번에도 조건이 있으십니까?

모두의 시선이 연준에게 집중되고, 장현도 언준을 본다.

연준	일전엔 서원 입학 조건으로 쌀을 대셨으니, 이번에도 조건이 있으시겠습니다.
장현	(연준을 잠시 보더니 씩... 미소) 이제야 말이 통합니다. 의병 출정 전에 혼사를 서두르는 분들이 많다 들었사온데... 혼례를 뒤로 미루시는 것이 어떻겠습니까? 혹여 전장에서 죽기라도 하면...
순약	(벌떡 일어나며) 말 다 했는가!!!
장현	(싸늘한 눈빛) 전장에 나간다면서, 목숨 걸 각오가 아니 되어 있습니까?
순약	...!!

차분하고 냉정한, 장현의 또 다른 모습. 곧, 내실 안엔 막막한 정적이 흐르고.

장현	사내들은 아내가 죽어 새 부인을 맞아도 자녀에게 아무런 해가 가지 않으나, 여인이 홀로 되어 재가를 하면, 재가한 여인의 자식은 과거에 응할 수 없어 관직길이 막히지요. 그러니 아내를 잃은 사내의 삶은 계속되나, 남편을 잃은 아내의 삶은, 남편의 죽음과 함께 멈추고 마는 것입니다. 능군리 애기씨들의 앞날을 생각해 주시지요. 하나같이 귀애하며 키운 분들이온데, 그이들의 앞날을 벼랑으로 내모실 생각이십니까?

장현 말의 파장이 온전히 전해졌다. 길채와 은애를 떠올리는 듯 교연과 근직도 마음이 무거워지고, 연준 역시 잠시 고개를 떨궜다가,

고개 들어 장현 본다. 잠시 장현과 연준의 눈빛이 만나고.

S#36.   능군리 그네터 / 낮

순약, 세상 멋진 남자인 척을 하며 나무 기둥에 폼을 잡고 서 있으면, 곧 길채와 종종이가 나타난다. 길채, 종종이에게 여기 있으라는 눈빛하고 순약에게 가면,

순약　　길채 낭자, 나는 곧 떠나오. 그 전에, 낭자를 너무도 소중히 여기기에... 결심한 것이 있소!

길채　　(따분하여 먼 데 보다가) 무슨 결심을 하셨을까요?

순약　　혼례를 올리지 않겠소.

길채　　예?

순약　　(세상 멋진 사내의 눈빛을 만들어 돌아보며) 아내를 잃은 사내의 삶은 계속되나, 남편을 잃은 아내의 삶은, 남편의 죽음과 함께 멈추게 되지. 해서 우리 능군리 사내들은 모두, 출병 전에 혼례를 올리지 않기로 했소.

길채　　모두... 라 하시면...?

순간, 뭔가를 깨닫고 낯빛이 환해진 길채. 길채, 기뻐 일각으로 뛰어가면,

순약　　하여 나는 길채 낭자에게...(하고 보면 벌써 저만치 멀어진 길채) 낭자... 길채 낭자!!!

S#37. 능군리 정자 / 낮

나란히 정자에 앉은 연준과 은애. 은애가 눈물을 훔치면, 그 손을 가만 잡아주는 연준.

은애   하지만 도련님, 저는...(하는데)

연준   (고개를 젓는다) 내가 이장현 그 사람을 오해했어요. 알고 보니 참 사려 깊은 사람입니다.

은애   하지만....!!

연준   (은애의 볼을 손으로 감싼다) 대신... 내 마음에 그대를 담아가리다.

저편에서 숨이 턱에 차게 뛰어왔던 길채, 연준과 은애가 입 맞추는 것을 목격하고 만다. 충격으로 멍해진 길채. 뒤늦게 헉헉거리며 온 종종이도 놀라 손으로 입을 틀어막곤, 길채의 눈치를 살피면,

길채   (애써 미소) 괜찮아. 그래도 혼례를 올리는 건 아니니까... 그거면 됐어...

S#38. 능군리 길 일각 / 낮

길채가 기운 없이 걸으면, 종종이가 다가와 쓰개치마로 길채의 어깨를 덮어 주는데,

길채   (기운은 없지만 뭔가를 생각하다가) 순약 도령을 보자고 해.

S#39.   능군리 그네터 / 저녁

길채와 순약이 마주했고, 저만치에 종종이가 호롱을 들고 서 있다.
길채, 순약의 머리에 떨어진 나뭇잎을 떼어주면, 순간, 심장이 멎는
듯, 얼어붙은 순약.

순약   나... 낭자...(하며 덥석 길채의 손목 잡으려 하면)

길채   (쓱... 손 피하며) 종종이가 봅니다.

순약   (아차...하고)

길채   도련님은 능군리에서 제일 활도 잘 쏘고 검도 잘 다루
         는 분이시지요? 능군리에서 제일 당당한 분 아닙니까?

순약   (입이 찢어질 듯) 저야... 허허... 허허허...!(하는데)

길채   은애가 연준 도령이 다칠까 맘고생이 심합니다. 해서
         말이온데, 도련님! 우리 은애를 위해서 연준 도령 옆에
         꼭 붙어 지켜주셔요.(순약의 어깨를 손으로 감싸며) 이
         든든한 어깨로 연준 도령을 지켜주시면...

순약   (온몸이 불덩이가 된 듯 달아오르고) 나...낭자...!!

길채   제 벗인 은애의 마음이 기쁘고 저도 기쁘겠지요. 허면...

순약   허...면?

길채   도련님께서 돌아오실 때... 단둘이...

순약   (마른침 꿀꺽) 단둘이...?

길채   종종이 없이.

순약   (놀라 눈 커지며) 종종이 없이?!!

| 길채 | (고개 끄덕) |
| 순약 | (격하게 끄덕) 그리하겠소. 반드시 그리하리다!! |

S#40.　동장소 / 저녁

연신 뒤돌아보며 눈물 바람 하며 돌아가는 순약. 길채, 갸륵한 표정으로 가고, 손짓, 눈물 찍는 척, 다시 가라고 손짓. 이 짓을 수없이 반복하다가 결국 순약이 사라지면,

| 길채 | (웃음기 싹 지우곤 혼잣말) 뭔 인사를 종일 해...(하고 돌아서려는데) |

어둠 속에서 쓱...

장현	혼례는 안 치르신다지요?
길채	(화들짝 놀랐다가, 착, 째려보며) 나만 따라다니세요?
장현	(씩... 미소) 나한테 줄 것 없소? 뭐, 감사 표시라던가.
길채	무슨 뚱딴지 같은 소립니까?(어이없어하며 길 재촉하면)
장현	(피실, 길채 옆에 붙어 나란히 걸으며) 낭자 눈엔 내가 여전히... 용렬하고 비열하기 짝이 없는... 못생긴 돌덩어리요?
길채	자꾸 물으면 돌덩어리가 금덩어리라도 될 줄 아세요?
장현	내가 백성 구하는 데 보탬이 되면... 덜 못생겨 보이려나?
길채	(뭔 소리야 하고 보면)
장현	순약 도령에게 연준 도령을 지켜주는 대가로 조건을

걸었지요? 종종이 없이... 어쩌고 저쩌구.

길채 (발끈) 엿들었소?

장현 이렇게 합시다. 만약 내가 백성 구하는 데 보탬이 되고도 운 좋게 살아 돌아온다면, 내게도 낭자의 귀~~한 입술 한 번 주시오.(하는데)

대차게 뺨을 올려붙이는 길채. 어쩌나 매서운지 이번에는 장현도 피하지 못했다. 얼얼해져서 볼을 잡고 놀란 눈으로 길채를 보는 장현. 분이 덜 풀려 씩씩거리는 길채, 다시 장현의 뺨을 치려는데, 장현, 이번엔 그 손목 잡는다.

길채 ...!

장현 (피실, 미소) 잘했소. 이래야지.

장현, 허공에서 잡은 손목을 내려 그대로 꼭... 길채의 손목을 잡고 있고, 길채, 손을 빼려다가 만다. 장현의 표정이 부드럽고, 진지하고, 또... 길채도 왠지 빼고 싶지 않기 때문이다. 그렇게 잠시, 두 사람의 눈빛이 서로에게 머물고, 길채, 당황스럽고 혼란스러운데.

장현 우리가 떠난 후에 혹여 오랑캐들을 만나거든... 지금처럼 대차게 쫓아버리시오.

장현, 씩... 미소 지으며 그제야 길채의 손을 놓고 돌아서고, 길채, 장현이 가는 모습을 멍... 하니 서서 본다. 짧은 순간 자신을 훅, 감싸고 지나갔던 묘한 열기기 무엇인지 혼란스러워하면서.

S#41. 능군리 광장 / 낮

각자 갑주와 무기 등을 갖추고 마을 광장에 모인 능군리의 의병들. 남겨진 마을 사람들이 의병들을 전송하기 위해 모였다. 연단 위에 올라가 우렁차게 출정문을 읽는 연준.

연준 오늘 단상에 올라 백성과 더불어 맹세하니, 반드시 강 토를 침입한 오랑캐를 물리치겠나이다. 천세! 조선이 여, 천천세 조국강토여!!

순약 등, 각자 무기 든 손을 치켜들며 와와와...!!! 함성 내지르는데, 그때, 웅성거리는 소리. 보면, 저만치서 갑주를 갖춘 장현과 구잠, 량음 일행이 말을 타고 나타난다.

당당하게 갑주를 갖추어서인지, 더 훤칠해지고, 멋있어진 장현. 종 종이도 길채도, 유화와 정연, 임춘 등 마을 여인들도 훤칠해진 장 현의 모습에 어쩐지 심장이 두근두근하지만, 이유가 뭔지 알 리가 없다.

유화 아침에 홍삼 정과를 너무 많이 먹었나? 어째 심장이 두 근거려...

정연 너도 그러니?

종종이 (불쑥 끼어들며) 저두요.(하는데)

길채 (괜히 흥...!) 사내들이란... 어제 나한테 자기가 백성을 구하면 이쁘게 봐줄 거냐고 묻더니... 내 맘에 들려고 의 병에 나가기로 한 모양이다. 그런다고 눈길이나 줄까

봐? 사람 참 별꼴이야...(하면서도 싫지 않은 표정인데)

연준	(장현 보며 반가워) 의병에 나가기로 하셨습니까?
장현	(미소) 아닙니다. 피난 가는 길입니다.
길채	(어라?!!)
장현	아! 이 갑주? 피난길에 혹여라도 오랑캐를 만나 다칠까 봐 입은 것이지요.
마을 사람들	(그럼 그렇지... 하며 비웃으며 웅성)
종종이	(괜히 길채 보며 피식)
길채	(괜히 자존심 상해 끙...)

S#42.   동장소 / 낮

의병들이 이제 다들 가족과 마지막 인사를 하는데, 가족이 없는 장현 일행만 오도카니 남았다. 말 안장의 짐 따위 단단히 묶으면서 문득 쓸쓸해지는 구잠.

구잠	뭐, 우리는 떠난다고 잘 가라는 인사도 안 해주고.
량음	(짐 챙기며 피실..) 피난 가는 길에 누가 울어줘?

장현, 무심한 얼굴로 말 위에 짐을 챙기다가 문득, 길채 쪽을 보면, 길채, 몸은 순약에 잡힌 채, 저만치 연준만 보고 있다. 그제야 장현도 왠지 쓸쓸한 기분이 되는데, 장현 일행에게 다가와 인사 건네는 은애.

은애	(량음과 구잠에게 손수건 건네며) 여인들의 물건을 하

나씩 가지고 있으면 목숨을 구한다지요.

구잠 (은애 물건 받으며) 우린 피난 가는 건데.

은애 피난길도 무섭지요.(장현에게도 주려다) 이런... 제 물건은 동났습니다. 어디 보자... 누구에게 받으면 좋을까?

하고 두리번거리면, 저편에서 순약과 마주한 길채.

S#43.   동장소 / 낮

길채와 마주한 순약. 순약의 눈빛은 애절, 비장하지만 길채는 겉 미소만 지은 채 심드렁. 순약의 부모님이 순약을 연신 부르고, 순약 못내 아쉬워 가려 하는데, 길채, 문득,

길채 약조한 것 잊지 마세요.

순약 아! 걱정 마시오. 내가 꼭 연준 도령을...(하는데)

길채 도련님이요! 다치지 마시라구요, 아시겠어요?

순약 나, 나 말이요?(연준이 아닌 나를 걱정해 주다니!! 잠시 당황했다가 환한 미소 지으며) 걱정 마시오! 내 털끝 하나 상하지 않을 것입니다!!!

순약 벅찬데, 저편에서 계속 부르는 부모의 부름에 마지못해 자리를 뜨는 순약, 은애, 순약이 자리를 뜨자 장현을 끌고 길채에게 간다. 어어... 하며 길채 쪽으로 끌려간 장현. 이윽고 장현과 길채가 마주했고.

| 은애 | 길채야, 장현 도련님께 드릴 게 있지 않니? |

은애, 미소 지으며 자릴 피해주면, 마주한 길채와 장현. 장현, 길채가 든 주머니를 보며 잔뜩 기대하면, 길채, 마주 미소 지으며 참빗을 꺼내는가 싶더니, 다시 쏙, 넣으며.

길채	피난 가는 돌덩어리에게 줄 물건은 없소!(하고 팽... 가려는데)
장현	(턱, 길채 잡고) 나는 있는데.(하더니 품에서 뭔가를 내민다. 비단에 싸인 뭔가)
길채	(호기심에 열었다가 화들짝 놀랐다가 곧 안색 변하며) 흥! 어디서 또 뻔한 수작을!! 다니는 동리마다 여인들에게 단도 하나씩 나눠줍니까? 됐어요!(하고 물리려는데)
장현	(확, 길채 잡아 단도 넘기며) 지니고 있어요. 그리고 부탁 하나 합시다. 저 산 위로 연기가 오르거든... 반드시 피난을 가시오.
길채	도련님들이 우릴 지켜주시는데 피난은 무슨! 그리고 이 많은 사람들이 피난 가는 게 쉬운 일인지 압니까? 방두네도 만삭이고...
장현	그럼 낭자 혼자라도 피난 가시오. 나도 다른 사람한텐 관심 없소.
길채	...!!
장현	약조했소이다!!

장현이 몸을 돌려 가면, 길채, 멍... 하니 보고.

S#44.　동장소 / 낮

은애와 장현이 마주했다.

은애	무엇을 받으셨어요?
장현	(빈손 보이며 피실... 웃으며) 나한테 줄 물건은 없답니다. 그래도 낭자껜 고맙습니다. 뜨내기에게 이리 친절히 대해주시니.
은애	우리 마을의 은인이신데요. 또한... 장차 저와 가까운 사이가 될지도 모르구요.
장현	예?
은애	길채를... 좋아하시지요?
장현	(당황하여) 나, 나는...(어버버 하는데)
은애	(미소) 길채와 전 함께 자랐어요. 길채는 제가 잘 압니다. 어쩌면 길채 본인보다 제가 길채를 더 잘 알 거예요. 전 길채가 마음속에 품고 있는 사람이 누구인지도 알고 있지요. 제가 길채 마음을 어찌 알았는지 아서요?
장현	...?!!
은애	여인들은, 아니 사람이라면 누구나 그러지요? 아이가 엄마를 찾듯, 겁나고 무서운 일이 있으면 가장 의지되는 사람을 찾지요. 전, 회혼례 날 전쟁이 났다는 말에 저도 모르게 연준 도련님을 보았답니다. 그리고 그 와중에 길채가 누굴 보았는지도 보았지요.(의미심장한

미소를 지으며) 무사히 다녀오셔요. 꼭 돌아오셔요. 저
와 길채... 모두 기다리고 있겠습니다.

장현   ...!!

S#45.   동장소 / 낮

연준을 필두로 떠나는 의병들. 눈물 찍고, 손을 흔들며 보내주는 마
을 사람들. 그 뒤편에서 따르던 장현도 가다가 문득 돌아보면, 길채
는 연준 보며, 손 흔들고 눈물 찍고 있다.

길채   연준 도련님은 갑주도 어찌 저리 잘 어울리시는지...

종종이   그 장현 도련님이 내놓은 갑주랍니다. 헌데 조건으로
           특이한 걸 걸었대요.

길채   무슨 조건?

종종이   출병 전에 혼례식을 올리지 말라고 했다나 뭐라나...

길채   허면... 그 장현 도령 때문에 다들 혼례식을 안 올렸다
           는 게야?

종종이   그렇다니까요. 필시... 그 비혼인가 뭔가 하느라, 남들도
           혼인 못 하게 하려구...

길채   (혼란스러운. 그러다 퍼뜩)

(Ins,C)   3부 34씬

장현   (한숨 푹... 쉬다가) 도와드리리까?

고개를 갸웃히는 길채, 설마... 했다가 문득,

(Ins,C) ***3부 33씬***

은애   그때, 니가 그 말을 듣자마자 제일 먼저 누굴 봤는지 아니?

길채   ...?!!

S#46.   ***산 일각 / 낮***

연준을 필두로 능군리 의병들 십수 명이 출정길에 올랐고, 그 뒤로 장현 일행도 뚜벅뚜벅 일행인 듯, 아닌 듯 애매하게 뒤를 따르는데. 장현, 생각에 잠겼다.

량음   무슨 생각을 그리 해?

장현   송추 할배 회혼례 날 말이야... 전쟁이 났다는 소릴 듣자마자 길채 낭자가 누굴 보았는지 봤어?

량음   (표정 굳어지고)

S#47.   ***(과거) 회혼례장 / 저녁*** (2부 62씬)

문이 벌컥 열리며 뛰어 들어온 순약.

순약   오랑캐가 임금을 가두었소!!

은애가 놀라 연준을 보고, 연준이 은애를 보고, 량음이 노래 부르기를 그치고 본능처럼 장현을 본다. 그리고 량음과 동시에 놀란 길채가 보는 사람, 연준이 아니라 장현이다. 그 모습에 표정이 굳는 량음.

S#48.　**(다시 현재) 농근리 광장 / 낮** (45씬 연결)

그제야 퍼뜩, 회혼례장의 그 순간이 떠오른 길채. 자기 스스로도 당황스럽다.

길채　　내가... 그 돌덩어리를 봤어?

S#49.　**길 일각 / 낮** (46씬 연결)

량음　　(말쌍한 얼굴로 거짓말) 연준 도령을 보던걸.

장현　　(피실...) 그럼 그렇지...

장현, 서운해진 얼굴로 말 걸려 가면, 질투심에 사로잡혀 장현의 뒷모습을 보는 량음의 눈빛.

산 일각 / 량음의 거짓말에 풀이 죽은 장현.

산 일각 / 그런 장현을 보며, 차가워진 량음.

농근리 광장 / 갑자기 떠오른 기억에 당황스러운 길채.

농근리 광장 / 혼란스러워하는 길채를 보며 배실... 미소를 짓는 은애.

혼란스러운 눈빛 되어 장현이 간 쪽을 다시 보는 길채와 역시 씁쓸한 얼굴로 문득 돌아보는 장현, 두 사람에서.

- 3부 끝

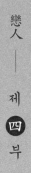

戀人 —— 제 四 부

S#1.   능군리 광장 / 낮

그제야 퍼뜩, 회혼례장의 그 순간이 떠오른 길채. 자기 스스로도 당
황스럽다.

길채   그 돌덩어리를 봤어? 내가?

S#2.   길 일각 / 낮

량음   (말짱한 얼굴로 거짓말) 연준 도령을 보던 걸.
장현   (피실...) 그럼 그렇지...

장현, 서운해진 얼굴로 말 걸려가면, 질투심에 사로잡혀 장현의 뒷
모습을 보는 량음.

갑자기 떠오른 기억에 당황스러운 길채와, 량음의 거짓말에 풀이
죽은 장현, 두 사람 위로,

타이틀 오른다.

〈몹시 그리워하고 사랑한 **연인**戀人〉

S#3.　　**남한산성 외경 / 낮**

혹독한 겨울바람 속, 청군에 포위된 남한산성 외경. 새로 당도한 원
병으로 더욱 두터워진 청군 진영.

S#4.　　**남한산성 편전 / 낮**

인조 아래로 소현세자와 최명길과 김상헌, 김류, 홍서봉 등 대신들
이 일별해 있고, 박난영의 죽음 이후, 무겁게 가라앉은 분위기.

김류　　　전하, 속속 저들의 원병이 도착해 산성을 겹겹이 둘러싸
　　　　　고 있으니, 전하께오선 지금이라도 미복 차림으로 은밀
　　　　　히 나가, 곧장 영남이나 호남으로 피하심이 어떠신지요?

인조　　　나를 따라 성에 들어온 그대들을 버려두고, 어찌 나 혼
　　　　　자만 달아난단 말인가?

소현　　　(원망 가득한 눈빛으로 대신들 보며) 이제 어찌할 것인
　　　　　가? 자네들 때문에 우리 집이 다 죽게 되었네.

김류와 최명길, 김상헌 등 대신들, 고개 푹 숙이고 세자의 꾸지람을

듣고만 있으면,

인조 세자는 그리 말하지 말라. 정치는 알지 못하고 혈기만
왕성한 나이 어린 간관(자막: 사간원과 사헌부에 속하여 임금
의 잘못을 간하고 백관의 비행을 규탄하던 벼슬아치)들이 후금
사람들을 짐승처럼 여겨, 국서도 보내지 말라, 사신도
맞이하지 말라, 후금의 국서를 받아 온 사신들을 참수
하라... 과격하게 말하더니, 끝내 이 같은 화란을 부른
것이다. 허나 그 논의가 실로 정론이었기에 나 역시 거
절하지 못했으니... 이제 와 어찌 남의 탓을 하랴.

소현 (목울대만 꿀렁꿀렁 넘기며 분을 삼키는데)

최명길 (앞으로 한 걸음 나서며) 전하, 일이 급하게 되었으니
강화를 요청하지 않을 수 없습니다. 저들은 조선과 군
신의 예를 맺기만 하면 사직을 보존케 해준다 하였사
오니...(하는데)

김상헌 이판은 여전하이. 오랑캐의 말을 믿으시오? 정강의 변
을 잊었는가?

'정강의 변'이란 단어가 일으킨 파장. 찬물을 끼얹듯 싸늘해진 편전
안. 인조와 소현에게도 두려움이 스민다.

김상헌 송나라 흠종은 금나라 병사가 성을 포위하자, 사직을
보존케 해주겠다던 말을 믿고 성을 나갔소. 허나 금나
라 오랑캐는 성 밖으로 나온 흠종과 대신들 삼천 명을
모두 금나라로 끌고 가고, 황제와 대신의 여자들을 첩

과 창기로 삼았소이다.

소현   (차마 더 들을 수 없어 질끈 눈을 감고)

김상헌   지금 성 밖을 둘러싸고 우리 임금을 노리는 저자들은, 금나라 여진족의 후예들이지. 헌데 저들의 말을 믿고 성을 나가 사직을 지켜보겠다? 저들이 우리를 출성케 한 연후에 또다시 정강의 변과 같은 책략을 꾸미고 있음을 정녕 모르겠는가?

최명길   ...!!

김상헌   전하, 흠종은 퇴각하는 금나라군을 치자는 장수 종사도의 말을 듣지 않고 오히려 파직했습니다. 하여 한번 꺾인 군병의 기세는 다시 올라오지 못하였사오니, 전하께오선 결전을 다짐하여 군병들의 기세를 올리소서!!

S#5.   남한산성 성벽 일각 / 낮

성벽을 지키는 군병들에게 다가가는 인조. 인조가 다가오자 군병들이 일제히 부복한다. 눈길에 인조가 미끄러져 넘어질 뻔하자, 소현이 얼른 부축하려 하는데, 인조, 마다하고 스스로 올라선다. 얼어서 벌겋게 부르튼 손을 바닥에 짚고 부복한 군병들을 본 인조, 목울대가 울컥하지만 꾹 누르며 비장한 어조로 입을 연다.

인조   그대들이 이 혹한 속에서 허술한 옷과 보잘것없는 음식으로 성을 지키고 있음을 생각하니...(잠시 목이 메고) 온몸을 바늘로 찌르는 듯 아프다. 허나... 이미 화의는 끊어져 싸움만이 있을 뿐. 사방에서 원병이 당도하여 구원한다면, 반드시 적들을 이길 수 있을 것이니... 근왕병이 오기까지 버텨, 함께 큰 복을 도모하라!!

김상헌 (가장 먼저 부복하여 목청 높인다) 참으로 떳떳한 분부
시옵니다.

최명길 (마지못해) 떳떳한 분부시옵니다.

대신들 (일제히 부복하며) 떳떳한 분부시옵니다.

인조, 막막한 심경으로 저 멀리, 남한산성을 둘러싼 청군 진영을 보고. 근심에 싸인 아버지 인조를 안타까운 심정이 되어 보는 소현에서.

S#6. 상일각 / 낮

연준과 능군리 유생들이 길 일각에 서서 지도를 펴놓고 있고, 구잠
이 신이 나서 길을 설명하고 있다.

구잠 이쪽이 험천 가는 가장 빠른 길입니다.(으스대며) 이리
가다 보면 말이지요, 삼거리 전에 주막이 있는데 구잠
이 이름을 대면, 국밥에 고깃국물을 한 국자 더 넣어 주
는데...(수다 터지려는데)

연준 (순약, 대오 등과 시선 교환하며) 그럼 서두르지.

장현 우리도 이만 가자, 구잠아.

연준 ... 같이 가지 않으십니까?

장현 (구잠 끌어당기며) 말하지 않았습니까? 난 의병이 될
생각은 없어요. 다만... 내 귀한 말과 갑주들을 어찌 다
루는지 살펴보려 따라왔을 뿐입니다. 그만하면 말 다루

는 법은 익힌 것 같으니, 난 그만 가보겠소.

장현이 말을 돌리면, 따라서 말길 돌리는 량음. 구잠, 안타까운 표
정으로 의병들 보다가 장현 따라가는데, 장현 뒤통수에 비아냥거
리는 순약의 목소리 꽂힌다.

순약   저리 겁이 많은 걸 보니 가짜 사족인 게 분명해! 공명첩
          을 사서 사족이 됐단 소문이 사실인 게야.

연준   이보게... 우리에게 말을 빌려준 은인일세.

대오   그저 여인들에게 멋있어 보이고 싶어서 그리한 게지.

장현, 그 소리들을 들으면서도 능청스런 얼굴로 가고. 장현 일행과
연준 일행, 갈림길에서 영... 멀어진다.

S#7.   암자 / 낮

장현 일행이 산비탈 일각에 자리한 마당 딸린 작은 암자로 들어선다.

구잠   (구시렁) 나도 의병 간다고 종종이한테 큰소리 땅땅 쳤
          는데, 에이, 챙피하게...

장현   (그러거나 말거나 말에서 훌쩍 내리며) 아이고 배고
          프다.

량음   (짐 풀며) 밥부터 지을까?

구잠   헌데 여긴 왜 온 거유? 피난을 가려면 더 먼 데로 가야지!

장현, 끄응... 기지개 켜며 마당 일각에 서서 저 아래로 뻗은 길을 본다.

장현   오랑캐 놈들이 오려면 이 길밖엔 없거든.

구잠, 량음 ...?!!

장현, 산등성이 너머, 저 끝으로 이어지는 길을 가만... 내려보는데.

S#8.   길채집 길채 방 / 낮

길채, 슬픈 표정으로 턱을 괸 채 연준 생각에 잠겼다.

(Ins.C)   능군리. 광장 / 낮

순약에게 붙들려 있던 길채가 순약이 부모의 부름에 떠나자, 저편, 다른 능군리 도령들과 함께 있던 연준을 본다. 짧은 순간, 길채와 연준의 눈빛이 만나고. 연준, 길채에게 뭔가 말을 하려는데, 불쑥, 길채와 연준 사이로 끼어드는 얼굴, 장현이다.

화들짝, 애틋한 상상에서 깨는 길채.

길채   그 돌덩어리는 왜 끼어들어!!(했다가) 헌데 내가 왜 전쟁 소식 듣고, 그 돌덩어리를 본 게야?(기가 막혀 하...) 말도 안 돼. 은애 걔가 잘못 본 게지. 그치 종종아.

종종이   저도 봤는데요.

길채   뭐?

종종이	(길채의 장신구 함의 노리개들을 비단 천으로 호호 불어 닦으며) 전쟁 났단 말에 놀라서 나도 모르게 애기씨를 봤거든요. 헌데, 애기씨가 그 비혼 나부랭이... 아니, 장현 되련님을 보던데요.
길채	(도저히 이해할 수 없다) 내가? 내가 왜?!! 도대체 왜 그 돌덩어리, 풀때기 같은 비혼 나부랭이를 봤냔 말이야!!(하는데)
은애(E)	길채야!

S#9. 길채집 별채 마당 / 낮

길채, 나갔다가 놀란다. 보면, 쪽진 머리를 한 은애. 그리고 은애 옆, 그 사이 더 불룩해 보이는 배를 받치고 선 방두네다.

길채	(눈 동그래져서) 너 머리 올렸니?
은애	혼담이 오갔을 뿐이라 하나, 난 이미 연준 도련님의 안사람인걸.
방두네	뭐, 안사람이나 진배없지요 ...(하며 괜히 득의만만한 표정으로 길채 보면)
길채	(얼굴 일그러지며, 작게 혼잣말) 가지가지 한다.
은애	아무튼 길채야, 나 성황당에 빌러 가는 길인데, 같이 가련? 도련님들 무사히 돌아오시라고 같이 빌자.

S#10.   성황당 / 낮

맨바닥에 무릎을 꿇고 치성을 드리는 은애와 곁의 방두네. 이를 본 길채, 난감하고 조금 짜증스런 표정되어,

길채	나 이런 거 해본 적 없는데.(은애 따라 무릎 꿇었다가) 앗 차거!
종종이	(뒤에 서 있다가 한숨 푹, 품에서 수건을 꺼내어 깔아주면)
길채	(내키지 않지만 겨우 무릎 꿇고 비는 시늉을 하는데, 건성이다)
은애	(반면, 중얼중얼하던 음성 점점 커지며) 일월성신께 비오니 굽어보고 살피시사 우리 도련님들 추운 날, 춥지 않게 해주시고, 가는 길, 밝히 비추시고, 사악한 검과 활을 피하게 해주시고...
길채	(건성으로 끝 마디만 따라한다) 비춰주시고...
은애	오랑캐 놈들을 만나거든... 팔다리는 부수고, 뼈는 갈아 없애...
길채	(어마마... 얘 좀 봐... 하며 슬그머니 눈 떠 은애 보면)
은애	(순하고 곱던 입에서 과격한 어조 계속 쏟아진다) 오랑캐의 골이 터지고, 살거죽이 벗겨지고, 모가지가 비틀려, 다시는 남의 땅을 침략 못 하게...

종종이 역시 어머, 은애 애기씨에게 이런 모습이... 하며 놀라 보는 사이, 날이 저물고 있다.

S#11.   산 일각 / 저녁

밤길을 행군하는 연준 일행. 문득 저만치 정세규 진영의 불빛을 발견한다.

연준   저기 보시게!

연준과 순약, 대오, 준절 등, 기쁜 얼굴로 시선 교환하고.

S#12.   정세규 진영 / 저녁

왈칵 막사를 젖히고 나오는 정세규 장군. 보면, 연준 등이 서서 정세규를 보고 읍한다.

정세규   능군리에서 왔다고?

연준   예. 전하의 교서를 받았습니다. 갑주를 갖추느라 출정이 며칠 늦어져, 송구합니다.

정세규   아니네. 나 역시 그간 형세가 모이기를 기다렸지. 자, 보게.

정세규의 시선 따라가면, 저만치 보이는 남한산성.

정세규   저기에 전하께서 계시네. 지척에 있으나 전하께선 우리가 여기 진을 친 것을 모르셔. 이제 알려드려야지.

S#13.　정세규 진영 일각 / 밤

정세규와 장수들, 그리고 연준 일행이 지켜보는 가운데, 정세규의 눈빛을 받은 병사가 불화살을 하늘 위로 쏘아 올린다. 까만 밤, 길게 포물선을 그으며 날아오르는 불화살.

S#14.　남한산성 인조 침전 / 밤

소현이 인조의 잠자리를 살피는 사이, 연신 쿨럭거리는 인조. 소현, 안쓰럽게 인조를 보는데, 그때, 선전관 민진익의 기척.

민진익(E)　　전하!

소현　　　　(인조 보면, 인조 고개 끄덕) 들라!

민진익, 기운차게 들어와 부복하더니,

민진익　　　전하, 험천에서 불화살이 올랐습니다! 근왕병이 당도
　　　　　　　했나이다!!

인조와 소현, 서로 마주 보며 벅찬 심경 되고.

S#15.　정세규 진영 + 청군 기습군 교차 / 밤
- 정세규 진영

군병들이 일별했고, 군병들 사이에 섞여 선 연준과 순약, 준절, 대오, 태성 등 능군리 도령들. 이윽고 정세규가 단상에 올라 출정 선

언을 한다.

정세규   남한산성의 전하께오서 피를 토하며 구원을 바라고 계시다. 전하를 위해 죽는 자, 사직에 세세토록 이름이 새겨질 것이니...

연준과 순약, 대오, 태성 등등 서로 시선 교환하며 눈빛엔 결의가 차오르는데.

- 산 일각

정세규가 출정 선언을 하고 있는 시간, 은밀하게 정세규 진영 쪽으로 이동하는 청군 병사들.

- 정세규 진영

정세규   우리는 날이 밝는 대로, 남한산성을 포위한 청군의 뒤를 쳐 길을 낸 후, 전하를 강화도로 뫼실 것이다. 그대들의 손으로 전하를 구하겠는가?!!

연준 등 능군리 유생들과 병사들, 각자 지닌 병장기를 치켜들고 우아아!!! 기운찬 함성 뱉는데, 그때, 뒤편에서 들리는 윽... 단말마의 비명!

병사(E)   기습이다!!!

동시에 사방에서 날아오는 불화살, 비명 소리, 청군들이 몰아치는 함성 소리. 이윽고, 물밀 듯 밀려오는 청군 병사들. 능군리 유생들, 덜컥 겁이 나지만 얼른 각자 지닌 병장기를 든다. 그 와중에 대오 는 검을 떨어트리고, 태성은 창을 거꾸로 들었다 화들짝 바로 들고, 활을 재는 준절의 손은 덜덜 떨리고, 연준 역시 검을 든 손이 긴장 하여 떨리는데, 턱, 연준의 손목을 잡아끄는 이, 순약이다.

순약　　　자넨 내 뒤에 꼭 붙어 있게!
연준　　　...!!

밀려드는 청병들. 순약, 연준 앞을 막아서며 연준을 공격하는 청병 들을 물리치고, 연준, 어쩔 줄 몰라 하며 검만 꾹 쥐고 있는데, 곧, 순약의 옆에 생긴 빈틈을 노리고 공격하는 청병! 연준, 자기도 모 르게 검을 들어 청병을 푹, 찌른다. 놀라 보는 순약.

순약, 연준이 자신을 도와준 걸 알고 놀라면, 연준 떨면서 순약 보 는데, 다시금 밀려오는 청병들.

카메라 서서히 멀어지며, 전장을 조망한다. 칼로 베는 소리, 도끼로 찍는 소리, 뼈가 부서지는 소리, 그리고 비명 소리. 서서히 여명이 밝고 있다.

S#16.　　암자 마당 / 낮
장현이 머무는 암자. 장현이 마루에 쪼그리고 앉아 단감을 깎아 먹 으면 그 곁에서 구시렁거리는 구잠.

| 구잠 | 칼을 뽑길래 이제야 오랑캐 죽이러 가나 보다 했더니, 단감이나 깎고 있구만. |

그때, 들어오는 량음.

장현	다녀왔어? 어떻게 됐어?
량음	(저자에 다녀온 듯 봇짐에서 쌀이며 과일 따위 먹거리를 마루에 꺼내어 놓으며) 어떻긴, 뻔하지. 정세규 장군의 근왕병이 남한산성으로 가는 길에 오랑캐 놈들을 만나 대패했다더군.
구잠	능군리 도련님들도 정세규 장군에게 간다 하지 않았수?

S#17.   산 일각 / 낮

수백여 근왕병들이 죽어 있는 처참한 현장. 시체들 중 하나가 들썩들썩하더니, 시체 아래 깔려 있던 연준이 피칠갑이 된 채 일어선다.

연준, 겁에 질린 얼굴 되어 주변 둘러보면, 사방에 팔다리가 잘리고 내장이 쏟아진 시체, 시체를 뜯어먹는 까마귀, 까마귀에게 파먹히며 죽지 못해 고통스러운 자들의 신음 소리. 그리고 저기 연준처럼 피칠갑이 된 채, 얼빠진 몰골로 멍하니 걷는 준절. 다른 일각, 넋이 나간 채 주저앉아 뭐라 뭐라 미친 사람처럼 중얼거리는 대오. 연준, 생애 처음 맛보는 압도적인 공포로 온몸이 떨리는데, 이윽고 돌아보는 준절. 보면, 한쪽 팔이 잘려 있나.

준절	(그제야 자신의 팔을 보고 경악) 내 팔.. 내 팔!!

그때, 어디선가 또 으으윽... 신음 소리. 보면, 시체 더미 속, 순약이
다. 연준, 순약에게 달려가 안아든다.

연준	이보게!!
순약	(울컥... 복부에서 뿜어지는 피) 이상하다.(품에서 길채가 준, 피에 물든 향낭 꺼내며) 길채 낭자 향낭을 가져 왔는데...
연준	(손으로 피를 막으며) 의원! 의원 없소!
순약	(문득 연준 올려 보며) 자네... 길채 낭자를 좋아하지? 길채 낭자도... 자네를 좋아했고.
연준	...!!
순약	하지만 자네가 은애 낭자랑 정혼한 덕분에, 나 같은 놈에게도 기회가 왔지. 운이 좋았어...(쿨럭.. 피가 쏟아지고)
연준	(눈시울이 붉어지며) 순약이...
순약	이럴 줄 알았으면... 그날... 말할걸.

(Ins.C) 그네터 / 낮

새촘한 표정의 길채와 긴장한 순약이 마주했다.

순약	보, 보십시오. 내가 그네를 고쳤습니다.

하며 단단해진 그네를 보여주는 순약.

길채	(그네에 앉아 살살 굴러보더니 흘긋 뒤 보며) 좀 밀어
	보셔요.
순약	(화들짝) 예?
길채	어서요!
순약	(주춤... 조심스레 그네를 밀면)
길채	(방싯...웃으며) 세게요. 더 세게.
순약	(배실... 더 환하게 웃으며 조금 더 세게 밀고)
길채	아이 시원해...(하늘을 날며 환하게 웃다가 문득 순약
	쪽을 본다)

온전히 순약에게만 보내는 길채의 미소, 벅차오르는 순약.

순약, 마치 지금 눈앞에서 길채가 그네를 구르는 듯 배실... 미소 짓
더니,

순약	낭자는... 모르지. 나는 낭자 덕에... 사내가 됐지. 낭자는
	내게...(뭔가 더 말하려다 차마 잇지 못한 채 그대로 숨
	을 거두고)
연준	이보게 순약이... 순약이!!!

연준, 순약을 안고 오열하고, 그 위로 까마귀 떼가 까악까악 거리며
불길하게 시체 가득한 들판을 내려 본다.

S#18.   삼자 마당 / 낮 (16씬 연결)

장현, 단감을 마저 깎으며,

장현   어찌 되었든 저 위에서 싸우고 결판을 내야 할 터인데,
       이 아래로 내려오진 않겠지.

랑음   그런데 이번에 후금 오랑캐들 중엔 몽골병도 섞여 있
       다더군.

장현   (순간, 멈칫)

장현, 마루에서 내려와 두어 걸음 걸어 마당 끝에 선다. 산등성이
넘어 이어진 길을 보는 장현. 단감을 한 입 베어 천천히 씹어 먹으
며, 곰곰 생각에 잠긴다.

장현   몽골병은 달라.

구잠   다르다니요? 뭐가요?

장현   만주족과 한족은 칸의 엄한 군기를 따를 거야. 하지만
       몽골병들은 이번 전쟁에 참전한 목적이 따로 있어.

랑음   그게 뭔데?

장현   재물과... 여자!

장현, 우적우적, 느리게 단감을 씹으면서 눈에는 근심이 차오르고.

S#19.   남한산성 편전 / 낮

인조와 대신들이 일별했고, 선전관 민진익이 침통한 표정으로 전

황을 알린다.

민진익 강원도 영장 권정길의 근왕병들과 충청감사 정세규의 근왕병도 패전하였다 합니다. 구원하러 가던 이의배의 군사도 패하여...

무겁게 침잠하는 편전 안. 이윽고, 인조가 입을 연다.

인조 저들이 어찌하려는가? 어찌 과인이 있는 성을 공격하기보다, 원병들을 치는 데 더 열중하는가?

최명길 저들이 무엇을 하고 있는지 이제 알겠나이다.

모두의 시선이 집중되고.

최명길 대릉하성의 전투를 기억하시나이까? 신미년에 후금이 사만 군병을 몰아 명나라 대릉하성을 포위했지요. 성 주위에 깊은 참호를 파고, 구원병을 족족 물리치며 성을 고립시켰습니다.(자조적인 웃음) 지금 성 밖, 오랑캐들의 작태와 똑같지 않습니까?

대신들 ...!!

최명길 고립된 시간이 길어져 성안 곡식이 떨어지자, 군사들이 성곽을 쌓던 인부들을 죽여 잡아먹는 지경에 이르렀지요. 결국 대릉하성이 항복하여 성 문을 열었을 때, 삼만 대릉하성 사람 중 살아남은 사람은 절반밖에 되지 않았다 합니다. 만오천 대릉하성 백성들이... 싸우다 숙은 것이 아니라, 굶어 죽은 것입니다.

인조   ..!!

최명길   (먹먹한 눈을 들어 대신들 보며) 저들이 우리를 성에
           가두어 굶겨 죽이려 하고 있습니다.

인조와 소현, 그리고 김상헌과 김류, 홍서봉, 민진익 등... 참담하여
말을 잃고.

S#20.   들판 / 낮

일렬로 늘어선 시체들. 그중 순약 등 능군리 도령들도 있고, 일각에
선 연준과 대오가 들것에 실려 가는 팔 잘린 준절을 보내주고 있다.

준절   내 팔은 어딨는가? 내 팔...(하는데)

연준   (준절의 다른 손을 꼭... 잡으며) 살아야 하네. 꼭...(하고
           보내면)

대오   우린 할 만큼 했어. 이제 그만 돌아가세.

연준   임금님을 지척에 두고 가잔 말인가?(하는데)

태성   (거적 위에 누여진 순약과 능군리 도령들의 시체 보며)
           난 돌아가겠어.(울면서) 능군리로 돌아가고 싶어!!

연준   (차가워지며) 갈 사람은 가. 나 혼자라도 갈 테니.

곧 연준이 고집스런 얼굴로 앞장서지만, 결국 따르지 않는 태성. 대
오, 망설이다가 에이... 하며 뒤따르고.

246   연인 1

그렇게 대오 등 몇몇 장정들만 연준의 뒤를 따르고, 이를 보며 눈물이 그렁해져서 남은 태성 등에서.

S#21.　암자 마루 / 낮

늘어지게 자다가 문득 눈을 뜨는 구잠. 보면, 깎다 만 단감만 보이고, 장현이 없다.

구잠　　(일어서서 눈 비비며) 어딜 간 거야?

S#22.　산 일각 / 낮

구잠이 산 일각에 올라와 보면, 장현, 말을 옆에 세워둔 채, 벼랑 끝 바위 바닥에 귀를 대고 미간을 잔뜩 좁히고 있다.

장현　　말발굽 소리야. 놈들이 오고 있어!

구잠　　(눈 땡그래지면)

장현　　아랫마을부터 노략질하면서 올라올 거야. 나는 저 산에 불을 피워 인근 고을에 알릴 테니, 넌 어서 량음을 데리고 내가 일러준 곳으로 미리 피하고(하는데)

구잠　　량음이는 마을로 내려갔는데.

장현　　뭐?

구잠　　마을에서 뭐 장만할 게 있다고...

장현　　그 얘길 왜 이제 해!!

구잠　　(화들짝)

장현	(벅벅 마른세수하다가) 내가 랑음을 데려올 테니, 니가 산에 올라서 연기를 올려. 몇 시간이고 계속 피워야 한다. 알겠어?
구잠	(겁에 질려 고개만 끄덕끄덕)

장현, 말 위에 올라 빠르게 달리고.

S#23.   저자 / 낮

랑음이 은장도며 작은 칼 등을 파는 저자 잡화상 앞에서 단도를 고르고 있다.

(Ins.C)   삼자 마당 / 낮

장현, 단도로 단감을 깎다가 못마땅한 표정.

장현	에이... 낡아서 원...(랑음 눈치 보곤) 미안. 니가 준 단도를 잃어버려서.

랑음, 고개 절레... 했지만, 그래도 장현을 위한 물건을 고르는 것이 행복한데, 다음 순간, 픽... 화살이 점방 주인의 머리통을 관통한다.

놀라 돌아보면, 저만치에서 무자비하게 약탈하며 몰려드는 몽골군 병들. 저자 초입부터 마구잡이로 조선 사람들을 베어가며, 늙은 남자는 죽이고 젊은 남자와 여자들은 끌어가고, 그 뒤로 오는 몽골군 병들은 비단, 면포 등을 쓸어 담고 있다. 한바탕 아비규환.

당황한 량음이 몸을 피하기도 전에 오랏줄이 량음의 몸에 감겨, 량음이 그대로 끌려가려는 순간, 누군가의 검이 그 줄을 끊어낸다. 장현이다.

량음　　　…!!!

장현이 량음을 날렵하게 낚아채서 옆 골목으로 몸을 피하고, 폭풍이 지나가기를 기다린다.

량음　　　어떻(게…하려는데)
장현　　　(얼른 량음의 입을 막고)

막 몽골병들이 장현과 량음 앞을 지나가 아비규환의 소음들이 멀어지고, 그제야 슬쩍 밖을 살피는 장현.

장현　　　(량음 팔목을 잡아끌며) 가자!
량음　　　미안해… 나는, 니가… 단도를 잃어버렸다고 해서…(하는데)
장현　　　(버럭) 누가 너보고 그거 사 오래!!!
량음　　　(입 다물면)

그제야 자신이 량음의 손목을 잡고 있던 것을 인지하고 손을 떼는 장현. 벅벅 마른세수하더니,

장현　　　너 잘못되면…(뭐라 디 말하려다 못 하고) 가!

장현이 앞장서 가면, 그 뒷모습을 보는 랑음, 애틋한 미소가 뜬다.

랑음   (작게 혼잣말) 또... 나를 구해줬네.

S#24.   산일각 / 낮

덜덜 떨며 불을 피우는 구잠. 바람이 불어 불이 잘 피워지지 않는다. 하지만 겨우 불을 피워 연기를 올리는데 성공하고, 이제 연기가 하늘로 오른다.

구잠   옳지! 옳지, 옳지!!

S#25.   성황당 / 낮

이제 은애와 길채뿐 아니라 영채와 유화, 정연, 임춘 등 능군리의 다른 여인들도 치성을 드리는 데 합류했다. 길채, 무릎이 아파 톡톡 두드리다 슬쩍 눈 뜨곤, 열정적으로 치성 올리는 동무들을 보며,

길채   (곁의 종종이에게 속삭) 쟤들은 다리도 안 아픈가 봐.
영채   (꼬집으면)
길채   아!!(하는데)

문득 저만치 산봉우리에서 연기가 오르는 것을 본다.

(Ins.C)　　**3부 43씬**

장현(E)　　그리고 부탁 하나 합시다. 저 산 위로 연기가 오르거
　　　　　　든... 반드시 피난을 가시오.

길채, 에이... 했다가, 다시금 표정이 진지해지고.

S#26.　　여희서원 사랑채 / 낮

근직과 교연, 현겸, 애복, 만재 등 마을 어른들과 길채와 은애, 영채,
유화 등등이 모였다.

교연　　　하지만 정묘년에도 우리 마을엔 오랑캐들이 온 적이 없
　　　　　　었거늘, 그 연기가 참으로... 적병을 알리는 연기겠느냐?

길채　　　분명, 이장현 그자가 그리 말했습니다. 연기가 오르거
　　　　　　든 피난 가라구요.

현겸　　　장현이 그리 말했다지 않아!

근직　　　(잠시 곰곰... 생각하더니) 이장현, 그자가 속을 알 수
　　　　　　없는 자이긴 하나... 그간 헛말을 뱉은 적은 없었네.

교연　　　...!!

S#27.　　능군리

피난 준비를 하는 마을 사람들.

- 여희서원 사랑채 / 낮

신주를 함에 넣고 비단으로 싸는 교연과 근직.

- 은애, 유화, 정연, 심춘 동동.

봇짐을 싸고, 비단을 챙기고, 장신구를 넣고. 방두네도 만삭의 배를 끙... 움직여 가며 배냇저고리와 가위 따위를 챙기고.

- 송추네

봇짐 꾸리는 송추 할배와 이랑 할멈. 마당에선 송추가 땅을 파고 쌀독을 묻다가 마루에서 가마솥을 머리에 이려고 끙끙대는 이랑 보며,

송추	솥단지는 놓고 가라!!
이랑	(그러거나 말거나 솥단지를 머리에 이려다가 문득 반함 위, 신랑 각시 인형 보고)

- 길채 집 마당

길채, 남자 종을 더욱 다그치고 있다.

길채	더 깊게, 깊게 파!!

이윽고 커다란 구덩이에, 비단에 곱게 싼 꽃신들을 넣는 길채.

종종이	(보자기에 곡식을 싸면서) 애기씨 지금 그게 중요해요?
길채	이게 제일 중요해!!

S#28.   길 일각 / 낮

행인들을 닥치는 대로 납치하고, 죽이며 진격하는 몽골군들. 점점 능군리로 가까워지고 있다.

S#29.   능군리 동구 / 낮

각자의 피난 짐을 진 채 마을 초입, 동구에 선 능군리 사람들. 일각에선 교연과 근직, 만재 등이 서로 인사를 하며 어디로 가는가, 조심히 가게 등 인사 나누는데, 한켠에서 현겸이 은애와 유화, 임춘, 정연 등을 모아 신신당부하고 있다.

현겸	(비장한) 잘 들어라. 이럴 때 여인들이 명심할 것은 오직 '절'을 지키는 일이다. 여인이 오랑캐에게 욕을 당한 경우 죽는 것은 당연하거니와, 잠시 적과 얼굴을 마주했다 해도... 살 수 있겠느냐?
여인들	...!!!
길채	(은애 홱, 잡아끌며) 그만두세요, 가자, 은애야!

이윽고 각자의 길로 흩어지는 능군리 사람들. 교연과 근직 일가 뒤로 현겸과 애복, 송추와 이랑도 따르는데, 문득 까마귀 한 마리가 나뭇가지 위에 앉는다. 그 모습을 불길하게 보는 송추. 이랑이 뒤처진 송추의 소매를 잡아끄는데,

송추	아차차... 내래 항아리 뚜껑 닫는 걸 잊었디 메야. 애기씨들 모시고 나루터에 가 있으라!

송추, 잰걸음으로 돌아가면, 이랑, 당황하여 우뚝 서고.

S#30.   능군리 나루터 / 낮

나루터에 멈춰 선 교연과 근직, 현겸과 애복, 길채와 은애, 영채, 방두네, 종종이 등. 하지만 쪽배 한 척에, 늙은 뱃사공 한 명.

교연   어르신 타시지요.(현겸과 애복이 오르면) 길채야 타거라. 은애야 너도 타.(제남이를 길채에게 안기면 제남이 벼락같이 우는데)

은애   저희 먼저요?

종종이   (길채 보며 벌써 눈물 그렁... 해졌고)

길채   (종종이 보며 에휴.. 한숨) 두 분이 영채랑 제남이 데리고 먼저 건너셔요. 전... 종종이랑 뒷배로 갈게요.(광광 울어재끼는 제남을 교연에게 턱 넘기며) 애가 나랑 가기 싫대잖아요!

종종이   (울다가 배실... 안도)

은애   (현겸과 애복 보며) 두 분을 지켜주셔야지요. 저도 길채랑 같이 가겠습니다.

교연, 근직   ...?!!

CUT TO

곧, 은애와 길채, 방두네, 종종이를 남겨둔 채, 현겸과 애복, 교연과 근직, 영채, 제남이를 실은 배가 떠난다. 은애, 문득 주변을 두리번...

은애   헌데 이랑 할멈은 어딜 간 거지?

S#31.   능군리 길 일각 / 낮

송추, 능군리 일각에 서서 저편 길목을 살피고 있다. 그때 부스럭 소리. 홱 돌아보면, 이랑이 봇짐을 머리에 이고 서 있다.

송추   ...!!

송추 당황스러운 듯 이랑을 보면, 방싯 웃어 보이는 이랑 할매.

송추   왜 왔네!!(하는데)

까마귀 소리에 퍼뜩 하늘을 본다. 하늘 위에서 까악 거리며 나는 까마귀의 수가 늘었다.

송추   오랑캐 놈들은 까마귀를 몰고 다닌다. 십 년 전에도 그
           랬다. 놈들이 가까이 온 모양이야.

S#32.   여희서원 고방 / 낮

송추와 이랑, 새끼를 꼬고, 허수아비에 치마저고리를 입히는 등 분주하다.

송추   회혼례 날, 힐멈도 봤디? 스승님들이 제일 아끼는 옷을

입고 나오셨디 않아?

이랑 (마주 미소)

송추 (지금 생각해도 뿌듯해서 헤헤... 하다가) 애기씨며 어
르신들 걸음으론 그놈들한테 곧 잡힐 게 뻔해. 내래 왕
년에 오랑캐 놈들 많이 죽여봤으니까네... 얼른 해치우
고 우리도 가자.

이랑 (그래 그래, 하며 고개 끄덕하는데)

그때, 요란한 말발굽 소리, 화들짝 소리 나는 쪽을 보는 송추.

S#33. 능군리 일각 / 낮

몽골군병들 십수 명이 능군리로 들이닥쳤다. 하지만 텅 빈 마을, 괴
괴한 정적만 흐르고. 몽골군 장수, 여기저기 둘러보더니, 분한 표정.

몽골군병1 다들 도망쳤습니다.

몽골군 장수 숨겨둔 비단이나 도망 못 간 여자를 찾아!

몽골군병들 사방으로 흩어지려는데, 그때, 쓱 지나가는 여자의 형
체. 군병들이 몰려가 보면, 허수아비다. 몽골군병들 실망하는데, 그
때, 다른 몽골군병 하나가 옆에 주단들 쌓아놓은 것을 본다.

몽골군병2 비단이다!!

몽골병군들 우르르 달려들어 저마다 비단을 쥐는데, 축축하다. 이

건 뭐야... 의아해하며 서로를 봤다가, 뭔가 깨닫는 순간, 길게 뿌려진 기름 자국을 따라 한순간 불길이 확, 오른다.

화마에 휩싸인 군병들이 허우적거리고, 불길을 피한 군병들이 밖으로 나오려는 와중에, 그들에게 정확하게 날아와 박히는 화살. 보면, 고방에 숨어 군병들에게 활을 날리는 송추 할배.

몽골군 장수　누구냐? 매복을 찾아!!!

S#34.　**나루터 / 낮**

종종거리며 배가 당도하기를 기다리는 길채와 은애. 그사이 배가 가까워지고 다들 얼른 배를 타려 채비하는데, 다음 순간, 은애의 낯이 굳는다. 보면, 배 위, 피를 흘리며 죽어 있는 뱃사공. 뱃사공의 몸을 가로질러 길게 난 칼자국.

방두네　에그머니.(하고 놀라 뒤로 넘어지며 갑작스레 배의 통증을 느끼고)

종종이　(얼른 부축하면)

은애　(얼빠진) 아버지...

길채　(죽은 뱃사공을 보고 얼어붙었다가)배, 배를 타면 안돼. 다른 길로... 다른 길로 가야 해!!

종종이　(방두네 안고 울상 되어) 어디루요?!!

길채　일어나, 어서!!!

길채, 덥석 방두네를 잡아 일으켜 세우며 길을 재촉하고.

S#35.   능군리 일각 / 낮

송추, 쉴 새 없이 활을 날리지만, 점점 힘이 달리고 있다. 이제 시위를 당기는 손이 부들부들 떨리는데, 그때, 몽골군 장수에게 발각되는 송추.

몽골군 장수   저놈이다!

이에 군병 하나가 송추의 뒤를 공격하려 다가가면, 이를 본 이랑. 곡괭이로 오랑캐의 등짝을 내리찍으려 치켜들었으나 벌벌 떨며 차마 찍지 못하는 사이, 그 기척에 돌아본 오랑캐가 허리춤에서 칼을 뽑아 푹... 이랑을 찌른다.

송추   안 돼... 안 돼!!!!

송추, 고통스런 괴성을 내지르며 화살촉으로 이랑을 벤 오랑캐의 목을 찌르지만, 뒤이은 몽골군 장수에게 배를 깊게 찔려, 풀썩 무릎이 꺾이고 만다.

몽골군 장수   이 늙은것들이 장난질을 치면서 시간을 벌어줬구나. 분명 근처에 여자와 재물이 있다! 쫓아!!

몽골군들이 썰물처럼 빠져나가고, 쓰러진 채, 숨을 고르는 송추. 힘겹게 고개를 돌려 보면, 저만치 이랑이 쓰러져 모로 누운 채, 가쁜 숨을 쉬며 송추를 보고 있다.

송추, 마지막 남은 힘을 짜내어 바닥을 기어 이랑에게 다가간다. 겨우 이랑 앞에 당도한 송추가 이랑을 안아 세우면, 배실... 웃어 보이는 이랑. 송추의 마음이 찢어진다.

송추   (정신없이 피를 막으며) 가자, 의원한테 가자.(안으려 애쓰는데)

이랑   (송추 옷깃 잡더니, 품에서 송추가 만들어준 색시 인형을 꺼내 송추에게 건네고, 신랑 인형은 자신의 손에 꼭 쥔다)

송추   (눈시울이 붉어지며 고개 절레) 일 없다. 담엔 나보다 잘난 사내 만나야디...

이랑   (눈 똥글. 고개 저으면)

송추   (그제야 눈물 글썽, 인형 잡으며 고개 끄덕) 기래. 우리 담 생에도 꼭 신랑각시로 만나자. 내래... 큰 땅꾼이 돼서 니 호강시켜 줄 게야.

이랑   (뭐라 손짓. 나는 말을 할거라는 듯)

송추   일 없어. 님자가 말 못 해도 아무 상관없어. 나는 다 좋아...

순간, 고마움에 이랑의 눈시울이 붉어지며 송추를 애틋하게 본다. 그리곤 송추의 얼굴을 감싸려 손을 뻗는데, 송추가 그 손을 맞잡으려는 순간, 툭, 그대로 떨어진다.

송추   으으으... 으아아아아아!!!

송추의 오열이 빈 능군리를 울린다. 그 위로 천천히 함박눈이 내리고.

S#36.   나루터 / 낮

나루터에 도착한 몽골군들. 강가에 표류하고 있는 작은 배, 이미 싸늘하게 식은 뱃사공의 시체. 몽골군들, 낙심하는데,

몽골군 장수   (바닥을 살피다가 발자국을 발견한다) 발자국이다!!

어지러운 발자국이 저편으로 이어져 있고.

S#37.   들판 / 낮

도망치는 길채와 은애, 종종이와 방두네. 은애와 길채가 방두네를 부축하고, 종종이가 뒤를 따르는데, 방두네 때문에 속도가 나지 않는다.

길채, 연신 뒤를 돌아보며 다급해지고. 그때, 저만치 들판의 끝에서부터 뿌옇게 일어나는 먼지, 몽골군병들이다.

S#38.   산 일각 / 낮

산길로 들어선 길채 일행. 길가 바위 아래, 방두네가 가쁘게 숨을 고르고, 그 곁에서 방두네를 살피는 은애. 은애, 슬쩍 바위 너머를 보면, 길채와 종종이가 발자국을 거꾸로 찍어 다른 쪽으로 길을 내고 있다.

그리곤 신을 벗고 까치발을 딛어 은애와 방두네가 있는 곳으로 와 숨으면, 잠시 후, 몽골군병들 소리. 바위 뒤에 숨어서 숨을 죽이는 길채와 은애, 종종이, 방두네. 종종이는 무서워서 눈물까지 고였고, 길채가 손으로 종종이의 입을 꾹... 막아 단속하는 사이, 이윽고 발자국을 추적하던 몽골군들이 길채가 의도한 길로 빠지면, 겨우 숨을 내쉬는 길채.

길채   됐어. 갔어.(하고 돌아보는데)

방두네의 치마가 흥건하다. 양수가 터졌다.

은애   방두네!!
방두네   애기가...
길채   ...!!

S#39.   능군리 일각 / 낮

장현과 량음, 구잠의 말이 능군리 일각에 섰다. 구잠과 량음이 반나절 만에 폐허가 되어버린 능군리를 얼빠진 얼굴로 보고. 장현, 역시 참담한 심정이 되어 말에서 내려 마을을 살핀다.

구잠   (역시 말에서 내려 장현에게 다가오며 황당하여) 이게
        뭔 일입니까?

량음   (말에서 내려 둘러보며) 그래도 사람 시체는 없어.

장현   다행이구만, 다들 피난은 간 모양이(야... 하는데)

장현의 발에 뭔가가 걸린다. 보면, 눈 밖으로 삐져나온 누군가의
손. 장현, 그 눈을 헤치면, 송추 할배의 꽁꽁 언 얼굴 드러난다.

구잠   으이크!!(하며 뒤로 넘어지는 사이)

장현   (더 눈을 헤치는데)

송추 할배가 꼭 맞잡은 누군가의 손. 이랑 할멈이다. 서로의 손을
꼭 잡은 채 숨을 거둔 이랑과 송추.

구잠, 아이고, 할멈...! 하며 털썩 주저앉고, 량음의 눈시울도 뜨거워
졌다. 장현, 분노와 슬픔으로 뼛속까지 서늘한 눈빛이 되었고.

S#40.   산 일각 / 낮

마을 일각, 송추 할배와 이랑 할멈의 무덤이 만들어졌고. 그 위로
술을 뿌리는 장현. 구잠은 계속 쿨쩍거리고, 량음의 눈도 붉어졌고,
기둥에 매어진 말들은 히힝... 허연 콧김을 내뿜고, 하늘에선 눈이
내리고.

장현	(술 뿌리며) 울 것 없어. 한날한시에 가고 싶다더니 소원 성취 했구만.
구잠	(그래도 쿨쩍쿨쩍)
장현	(뿌리다 남은 술을 벌컥 들이켜 탈탈 털어 마시더니) 그놈들... 잡아야겠어.
구잠	(...!!) 잡다니? 누굴?!!
장현	송추 할배 죽인 오랑캐 놈들. 지금쯤 사방으로 흩어져서 노략질을 하고 있겠지.
구잠	(당황) 우리끼리?
장현	(피식...) 왜? 사나이로 태어났으면 칼도 휘둘러 보고, 나쁜 놈들 혼낼 줄도 알아야 한다며?(벌써 기둥에 묶인 말을 풀며) 내 임금님 구하는 건 재미없어도, 송추 할배 이리 만든 놈들은 그냥 못 두지.
랑음	(냉큼 말에 오르며) 나도 같이 가.
구잠	(망설이다) 에이... 진짜!!(하면서 역시 말에 오르고)

S#41.　산일각 / 낮

방두네가 신음을 참느라 입술을 깨물어 입술에 피가 맺히자, 길채, 얼른 수건을 방두네의 입에 물리며,

길채	소리 내면 안 된다고 했잖아!(주변 살피며) 제발... 제발 조용히!!

방두네의 손을 꼭 잡은 은애, 안다까워 어쩔 줄 몰라 하는 사이,

방두네	<u>으-으...</u> <u>으-으-으</u>...
은애	어쩌면 좋니? 어떻게 해야 해?
길채	종종이 너, 애 받을 줄 알지?
종종이	(화들짝... 놀라며) 제, 제가요? 전 못 해요. 저는 평생... 애기씨 단장하는 일만 했는데요. 손에 물 한 방울 안 묻히고 살았다구요!!
길채	그럼 누가 애를 받아?(하고 은애 보면)
은애	그래, 내가... 내가 해볼게.
방두네	(입에서 수건을 떼고 겨우 말한다) 밑이 얼마나 열렸는지... 한번... 봐주세요.

은애, 방두네의 손을 종종이에게 맡기고, 방두네의 치마를 들춰보는데,

은애	(한순간 멍...) 피...(하더니 그대로 기절하고)
종종이	애기씨!!!

더욱 고통스러워하는 방두네의 신음 소리, 은애는 정신을 잃은 채 기운 없이 늘어졌고, 그런 은애를 안고 눈물범벅이 되어 길채만 보는 종종이.

길채, 반나절 만에 벌어진 이 모든 상황이 너무도 비현실적이라 아득해진다. 결국 길채, 질끈 눈을 감더니, 방두네의 치마를 들춰 안을 본다. 길채 역시 보자마자 질끈 눈을 감아버리지만, 다시 죽을 힘을 다하여 눈을 부릅 뜬다.

방두네	보...여요? 애기... 머리통...
길채	모르겠어. 온통 피... 피밖에...
방두네	마... 만져봐요. 얼마나... 열렸는지...
길채	만지라고?!!!
방두네	(더욱 신음 커지고)

길채, 결국 눈을 질끈 감고 손을 넣어 만졌다가 뗀다. 길채의 손이 피범벅이고. 이를 본 종종이까지 거의 까무라칠 지경인데.

| 길채 | (손가락 보이며) 이만큼... 이만큼 열렸어. |
| 방두네 | 그럼... 아직... 아직 멀었...(으으으...!!!) |

S#42.　　산 일각 / 저녁

그사이 날이 어두워졌고, 길채 일행의 흔적을 추적하는 몽골군병 서넛. 낙엽을 들춰 발자국을 찾고, 사방의 기척을 주시하고.

S#43.　　산 일각 / 저녁

날이 저물도록 계속되는 방두네의 진통. 종종이, 방두네 옆에 기절해 있는 은애를 주물렀다가, 진통하는 방두네 손을 잡았다가 정신 없고. 길채가 방두네와 대화하며 애를 받고 있다. 그사이, 피투성이가 된 길채의 손과 옷.

| 길채 | 보여! 머리통이 보여!! |

방두네	얼마나...
길채	밤... 아니 단감 같애. 이만한 단감!
방두네	(희미한 미소)
길채	조금만 조금만 더 힘을 줘!! 소리는 내지 말구.
종종이	(얼른 수건 물리면)
방두네	(이를 악물고 신음을 삼키고)

S#44. 산 일각 / 밤

몽골군들, 뭔가 소리가 들리는 듯하여 획 돌아보더니, 서로 시선 교환한다. 저쪽에서 뭔가 들리지 않았나?

S#45. 산 일각 / 밤 (43씬 연결)

길채	다 왔어. 이제 다... 조금만 더, 더...!!
방두네	<u>으으</u>... <u>으으으</u>... 이제 꺼내요. 애기...
길채	꺼내라고?(두 손 벌벌 떨며 손을 넣어 머리통을 빼내며) 잡았어. 내가 잡았어!!!

방두네, 으으아아아아...!! 신음 소리와 함께 혼절하고, 이윽고 길채의 품에 애기가 안긴다.

길채	(품에 안고서도 자기가 애기를 받았다는 사실이 믿어지지 않고)

종종이   (역시 놀라) 애기씨!!

길채   (멍하니 보다가 애기가 울려고 하자 얼른 품에 안는다)

그리곤 품에서 장현이 준 단도를 꺼내어 탯줄을 자르는 길채. 동시에 터지는 애기 울음.

길채   (얼른 품에 안고 주변을 두리번) 애기야, 울지 마. 울면 안 돼. 애기야 제발...

하지만 애기, 울음 그치지 않고. 그제야 희미하게 눈을 뜬 방두네, 애기를 달라는 듯 손을 뻗는다. 길채, 얼른 애기를 건네주면 애기의 울음소리가 잦아들고. 그제야 어렴풋이 눈을 뜬 은애. 방두네에게 안긴 애기를 보고 옅은 미소를 짓는다.

은애   길채야... 니가 받았구나... 역시 길채 니가...(하다 피투성이 길채를 보고 다시 혼미해지고)

헌데, 애기의 울음소리가 어째 기운이 없고 처량하다. 주룩... 눈물을 흘리는 방두네.

방두네   (애기를 안더니) 추워서... 너무 추워서...

길채   ...!!

방두네   이대로 두면, 우리 애기... 죽어요...(하며 주룩... 하혈을 하며 기절하고)

길채   (...?!!) 자네 왜 이러나! 방두네, 방두네!!!

휘잉... 거칠게 부는 겨울바람 소리. 미칠 것 같은 심정이 된 길채.

S#46.   동장소 / 밤

우는 방두네와 애기 위로 매섭게 부는 바람. 길채, 결국 자신의 털 조끼를 벗어 애기를 감싸 다시 방두네에게 안기고, 그 위로 두루마기를 벗어 방두네와 애기를 덮은 후,

길채	종종아, 방두네랑 꼭 껴안고 있어.
종종이	예?
길채	은애야, 은애야...(하지만 은애 정신 못 차리자 찰싹 뺨을 때리며) 은애야!!
은애	(겨우 눈 뜨면)
길채	방두네랑 꼭 붙어 있어. 애기가 얼어 죽는단 말야. 난 가서 뭐라도 찾아볼 테니까. 어서!!

길채, 은애를 돌아 눕혀 방두네를 꼭 껴안게 해주곤 사방을 둘러본다. 길채의 마음이 급해진다.

S#47.   산 일각 / 밤

두루마기도 없이 맨 치마저고리 차림으로 덜덜 떨면서 산길을 걷는 길채. 눈빛이 집요해진다.

S#48.   산 일각 / 밤

길채, 저만치에서 고개를 땅에 처박고 죽은 누군가의 시체를 발견한다. 화들짝 놀라 숨었다가, 시체임을 확인하고 천천히 다가가는 길채. 아마도 피난 중에 몽골군에게 당한 조선 사람인 듯. 다가가 보면, 옅게 내쉬는 숨. 아직 죽지 않았다.

길채   이보시오....!
사내   오.... 오랑캐...(하다가 숨을 거두고)

길채, 어쩔 줄 몰라 하다가 그의 허리춤에 찬 주머니를 본다. 털옷을 벗기고, 주머니의 물건들을 뒤지는 길채, 자기도 모르게 눈물이 흐른다.

길채   미안합니다. 사람으로 해서는 안 될 짓인 줄 알지만...
          우리 짐을 배로 먼저 보냈는데, 뱃사공은 죽고... 방두
          네가...(훌쩍훌쩍) 애기가 있어요. 애기가 추워서 죽을
          지도 몰라요.(훌쩍...) 정말... 정말... 미안합니다.

길채, 죽은 이의 봇짐을 뒤져, 수통의 물, 그리고 빻은 곡식 가루 등등을 찾아낸다.

S#49.   산 일각 / 밤

길채가 잰걸음으로 오면 덜덜 떨며 꼭 껴안고 있는 방두네와 애기, 종종이, 은애.

| 길채 | 봐, 내가 가져온 것 좀 봐!!! |

길채가 치마 가득 담아온 물건들을 쏟아붓는다. 토끼 가죽이며, 빻은 쌀, 수통의 물, 등등등.

| 길채 | (토끼 가죽으로 애기를 한 번 더 덮어주고) 물에 곡식 빻은 걸 풀어서 방두네 먹여.(뒤를 살피며) 나는 더 살펴보고 올게.(하고 가면) |
| 은애 | 길채야... 길채야!! |

하지만 길채는 이미 멀어졌고.

S#50. 산 일각 / 밤
길채가 산길을 헤매며 부지런히 흔적을 치우고 있다.

S#51. 산 일각 / 밤
정신을 차린 은애가 방두네에게 곡식 가루 푼 국물을 먹이고 있다. 은애, 주변을 둘러보지만 아직 길채는 오지 않았고.

| 은애 | (저편 보며 근심스런 얼굴) 길채야... |

S#52.   산일각 / 밤

분주히 흔적을 치우던 길채, 바스락 소리에 화들짝 돌아보면,

S#53.   산일각 / 밤

은애가 길채를 찾아 헤매고 있다.

은애   길채야... 길채야...(그때 바스락 기척. 은애, 환하게 미소
        지으며 돌아본다) 길채니?(했다가 창백해지는 표정)

보면, 몽골병 하나가 씩... 사냥감을 만난 듯 미소 짓고 있다.

몽골병   너 혼자냐? 다른 계집들은 어디 있지?

은애   (얼어붙은 채 주춤... 뒷걸음질치고)

몽골병, 은애는 알아듣지 못하는 자기들 언어로 중얼거리며 다가
온다.

몽골병   젠장. 조선엔 살결이 뽀얀 여자랑 비단이 널렸다고 해
        서 따라왔다가 죽을 고생만 했어. 식구들이 내가 가져
        올 비단하고 포로만 기다리고 있단 말이야. 너는 상품
        이라 다른 포로 두 명 값은 받을 수 있겠다. 그전에 재
        미 좀 봐야지.(하고 히죽... 하며 허리띠를 풀고)

그 의미를 심삭하곤 하얗게 질리는 은애.

은애   오지 마... 오지 마...!!!

하지만 몽골군병, 왈칵 은애의 손목을 잡더니 옷 저고리를 확 잡아
뜯어버리고, 순식간에 은애의 어깨가 드러난다. 은애, 필사적으로
벗어나려 하지만, 몽골군이 내쳐 덮치려는 순간, 픽... 몽골군의 입
에서 피가 터지며 그대로 은애에게 쏟아진다.

얼어버린 은애. 곧 스르르... 몽골군병이 옆으로 쓰러지면, 은애 앞
에 모습을 드러낸 이, 두 손으로 단검을 꼭 쥔, 길채다. 길채, 부들부
들... 떨면서 피 묻은 단검을 든 채, 서 있고.

S#54.   산 일각 / 밤
죽은 몽골병 시체를 굴려 절벽 아래로 던져버리는 길채와 은애. 서
로를 보면, 피투성이다.

추위로, 두려움으로 온몸이 덜덜 떨리는 길채와 은애.

S#55.   산 일각 / 밤
겨울밤, 청명하게 밝은 달빛 아래, 덜덜 떨면서 눈을 녹여 얼굴이며
손을 닦는 길채와 은애. 추워서 떠는지, 겁에 질려 떠는지 오한이
멈추지 않는다. 은애는 겁에 질렸고, 생애 처음 사람을 죽인 길채는
얼이 빠졌다. 은애, 오랑캐에게 잡혔던 팔을 보며 부들부들 떤다.

현겸　　여인이 오랑캐에게 욕을 당한 경우 죽는 것은 당연하
　　　　거니와, 잠시 적과 얼굴을 마주했다 해도... 살 수 있겠
　　　　느냐?

후두둑... 눈물 떨구는 은애.

은애　　길채야... 내겐 아무 일도 없었지만, 사람들은 믿지 않을
　　　　지도 몰라. 그러니 오늘 일은...

잠시, 두 사람 사이에 흐르는 적막. 은애, 고개를 들어 길채와 눈을
맞춘다.

이제껏 은애에게서 보지 못했던 표정이다. 언제나 온유하고 화평했
던 은애가 두려움에 떨고 있다. 그런 은애가 생소하고, 슬프고, 한편
으로 두려운 길채. 길채, 두 손으로 은애의 떨리는 양팔을 잡는다.

길채　　너랑 나랑... 산길을 굴러서 옷도 찢어지고, 피도 난 거야.
은애　　...!
길채　　넌 오랑캐 놈, 만난 적 없고, 난... 사람 죽인 적 없어.

은애, 끄덕끄덕... 하더니 왈칵 길채를 안는다. 은애의 두 눈에 차오
르는 눈물. 떨리는 것은 길채도 마찬가지. 하지만 떠는 와중에도 눈
빛은 차분하고 매서워진다.

길채   오늘 우리에겐, 아무 일도... 일어나지 않았어.

길채에게 이런 눈빛이, 이런 목소리가 있었던가?

S#56. 들판 전경 / 낮

하얗게 눈으로 덮인 들판 전경. 개미처럼 작은 점 세 개가 움직이고 있다.

보면, 방두네를 업은 길채와, 그 뒤로 꽁꽁 싸맨 아기를 안은 은애, 은애 뒤로, 갖은 짐을 지고 따르는 종종이다.

종종이, 허리에 찬 주머니를 열어보면 이제 남은 곡식 가루는 겨우 한 줌. 종종이, 그것을 소중히 나누어 방두네에게 한 입, 은애에게도 한 입, 길채에게도 한 입 준다. 하지만 막상 자기가 먹을 가루는 없다. 그냥 손바닥에 남은 가루만 털어 넣고 입만 크게 오물오물하는 종종이.

방두네   (기운 없이) 애기씨... 미안해요.
길채   말 시키지 마. 말하면 배고파져.
방두네   (눈물 주룩...)

길채, 다리의 힘이 풀려 잠시 멈춰 선다. 앞을 보면, 끝도 없이 이어진 눈밭.

길채	저 산만 넘으면 돼. 금두레에서 우리 논 살고 있는 불강이한테 가자. 불강이 안사람이 솜씨가 좋아. 소고기 넣은 미역국에 하얀 쌀밥을 말아 달라고 하자. 엿도 고아 달라고 하고 식혜도 만들어 달라고 하고... 맛있겠지?
방두네	(배실... 미소가 뜨고)
길채	조금만... 조금만 참아...

하며 다시 걷기 시작하는 길채. 다리가 부들부들 떨리지만, 멈추지는 않는다. 그 뒤를 따르는 은애와 종종이. 끝도 없이 이어진 눈길.

S#57. 산 일각 / 낮

그사이, 노략질에 성공한 몽골군 장수와 부하 십여 명이 본진으로 귀환하고 있다. 몽골군병들 뒤로, 새끼줄에 매달은 생선처럼 엮여 끌려가는 수십여 명 포로들. 부르튼 맨발, 찢겨진 상처에 말라붙은 핏자국, 너절해진 옷... 포로들의 행색이 처참한데, 제일 앞에 있던 몽골군 장수 문득 말을 멈춘다. 보면, 그들이 가는 길을 막고 서 있는 한 사내. 장현이다.

몽골군 장수   저건 뭐야?(하는데)

검을 뽑더니 바람같이 말을 달리며 달려오는 장현. 몽골군 장수, 당황하여 마주 검을 꺼내고, 다른 몽골군병들도 검과 무기를 꺼내어 경계하는 순간, 방심하고 있던 뒤에서 푹, 몽골 장수 머리를 관통하는 화살! 보면, 지편에 숨은 량음이다.

장수가 말에서 떨어져 죽자, 크게 당황하며 동요하는 몽골군병들. 곧, 장현의 검이 그들을 가차 없이 베기 시작하고, 뒤편에서 량음이 다가와 장현을 엄호하며 화살을 날린다. 그 틈에 나타난 구잠도 몽둥이를 휘두르며 장현이 한 번 벤 자들을 한 번 더 다져주고.

S#58.   동장소 / 낮

사방에 죽거나, 쓰러져 신음하는 몽골군병들. 헉헉거리는 구잠. 역시 숨을 고르는 량음. 장현, 검에 흐르는 피를 툭 털어 도로 칼집에 넣으면,

구잠　　　　이만하면 송추 할배 복수는 다 했으니 이제는 돌아갑 시다!(하는데)

장현　　　　싫어. 송추 할배 죽인 놈들 아직 저 산 넘어 노략질을 하러 갔을 거야. 그놈들은 다 죽여 없애야지.(하고 말 타면)

량음　　　　(고개 절레절레하면서도 같이 말에 오르며) 아무튼 못 말리지.

벌써 장현과 량음이 멀어졌고, 구잠, 황급히 말 위에 오르며,

구잠　　　　에이...!! 나 혼자 두고 가지 마요!! 무섭단 말입니다!! (뒤에 남은 어리둥절한 포로들 보며) 거... 줄 풀고 가 요. 가, 집에 가!!

포로들, 서로 쳐다보며 눈만 꿈뻑꿈뻑.

S#59.　산 일각 / 밤

산 일각에서 노숙하는 길채 일행. 매서운 칼바람을 막을 도리가 없다. 그저 서로 꽁꽁 안은 채, 추위를 피하는 길채와 방두네, 종종이, 그리고 은애. 길채, 토끼 가죽으로 온몸을 감싸고 눈만 빼꼼 내민 애기를 가만... 보다가 스르르... 눈이 감긴다. 다시 꿈속에서 들리는 쏴아... 파도 소리.

S#60.　(길채의 꿈) 바다 / 해 질 녘

언제나처럼 길채의 꿈에 등장하는 해 질 녘 바다. 그리고 지는 해와 마주 선 사내와 사내의 뒷모습을 바라보고 선 길채. 꿈속 길채는 피난길의 길채와 같은 모습이다.

두 사람 사이, 쏴아... 쏴아... 파도 소리뿐. 길채, 이번엔 자기가 먼저 사내에게 다가가, 가만... 사내의 등에 얼굴을 기댄다.

길채	전 알아요. 제 낭군 되실 분이지요?
사내	...
길채	헌데... 지금 어디 계십니까?(울컥) 나... 너무 무섭고 힘들어요.

길채의 마음이 통했을까? 이윽고 사내가 돌아보려는 순간, 빠지직,

나뭇가지 밟는 소리.

S#61.　　(다시 현재) 산 일각 / 밤

번쩍 눈을 뜨는 길채. 보면, 저편, 점점 다가오는 한 사내의 실루엣.
길채, 꿈인지 생시인지... 자기도 모르게,

길채　　(벅찬) 오셨어! 정말루 내 서방님 될 분이...(하는데)

점점 실루엣 가까워지며 실체가 드러난다. 도끼를 든, 몽골군병이다.

길채　　(급 실망) 저 못생긴 건 뭐야...
몽골군병　　여자다!!
길채　　(화들짝 깨어나며) 종종아... 애기 데리고 뛰어!!(하는데)

곧 길채와 은애가 몽골군병에 잡혀 질질 끌려가고, 그 와중에 종종
이를 잡으러 가는 군병의 다리를 물고 늘어지는 방두네. 하지만 간
단히 방두네를 걷어찬 몽골군병이 이제 종종이의 머리채를 잡아끌
어, 애기를 뺏으려 하면, 오열하는 방두네, 벼락 같은 애기 울음소리.

결국 길채가 자신을 잡은 몽골군병의 팔뚝을 깨물어 밀쳐버리고,
단도를 쥐고 애기를 뺏으려는 몽골군병에게 달려들었다가 몽골군
병이 큰 손으로 길채를 내리치려는데, 그때, 억... 비명과 함께 길채
를 치려던 몽골군병이 화살을 맞고 픽... 쓰러진다. 주위의 다른 몽
골군병들 의아해하며 멈칫한 순간, 다시 픽, 피를 뿜으며 쓰러지는

또 다른 몽골군병.

곧, 허공을 가르는 검 소리와 함께 어둠 속에서 드러나는 실루엣. 보면, 한 사내가 검을 휘두르며 몽골군병들을 제압하고 있다. 그 뒤로 활을 쏘며 사내를 엄호하는 량음, 그리고 방망이를 휘두르는 구잠.

그사이 다시 아기를 꼭 안고 한데 뭉쳐 덜덜 떠는 길채와 여인들. 길채, 뜻밖의 구원병이 나타나자 놀라면서도 아직 장현임을 알아보지는 못했는데, 이윽고 달을 가렸던 구름이 물러나며, 실루엣의 주인 보인다. 장현이다!

길채	...!!
장현	(길채 바로 앞의 군병을 베자마자) 괜찮으십(니까... 하다가)

역시 길채를 알아보고 말문 막혀버리는 장현, 역시 얼어붙은 길채.

장현	길채 낭자...?!!
길채	...!!

장현이 당황하여 멈칫한 사이, 장현 뒤편에서 커다란 덩치의 몽골군병이 도끼를 치켜들며 장현을 치려 하고, 놀란 길채, 자기도 모르게 목청 높인다.

길채	서방님, 피하세요!!!

길채의 외침에 홱, 돌아본 장현. 동시에 몽골군이 도끼를 내리찍어 장현의 팔뚝이 베이지만, 장현, 날렵하게 몸을 날려, 검으로 몽골군의 몸을 가른다. 차마 보지 못하고 질끈 눈을 감아버리는 길채.

길채, 사방이 고요해지자 슬며시 눈을 뜨면, 저편, 이미 쓰러져 있는 몽골군병. 그리고 길채의 바로 앞, 가쁜 숨을 고르며, 한 손으로 검을 짚은 채, 걱정스레 길채를 살피는 장현.

장현	괜찮소? 다친 데는 없습니까?
길채	(끄덕, 끄덕... 하다가 장현의 팔뚝 피를 보곤) 피...!!(하는데)
장현	(대수롭지 않다는 듯 상처를 흘긋 보곤, 다시 길채 보더니) 헌데... 방금 나 보고 서방님이라고 했소?
길채	...!!

상처는 아랑곳없이, 빙그르... 특유의 놀리는 미소가 뜬 장현, 그제야 자기가 뱉은 말을 깨닫고 당황하는 길채. 그렇게 다시 마주한 장현과 길채, 두 사람에서.

- 4부 끝

몹시 그리워하고 사랑한 戀人

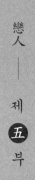

戀人 —— 제 五 부

戀
人
——

S#1.   산 일 각 / 밤

길채   서방님, 피하세요!!!

길채의 외침에 홱, 돌아본 장현. 동시에 몽골군의 도끼날이 비껴가
며 장현의 팔뚝이 베이지만, 장현, 바로 몽골군을 베고 발로 차 밀
쳐버린다. 차마 잔인한 광경을 보지 못하고 질끈 눈을 감아버린 길
채, 사방이 고요해지자 슬며시 눈을 뜨면, 저편, 이미 쓰러져 숨을
거둔 몽골군병. 그리고 길채의 바로 앞, 가쁜 숨을 고르며 걱정스레
길채를 살피는 장현. 장현, 한 손으로 검을 짚고, 한쪽 무릎을 세운
채 숨 고르며,

장현   괜찮소? 다친 데는 없습니까?
길채   (끄덕... 하다가 장현의 팔뚝에서 흐르는 피를 보곤)

	피...!!
장현	(대수롭지 않다는 듯 상처를 흘긋 보곤, 다시 길채 보더니) 헌데... 방금 나보고 서방님이라고 했소?
길채	...!!

상처는 아랑곳없이, 빙그르... 특유의 놀리는 미소가 뜬 장현, 그제야 자기가 뱉은 말을 깨닫고 당황하는 길채. 그렇게 다시 마주한 장현과 길채.

타이틀 오른다.

〈몹시 그리워하고 사랑한 **연인**戀人〉

S#2.　　산 일각 / 밤

서방님이란 말을 내뱉은 후, 내가 미쳤지... 하는 심정이 되어 멍... 구잠의 썰을 듣고 있는 길채. 보면, 구잠이 길채와 방두네, 종종이 앞에서 '내가 방망이를 휘두르니 오랑캐 놈들 대가리가 이리 휘청, 저리 휘청...' 따위, 뭐라 뭐라 무용담 말하고 있고, 그사이 방두네와 종종이가 저편 장현을 흘긋거리며 속달거리는 소리 들린다. 저편, 은애에게 치료받는 장현의, 새삼 사내답고 매력적인 옆태.

방두네	(눈 가늘게 뜨곤) 의뭉스럽긴...
종종이	(덩달아 눈 가늘게 뜨곤) 글게 말예요. 하두 의병은 싫다길래, 세상 쫄본 줄 알았더니...
길채	(역시 속은 기분에 더욱 괘씸해져선) 사기꾼...(하는데)

방두네	(울컥) 난 저런 사기꾼!(하더니 스르르...) 좀 좋아. 종종 사기당하고 싶어.
종종이	(역시 스르르...) 종종이두요...
길채	(뭐래는 거야... 하는 표정으로 보는데)

그사이, 저편에서 연준의 소식을 묻는 은애.

은애	허면, 그때 연준 도련님과 헤어진 후론 소식을 모르십니까?
장현	(고개 끄덕) 걱정 마세요. 무사히 산성으로 들어갔을 것입니다.
은애	(애써 미소) 그래야지요. 반드시...(스스로 다짐하듯 끄덕끄덕하는데)

장현의 시선에 저편, 길채가 구잠, 종종이와 함께 있는 것 보인다. 장현이 보자 장현의 뒷담을 하다 얼른 구잠을 보는 종종이와 방두네, 그리고 장현과 눈이 마주치자 화들짝 시선 피하는 길채. 장현, 씩... 장난기가 발동하고.

S#3.   산일각 / 밤
구잠, 손짓발짓해가며 요란하게,

구잠	오랑캐 놈들이 조선에 이런 대단한 방망이가 있는 줄 몰랐다면서, 나를 조선의 방망이라고 하지 않겠어!

종종이	(쓱... 구잠 아랫도리 봤다가) 퍽이나...(하며 피실)
구잠	진짜라니까!!

길채, 건성으로 들으면서도 계속 장현 쪽 신경 쓰이는데, 그때 불쑥, 끼어드는 음성.

장현(E)	좀 전에 내가 이상한 소릴 들었는데.
길채	(화들짝 돌아보면)
장현	(빙글거리며 놀리는 미소) 누가 날더러 서방님이라고 하더라구.
길채	(올 것이 왔구나, 마른침 꿀꺽... 하지만 깜찍하게 능청) 누가요?
장현	누구긴. 낭자지.(길채 흉내) 서방니임... 피하셔요!!
길채	(괜히 웃으며) 도련님도 참... 오랑캐가 무서워서 헛소리를 들으신 모양입니다.(탈탈 치맛자락 따위 털며 일어서는데)
장현	(따라 일어서며) 이상타... 내 분명히 들었는데. 종종아, 넌 들었지?
종종이	(눈치 살피며 난처) 그게...
장현	구잠아 너도 들었지?
구잠	(역시 난처) 뭐...

마침, 저편에서 은애가 방두네 쪽으로 다가가자,

장현	(목청 높여 부른다) 은애 낭자! 그 소리 들으셨지요?

서방님... 피하셔요!!

은애   (영문도 모르고 천진한 미소 지으며) 예, 들었습니다.

했다가 눈 부릅뜬 길채 보고서야, 어머나, 얼른 눈치 살피며 지나가 버리면,

길채   (버럭) 다들 정신이 나간 게야?(빠른 걸음으로 도망치 듯 가면)

종종이   (얼른 따라가려는데)

구잠   (턱 종종이 손목 잡으며) 넌 몸종이란 애가 눈치가 그 리 없냐?

종종이   얼씨구!

구잠   지화자.

종종이   (눈 부라리고)

S#4.   산일각 / 밤

도망치듯 빠르게 걷는 길채 뒤를 쫓아가며, 또 다다다... 장난기 터 진 장현.

장현   왜 그랬소? 왜 나한테 서방님, 피하셔요... 라고 했소? 내가 다칠까 봐 그랬소? 혹... 내가 죽을까 봐 무서웠소? 아니지, 그게 중요한 게 아니지. 왜 날 서방이라고 부른 게요?

길채   ...!

장현	옳거니! 이제 보니 내심... 나를 서방 삼고 싶었구만?
길채	내가? 그쪽을? 서방 삼고 싶어 한다고? 별 해괴한 소릴 다 듣습니다. 도련님한테 시집을 갈 바엔 차라리 내, 머릴 깎고 비구니가 되어...(하는데)
장현	헌데 이를 어쩌지? 내가 전에도 말하지 않았습니까? 나는 혼인에는 관심이 없어요. 내 신조는 뭐랄까... 연애는 필수, 혼인은 선택... 이랄까?
길채	(피실) 그래서 팔도에 정인을 두고 있습니까? 연애를 한시도 쉴 수가 없어서?
장현	(금시초문이다. 눈 꿈뻑꿈뻑) 내가 팔도에 정인을 두고 있답니까?
길채	예!! 알 만한 사람은 다 알지요. 내가 모를 줄 알았습니까?
장현	호오... 그래서 능군리 여인들이 나를 짐승 보듯 까칠하게 대했는가? 헌데 낭자는... 왜 그런 나를 서방 삼고 싶을꼬?
길채	(폭발한다) 고의가 아니라구요! 나도 모르게 실수로 그만...(했다가 헉!! 손으로 입을 턱, 막고)
장현	(배실...) 옳거니, 이제 기억이 나시는구만! 나 보고 분명 서방님이라고 했으렸다!
길채	...!!
장현	너무 부끄러워 마시오. 그리 헛말이 나온 것은 필시, 낭자 마음속 깊은 곳에서는 나를 서방감으로 여기고 있기 때문일 테지. 해서 말인데 나는 비록 비혼의 삶을 살고자 했으나, 군이 낭자가 나를 서방으로 삼고 싶다면 말이지...(하는데)

길채	(팩 돌아가며) 흥, 연준 도련님처럼 보였나 보지. 그러
	니 서방이라고 했겠지.(성큼 걸어가며 혼잣말처럼 종
	알종알) 아무렴 내가 비혼 나부랭이를 보고 그런 헛말
	이 나왔을 리가...

하다가 길채, 문득 뒤통수가 써늘해진 것을 느끼고 멈칫 서서 돌아
보면, 차갑게 식어 있는 장현.

장현	(장난기 싸악 가신 목소리 되어, 쓴 미소) 내가 연준 도
	령으로 보였다?
길채	...!!

그대로 돌아서 가버리는 장현. 길채, 저... 하며 잡으려다 만다. 괜히
조금 미안하고, 조금 신경 쓰이고.

S#5.   산일각 / 밤

구잠과 량음이 마저 차양 치는 일을 마무리하는 사이, 종종이가 방
두네를 눕히면, 은애가 안고 있던 애기를 방두네 곁에 누이며,

은애	(차양 치는 량음, 구잠 보며) 덕분에 오늘은 춥지 않게 자
	겠네. 애기가 복을 타고났어. 이름을 대복이라 지을까?
방두네	(환한 미소) 대복이요?
구잠	(쪼그리고 앉아 애기 보며) 애기가 어쩜 이리 이쁘우?
	엄마를 안 닮아서 그른가...

종종이	그니까.
방두네	(착... 노려보면)
구잠	(흠흠... 다시 차양 치는 시늉하고)
량음	(피식 웃다가 조금 예민한 눈빛으로 길채 본다)

장현과 대화했던 여운이 남아 조금 심란한 표정으로 저편에 앉은
길채. 길채의 시선 끝, 저만치 달빛을 받으며 큰 바위에 앉은 장현
의 뒷모습.

S#6.　산 일각 / 밤

장현, 바위 위에 앉아 밤하늘을 바라본다. 겨울밤 달 위로 희뿌연
구름이 천천히 흐르는데, 곧, 바스락, 나뭇가지 밟히는 소리. 보면,
어느새 길채가 장현 곁에 와 섰다. 흘긋 길채 보곤, 다시 시선 돌려
달을 올려 보는 장현.

길채	(장현 안색 살피며 곁에 가만 쪼그리고 앉아) 무슨 생각을 하십니까?
장현	연준 도령 생각.
길채	(발끈) 사내가 조잔하긴!!
장현	(능청) 참말이오. 연준 도령도 지금쯤 자신을 기다리는 두 여자 생각을 하고 있을까... 아니면, 여전히 임금님 생각만 하고 있을까...
길채	(욱했으나 이번엔 참는다) 아무튼... 고맙습니다. 피난 가라 일러준 것도, 오늘 우릴 구해준 것도.

장현	(뜻밖이란 얼굴로 길채 보면)
길채	(조금 어색하여) 뭐, 고마운 건 고마운 것이니.

잠시 두 사람 사이에 정적. 묘하고 어색한 기운 흐르는데, 그 침묵을 깨며,

장현	참으로 고마우시오? 허면... 이번엔 참으로 낭자의 입술 한 번...(하자마자)
길채	(벌떡 일어서서) 또또!!!
장현	(피실... 옷자락 털며 일어서며) 난 그렇게 진지한 사람이 아니에요. 그러니 낭자가 연준 도령을 연모하는 것 같은 그런 무거운 마음은 내겐 오히려 부담스러울 뿐이지.
길채	(부담? 설핏 상처받고)
장현	내가 원하는 것은 그저 뜨거운 입술...
길채	도련님은... 잘해주려 해도 도저히 잘해줄 수 없는 저질, 난봉꾼, 무뢰한...(더 생각나는 욕이 없자) 으...!!!

길채, 팩 돌아서서 가는데 그 와중에 장현이 선물해준 단도가 떨어진다. 단도를 주워 들었다가 손잡이 음각으로 새겨진 문양 사이, 채 지워지지 않은 핏자국을 발견하는 장현. 곧, 그 의미를 짐작한 장현의 안색이 굳고.

S#7.   산일각 / 밤

밤이 깊었다. 차양 안에서 잠든 길채, 문득 눈을 뜨면 저만치 차양을 지켜보는 위치에서 검을 품은 채, 나무 기둥에 기대 꾸벅 조는 장현 보인다. 길채, 그런 장현을 잠시 본다. 저 사내, 도대체 뭘까...

CUT TO

나무 기둥에 기대어 자던 장현. 문득 눈을 뜨면, 차양 안, 몸을 장현 쪽으로 모로 누워 잠든 길채. 장현, 그런 길채를 가만... 조금 오래 지켜본다.

청량한 겨울밤, 밝은 달, 타닥타닥 타는 모닥불.

S#8.   동장소 / 아침

길채가 눈을 떴다가 자신의 위에 덮어진 털 조끼를 본다. 장현이 입던 털조끼인 것을 알아보고, 배실... 미소 지으며 눈으로 장현을 찾는 길채. 하지만 저편 뭔가를 보고 안색 굳는다. 보면, 저만치서 장현과 구잠, 량음이 벌써 떠날 짐을 챙기고 있다.

장현	(애기를 안아 까꿍까꿍... 어르며) 말 한 마리와 수레를 남겨둘 터이니, 방두네를 싣고 가십시오.(하는데)
길채(E)	어딜 가십니까?
장현	(돌아보면 화난 얼굴의 길채) 대복아... 길채 애기씨 무섭지?

하며 대복을 마지막으로 어르고 은애에게 넘기면, 대복을 넘겨받은 은애, 눈치를 짐작하고 자리를 뜨고, 이제 장현과 길채만 남았다.

장현	쫓던 놈들은 마저 쫓아야지.
길채	우린 어쩌구요?
장현	뭘 어째? 지금까지 해온 것처럼 하면 되지. 이제는 칼 쓰는 법도 배우지 않았소?(품에서 길채가 흘린 단도 꺼내 쥐여주며 작게) 이런 요긴한 물건을 흘리고 다니면 안 되지.
길채	(화들짝 당황하여) 난 이 물건을 쓴 적이 없...(했다가 장현을 속일 수 없음을 깨닫고 말을 멈추면)
장현	나는... 낭자가 자랑스럽습니다.
길채	...!!
장현	(씩... 말 위에 짐 올리며) 내가 뭐랬소. 비실한 유생들 보단 낭자 하나가 더 든든하다고 했지? 생각해 보면, 낭자가 내 목숨도 구했지. 나를 연준 도령으로 착각한 낭자가 우렁차게 피하라 소리친 덕분에 오랑캐를 피했으니까.
길채	자꾸 놀릴 거예요!!
장현	(피실, 훌쩍 말 위에 오르며) 낭자가 철이 들면 그땐 나도 낭자 놀리는 걸 그만두지.(저편 량음에게) 가지!(하고 말을 걸려 가면)
량음	(잠시 길채를 의식하다 그 뒤를 따르고)
구잠	(저편 종종이에게) 나 간다아!!
종종이	(역시 토라졌다. 괜히 애기만 보며) 가든가 말든가!!

그리고 길채, 멀어지는 장현의 뒷모습을 망연히, 원망스레 보는데.

S#9.　　　산 일각 / 낮

높은 곳에서 내려보는 산길 부감. 저만치 개미처럼 작게 보이는 예 닐곱 패잔병들의 행렬. 가까이 보면, 연준 일행이다.

S#10.　　산 일각 / 낮

날이 저물어 간다. 걷는 장현과 구잠, 량음 일행.

구잠　　　워찌케 산은 잘 넘어갔는가 몰라. 종종이는 몸도 약한
　　　　　　데...(괜히 장현 노려보며) 가만 보면 못됐어...

장현　　　너보단 잘 갈 것이다.(하는데)

그때, 다른 샛길에서 다가오는 일단의 무리들.

구잠　　　피난민인가. 행색이 영... 피죽도 못 먹은 (하다가) 어라?

장현　　　...!!

저편에서도 장현 일행을 보고 화들짝, 무기를 쥐며 경계했다가 장 현임을 알아보고 당황한다. 그제야 연준, 검을 꾹... 붙들었던 손을 내리는데.

S#11.   산 일각 / 저녁

산 일각에서 함께 모인 장현과 연준 일행. 구잠이 식량 주머니에서 주먹밥이며 삶은 고기 따위를 풀어 건네면, 체면 따위 잊은 듯, 허겁지겁 먹는 연준과 대오 등. 끌끌... 혀 차며 연신 주먹밥을 건네주는 구잠. 량음도 이들의 초라한 행색을 보고 조금 놀란 기색.

장현	정세규 장군의 근왕병이 참패했다더니...
연준	(멈칫)
장현	그래... 지금은 어딜 가는 길이오?
연준	임금께 가야지요.
장현	(그럼 그렇지... 피실, 웃는데)
연준	그 전에 오랑캐들을 쳐서 전하께 수급을 바칠 겁니다. 광교산에 김준룡 장군의 근왕병이 진을 쳤다는 얘길 들었어요.(잠시 틈) 그대도 우리와 함께 갈 생각은 없소?
장현	말했지 않소. 난 임금님 구하는 덴 관심 없다고. 헌데... 순약 도령이며 다른 도령들은 어째 안 보이는가?
연준	...!!

연준 등, 시선 교환하며 말을 못 하면.

S#12.   동장소 / 저녁

나뭇등걸에 몸을 기대고 앉은 장현. 순약의 얘기를 들어서인지 표정이 굳어 있고, 장현의 시선 끝, 저편에선 대오 등이 옷의 이를 잡고, 발싸개를 터는 등의 모습 보인다.

| 량음 | 전장 나선 지 얼마 되지도 않았는데, 벌써 그리되다니... |
| 구잠 | 내 저런 오합지졸들은 처음 보우. |

하고 보면, 저편의 대오, 무기를 닦다가 아! 하며 손을 베곤 엄살.

| 장현 | (한숨 푹...) 그렇지? 저러단 필시 순약 도령처럼 몽땅 죽을 테지? |

S#13.   동장소 / 밤

구잠이며 량음, 대오 등등이 각각 흩어져서 잠이 들었고, 연준이 잠을 이루지 못하고 모닥불 앞에 앉아 가만 불을 보고 있는데, 연준 곁에 다가와, 끙... 양 무릎에 팔을 걸치고 앉는 장현.

장현	오는 길에 은애 낭자를 만났소. 부모님과 떨어져 여인들끼리 피난길을 가고 있었습니다.
연준	(놀라 보며) 모두 무사합니까!
장현	(툭툭 나뭇가지를 꺾어 불에 던지다가) 해서 말인데... 이제라도 임금님 구하는 일은 그만두고 은애 낭자를 지키러 가는 게 어떻겠소?
연준	(잠시 틈) 그리는... 못 합니다.
장현	(보면)
연준	나도 우리가 오랑캐를 이길 수 있을 거라 생각하지 않습니다. 어쩌면 난... 임금님을 뵙기도 전에 죽을지도 모르지요, 순약이처럼.

장현	...?
연준	하지만... 난 배운 것 따로, 사는 것 따로 할 줄 모릅니다. 평생 나라에 화급한 일이 있으면 나가 싸우는 것이 선비의 도리라 배웠소.
장현	...
연준	여인이 사내를 따르고, 자식이 부모를 섬기고, 신하가 임금에 충성하는 질서는 아름다운 것입니다. 섬김을 받았으니, 사내와 부모는 여인과 자식을 보호하고, 임금과 사대부는 백성을 지킬 의무가 있어요. 나는... 임금님을 구하다 죽을 것입니다. 내가 임금을 위해 죽으면, 임금께선... 백성을 지켜주실 것이오. 내가 믿는 것은 그뿐입니다.

탁, 타탁.... 나뭇가지 타는 소리만 고요히 들리고. 장현, 새삼 연준의 강직한 옆얼굴을 가만... 응시한다. 아, 이 사내, 뜻을 굽힐 위인이 아니구나. 결국, 결심한 표정 된 장현.

장현	같이 갑시다. 광교산.
연준	(놀라 보면)
장현	임금님을 구하러 가는 건 아니오.
연준	허면?
장현	(무표정한 얼굴로 어깨 으쓱하더니 일어서 가버리고)

S#14.　　**불강집 / 낮**

수레에 방두네와 애기를 싣고, 밀고 끌어 겨우 불강의 집에 당도한
길채 일행.

종종이　　불강아... 불강아!!

여기저기 초가집 문을 열어보지만, 아무도 없다. 텅 빈 불강의 집.

S#15.　　**불강집 부엌 / 낮**

은애와 길채는 아궁이에 나뭇가지를 넣어 불을 피우고, 종종이가
솥단지에 시래기 몇 조각과 물을 잔뜩 부어 저으면서...

종종이　　(훌쩍) 제가요. 진짜 이런 일까지 하게 될 줄은 몰랐는
　　　　　　데요. 어머, 손에 굳은살 봐. 다 트고 까매지고...

길채　　　(매워서 눈 꿈뻑이다 발끈) 내가 하리?

종종이　　(눈치 없이 코 훌쩍하며) 그러실래요?

길채　　　이게 진짜!(하는데)

언제 나타났는지, 방두네가 기둥을 짚고 부엌 문턱에 서서 잔소리
시작한다.

방두네　　젖은 가지를 넣으니 연기가 나지요.

은애　　　방두네! 찬바람 쐬지 말라니까!

방두네　　(은애에게 끌려가면서도) 시래기 미리 데쳤지요? 시래

기 데칠 때는 소금을 한 꼬집 넣고...(하며 잔소리 소리

멀어지면)

길채　　(골이 지끈)

S#16.　　**불강집 방 / 낮**

멀건 시래깃국을 먹는 길채와 종종이, 은애, 방두네. 길채도 입맛이
없지만, 종종이가 제일 울상이다.

종종이　　저는요...(또 훌쩍) 머리털 난 후로 이런 음식은 먹어본

적도 없구요...

길채　　그래? 그럼 니 몫까지 내가 먹어야겠다.(하고 뺏으려

하면)

종종이　　(얼른 잡으며) 먹어본 적 없어서 너무 새롭다구요.

방두네　　(또 잔소리) 참기름을 안 넣으셨구나... 참기름을 둘러

야 감칠맛이 돌고 잡내를 잡아서...(하는데)

길채　　지금 참기름이 어딨어?!!

방두네　　(얼른 애기 보고 까궁... 하며 모른 척)

길채　　(한숨 푹...) 여기 있다간, 오랑캐한테 죽는 게 아니라

굶어 죽을거야.

그 위로, 김준룡 장군의 반가운 음성.

김준룡(E)　　원병이 왔어?

S#17.   광고산 김준룡 막사 / 낮

김준룡 장군과 참모들이 막사 밖으로 기운차게 나선다. 하지만 곧, 실망한 기색.

보면, 김준룡 앞에는 연준과 장현 등, 고작 열 명 남짓의 패잔병들. 연준과 대오 등은 물론이요, 장현 일행도 지친 몰골이다.

장현　　　(김준룡의 반응을 짐작하고 피실... 웃음이 새지만)

연준　　　(정중히 나와 읍하며) 장군! 원병을 청하는 공문을 받
　　　　　　고 온...(하는데)

김준룡　　자네들뿐인가?

연준　　　예? 그것이...(말문 막히는데)

그때, 저편에서 소요 소리. 곧, 부하1 달려오며,

부하1　　　기습입니다!!

김준룡　　(연준 등 보며) 싸울 수 있겠는가?

구잠　　　(당황) 방금 왔는데...

연준　　　예! 싸울 수 있습니다.

연준이 죽기를 각오한 표정 되어 뒤를 따르고, 대오 등도 마지못해 쫓아가면,

장현　　　(끙... 어금니 물며) 싸우는 게 재밌나봐...

구잠　　　글게요. 너~무 죽고 싶어서 아주 그냥 안달복달이 난

모냥...(하는데)

량음　너나 정신 똑바로 차려. 오랑캐 손에 죽기 싫으면.

구잠　뭔 소리!! 나 조선의 방망이야!!(하는데 장현과 량음은
　　　이미 저편) 야, 나 데려가! 성님!!

S#18.　　**불강집 마당 / 낮**

마당에 매어둔 말을 가져가려고 묶인 끈을 푸는 피난민들. 말이 히
힝... 울면, 그 소리에 길채와 은애가 나왔다가, 이를 보고 발끈한다.

길채　(발끈) 뭐 하는 짓이에요? 우리 말이에요!

피난민1　임자가 있었구만...(아쉬운 눈빛 되어 말고삐 놓으면)

은애　어딜 가십니까?

피난민1　패퇴한 근왕병들이 다 광교산에 있는 김준룡 장군에게
　　　모인답니다. 우리도 거기로 가오.

은애　전장 근처로 가다니요. 그럼 더 위험하지 않습니까?

피난민2　그래도 우리 군사들 밑에 있어야 안전하지.

피난민1　내 아들들이 다 의병에 나갔소. 나도 가서 뭐라도 해야
　　　지. 부상병들을 치료하는 일에 힘을 보탤 것이오!

길채　암튼 그 말에 손대지 말아요.(혼잣말 구시렁) 오지랖도
　　　대동강이다. 피난이나 갈 일이지...(하며 끌끌 돌아서려
　　　는데)

은애　(결의에 찬) 나도 가고 싶어.

길채　뭐?

은애　가서... 돕고 싶어! 비겁하게 피난만 다니고 싶지 않아.

길채	애! 꿈도 꾸지 마.
은애	소문 들었잖아. 정세규 장군이 참패해서 의병들이 뿔뿔이 흩어졌대. 연준 도련님도 어쩌면 광교산에 계실지도 몰라. 광교산은 험천에서도 가까운 곳이잖아!
길채	(순간 어라... 하며 흔들렸으나 결국 절레) 그래도 안돼!!(하는데)
은애	(길채의 동요를 알아채고 더 간절히) 길채야... 제발!!

S#19.   **김준룡 장군 전장 / 낮**

김준룡 장군의 근왕병과 청병들의 국지전. 청병을 맞아 싸우는 장현과 연준, 구잠, 량음 등등. 장현, 땀을 뻘뻘 흘리며 싸우면서도 시종 투덜거린다.

장현	(청병1을 상대하며) 팔자에 없이 이 무슨...(윽...하며 쓰러지는 청병1. 동시에 몸을 돌려 단검으로 청병2 퍽퍽, 찍어 막아내며) 빌어먹을 능군리엔 왜 가가지구... 분꽃 소리는 얼어 죽을...(또 윽... 쓰러지는 청병2. 이번엔 몸을 날려 저편 청병3을 쓰러트리며) 지금쯤 의주 아랫목에 누워서 등이나 지져야 되는데...(하는데)

저편에서 청병 하나가 연준의 뒤로 다가가고 있다.

장현	(찰나의 갈등) 그래... 차라리 저걸 죽게 냅두자...(했으나... 결국 달려가 청병 막아내며 버럭) 눈 똑바로 떠!!

연준   ...!!

다시금 공격해 오는 청병들. 장현, 연준 앞을 지키며 청병들을 다쳐내는데, 연준, 자기도 뭔가 해보려 이리저리 안절부절못하다가, 일전 순약을 도운 것처럼 장현의 빈 곳을 노린 청병을 찌르려다가 오히려 뒤편 청병에게 노출된다. 장현이 뒤늦게 발견하여 연준 뒤편 청병을 치지만, 청병, 쓰러지면서 연준의 허벅지를 베어내고.

연준   으으으...(신음을 뱉으며 쓰러지면)
장현   ...!!

S#20.   *구숭마을 길 일각 / 낮*

이윽고 광교산 아랫마을에 당도한 길채와 은애, 종종이, 방두네와 피난민들. 보면, 마을 커다란 느티나무 아래 광장에 수십 명 부상병들이 치료받고 있다.

사방에서 부상병들의 비명 소리, 그사이에도 쉴 새 없이 들어오는 부상병들, 일각에선 우는 아이들 소리, 한쪽에 산더미처럼 쌓인 피고름 묻은 옷가지 따위, 전장 뒤편, 또 다른 사투의 현장.

길채   ...내가 미쳤지. 연준 도련님이 여기 있을 리가...(하는데)
은애   (피를 보고 또 속이 울렁... 혼미해졌으나, 새삼 눈 부릅뜨며) 이번엔 나도 지지 않아. 길채야, 나도 너처럼 용기를 낼 거야.(옷소매를 걷으며 성큼 다가가)저도 돕겠습니다!

방두네   (수레에서 빼꼼... 얼굴 내밀어 보곤) 우리 은애 애기
         씨... 오지랖이 대동강...(고개 절레... 하며 다시 눕고)

길채   (또 골이 지끈)

S#21.   구순마을 부상병 치료소 / 낮

구순마을 부상자 막사 안에서 치료를 받고 있는 부상병들. 그 사이
를 돌아다니며 돕는 길채와 은애, 종종이 등. 최선을 다해 치료에 임
하는 은애와 달리, 길채, 비명 소리며 피고름 냄새에 역정이 나서,

길채   (수건을 집어던지며) 이젠 그만할거야!!!

길채, 박차고 나가려는데, 일각에서 들리는 어린 소년의 고통스러
운 비명. 보면, 이제 열다섯이나 되었을까? 의원이 살을 찢어 어린
소년병의 다리에 박힌 활을 뽑아내려 하고 있다.

소년   엄니... 나 좀 살려줘유... 엄니!!!

길채   (차마 가지 못하고 우물쭈물하자)

의원   (길채 보며) 뭐 하나? 잡아, 어서!!

소년   엄니... 엄니!!

길채   (하는 수 없이 다가가 소년의 손을 잡으면)

소년   (길채의 손을 부서져라 쥐고 비명 지르고)

의원이 소년에게서 화살을 뽑아내면, 소년의 비명 극에 달하고, 길

채, 그 모습에 자기도 모르게 쥔 손을 마주 꾹... 잡는데.

CUT TO

이제 모든 처치가 끝났고, 온몸이 땀으로 흠뻑 젖은 소년, 기진했는데, 오직 길채의 손만은 꼭... 잡고 있다.

소년	엄니... 아직 거그 있지라?
길채	(다른 손으로 이마의 땀 닦아주며) 나 니 엄마 아니야.
소년	이... 있구먼. 엄니... 어디 가지 마씨시오.
길채	니 엄마 아니라구...(하지만 소년이 더욱 길채의 손을 꼭 잡자) 그래... 어디 안 가. 여기 있을 거야...
소년	(그제야 설핏... 안도의 미소. 스르르... 잠들면)

길채, 잠시 안쓰러운 마음으로 소년을 보는데, 또 몰려오는 부상병들. 그중 어떤 사내를 부축하며 들어오는 이. 길채, 어딘가 낯익은 사내를 보고 시선이 멈췄다가 한순간 얼어붙는다. 장현이다.

길채, 너무 반가워, 자기도 모르게 미소를 지으며 천천히 일어서고, 장현 역시 뜻밖에 길채를 보고 놀랍고 반가운 표정 되어 입을 열려는데, 다음 순간, 길채의 시선이 옆으로 옮겨 간다. 연준이다.

길채	연... 연준 도련님!

연준 도련님? 그 소리에 돌아보는 은애. 길채가 부른 이가 진짜 연준임을 확인한 은애 역시 그대로 굳어버린다.

은애	도련님...(왈칵 눈물 쏟으며 뛰어와) 도련님!!!
연준	(겨우 고개를 들어 길채와 은애를 확인하더니 놀란 눈빛) 어찌...(하다 다시 풀썩 무릎 꺾이면)
길채	도련님!!!

길채와 은애가 바람처럼 달려와 연준을 부축하여 일각에 누이고,

| 은애 | 도련님, 도련님...!! |
| 길채 | (연준의 손을 꼭 잡은 채) 도련님... !! |

두 여인이, 아니 길채가 연준의 손을 꼭 잡고 펑펑 우는 것을 본 장현, 씁쓸해진다. 장현의 손등을 타고 흘러내리는 피.

S#22. 동장소 / 낮

의원이 연준을 치료하는 사이, 그 옆에 연준의 손 하나씩 잡고 눈물 흘리는 길채와 은애. 뒤편에 서서 의원의 시중을 들던 종종이, 길채 보더니 눈치 준다.

종종이	(눈빛으로 말한다. 그 손!)
길채	(역시 눈빛으로, 뭐?)
종종이	(은애 봤다가 다시 길채가 꼭 잡은 손 봤다가, 눈치 주면)
길채	(그제야 좀 아쉬운 표정으로 연준 잡은 손을 내려놓고)

길채, 은애가 연준의 손을 꼭... 잡고 있는 모습을 부러운 듯 보다가

끙... 일어서면, 일각, 벽에 비스듬히 기대어서 차게 식은 얼굴로 길
채의 하는 양을 보던 장현, 그대로 나가버린다.

길채   이것 보세요!!

S#23.   구순마을 부상병 치료소 밖 / 낮

장현이 치료소를 나서면 그 뒤를 쫓아 나오는 길채.

길채   어떻게 된 일인지 말은 해주셔야지요.

장현   그건 내가 할 말이요. 산 너머로 피난 간다더니, 어째서
            여기 있소?

길채   은애가 부상병들 돕고 싶다면서 굳이 오자고 해서 온
            거예요.

장현   아... 그럼 그렇지. 천하의 길채 낭자가, 남 돕는 일 따위
            에 관심 있을 리가 있나.

길채   (발끈) 여기서 내가 살린 목숨이 얼마나 많은 줄 알아
            요? 좀 전에도 어린 병사가 내 손을 꼭 잡고, 살려달라
            고...

장현   (피식...) 맘에도 없는 일 하느라 고생 많았겠소.

길채   누가 맘에 없는 일을 했다는 거예요!

장현   그럼, 낭자가 진심으로 부상병들을 걱정하기라도 했다
            는 거요?

길채   하구 말구요! 내 일처럼 근심하고, 슬퍼하고!!

장현   (피식) 오늘 해가 땅에서 솟았다고 하시오.

길채	기막혀! 사람이 왜 이리 삐뚤어졌어요?
장현	임자 있는 사내를 좋아하는 낭자만큼 비뚤어졌을라구.(하는데)
길채	(결국 폭발한다) 야!!!
장현	(내가 잘못 들은 건가? 놀란 얼굴 되어 돌아보면)

장현의 눈앞, 노기충천한 모습으로 부들거리는 길채. 성큼 다가오더니 바싹, 장현 앞에 서고.

장현	나, 나한테 반말한 거요?
길채	그쪽도 반말하잖아.
장현	(헉!!) 나, 난... 낭자보다 나이도 많아!!(하는데)
길채	말해요! 어쩌다가 연준 도련님이 저리 다쳤는지. 아니, 연준 도련님이 저리 다치도록 대관절 뭘 하고 있었는지!
장현	(욱해서) ...연준 도령이 다친 게 내 책임이오?
길채	오랑캐를 아주 잘 안다면서요? 그리 잘난 척을 했으면, 잘난 척한 값을 해야지!!
장현	(두 번째 울컥. 밉고 서운하지만, 조잔해지기 싫어 내색을 하지 못한 복잡한 눈빛으로 가만... 보다가 홱, 가버리면)
길채	어머머!!(하고 바로 쫓아 나가려다 멈칫 선다)

보면 바닥에 점점이 떨어진 핏방울. 길채, 놀라 저만치 가는 장현의 뒷모습을 보면, 장현의 손등에서 피가 흐르고 있다.

S#24.　**구순마을 일각 / 낮**

장현, 흐르는 피를 탈탈 털며 서운한 마음이 역력한 얼굴로 걷는데,
누군가 홱 장현의 팔을 당긴다. 길채다.

길채　　　　(덥석 소매를 젖혀 상처를 보더니) 잘난 척하더니 이게
　　　　　　뭐야? 일전에 베인 상처가 또 덧났잖아요!

장현　　　　(소매 내리며) 됐어요. 난 다시 올라가 봐야 해서...(하
　　　　　　는데)

길채　　　　어디 가지 말고 꼼짝 말고 여기 있어요. 꼼짝 말고!!

길채가 요란하게 당부하고 사라지고.

S#25.　**구순마을 부상자 치료소 / 낮**

의원에게 치료받는 연준, 연준의 손을 꼭 잡은 은애.

의원　　　　하필 허벅지 깊은 곳을 베였어. 자칫하면... 장차 생식을
　　　　　　못 할지도...

연준　　　　...!!

은애　　　　(애써 미소 지으며 연준에게) 괜찮습니다. 아무려면 어
　　　　　　떤가요? 목숨이라도 부지한 것이 너무도 다행...(하면
　　　　　　서도 연준을 잡은 손에 힘이 꾸욱... 들어가고)

연준　　　　(그 힘을 느끼며 당황하는데)

의원　　　　(상처를 보았다가 안도) 아닐세! 아슬하게 빗나갔군.
　　　　　　후손을 볼 수 있겠어!

은애	(무너지듯 안도하며 연준 보고 환한 미소!)
연준	(애매한 미소 지으며 은애 마주 보고)

S#26. 구승마을 부상자 치료소 밖 / 낮

은애가 환해진 얼굴로 치료소를 나오면, 저편, 길채가 꼼짝 말라는 대로 앉아 있는 장현 보인다.

은애	(담뿍 미소 지으며 다가가) 연준 도련님을 도와주셔서 고맙습니다. 이 은혜를... 어찌 갚아야 할지.
장현	(심드렁) 내가 살렸나? 생각보다 명줄이 긴 친굽디다.
은애	연준 도련님을 지켜주신 것을 전 다 압니다. 연준 도련님은 글공부만 하신 분이라 싸움엔 영...
장현	(피실)
은애	저도 아는 걸 길채는 왜 모르는지 서운하시지요?
장현	(순간 일곱 살 아이처럼, 정말 서운한 표정으로 시선 떨구면)
은애	일전에 회혼례 날, 길채가 누굴 보았는지 생각해 보시라 했지요?

(Ins.C)	*3부 49씬*
량음	*(말짱한 얼굴로 거짓말)* 연준 도령을 보던 걸.

| 장현 | (울컥) 또 그 애깁니까? 놀랍고 무서운 와중에 제일 먼저 찾는 이가 사실은 마음에 두는 이라고? 하하하하 |

하!! 애시당초 말도 안 되는 소리지. 세상에 그런 말을
믿는 바보천치가 어디 있으며...(하는데)

은애 장현 도련님을 보던 걸요.

장현 (말문 턱 막힌다) ...나, 나를?

은애 허면 누굴 봤을 거라 생각하셨나요? 연준 도련님이요?
길채는 연준 도련님을 아끼지만... 사내를 대하는 마음
은 아닙니다.

장현 ...?!!

은애 (저만치 길채 오는 것을 보곤) 못 믿겠으면 직접 물어
보셔요.(미소 지으며 일어나면)

장현, 저만치서 분주히 걸어오는 길채를 당황스레, 조금은 설레는
얼굴이 되어 보고.

S#27. 구승마을 일각 / 낮

길채가 장현의 팔에 붕대를 감아 치료해 주고 있고, 장현, 의구심
가득한 눈으로 눈을 가늘게 뜨고 길채를 본다. 정말 날 봤을까... 하
는 듯.

길채 내가 의원은 아니지만... 수십 명 부상병들을 치료한 경
험으로 말씀드리자면, 이 상처는 쉬이 나을 상처가 아
니니, 못해도 달포는 여기 머무르며 쉬셔야겠습니다.

장현 ...내가 머물렀으면 좋겠소?

길채 내가 바란다는 게 아니라 도련님 상처가 그렇단 말씀

이에요!!

장현 아... 이 작고, 보잘것없는 상처가 간절하게 낭자의 보살 핌과 헌신을 요구하고 있군. 그렇지?

길채 (괜히 호들갑) 어머어머, 피나는 거 봐.(하지만 붕대 감 는 모양이 영 어색하고)

장현 은애 낭자는 그리 안 하던데...

길채 (발끈) 나도 할 줄 알아요! 사람들이 뭐든 은애가 나보 다 잘하는 줄 아는데, 나도 은애보다 잘하는 거 있다구 요!!(하며 확 장현의 손을 끌어 고심고심하며 상처에 면목을 감싸는데)

장현 헌데... 은애 낭자가 내게 이상한 말을 하더군.(조금 쑥 스럽다) 능군리에서 말이지, 회혼례 날, 오랑캐들이 쳐 들어와서 다들 놀란 중에, 낭자가... 다른 사람도 아니고 (흠흠...) 나를 봤다고...

길채 (멈칫!)

장현 (쓱... 보며) ...그랬소?

길채 (마른침 꿀꺽. 능청) 도련님도 이제 보니 참 시시하십 니다. 무서운 와중에 제일 먼저 찾는 이가 마음에 둔 이 라고 어디 경전에 적혀 있답니까? 그 말을 믿으셔요? 호호호호!(하는데)

장현 아무튼... 나를 제일 먼저 보긴 봤다는 거지?

길채, 아무 말도 못 하자, 장현의 입가에 배실... 미소가 뜬다.

S#28.   구숙마을 길 일각 + 고방 / 밤

우당탕 잰걸음으로 숙소로 쓰는 고방을 향해 걷는 길채. 뒤가 신경 쓰인다. 보면, 길채 뒤로, 묘하게 자신감을 회복한 장현이 예전처럼 다다다 수다스럽게 길채에게 수작을 건다.

장현	낭자가 마음에 다른 사내가 있다고 우기면서도, 그 화급한 외중에 나를 봤다고 하니, 차마 그 마음을 외면하기도 미안한 일이고...
길채	뭐래...
장현	해서 말인데, 우리 대승적으로 생각해 봅시다. 님이라는 글자에 점 하나만 붙이면 남이지 않소? 헌데 그 님과 남 사이에 뭐가 있는지 아시오? 주저할 섬曖. '섬'이 있지. 낭자가 정 낭자의 속마음을 모르겠거든, 당분간 나와 낭자가 주저하는 시간, 즉 섬의 시간을 가지는 게지. 그 섬의 시간을 가지는 사내와 여인은, 당장 인연을 끊을 필요도, 그렇다고 또 당장 서로의 마음을 정할 필요도 없어.
길채	(어느새 귀 쫑긋)
장현	그저 잔잔히 서로를 지켜보고 가끔 좋은 시간을 나누면서 서로 님이 될지, 남이 될지 정하면 된다... 그 말이지.
길채	그럼... 언제까지 그 섬을 하는 건가요?
장현	둘 중 누구 하나라도 마음이 간절해지거나,
길채	(설핏 미소)
장현	마음이 식으면 깨지는 거요.
길채	(안색이 싹 굳는다) 흥! 섬 같은 소리 하고 있네. 그간

314   연인 1

비혼이니 섬이니 해가며 얼마나 많은 여인들을 능욕했을지 안 봐도 훤히 알겠습니다. 나도 그리 대할 생각은 꿈에도 말아요!!

길채, 쿵, 고방 문을 닫아 들어가 버리면, 고대로 문전박대당하고 마는 장현.

S#29.　　동장소 / 밤

몇 식경이 지났을까? 고방 앞에 등을 기대고 앉은 장현. 문득 하늘을 올려 보면, 달빛이 밝고.

장현　　　낭자, 자는 거요? 잠이 안 오면 내 말동무라도 해드리리까?

안에선 아무 소리도 들리지 않고.

장현　　　우연인가? 달빛이 밝은 날엔, 꼭 낭자와 함께 있게 되니... 앞으로도 달 밝은 날이면 낭자가 떠오를 듯해.(하는데)

안에서 들리는 작게 코 고는 소리. 드르릉... 드르릉... 장현, 이게 누구 소린가... 하고 듣는데, 뒤편에서,

종종이　　　다른 사람들은...?

장현	(화들짝 고방에서 귀 떼며) 종종이 왔구나. 흠흠...
종종이	(괜히 무심한 척) 뭐... 다른 사람들은 멀쩡하게 돌아댕기고 있지요?
장현	아...(알겠다는 눈빛) 그럼! 잘생긴 량음이는 말짱해서 여기 부상자 있는 곳에 올 필요도 없다.
종종이	아니, 량음이 말고...(하다가 포기. 그때, 드르릉... 코 고는 소리. 고방 안을 살짝 보며 고개 갸웃) 웬일이래.
장현	뭐가?
종종이	애기씨 말예요. 요새 자리가 냄새난다, 불편하다... 하면서 통 못 주무시더니, (장현 보며 고개 갸웃) 어째 도련님만 있으면 꿀잠을 주무시잖아요.
장현	...!!
종종이	일전에 산에서 만났을 때도, 그리 단잠을 주무시더니, 왜 그러나 몰라...(하더니 장현에게 꾸벅...) 저기... 구잠이한테 내 안부 굳이 안 전하셔도 돼요.(하고 들어가면)

뜻밖의 얘길 듣고 새삼 기분이 좋아진 장현. 다시 마당에는 길채의 코 고는 소리와 달빛만 가득. 마치 자장가처럼 규칙적으로 들리는 길채의 작게 코 고는 소리.

장현	(미소) 코 고는 소리가, 이렇게 달 줄은 몰랐구만.

그리고 먼발치에서 이런 장현의 미소를 보는 시선, 량음이다. 한참을 달려온 듯, 초췌해진 얼굴로 아프게 장현을 보는 량음의 눈빛. 량음, 실망한 표정으로 몸을 돌려 가고.

S#30.   산 일각 / 아침

산 일각에 흩어져 약초를 캐는 여인들, 그중 길채와 은애, 종종이 등등.

길채   (몇 번 캐다 말고 호미를 집어던지며) 에이, 팔 아퍼!!

은애   (거룩...) 이 약초로 연준 도련님이 나을 수만 있다면,
           내 두 손이 다 부르트더라도 상관없어.

길채   (얄미워... 눈으로 쥐어박으면서도 끙... 다시 호미 쥐는데)

그리고 어디선가 이를 지켜보는 시선, 장현이다. 장현, 뾰루퉁한 얼굴로 어설프게 약초 캐는 길채가 귀여워 설핏, 미소가 뜨고.

S#31.   산 일각 / 낮

약초를 한가득 담은 바구니를 들고 이동하는 길채와 은애 등. 그때, 일각에서 나타난 장현, 쓱... 은애의 바구니를 들어준다.

장현   아이고 꽤나 많이 캐셨습니다들...

길채   (눈꼬리 올라갔다가, 새침 떨며) 아유... 나도 무겁네...
           (하는데)

장현   (듣는 척도 안 하고 은애랑 담소 나누며 앞서가고)

길채   (욱해서, 홱 장현의 품에 바구니를 던지듯 주고 가버리
           면)

은애   (피식... 웃고)

S#32.　　개울가 / 낮

냇가에 이른 여인들, 발이 젖을까 차마 건너지 못하고 어쩌지... 하며 서로 보는데, 장현이 은애를 번쩍 안아 옮겨준다. 그다음엔 종종이, 그리고 또 다른 여인. 그렇게 수많은 여인들을 옮겨주는 사이 뒤처지는 길채. 길채, 슬슬 부아가 치밀어 오르는데, 이제 마지막으로 길채만을 남겨두고 땀을 뻘뻘 흘리며 길채 앞에 선 장현.

길채	됐어요.(하며 혼자 건너려는데)
장현	어딜 가려구! 내가 누구 때문에 저 여인들을 다 건네줬는데! 원래 섬 하는 사이끼리는 이렇게 개울물도 건네주는 거요.
길채	흥! 그럼 저 여인들도 다 그 주저할 섬인지 쌈인지 하는 사인가요?
장현	다르지.
길채	뭐가 달라요!
장현	(번쩍 길채를 안아 들며) 내 마음이 달라.
길채	...!!

순간, 조금 수줍어지는 길채, 역시 쑥스러워 괜히 흠흠... 저편만 보는 장현. 이제 장현, 길채를 안고 말없이 개울을 건너다가, 문득, 설핏 길채를 본다.

시선을 내리깐 길채의 이마 위 잔 머리카락, 상기된 듯 발그레한 볼. 그때, 시선을 느낀 길채가 올려 보면, 이번엔 장현이 얼른 시선 돌리고.

이제 가만... 장현을 보는 길채. 장현의 강인한 턱선, 의외로 섬세한 목선, 길채를 단단히 안아 든 팔의 기운. 그리고 장현의 귀밑머리부터 흐르는 땀 한 방울. 길채, 조심히 땀방울에 손가락 끝을 대면, 장현의 땀이 톡, 길채의 손끝에서 터지고, 이를 느낀 장현이 길채를 본다. 그제야 두 사람의 시선이 만난 찰나의 순간! 일각에서 다급히 말을 달려오며 소리치는 군병1.

군병1   부상에서 회복된 자들은 나서라! 총력전이다! 걸을 수 있는 자들은 모두 나서라!

S#33. 산일각 / 낮

정렬한 장현과 구잠, 량음. 저편엔 연준과 대오 등이 역시 긴장된 얼굴로 섰고, 장현, 이번만은 짐짓 긴장한 듯 했으나,

장현   종종이가 니 안부를 묻더라.

구잠   (쌜쭉 량음 보며) 여자들이란... 그저 겉거죽 멀끔한 놈이면 사족을 못 쓰고...

장현   량음이 말고, 니 안부.

구잠   ... 나?!!(하는데)

김준룡   지난 새벽, 우리 품으로 숨으려던 백성들이 적들에게 몰살당했다.

연준 등 의병들과 군병들, 놀라고 분하고, 두려운 표정들.

장현   (그사이 수통의 물을 마시려다가 딸려 나온 붉은 댕기를 발견한다. 어라? 이 댕기는 뭐지?)

S#34.   구승마을 부상병 치료소 / 낮

종종이 문득 뭔가를 보고 고개 갸웃! 보면, 은애와 길채가 부상병 치료를 돕고 있는데, 길채가 댕기 없이 맨 머리다.

종종이   어머! 애기씨 댕기 어디 갔어요?

길채   (... 뜨끔!!)

S#35.   산 일각 / 낮 (33씬 연결)

장현이 댕기를 보고 고개 갸웃하는 사이, 계속되는 김준룡 장군의 음성.

김준룡   우리는 마지막 남은 근왕군이다. 이제 나와 그대들만이 전하를 구하고, 조선 백성을 지킬 수 있다. 아직 군량과 무기를 실은 원병이 당도하지 않았으나, 단 한 번, 저들과 싸울 기회가 있다. 마지막 살아남은 군병의 목숨 하나, 마지막 화살촉 하나까지 남김없이 쓰고 갈 것이다!

비장한 김준룡의 선언. 두렵지만 마음을 다잡는 연준, 반면 두려움에 떨려오는 대오와 다른 의병들.

———

장현   (피식...) 여기서 다 같이 죽자?

장현에게 특유의 냉소적인 미소가 뜨는데,

연준   ...예, 여기가 제가 죽을 자리입니다.(장현 손을 꼭 잡으며 갸륵한 미소) 이제 여길 떠나 몸을 보존하십시오. 그간 도와주셔서 참으로 고맙습니다.

장현   (속에서 터져 나오려는 욕지기를 꾹... 참으며 보면)

김준룡   우리 모두 죽음으로써 전하의 은혜에 보답하자!!

장교들과 연준 등이 검을 치켜들며 함성을 지른다. 하지만 대오 등 병사들, 겁에 질리고 두려워 어찌할 바를 몰라 당황스런 시선만 교환하는데,

장현   (정체를 알 수 없는 댕기를 일단 품에 넣더니) 싸워서 이길 맘을 먹어야지, 왜 다들 거룩하게 죽기만을 다짐하시오? 이왕 거는 목숨, 이기는 싸움에 걸어야 하지 않겠습니까?

모두의 시선이 장현에게 집중되고, 연준 역시 놀라 본다. 그리고 일각, 표언겸도 의아한 얼굴로 장현 본다.

부하1   저 건방진! 감히 장군께!(하는데)

김준룡   (부하1 막으며) 우리 병사들이 죽지 않고 이기는 방도가... 있겠는가?

장현, 대답 대신 저편을 보면, 산 저편에서 오르는 연기.

장현	저 연기가 무엇인지 아십니까? 장군께서도 십 년간 북도에서 저들을 상대하셨으니 대충 짐작은 하실 겁니다.(하고 량음 보면)
량음	(사람들 앞에서 말하기 민망하지만... 용기 내어...) 오랑캐들이 죽은 병사의 시신을 태우는 불입니다.
장현	오랑캐 놈들은 말이지요, 싸우다 죽는 건 자랑스러워하지만, 시신이 적들의 손에 넘어가는 건 무척 수치스럽게 여깁니다. 해서 오랑캐들은 무슨 일이 있어도 동지들의 시신을 적진에 남겨두지 않으려 하지요.
언겸	(저 사내는 뭐지? 하는 눈빛으로 장현 보고)
김준룡	허면...?!!

잠시 장현과 김준룡의 눈빛이 만나고.

S#36.   들판 일각 / 새벽
들판에 어지럽게 널린 청군과 조선군의 시신들. 청군 진영에서 병사들이 나와 청병의 시신을 끌고 간다.

S#37.   청군 진영 일각 / 새벽
짙은 안개 위로 진눈깨비 같은 눈발이 날리는 청군 진영 일각, 수북이 쌓인 시신들. 그리고 엄숙하게 이 시신들을 지켜보는 청병 우두머리 양고리와 참모들, 군병들이 한목소리로 노래를 부르고, 이윽고 노래가 끝나자 양고리가 목청 높인다.

양고리   우리가 싸워 얻은 것은 죽은 자들의 혈육과 나눌 것이다. 그러니 너희도 죽음을 두려워하지 마라! 용맹히 싸우다 죽는 자, 만세토록 폐하의 영광과 함께할 것이다.

부하들   (우아아... 함성 지르면)

양고리   (고개 끄덕) 태워!

이윽고, 부하들이 시신 더미에 불을 붙이려고 하는데, 갑자기 시체 더미 속에서 팔이 쑥 튀어나와 청병을 확 잡아끌더니 순식간에 청병의 목을 단도로 찌른다. 장현이다.

솟구치는 피와 청병의 비명. 장현을 시작으로 여기저기 들썩이며 일어서는 청병을 가장한 조선 의병들. 순식간에 아수라장이 된 청군 진영.

양고리의 부하들이 빠르게 주변으로 몰려 양고리를 보호하는데, 장현이 뒤에 량음을 두고 청병들을 하나씩 검으로 베어가며 양고리에게 다가가고, 그 와중에 오직 양고리만 집요하게 보며 조총을 겨누는 량음. 겁에 질려 점점 뒷걸음질치는 양고리.

양고리   막아! 저놈을 막아!!

하지만 몰아치는 장현을 막을 수 없고, 이윽고 양고리 앞의 청병을 벤 장현.

장현   지금이야!!

곧, 량음이 양고리에게 조총을 쏘고, 그대로 말에서 고꾸라지는 양고리. 멀리서 양고리가 말에서 고꾸라진 것을 확인하고 눈이 번쩍 뜨이는 김준룡, 목청 높인다.

김준룡   적장이 죽었다! 진격하라!!!

뿌우우우... 나팔 소리, 적장이 죽었다며 메아리치는 병졸들의 외침, 징과 꽹과리 소리. 곧, 연준을 비롯한 군졸들이 돌진하고.

S#38.   **남한산성 편전 / 낮**
인조와 대신들이 일별했는데, 기쁜 얼굴로 부복한 선전관 민진익.

민진익   김준룡 부대가 대승을 거두었나이다! 특히 누르하치의
            사위이자, 가장 아끼던 신하인 양고리가 조선병의 조총
            을 맞아 전사하였나이다!
인조   !!

인조와 소현, 그리고 대신들, 각기 벅찬 눈빛 교환하고.

S#39. 들판 / 낮

사방에 널린 청병의 시신들. 벅차서 손을 번쩍 드는 구잠.

구잠　　이겼다. 오랑캐를 이겼다!!!

사방에서 환호 소리! 벅찬 병사들 서로 껴안고 방방 뜨는 와중에
구잠과 대오도 그간의 껄끄러운 관계를 잊고 서로 껴안고. 김준룡,
벅찬 얼굴 되어 저만치 장현을 보고, 덩달아 일각에서 장현을 보는
한 사내, 표언겸.

김준룡　　청병들을 크게 무찔렀으니, 시간을 번 셈이야. 원병이
　　　　　오면 다시 세를 모아 산성의 포위를 뚫고...(하는데)

일각에서 급하게 다가오는 부하1.

부하1　　장군.(침통한) 군량과 화살을 싣고 오던 원병이 청병에
　　　　　게 당했다고 합니다. 원병의 길이 끊겼습니다.
김준룡　　...!!!

S#40. 김준룡 진영 / 낮

일벌한 병졸들 앞에 선 김준룡. 승전했음에도 전에 없이 비통한 분
위기.

김준룡　　싸우고자 하나 이제 화살도, 군량도 떨어져 더는 싸울

수 없다. 하여 나는 오늘로 선봉대를 꾸려 보급을 위해
수원으로 향할 것이다. 남은 자들 역시 모두 흩어져서
각기 군량과 화살촉을 수급하여 기필코 남한산성의 전
하를 구출하여...

말끝이 뭉개져 결국 눈물 흘리는 김준룡. 칼집을 땅에 짚고 무릎을
꿇은 채 펄펄 오열하고 만다.

김준룡　　전하... 이를 어찌하오리까, 전하... 전하!!!

온몸에 피, 땀, 흙먼지를 뒤집어쓴 수많은 군병들도 선 채로 고개
를 푹 숙이며 눈물을 흘리고, 이를 지켜보는 연준도 대오도 일각의
표언겸도 애통해하며 눈시울을 붉히거나 주먹으로 가슴을 치는데,
일각의 장현, 짜증과 냉소와 화가 섞인 얼굴로 그 모습을 지켜본다.

자막　　　**정축년 丁표年 一月 六日 김준룡 부대 해산**

S#41.　　동장소 / 해질녘

해가 지고 있다. 김준룡과 참모들이 이미 떠난 후, 쓸쓸히 남은 군
병들. 이미 군병의 절반 이상이 자리를 떴고, 몇은 여전히 서서 엉
엉 울고, 몇은 이제 떠날 채비를 하는 등 어수선하고,

연준　　（이제 뭘 해야 할지 넋 나간 얼굴로 장현 보면）
장현　　（훌쩍거리는 구잠 보다가, 량을 툭 치며) 가지.（하는데）

언겸(E)	난 궁으로 가겠소.
연준	(궁에 간다는 말에 화들짝 놀라 보면)
장현	(역시 의아해서 보고)

보면, 일각 한 사내가 당당하게 턱을 쳐들고 말을 잇는다.

언겸	나, 표언겸, 세자 저하를 뫼시는 상호(자막: 조선 시대에, 내
	시부에 속한 정오품 벼슬)외다. 어머니를 뵈러 나왔다 오랑
	캐를 만났지.
일동	...!!
언겸	난 이제 궁으로 가서 전하와 세자 저하께 광교산 소식
	을 전하겠소. 누가 나와 함께하겠소?
연준	(반가이 나서며) 내가 도우리다!
언겸	(연준 보며 애매한 미소) 고맙소.(하더니 주변 보며) 또
	없습니까?(아예 콕 집어 장현 보며) 나와 같이 가주실
	이가 또 없소?

장현, 아예 외면하며 량음과 구잠을 챙겨 일각으로 가려는데, 언겸,
쓱... 장현 앞을 막아선다.

언겸	나를 죽게 내버려 둘 셈이요?
장현	(어이없어 보며) 왜 이러시나?
언겸	만약 내가 오랑캐를 만나 죽기라도 하면... 세자 저하께
	그대가 날 외면해서 죽은 거라 고하겠소.
장현	(더 어이없어) 누가 보면 내가 오랑캐라도 되는 줄 알

겠네!!

언겸   (뻔뻔, 당당하게 장현을 눈 똑바로 뜨고 보고)

S#42.   **구승마을 일각 / 밤**

김준룡 부대가 해산하자, 역시 흩어지는 마을 사람들. 분주한 와중에, 일각에서 연준과 은애, 구잠과 종종이가 또다시 이별하고 있다.

구잠   (보자기 싸는 종종에게 슬쩍 다가오더니, 괜히 머쓱)
               내 안부가 많이 궁금했담서? 니 맘은 알겠는데, 나는
               눈이 높아서...(하는데)

종종이   (뭐래... 하는 얼굴로 보자기 짐 들고 가버리고)

그리고 다른 일각, 애절하게 헤어지는 연준과 은애.

연준   날이 밝으면 떠납니다. 세자 저하를 뫼시던 내관과 동
               행하기로 했습니다. 이해해 주시오. 난 절대... 전하를
               포기할 수 없어.

은애   도련님...(눈시울 붉어지면)

연준   (그런 은애를 안아주고)

일각, 나무 기둥 뒤에 숨어, 눈물 그렁해진 채 이를 지켜보는 길채. 길채도 연준에게 다가가려고 한 걸음 내딛었다가 작게 고개 저으며 기운 없이 돌아서는데, 저편에 장현이 짐을 꾸리고 있다. 장현, 길채를 흘긋 봤다가 다시 짐만 꾸리고. 무뚝뚝하게 장현에게 다가

가는 길채.

장현	(씩...) 웬일이오? 나한테 인사를 다 오고.(저편 보더니) 아... 낭자 차례가 아니 오는구만. 내가 불러드리리까? (목청 높여) 연준 도(령... 하려는데)

길채	(탁, 말리며) 그만두세요, 정말!!

장현	(피실... 웃으며 마저 짐 챙기는데)

길채	근데 말이지요. 도련님은 왜 가는 겁니까? 임금님 구하는 덴 관심도 없다면서요.

장현	관심 없지.

길채	그런데 왜 가는데요?

장현	(그제야 짐 싸는 걸 멈추고 길채를 가만... 보다가) 이유가 궁금하시오?

길채	...!!

S#43.　남한산성으로 향하는 장현 일행 ＋ 피난길 떠난 길채 일행 교차

- 산 일각 / 새벽

이른 새벽, 남한산성을 향해 행군하는 장현과 연준, 언겸 일행. 제일 앞에서 길을 살피던 열대여섯쯤 되어 보이는 어린 승병1이 수신호를 하자 모두 일각으로 숨는다. 숨은 구잠 등, 청병이 지나가길 숨죽여 보다가,

구잠	(속삭) 길채 애기씨랑 뭔 얘길 한 거유? 둘이 오래 속달

거리던데.

장현　　속달거리다니? 니놈은 갈수록 말뽄새가...

량음　　(슛! 하며 입단속 시키고)

- 들판 일각 / 낮

수레를 끌고 이동하는 길채와 은애 등. 말이 걷지 않으려 하자, 고생고생 말을 끌고 밀고.

종종이　　(낑낑... 수레 밀며) 근데 애기씨... 거길 굳이 왜 가는 거예요?!!

길채　　밀기나 해. 더 밀라구!!!

- 들판 일각 / 낮

폭우가 쏟아지고 있다. 피할 곳이 없어 나무 아래 수레를 세우고, 넷이 붙어 서로 꼭 껴안은 채 덜덜 떠는 길채와 은애, 방두네, 종종이. 가운데에 아이를 놓고 꼭 안은 채 애기가 비에 젖지 않게 하느라 애를 쓰고.

- 산 일각 / 낮

장현 일행이 가는데, 젤 앞에 선 어린 승병1이 외친다.

어린 승병1　　매복이다!

곧 매복이 튀어나오고, 오랑캐와 장현 일행의 싸움이 시작되는데, 장현, 검을 휘두르다 뭔가 걸리적거려서 보면, 표언겸이 장현 뒤에 바싹 붙어 있다.

장현	뭐요!!
언겸	저하를 뫼시는 나를 지키는 것이, 저하를 지키는 것일 세!!(하곤 더욱 장현의 뒤에 딱 붙어 몸을 지키고)

- 나루터 일각 / 밤

길채 일행, 고생 끝에 나루터에 왔지만, 작은 배 한 척에, 배 타기를
기다리는 수십 명 피난민들.

은애	다들 거기로 가는 모양이다. 길채야, 우리도 꼭... 거길 가야겠니?
길채	응 가야 돼. 꼭!(단호한 눈빛으로 앞선 피난민들을 보고)

S#44.　　남한산성 인근 / 밤

그사이 더욱 초췌해진 몰골이 되어 드디어 남한산성 인근에 다다
른 장현 일행. 장현과 언겸 등, 산성이 보이는 일각에 몸을 숨기고
산성 쪽을 바라본다. 언겸의 눈빛을 받은 어린 승병1이 몸을 숙여
먼저 앞으로 튀어 가면,

| 언겸 | 오랑캐 놈들이 산성에 목책을 세우고 그 위에 방울을
둘러, 물샐틈없이 막았으나, 그놈들도 인간인데 빈틈이
없겠소? 그간도 승병(자막: 승려들로 조직된 비정규군대)들
이 몇, 산성 안팎을 왕래했었지. |

제 五 부　　　　331

대오	허면, 참으로 전하를 뵐 수 있습니까?
언겸	보통 때라면 뵙고 싶다고 감히 뵐 수 있겠는가? 허나, 죽음을 뚫고 산성으로 들어온 백성을 어찌 전하께서 보고 싶지 않으시겠소.(그때, 저만치서 깜박이는 불빛) 되었소! 갑시다!!

연준 환한 얼굴로 장현을 보면, 장현에게도 설핏 미소가 뜨고.

S#45. **남한산성 편전 / 밤**

인조의 눈에 눈물이 그렁... 맺혔다. 보면, 소현과 최명길 김상헌, 김류, 홍서봉 등 대신들이 모두 입시한 가운데 인조 앞에 절하는 연준과 대오, 장현 등 그리고 그 옆에 선 언겸. 슬쩍 고개를 들어 인조를 보는 장현. 처음 보는 임금의 얼굴을 가만... 지켜본다.

연준	전하... 옥체 강령하심을 뵈오니 오늘 죽어도 여한이 없사오며...
인조	(연준의 말이 끝나기도 전에 어좌에서 내려와 덥석 연준의 손을 잡고) 고맙구나, 장하구나!! 조정 녹을 먹는 자 중에서도 산성에 오면 죽을 것이라 여겨 도망간 자가 부지기수거늘... 너희는 죽음을 무릅쓰고 과인을 지키러 왔구나.(대신들 보며) 보시게! 조선에 이런 선비들이 있는 한, 우리의 사직은 지켜질 것이네, 천세토록 보존될 것이네!
김상헌	(역시 감격하여) 그러하옵니다, 전하!! 나라의 홍복이

옵니다.

대신들　　홍복이옵니다!!

인조가 눈물을 흘리자, 덩달아 눈물 고이는 연준과 대오, 언겸 등등. 그사이, 장현의 시선이 인조 옆으로 옮겨진다. 실망스럽다는 표정으로 연준 등의 초라한 행색을 보는 세자 소현. 장현, 그런 소현을 잠시 호기심에 찬 눈빛으로 보는데.

S#46.　　**남한산성 편전 / 밤**
이제 장현 등은 물러가고, 벅찬 여운이 남은 김상헌 등.

김상헌　　(벅찬 표정) 전하. 먼 곳에서 유생들이 오랑캐의 목을 베어 들고 왔으니, 조선의 기개가 살아있음이옵니다. 전하께오선 소망을 버리지 마시옵고, 성 안팎의 군사들을 또 한 번 독려하여...(하는데)

최명길　　예판께선 능군리 유생들이 소망으로 보이시오? 만오천 정세규 장군의 근왕병이 모두 흩어지고 고작 일곱이 산성으로 들어왔습니다. 저들이야말로 근왕의 길이 막힌 증좌요. 이런 위급한 때에 여전히 고담이나 할 수는 없소.

인조　　...!!

김상헌　　그대는 어찌하여 사사건건 사기를 떨어뜨리는 말을 하는가? 어찌 단 한 번도 굳게 싸우려는 마음을 먹지 않느냔 말이야!!(하는데)

최명길   전하, 이제 모든 근왕의 길이 막혔으니, 적들에게 사람을 보내 화의의 뜻을 시험해 보셔야 하옵니다.

김상헌   전하! 이런 위급한 때에 신이 고담이나 하며 존망을 돌아보지 않겠나이까? 그저 소신은... 화의를 하고자 하면, 저 적이 마침내는 반드시 따르기 어려운 말을 해 올까 두려워...

인조   저들이 화의에 응하겠는가?

김상헌   전하!!

최명길   (담담하게) 예로부터, 군이 적의 나라 깊숙이 들어오는 것은, 병법에서 가장 꺼리는 일입니다. 화의를 바라는 마음은 저들도 우리와 같을 것입니다.

잠시 편전 안에 정적. 이윽고 인조가 입을 연다.

인조   아직은 화의의 맘을 먹기도, 전력을 기울여 싸우기를 결심하기도 이르다. 일전, 저들에게 술과 고기를 보내며 들은 말의 진위는... 확인하였는가?

S#47.   (과거) 청군 진영 마부대 막사 앞 / 낮

마부대 장군 막사 앞, 마부대와 마주한 조선 사신1, 2 등. 사신들 뒤로, 고기와 술 등을 실은 수레. 통역관 정명수가 마부대에게 조선 사신들의 말을 전해주면, 마부대 다 듣고선, 정명수에게 말한다. 배실... 웃더니 조선말로 통역하는 정명수.

정명수 성의는 고마우나, 이제 조선 팔도의 짐승과 곡식이 다 우리 것인데 이것이 무슨 필요가 있겠느냐고 하십니다.

마부대의 부하들 서넛과 정명수에게 설핏, 조롱하는 미소가 뜨고, 사신들, 치욕스러운데,

마부대 이제 그대와 내가 양국을 위하여 할 얘기는 없소. 폐하께서 오고 계십니다.

사신들 ...?!!

S#48.　(과거) 들판 일각 / 낮

칸의 막사가 이동 중이다. 행렬의 제일 앞, 바람에 부대끼는 용정.

S#49.　(다시 현재) 남한산성 편전 / 밤

깊은 근심에 찬 인조와 소현, 그리고 불길한 표정으로 두런대는 대신들.

인조 참으로 칸이 왔단 말인가...

소현 소자 역시 믿을 수 없사옵니다. 오랑캐가 여전히 명과 전쟁 중인데, 뒤에 명을 두고 칸이 직접 조선 땅 깊숙이 들어왔을 리가 없지 않습니까?

S#50.　홍타이지 막사 앞 / 밤

탄천 막사 앞에서 저편 남한산성과 그 앞을 포위한 청병 군진들을
보는 이. 홍타이지다! 곧, 용골대가 다가와 읍한다.

홍타이지　　저들이 성안에서 얼마나 버티겠는가?

용골대　　명나라 대릉하성이 꼬박 팔십이 일을 버텼으니 남한산
　　　　　　성 역시...

홍타이지　　팔십 일...

눈을 가늘게 뜨고 차분하게 후일을 가늠하는 표정이 된 홍타이지.

S#51.　남한산성 소현 침전 / 밤

너울거리는 촛불만 오롯이 켜진 소현 침전. 소현, 침전 안을 서성이
며 초조해한다. 그 옆에 서서 덩달아 어쩔 줄 몰라하며 소현의 안
색을 살피는 언겸.

소현　　설마하니, 칸이 왔을 리가 없어. 저들이 허풍을 떤 것이
　　　　겠지? 허나... 참으로 칸이 왔다면...(안절부절 손톱이라
　　　　도 뜯다가) 이럴 때, 오랑캐 사정을 잘 아는 이가 있다
　　　　면 좋으련만.

언겸　　(잠시 고민하다) 아는 자가 하나 있사온데...

소현　　...?!!

S#52.   남한산성 내실 / 밤

산성 안, 내실에 장현과 연준 일행이 있다. 장현과 구잠, 량음은 한 편에 앉아 있고, 다른 편에 연준 등이 앉았는데, 연준, 열심히 무기를 닦고 손질하며 대오 등에게

연준   언제 또 나가 싸워야 할지 모르니 지금 부지런히 수선해 두세.

일각에서 그런 연준을 가만... 보는 장현.

장현   참... 성실해.

량음   (피식) 성실해서 못마땅한가 봐?

구잠   (옷에서 이 잡아 뚝뚝 죽이며) 그래서 애기씨들이 좋아하잖아요. 딱 애기씨들이 좋아할 상이지 뭐.

장현   (발끈) 뭐가 여자들이 좋아할 상이야!

구잠   뭐랄까 한 여자만 지고지순하게 좋아할 것 같은 상이랄까?(흘끗 장현 보며) 누구랑 다르게...

장현   (욱해서 쩨려보다가, 다시 연준 보며) 흥... 사기꾼 같은 놈.

량음   (툭) 듣겠어!

장현   (심사 뒤틀린 표정을 하고 괜히 연준을 노려보면)

연준   (시선 느껴져 장현 봤다가, 해사하게 웃어 보이고)

장현   (더 꼬여서) 왜 웃어? 웃으니까 진짜 사기꾼 같군.

량음   (그만하라는 듯 또 툭 치는데)

그때, 언겸이 들어와 눈으로 장현 찾더니,

언겸	자네, 나 좀 보세.
장현	...?!!

S#53. 남한산성 소현 침전 / 밤

소현 앞에 부복한 장현. 소현, 어떤 사람일까... 탐색하는 눈빛으로 장현을 찬찬히 살피다가,

소현	산성 오는 길이 험했지?
장현	아니옵니다. 승병이 안내를 해주어 무사히 왔나이다.
소현	그래?(언겸 보며 미소) 승려들이 이럴 땐 쓸모가 있구만.
언겸	(마주 미소 짓는데)
장현	(승병을 폄훼하는 소현의 말투에 묘하게 쓴 얼굴 되어) 예 저하. 전쟁이 나니 까까머리 중들이 쓸모가 생겼습니다. 전에야 양반네들 두부 만들어 먹이고 종이나 만들어주다가, 툭하면 얻어터지는 일 말고 중들이 무슨 쓸모가 있었겠습니까? 헌데 참 이상하지요? 나라에선 그리도 중들을 미워하는데, 중들은 어찌 나라에 난리가 나기만 하면 그 민머리가 번쩍거리도록 목숨 걸고 나서는지...
소현	(얼굴 굳어지면)
언겸	(당황) 이보게!
장현	어이쿠, 송구, 송구하옵니다. 이놈 입이 방정인지라... (헤헤... 하는데)
소현	(잠시 언짢았으나 흠... 털고) 목숨을 걸고 산성에 온 것

은 칭찬할 만하나, 고작 자네들뿐이라니... 내 적잖이 실망했네. 전하께서 여기 계신데 팔도의 백성들이 어찌 늑장을 피우며 자기 한 몸을 아낀단 말인가?

장현　(더욱 쓴 얼굴 되고)

소현　자네도 처음엔 궁에 오는 것을 꺼렸다지? 자네도 산성에 들어오는 것이 죽을 길이라 여겼는가?

장현　... 아니옵니다.

소현　허면 오랑캐 따위에 당하는 우리 조정을 하찮게 여긴 것인가?

장현　아니옵니다. 그저... 우리 전하께오선 백성보다 먼저 몸을 피하실 만큼 기민한 분이시니, 저 같은 놈까지 필요친 않을 듯 하여...(하는데)

이번엔 참지 못하고 벼루를 던지는 소현. 벼루를 맞은 장현의 이마에서 뚝뚝 피가 떨어지고.

언겸　(화들짝 부복) 저하!!(바들바들 떨면)

소현　(분노를 주체 못 하고 목소리마저 부들거리며) 전하는... 필부가 아니다. 전하께오서 옥체를 보존하심은 한낱 목숨을 구하고자 하는 뜻이 아니다. 전하가 바로 조선이고, 전하를 지키는 것이 조선의 사직을 지키는 것이거늘, 너는... 그것을 모를 만큼 하찮은 자인가? 그것을 모를 만큼 무지한 자인 것이냐?(언겸에게 버럭) 이런 자를 나에게 보였는가?!!

언겸　저, 저하... 죽여주소서!!!

소현	이 자를 쫓아내! 다시는 내 눈에 띄지 않게 치워버려!!

S#54.　**남한산성 소현 침전 밖 / 밤**

장현이 세자 침전에서 물러나 나오면 그 뒤로 따라 나오는 표언겸.
폭발한다.

언겸	이놈!! 저하께 무슨 망발이냐!!!
장현	그러게 나 같은 놈을 왜 불러들여?(하곤 쓱... 피 닦으며 가려는데)
언겸	나는 봤어!
장현	(멈춰 서면)
언겸	...자네의 기지로 우리 군사가 양고리와 싸워 이겼지.
장현	(씁쓸한 실소...) 그래 봤자... 원병이 당도하지 못해 다 해산하지 않았습니까? 헛수고를 했어요.(하는데)
언겸	아니야. 그 덕에 시간을 벌어, 근처에 숨어든 피난민들이 무사히 피난 갈 수 있었네.(다가오며) 자네와 우리 의병들이 수백 백성의 목숨을 살린 게야. 자네가 조선의 사직을 지키는 일 따위엔 무심한 것을 아네. 그러니 세자 저하께도 망발을 한 게지. 허나... 백성은 불쌍히 여기지? 내가 잘못 보았는가?
장현	...!!
언겸	(잠시 망설이다) 칸이 왔다는 소문이 있어.
장현	...?!!
언겸	물론... 확실친 않아. 사신을 보내어 떠보았으나 칸은 진

을 순찰 중이라며 만나주지도 않았다더군. 필시 허풍인 게지. 하지만 칸이 온 게 사실이라면... 과연 조선 백성들이 무사하겠는가?

장현   ...!!

S#55.   남한산성 행궁 마당 / 밤

행궁 마당 일각. 뒷짐을 진 채 선 장현. 량음이 장현을 찾는 얼굴로 나와 저편 장현을 보고 다가간다.

량음   어딜 다녀온...(하다가 장현 이마의 상처 보고 놀라) 어디서 다친 거야!!(서둘러 손수건을 꺼내 장현의 상처를 누르면)

장현   (량음에게서 수건 받아 자기가 상처를 누르며) 칸이 왔다나 봐.

량음   ...뭐?!! 설마...

장현   (어깨 으쓱하며) 소문이지. 하지만...

량음   칸이 조선에 직접 왔다면 조선을 완전히 망하게 할 작정일지도 모르지. 이럴 게 아니라 우리도 성을 나가서 아예 조선을 뜨자. 어차피 연준 도령이 무사히 성안에 들어올 때까지만 도우려고 했던 거잖아.

순간, 장현의 머릿속에 떠오르는 기억들.

(Ins.C)   **5부 29씬**

길채의 코 고는 소리. 달게 자는 길채의 얼굴.

(Ins.C)   **5부 54씬**

언겸   자네와 우리 의병들이 수백 백성의 목숨을 살린 게야.

(Ins.C)   **5부 13씬**

연준   내가 임금을 위해 죽으면, 임금께선... 백성을 지켜주실
           것이오. 내가 믿는 것은 그뿐입니다.

(Ins.C)   **2부 61씬**

회혼례 날, 량음의 노래에 맞춰 덩실덩실 춤을 추는 능군리 마을
사람들.

장현   (다음 순간, 스스로도 어이없어 피실...) 이런 젠장!

S#56.   **남한산성 일각 / 밤**

다시 마주한 장현과 언겸.

장현   내가 노진(자막: 오랑캐 진영)에 한번 가볼까 합니다.
언겸   (놀라) 뭐?!!
장현   칸이 정말 왔는지, 왔다면 뭣 때문에 뒤에 명나라를 두
           고 죽을 위험을 감수하며 온 건지 알아보지요. 그게 궁
           금한 게 아닙니까?

연겸	그, 그리만 해준다면... 저하께서 얼마나 기뻐하실 것이며...
장현	(짜증) 저하 기쁘라고 하는 일이 아니오!
연겸	...!!
장현	세상에 길어져서 백해무익한 게 두 개 있지. 뒷간에 앉아 있는 시간이랑, 전쟁. 그러니까 만약 내가 쓸 만한 정보를 건지면 그걸... 암튼 전쟁이 빨리 끝나는 쪽으로 써보란 말입니다!
연겸	물론이고 말고!! 허면 말하게, 필요한 것은 뭐든!
장현	그런 거 없소. 량음만 있으면 돼.
연겸	...!!

S#57. 청군 진영 / 밤

청군 부상병들이 들것에 실려, 혹은 부축을 받으며, 혹은 혼자서 절룩이며 부상병 막사로 이동 중인데, 그중에 섞인 낯익은 얼굴. 바로 오랑캐 짐꾼 복장을 한 장현과 량음!

| 장현(E) | 오랑캐 갑사(자막: 무장한 전사) 한 명당, 한두 명의 쿠틀러라는 짐꾼이 따라다니며 수발을 들지요. 쿠틀러들이 다치거나 죽으면 전장에 버리고 오기도 하거든. 나와 량음이 버려진 쿠틀러가 되겠습니다. |

절룩이며 부상병인 체하고 이동하던 장현, 문득 밝은 달을 올려본다.

S#58.　　**바다 + 배 / 밤**

같은 달빛이 강화도 앞바다를 비춘다. 은근한 달빛 아래 빽빽한 피난민들을 실은 채 이동하는 배, 그 틈에 낀 길채 일행. 길채 문득, 장현이 보는 달을 올려 본다. 문득 같은 달 아래, 서로 마주 섰던 그 날이 떠오른다.

S#59.　　**(회상) 구승마을 / 밤** (42씬 연결)

길채	근데 말이지요, 도련님은 왜 가는 겁니까? 임금님 구하는 건 관심도 없다면서요.
장현	(그제야 짐 싸는 걸 멈추고 길채를 가만... 보다가) 이유가 궁금하시오? ... 나는 낭자 우는 꼴이 무척 보기 싫거든.
길채	(욱해서) 지금 내가 보기 싫어서 간단 말이에요?
장현	아니... 우는 게 보기 싫다니까.
길채	그게 그거지 뭐예요? 그리고 내가 언제 울 줄 알고 미리 보기 싫다는 거예요?
장현	(뭔가 더 말하려다가 만다) 그런 게 있소. 그리고... 이번에도 내 당부 하나 합시다. 몽골병들이 사방을 휘젓고 있으니, 강화도에 가 있어요.
길채	...!!
장현	오랑캐들은 땅에선 강하나, 물에선 약합니다. 해서 임금께서 강화도에 화포와 군량을 든든히 비축하시고, 원손까지 그곳에 모셨지요. 조선이 다 오랑캐 소굴이 되어도, 강화도는 안전할 것이오.

하며, 짐 챙기다 보면 길채에게서 아무 반응이 없다. 보면, 차가운 표정이 된 길채.

길채 이제 보니 그 '섬'이라는 게 무책임한 사람들이 내빼기 쉬우려고 쓰는 말이군요. 제 일은 신경 쓰지 마세요. 어차피 도련님도 관심 없지 않습니까? 우리끼리 고생하는 것을 뻔히 알면서 또 내빼시는 걸 보면.(가려는데)

장현 (턱, 길채 손목 잡더니) 허면 이렇게 합시다. 내... 이 달빛에 대고 맹세하지. 강화도에 가 있어요. 이번엔 그대가 어디 있든, 내 반드시... 그댈 만나러 가리다.

그 어느 때보다 장현의 눈빛이 진지하고, 마치 그 눈빛에 사로잡힌 듯 장현을 올려 보는 길채. 두 사람에서.

– 5부 끝

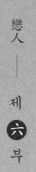

戀人 ——

제 六 부

戀
人
—

S#1.　청군 진영 / 밤

청군 부상병들이 들것에 실려, 혹은 부축을 받으며, 혹은 혼자서 절룩이며 부상병 막사로 이동 중인데, 그중에 섞인 낯익은 얼굴. 바로 오랑캐 짐꾼 복장을 한 장현과 량음!

장현(E)　　오랑캐 갑사(자막: 무장한 전사) 한 명당, 한두 명의 쿠틀 러라는 짐꾼이 따라다니며 수발을 들지요. 쿠틀러들이 다치거나 죽으면 전장에 버리고 오기도 하거든. 나와 량음이 버려진 쿠틀러가 되겠습니다.

문득 달을 보는 장현. 떠오르는 길채와의 한때.

S#2. (장현의 회상) 구승마을 / 밤

장현 내... 이 달빛에 대고 맹세하지. 강화도에 가 있어요. 이번
엔 그대가 어디 있든, 내 반드시... 그댈 만나러 가리다.

그 어느 때보다 장현의 눈빛이 진지하고, 그 눈빛에 사로잡힌 듯
장현을 올려 보는 길채.

S#3. 청군 진영 / 밤

길채의 초롱한 눈빛을 떠올리며 설핏 미소가 뜬 장현. 그런 장현
뒤로 또 다른 쿠틀러의 복장으로 걷는 량음. 량음, 앞선 장현의 뒷
모습을 보며 장현과의 일을 떠올린다.

S#4. (량음의 회상) 남한산성 내실 / 낮

산성 안 내실에서 쿠틀러 복장 위에, 조선 사신 수행원 복장으로
겹쳐 입는 장현과 량음.

량음 안 간다면 어쩌려고 했어? 니가 가자면 내가 어디든 갈
줄 알고?

장현 응.

량음 (어이없어 피실 하면)

장현 그리구... 형님이라고 부르라고 했지...(하는데 옷고름
을 제대로 매지 못해 버벅거리며) 젠장...

랑음	(대신 만져주며) 또또... 서두른다.
장현	(잠시 틈) 이번에도 니 노래... 먹힐까?
랑음	걱정 마. 다른 건 몰라도 오랑캐들한테 그 노랜, 틀림없어.
장현	(피실...) 자신만만하구만.
랑음	안 먹히면 같이 죽지 뭐.
장현	뭐라는 거야...(하는데)
언겸	(들어오며 서두른다) 가세. 곧 출발할 사신 틈에 끼었 다 자네들은 때를 보아 노진(자막: 오랑캐의 진영)에 남는 게야.
장현	(고개 끄덕. 랑음 보고 가자는 눈빛 하곤 언겸 따라나서 는데)

앞서가는 장현의 뒷모습 보는 랑음의 눈빛, 애틋하고 안타까워지
며, 작게 혼잣말한다.

랑음	... 죽어도 좋지. 같이.

타이틀 오른다.

⟨몹시 그리워하고 사랑한 **연인**戀人⟩

S#5.　　(다시 현재) 청군 진영 일각 / 밤

장현 옆의 부상당한 청병1이 장현에게 말을 건다. 유창한 만주어로
답하는 장현과 랑음.

청병1	어디서 왔나?
장현	토산에서.
량음	(능청스럽게) 조선 것들, 순한 줄만 알았더니 어쩌나 독한지.
장현	(역시 능청스럽게) 징글징글하다니까. 조선 것들은 개도 질겨. 이놈은 개에 물려서 아직도 절룩거리잖아.

장현과 량음, 그렇게 부상병 무리 속에 자연스레 섞이는데, 저편에서 웅성웅성 소리. 보면, 청군 진영을 가로지르며 다가오는 용정. 마치 그 깃발이 칸이라는 듯 일제히 부복하는 청군 병사들. 덩달아 장현과 량음도 바싹 무릎을 꿇는다. 하지만, 용정만 지나갈 뿐, 홍타이지는 보이지 않는다.

량음	(속삭) 용정(자막: 칸의 깃발)이야. 저 깃발은 언제나 칸과 함께 움직여. 저 깃발이 있는 곳엔 칸이 있고, 칸이 있는 곳엔 저 깃발이 있어.
장현	(멀어지는 깃발 보며) 그럼 칸이 정말 왔다는 거야?
량음	아마도.
장현	내 눈으로 직접 봐야겠어.

S#6. 홍타이지 막사 / 낮

홍타이지가 고기와 술을 먹고 있고, 옆에 용골대가 서서 대기하고 있는데, 밖에서 가느다랗게 들리는 량음의 노랫소리(만주족 자장가).

홍타이지	(고기 먹다가 문득 젓가락질 멈추면)
용골대	(당황하여) 노래를 멈추게 하겠습니다.(하는데)
홍타이지	(손을 들어 말리더니, 가만... 노래를 듣고)

S#7.　청나라 진영 일각 / 낮

진영 일각, 부상병들 사이에서 노래를 부르는 량음. 그 옆에서 능청스레 팔각고 따위를 연주하며 장단 맞추는 장현.

량음	(만주족 자장가)

손장단을 맞추며, 쿨쩍거리며, 눈을 감고 음미하며 홀린 듯 듣던 부상병들, 문득, 어딘가를 보고 바싹 군기가 들어 일어선다. 보면, 용골대. 량음, 노래를 멈추고 황급히 일어나려다 다친 다리 짚으며 휘청하자 장현이 얼른 량음을 부축하고, 용골대, 량음과 장현을 의구심 가득한 눈으로 보는데.

S#8.　홍타이지 막사 밖 + 안 / 낮

용골대가 장현과 량음을 데리고 홍타이지 막사 앞에 섰다. 긴장하는 장현과 량음. 곧, 안에서 들리는 박력 있는 음성.

홍타이지(E)	들어와!

막사를 열고 들어가는 용골대. 그 뒤를 따르는 장현과 량음. 곧, 용

골대가 홍타이지 옆으로 가며 장현의 시야가 열리고, 드디어 장현의 눈앞에 등장한 홍타이지!

장현(E)　　칸이다!

S#9.　　**홍타이지 막사 / 낮**

홍타이지 앞에 선 량음이 마저 노래를 부르고 있다. 눈을 감고 감상하는 홍타이지, 팔각고를 두드리는 척, 홍타이지의 안색을 살피는 장현. 그리고 여전히 장현과 량음에 대한 경계를 늦추지 않는 용골대.

량음　　　(만주족 자장가)

애절한 량음의 노래. 노래가 끝났음에도 여전히 눈을 감고 여운에 잠긴 홍타이지. 정적이 흐르자, 장현, 긴장하여 홍타이지의 안색을 살피는데,

홍타이지　　너의 노래가 어찌 이리 애처로운가?
량음　　　전장에서 죽은 벗들을 생각하니 마음이 슬퍼...
홍타이지　　(흠... 보다가) 내가 고향에서 옷과 음식을 가져왔으나, 고향의 소리는 가져오지 못해 마음이 허전했거늘... 오늘 너를 만났구나.
량음　　　(바싹 부복하여) 폐하, 황공하옵니다!
장현　　　(덩달아 바싹 부복한 얼굴 아래 설핏 미소)

문득 홍타이지의 시선, 량음의 허리춤에 찬 유리병에 꽂힌다. 유리병 안 모래알. 용골대 역시 홍타이지 시선 따라가 유리병 보는데,

홍타이지　　매일 하루에 한 번 와서 노래를 부르도록 해.

S#10.　　홍타이지 막사 밖 / 낮

홍타이지 막사에서 용골대가 나오고, 그 뒤로 량음과 량음을 부축한 장현이 따라 나와 뒤편에 서면,

용골대　　우리 폐하께선 적들의 땔감 개수까지 셈할 정도로 까다롭다가도, 어떨 땐 대책 없이 마음을 놓으신단 말이지. 특히 차하르(자막: 명나라 때 내몽골의 한 부. 1635년, 청나라에 멸망하여 복속됨) 전투의 용사들에 관해서라면 더더욱.

장현　　(놀라) 저희가 차하르에 있었던 것을 어찌 아셨습니까?

용골대　　(쓱... 허리에 찬 모래 장신구에 시선 주면)

장현　　알아보셨습니까! 예, 차하르의 모래입니다! 차하르는 폐하께서 대승하여 옥새를 받은 곳이 아닙니까? 그곳 모래를 지니고 있으면 운이 좋아진다고 해서...

용골대　　(빙그레... 장현 보다가) 그래? 참으로 운 좋은 물건인지 이제 보면 알겠지.(눈짓하면 청병들이 와서 장현과 량음을 턱 잡아 끌고 가고)

장현　　장군!!!

S#11.　청군 진영 고신용 막사 / 낮

어둑한 막사 안, 의자에 묶인 장현과 량음의 몸을 샅샅이 뒤지는 용골대 부하1, 2. 그때, 장현의 사타구니에서 뭔가 잡힌다. 부하1이 꺼내려고 하자, 격하게 저항하며,

장현　　그, 그건 아무것도 아닙니다. 아니...!!

부하1이 몸부림치는 장현에게서 꺼낸 작은 주머니. 부하1, 주머니를 열었다 놀란 눈 된다. 안에 든 금가락지 등 금붙이들. 부하들이 서로 시선 교환하더니 나가고. 잠시 동안, 단둘이 남은 장현과 량음.

량음　　괜찮을까?

장현　　걱정 마. 돈 싫다는 오랑캐 못 봤어. 칸이 왜 툭하면 전
　　　　　쟁질인 줄 알아? 다.... 즈이 부하들한테 나눠줄 재물이
　　　　　필요해서야.

량음　　하지만 저 용골대란 자는 호락호락해 보이지 않아.

장현　　(피식...) 그래봤자 오랑캐지.(하는데)

다시 벌컥 문이 열리며 장현의 금붙이 주머니를 든 용골대와 부하들 들어온다. 가만, 장현과 량음을 보는 용골대. 용골대, 잠시 금붙이가 든 주머니를 봤다가 장현 보더니,

용골대　　너... 몽골인은 아니고, 만주인은 더더욱 아니고... 한족
　　　　　인가?

장현　　아닙니다. 전 조선인입니다.

용골대	(...!!) 조선 사람?
장현	정묘년 난리 때, 포로로 끌려갔지요. 길잡이로 공을 세우면, 갑사가 되게 해준다기에 왔는데...
용골대	고국을 정벌하는 데 앞장서다니, 부끄럽지도 않은가?
장현	조선에선 내내 노비로 살았는데요. 조선이라면 득득 이가 갈립니다.
용골대	(흐음... 하고 장현 보다가) 이 금붙이는 어디서 났지? 쿠틀러의 재물은 모두 주인의 것임을 모르는가?
장현	주인이 저를 버리고 간 후에 금붙이가 든 궤짝을 찾았습니다. 크고 무거워서 다 들고 오진 못하고 조금 가져왔을 뿐입니다!
용골대	더 많은... 금붙이가 있다?
장현	예! 제가 조선인인지라... 조선 사람들이 귀한 물건을 어디다 숨기는지 잘 알고 있었지요! 풀어주시면 어딨는지 알려드리겠습니다!
용골대	(잠시 미간을 좁히며 고민하는 기색)
장현	(됐구나... 하는 표정 스치고)
용골대	(잔뜩 고민하는 듯싶더니 갑자기 부하들에게 눈짓한다)

곧, 철퇴를 든 부하가 각각 장현과 량음 뒤편에 서면,

용골대	하서국이라는 자가 있었지. 너희 예전 임금, 광해가 후금의 동태를 알고자 심은 간자였다. 용케 나와 폐하를 속였었지. 아니... 어쩌면 가엾게도 조선과 후금 모두에게 이용당한 것일 수도 있어.

다음 순간, 용골대의 눈빛을 받은 부하들이 철퇴로 각자 장현과 랑음을 내리치려 손을 치켜들자, 경악하여 외치는 랑음.

랑음   (사색이 되어 절규) 안 돼!!

부하들   (철퇴 든 손을 멈추고 용골대 보면)

용골대   (랑음 보더니 빙글... 미소) 너로군.(장현 보며) 이놈을 잡아.

이윽고 부하들이 장현을 잡아 두 다리를 의자 다리에 각각 고정시키며 묶자, 장현과 랑음, 영문을 몰라, 당황하는데,

용골대   (랑음 보며) 동무가 다치는 것을 더 고통스러워하는 이가 너이기에, 이제 니 눈앞에서 저자를 고문할 것이다. 내가 묻는 말에 제대로 대답하지 않으면 저자의 발톱이 하나씩 뽑힐 게야.

랑음   장군!!!

장현   (역시 당황스럽고)

용골대   (배실... 미소 지으며 부하들과 시선 교환) 봐, 이놈이 더 절박하지. 내 눈은 진짜를 알아본다니까.

용골대, 일각에 놓인 의자를 끌어 장현과 랑음 사이에 앉아 질문을 시작한다.

용골대   다시 묻지. 넌 어디 출신이야? 두 사람은 어떻게 만났지? 네게서 거짓이 보이면... 저놈은 죽는다.

량음   ...!!!

S#12.   강화도 해안 / 낮

강화도 해안에 당도한 길채가 탄 배. 길채와 피난민 십수 명이 배에서 내리는데, 피난민 하나가 툭, 길채를 치고 가며 길채 허리춤에 찬 단도가 떨어져 거꾸로 모래사장에 박힌다. 그 모양을 보며 괜히 기분이 상한 길채.

길채   불길하게 왜 거꾸로 박히고 그래?

길채, 단도에 묻은 모래를 털며 문득 저편, 장현이 있을 바다 너머 뭍 쪽을 보고.

S#13.   청군 진영 고신용 막사 / 밤

밤이 깊어가고, 장현의 양발이 피투성이다. 장현, 거의 진이 빠져, 몸을 가누지 못할 지경이고 량음도 울다 지쳐 넋이 나갔는데.

량음   제 어미는 회령에서 유목을 하던 여진인이고 아비는
           조선 사람으로.., 조선군의 토벌로 부모를 모두 잃고 은
           산 관아 공노가 되었는데...

(Ins.C)

얼굴에 점점이 핏방울이 튄, 소년 량음이 겁에 질린 얼굴로 어딘가

를 보고 있다. 보면 역시 십 대의 장현이다.

량음　　　짐승에게 물려 죽을 뻔한 것을 이 자가 구해주어...

(Ins.C)

장식용 수석으로 누군가를 내리치는 어린 장현. 이를 보며 덜덜 떠는 량음. 흐트러짐 없이 냉혹한 어린 장현의 눈.

용골대　　　노래를 꽤 잘하더군.

량음　　　어미에게 여진의 노래들을 몇 소절 배운 것뿐입니다.

용골대　　　헌데 낮엔 왜 갑자기 노래를 불렀지? 폐하께 들리라고?

량음　　　아닙니다! 폐하께서 들으실 줄은 꿈에도...(하는데)

용골대　　　그래... 허면 넌 어디 출신이야? 두 사람은 어떻게 만났지?

량음　　　(울컥) 같은 얘기를 몇 번 물으십니까!!

부하들　　　(장현의 다른 발톱을 뽑으려 하자)

량음　　　(발악한다) 차라리 날 죽이십시오. 날 죽여!!!!(그러다 눈빛 매서워지며 제 혀를 깨물려고 하면)

용골대　　　(턱, 얼굴을 잡아 막는데)

량음　　　(눈을 부릅뜨고 절규한다) 내가 여기서 혀를 깨물고 죽겠다. 폐하께서 고향의 소리를 찾으시면 그땐 어찌할 것이오!!!

용골대가 량음의 눈을 깊게 본다. 량음, 지지 않고 같이 보고. 잠시 동안 이어지는 두 사람의 눈싸움. 용골대, 량음의 눈에서 일말의 거짓이라도 찾겠다는 듯 집요하게 보다가, 결국 피식... 웃는다.

용골대 거짓말은 아니군.(곧 장현 허리춤의 모래 병을 툭, 뜯어 챙기며) 좋아. 너희는 앞으로 폐하께 정성껏 노래를 올리거라. 폐하를 기쁘게 해드려야 해!

하고 부하들을 데리고 나가면, 그제야 절박하게 무릎걸음으로 다가가 자신의 웃옷을 벗어 장현의 발 위에 덮어 피를 닦으며 오열하는 량음.

량음 ...형님, 형님...!!
장현 (량음의 머리를 힘겹게 쓰다듬으며) 잘했어... 아주 잘했어...

S#14. *남한산성 소현 침전 / 낮*
소현세자가 초조하게 침전을 서성이는데,

언겸 (곧 바삐 들어오더니) 저하! 장현에게서 납서(자막: 蠟書 잔글씨를 써서 납환에 뭉쳐 몰래 전하는 글)가 왔나이다!

소현, 얼른 받아 연적으로 납서를 쪼개 그 안에 작게 뭉쳐진 밀서를 펼치면,

장현(E) 탄천에 진을 친 칸을 직접 보았습니다.

S#15.   동장소 / 밤

소현과 최명길이 마주했고, 소현이 눈짓하면, 언겸이 최명길에게 장현이 보낸 납서를 건넨다. 보고 놀라 묻는 얼굴로 소현 보는 명길.

소현　　노진에 숨어든 자가 보낸 것입니다.

최명길　...!!

소현　　오랑캐를 상대로 장사를 오래 하여 저들의 사정에 밝다 합니다. 한낱 장사치의 말을 어찌 무겁게 듣겠냐마는... 혹여 쓸 만한 구석이 있을는지... 이판이 한번 보시겠소?

최명길　...!!

S#16.   청군 진영
- 청군 진영 일각 / 낮

장현이 짐을 나르고 있는데, 일각에서 지나가는 청 원병들의 행렬. 선두에 선 버일러와 갑사들, 그 뒤를 따르는 쿠틀러들. 하나같이 기세가 등등한 모습. 그리고 일각에서 허리에 붉은 띠를 두른 채, 새로 들어온 청군 병사들을 찬찬히 살피는 사내들이 있다.

량음　　도르곤이 왔군.

장현　　헌데... (붉은 띠 사내들을 보며) 저들은 뭔데 개처럼 킁킁거리고 갑사들을 노려보는 거야?

량음　　(수레에 짐 싣는 척하며 허리의 붉은 띠를 본다) 붉은 띠라면...

그때, 청병이 빨리 짐을 나르라며 장현 등을 독촉하고, 이동하는 장현. 그 위로,

장현(E)　　도르곤이 이끄는 동로군이 도착했으며, 두두의 부대가 홍이포를 끌고 왔습니다. 홍이포의 총수는 34문이며... 청군의 전 병력이 산성 아래 집결을 완료했습니다.

- 청군 진영 일각 / 낮

막사 앞, 막 잡은 죽은 짐승을 놓고 둘러앉은 부상 청병1을 비롯한 십수 명 청병들. 검붉은 생피가 그득한 큰 대접에서 김이 모락모락 오르고 있고, 청병들, 칼로 짐승의 생살을 도려내 피에 적셔 먹고 있다. 신나게 먹던 부상 청병1이 저편의 장현과 량음에게 어서 와 먹으라고 손짓하면, 애써 당황한 기색 감추며 사양하는 시늉하는데, 저편에서 다가온 용골대, 살 한 점 집어서 우걱우걱 씹어 먹고, 대접 가득 피를 떠서 꿀꺽꿀꺽 끝까지 마시더니, 장현에게 빈 그릇을 넘긴다. 어찌하는지 지켜보겠다는 듯. 장현, 당황하여 마른침 꿀꺽했으나 곧 빈 그릇으로 피를 가득 푸더니, 벌컥벌컥 마시면, 불안한 눈빛으로 이를 지켜보는 량음. 이윽고 다 마신 장현이 헤... 웃어 보이고.

장현(E)　　도성의 풍저창과 광흥창의 미곡을 확보하여 넉넉히 군량을 마련했으며, 말 역시 꼴을 잘 먹고 충분히 쉬어 운기가 흘렀고...

청병들이 큰 구경난 듯 빙 둘러서서 뭔가를 지켜보고 있다. 그중에
섞여 긴장된 표정이 된 장현과 량음. 보면, 무릎 꿇린 조선 포로 대
여섯 명을 강제로 변발시키려 하는 청병들. 두엇은 울면서 머리를
깎이고 있으나, 노년의 수염 기른 한 선비만은 죽을 기세로 저항하
고, 곧 대장인 듯 보이는 흉터 청병이 나선다.

흉터 청병 　머리털을 깎을지언정 차라리 죽여달라?

선비1 　그래, 죽여라! 차라리 죽여!

흉터 청병 　(부하에게) 이자는 죽여줘. 하지만 쉽게 죽일 순 없지.
　　　　　　(피실 비웃으며) 머리 가죽을 벗겨서 죽여!

량음과 장현, 차마 보지 못해 눈 감으면, 곧 들려오는 선비1의 고통
스런 비명 소리. 장현, 감았던 눈을 뜨면 고통스러운 살인의 현장
을 보며 실실 웃고, 농담이라도 하는 듯한 청병들. 장현, 그들이 끔
찍해지는데, 저편 용골대와 눈빛이 만난다. 특유의 무표정으로 장
현을 살피듯 보는 용골대. 결국 장현, 애써 자신도 다른 청병들처럼
실실... 쪼개며 웃는다.

장현(E) 　이들은 죽는 것도, 죽이는 것도 대수롭지 않게 여겼고,
　　　　　　무엇보다... 이들의 눈엔 두려움이 보이지 않았나이다.

S#17.　　남한산성 편전 / 낮

편전에 자리한 인조와 대신들. 인조 아래 앉은 소현의 심장에 장현

의 말이 선언처럼 묵직하게 울린다.

장현(E)   칸이 조선에 왔습니다. 이들은 절대 지지 않을, 아니 져서는 아니 되는 싸움을 하러 온 것입니다.

인조   (망연해진 표정) 참으로... 칸이 왔는가?

대신들 역시 황망하여 누구 하나 말을 꺼내지 못하는데, 잠시 소현과 최명길의 눈빛이 만나고, 곧 명길이 입을 연다.

최명길   이제 화의를 서둘러야 합니다. 이번 국서에는 지난날 우리가 크게 실수하였다는 내용이 들어가야 할 것입니다.

김상헌   (발끈) 실수라니!!! 칸이 왔다니, 겁이 나서 차마 해서는 아니 될 말을 하시겠소?

최명길   칸이 온 이상, 대적할 경우 큰 화를 입을 것이오!!

최명길과 김상헌을 위시하여 또다시 극심히 다투는 편전 안 대신들. 이를 혼란스레 지켜보는 소현, 결정을 바라는 눈빛으로 인조를 보는데, 이윽고,

인조   우리는...

이제 모두의 시선이 인조에게 집중되고.

인조 정묘년, 호인(자막: 여진족. 오랑캐)의 화를 당한 이래, 날로 후금의 기세가 오르는 것을 두려운 마음으로 지켜보았다. 명과 후금의 싸움이 깊어지고, 후금이 차하르를 함락할 즈음엔 더욱 근심이 커져, 압록강에서 도성으로 향하는 길목의 모든 산성에 무기와 군병을 채우고 강화도 파천을 준비하는 일에 열심을 다하였다. 나와 그대들 모두, 저들의 침략코저 하는 마음을 가벼이 여기지 않았다. 허나... 저들이 정묘년과 달리 직도를 택하여 순식간에 남하할 것임은 차마 예상치 못하였고, 오늘, 과인은 이곳에 갇히었다.

떨리는 인조의 음성. 무거운 정적이 편전에 내리고.

인조 이제껏 차마 화의의 결심을 하지 못하고 망설였으나, 이미 근왕의 길은 끊겼고, 이제 칸이 탄천에 자리 잡았다. 하여 과인은 저들에게 화의를 청하여 더 큰 화를 막을 것이다.

김상헌 전하!!!

S#18.   홍타이지 막사 / 낮

노래 부르는 량음. 장현, 곁에서 팔각고를 두드리며 은밀히 홍타이지를 살핀다. 보면, 홍타이지 비스듬히 누워 팔을 괸 채, 눈을 감고 노래를 음미하다가,

홍타이지	조선왕은 그래도 대릉하성의 조대수보단 낫군. 지난날엔 크게 실수했다며 국서를 보냈거든.
용골대	(미소) 답서를 보낼까요?
홍타이지	이렇게 시작하지.(눈을 뜬다) 나 대청관온인성황제가 조선 국왕에게...(힘주어) 조유(자막: 임금이 명령을 내려 깨우침)한다...

S#19. 홍타이지 막사 + 남한산성 편전 교차
- 남한산성 편전 앞마당 / 낮

윤집을 비롯한 오달제, 신익성 등 삼사의 간관들과 유생들 십수 명이 혹한의 추위에도 불구하고 추운 바닥에 맨손을 짚은 채, 부복하여, 핏대를 세우며 간하고 있고, 그 끄트머리에 다른 유생들과 같이 부복한 연준과 대오 등.

| 윤집 | 이전 오랑캐의 글이 아무리 패역스럽고 거만했어도 '조유'라는 두 글자는 없었거늘... 어찌 참람함이 이에 이른단 말이옵니까! |
| 신익성 | 이제 절대 화친하는 일은 이룰 수 없사옵니다. 만일 화친을 하게 되면, 더러운 오랑캐의 계략에 말려들어 천하 후세에 비난만 받을 것이옵니다!! |

- 남한산성 편전 안

핏발 선 윤집 등의 음성이 작게 들리는 가운데, 어두운 낯빛으로 홍타이지의 국서를 읽는 인조. 그 아래, 감내하는 표정의 최명길,

부들거리며 화를 누르는 김상헌, 혼란스러운 김류와 홍서봉 등.

홍타이지(E) 짐은 천지의 도를 체득하고 천명을 받은 몸이니... 귀순하는 자는 관대하게 길러주고, 항복하는 자는 안전하게 해주되, 고집을 부려 굴복하지 않는 자는 반드시 천명을 받들어 토벌할 것이니...

S#20. *강화도 토굴 / 낮*

수십 명 피난민들이 뭉쳐 있는 강화도 마니산 토굴 안. 사방에서 애 우는 소리, 기침 소리, 앓는 소리 등등. 수척한 피난민들 사이, 길채 일행. 오랜 피난길에 길채 일행의 몰골도 말이 아니다. 젖을 쥐어짜서 먹이는 방두네, 젖이 부족한지 칭얼거리는 애기, 모로 누워 지친 표정이 된 길채와 그런 길채 옷의 먼지 따위를 떼어주며 소일하는 종종이. 오직 은애만이 자애롭게, '젖이 부족한가 보네...' 등등하며 애기 살피는데,

방두네 정말 여기는... 안전하겠지요?(하고 길채 보면)
길채 이기든 지든, 이놈의 전쟁 빨리 끝나버렸음 좋겠어.
종종이 근데요, 오랑캐한테 지면, 오랑캐들이 여자들을 다 끌고 가서 겁간하고... 죽인대요.
은애 (멈칫, 안색 창백해지고)
종종이 그래서 전쟁에서 지면, 여자들은 다... 자결해야 한다든데... 애기씨, 전요... 죽기 싫어요.
길채 허튼소리 마!

쌀쌀맞게 쏘아붙이곤, 모로 누워 등을 보인 길채. 길채의 근심이 깊어가고.

S#21.　　남한산성 편전 / 밤

마치, 죽음이 내린 듯, 전에 없이 비통하게 가라앉은 편전 안. 인조도, 최명길과 김류 등도 비감한 표정이 되어 있다. 밖에서 간관들의 부르짖는 소리가 편전에도 계속해서 들리는 와중에,

최명길	저들이 (차마 말을 못 하다가) 세자 저하를 볼모로 보내고...
소현	(쿵... 심장이 떨어지듯 충격)
최명길	저들의 왕을 폐하라 부를 것을 요구하고 있습니다. 하여...(국서를 받들어 올리며) 오늘부터 국서에 폐하라 칭하는 것을 의논하고자...
인조	(질끈. 올 것이 왔구나... 하는데)
소현(E)	내게는...
일동	(소현에 반응하면)
소현	(두려움에 떨리지만 애써 의연하게) 내게는... 동생들이 있고 또 아들도 하나 있으니 역시 종사를 맡을 수 있습니다. 내가 설사 적에게 죽는다 하여도 무슨 유감이 있겠습니까? 내가 성에서 나가겠다는 뜻을 전하세요.
일동	저하!!(하는데)

벌컥 문이 열리더니 김상헌이 성큼 들어와 최명길이 든 국서를 찢

어버린다. 그리곤, 이글거리는 눈빛으로 명길을 비롯한 화친파들을 훑는 상헌.

김상헌 오늘부터 또다시 세자 저하를 볼모로 보내고, 저 오랑캐 왕을 폐하로 부르자... 말하는 자는, 내 부모를 죽인 원수와 같이 여겨 다시는 상종치 않을 것이다.

이윽고 부복하여 피를 토하는 김상헌.

김상헌 전하, 소신 국서를 찢어 이미 대죄를 범하였으니 먼저 신을 주벌하신 연후에 다시 한번 깊이 생각하소서, 전하!!

그 와중에, 찢겨진 조각들을 하나씩 주워 담는 최명길. 명길의 눈에도 눈물이 고였다.

최명길 그대가 찢으면 나는 이어 붙일 것이고, 그대가 다시 찢으면, 나 역시 또 이어 붙일 뿐이오.
김상헌 전하, 일단 저들의 왕을 폐하라 부르면, 성을 나가는 일을 면하지 못하게 될 것입니다.
인조 (순간 안색 굳으며) 출성이라니. 망령되이 논하지 말라!!
김상헌 한번 성을 나가면... 북쪽으로 끌려가는 치욕을 면하기 어려울 것입니다! 예로부터 군사가 성 밑까지 이르고서 그 나라와 임금이 보존된 경우는 없었나이다, 전하!!!

S#22. 청군 진영 / 낮

홍타이지가 청군 진영이 내려 보이는 일각에 서 있으면, 용골대가
기분 좋은 얼굴이 되어 성큼 다가온다.

용골대	조선 임금이 드디어 국서에 '폐하'라 하였나이다. 세자도 볼모로 보낼 것입니다.
홍타이지	(미소. 두 손을 싹싹 비비며 만족스런 표정) 다 왔군. 이제 조선 임금에게 성을 나와서 나의 신하가 되라 해.
용골대	(난처한) 헌데... 저들이 죽기로 임금이 성 밖으로 나오는 일만은 거절할 것입니다. 저들은 임금이 성에서 나오면, '정강의 변(자막: 송나라가 금나라에 패하고, 황제 휘종과 흠종이 금나라에 끌려간 사건)'과 같은 일을 당할 것이라 두려워하고 있습니다.
홍타이지	그렇겠지. 허나... 내가 조선에 왔으니, 조선 왕도 성 밖으로 나와야 해.

S#23. 남한산성 편전 앞마당 / 밤

간관들이 이제까지와도 완전히 다르게 철철... 오열하고 있다. 그
속에서 함께 부복한 연준과 대오. 하지만 연준, 덩달아 울지는 못하
고, 뭔가 깊은 고민에 잠긴 듯 땅만 보고 있다.

윤집	(오열하며) 전하, 성 밖으로 나가셔서는 아니 되옵니다!
오달제	(눈물 그득한 얼굴로 시뻘겋게 분노하여) 일이 이에 이른 것은 모두 최명길의 죄입니다. 사신을 보내자고 청

하여 헤아릴 수 없는 치욕을 불러들였고, 답서 보내기를 서두르면서 오랑캐의 비위를 거스를까 종종거리며 두려워했으니, 최명길의 죄는 머리털을 뽑아 세어도 속죄하기 어렵나이다! 최명길을 벌하소서!!

하지만 연준, 어쩐지 이번만은 그 말을 따라 할 수 없다. 연준의 시선 끝, 연준 일행을 산성까지 안내했던 총명한 눈빛의 어린 승병1이 맨살이 삐죽 보이는 낡디 낡은 발싸개에 짚신을 신고 보초를 서고 있는 모습. 연준의 눈빛은 애처로운 어린 승병1의 발에 사로잡혀 있고.

S#24.   남한산성 편전 / 밤

겁에 질린 듯, 굳은 표정으로 차마 눈물조차 나지 않는 인조, 역시 얼어붙은 소현. 편전 안까지 들리는 윤집 등의 음성이 아득하게 웅웅거릴 뿐. 그리고 역시 참담해서 얼이 빠진 최명길과 김상헌 등의 대신들.

인조   (두렵고 황망하다) 참으로... 과인이 성 밖을 나가야 한단 말인가?

최명길도, 김상헌도, 홍서봉도, 김류도... 아무도 차마 입을 열지 못하고.

김상헌   이제 제 말을 믿으시겠나이까? 보소서 전하, 저들이 전

하를 살리고, 사직을 보존할 셈이면 어찌 전하를 성 밖
으로 나오게 하겠나이까? 필시 저들은 전하께오서 성
밖으로 나오길 기다려 정강에서와 같은 일을 꾸밀 것
이옵니다!!

최명길 (바싹 부복하며) 전하... 소신이 무슨 일을 하더라도 전
하께오서 성 밖으로 나가는 것만은 막겠사오니...(하며
목이 메는데)

곧, 흑... 터지는 울음 소리. 결국 인조의 눈물이 터지고 만다. 나이
도, 임금의 지위도 잊고 만 듯, 처량하게 울고 마는 인조.

인조 내... 죽지 않고 살아... 이리 망극한 일을 당하는구나.
소현 (아비가 안타까워 덩달아 후두둑...) 전하...

곧, 편전 안이 울음바다가 되었는데.

S#25. 청군 진영 / 낮

용골대, 정명수와 최명길, 홍서봉 등 조선 사신 일행이 마주했다.
홍서봉이 눈치를 살피며 국서를 내밀면, 마주 비위 맞추는 얼굴 된
최명길. 그리고 멀리서 장현이, 짐 나르는 잡일을 하면서 이를 지켜
보고 있다.

최명길 그대들이 원하는 대로 화친을 반대한 신하를 모조리
적발해 성 밖으로 내보내고 세자 저하를 볼모로 보내

겠소. 허나... 부디 우리 임금이 성 밖으로 나오는 일만
은...

용골대 (정명수가 전해주는 말 듣고 싸늘해져서) 기어코 우리
폐하를 거슬러 큰 피를 보고자 하는 것입니까? 이토록
패역한 것이 지금 조선 임금의 뜻입니까?

최명길 (화들짝 당황하여) 아니오! 아닙니다!!

용골대 폐하께 조선 임금이 끝내 폐하를 업신여기는 모양이라
말씀드리겠소. 뒷일은 내 감당치 못하리다!(하며 안으
로 들어가려 하면)

최명길 장군!!(덥석, 용골대 잡더니, 자기 가슴을 소리 나게 치
며) 이것은... 우리 임금의 뜻이 아니라 그저 신하의 죄
입니다. 우리 신하들이 전하를 차마 보낼 수 없어 그런
것이오.(이제 퍽퍽 자기 머리마저 때려가며 펄펄 오열)
할 수 있다면, 칼을 꽂아 내 창자를 꺼내어 밝은 임금님
의 뜻을 밝히고 싶소이다!!

최명길의 비통한 설득. 홍서봉, 차마 볼 수 없는 광경에 눈시울이
붉어지고. 일각에서 짐을 나르는 잡일을 하며 이를 지켜보다 쓴 얼
굴 되는 장현. 그리고 멀리 조금 높은 일각에서 또한 최명길 등을
지켜보는 시선, 홍타이지다.

홍타이지 (흥미로운 표정 되어) 전장에 나서지도 않는 임금을 저
리도 사모하는가? 참 재미있는 사람들이야, 조선인들
은.(냉혹해져서) 조선 임금의 출성 소식을 들고 오지
않으면 다시는 사신을 만나주지 않겠다고 해.

마부대   예!!

S#26.   남한산성 + 인조 침전 / 저녁 ~ 새벽

- 남한산성 성벽 / 저녁

어린 승병1이 보초를 서고 있다. 매서운 겨울 삭풍에 발이 시린지 동동... 발을 구르고.

- 남한산성 인조 침전 / 저녁

멀건 국물에 닭 다리 하나, 간장 종지만 덩그러니 있는 인조의 수라상. 버석해진 얼굴로 닭 다리를 말끄러미 보는 인조. 그 아래 부복한 봉시.

인조   저들은 아직 아무런 회답이 없는가?

봉시   출성의 뜻을 밝히기 전엔 사신도 보내지 말라 하여...

인조   (흐음... 주름 깊어지더니) 요사이 닭 우는 소리가 들리지 않는 것을 보니, 내게 올리느라 성 안에 닭이 없는 모양이다. 앞으로는 닭을 올리지 말도록 해.(하며 느리게 수저 드는데)

- 남한산성 성벽 / 밤 ~ 새벽

발을 동동 구르던 어린 승병1, 결국 못 참겠는지 쪼그리고 앉는데.

CUT TO

여명이 밝았다. 어린 승병1, 쪼그리고 앉은 채로 밤을 샜나... 싶었으나, 다음 순간 풀썩 옆으로 쓰러진다. 그렇게 얼어 죽고 만 어린 승병1. 아침을 깨우는 새소리는 청아하고.

S#27.　　청군 진영 / 낮

칸의 막사가 보이는 일각에 숨어든 장현. 그때, 장현 앞에 뭔가가 걸린다. 보면, 얼어 죽은 새다. 가만... 그 새를 불길하게 보는 장현. 그때, 조심히 곁으로 다가온 량음.

량음　　그만 나가자! 칸은 조선 임금이 출성할 때까지 사신도 보내지 말라 엄포를 놨고, 전하께선 절대 출성은 못 하겠다 버티고 있어. 이제 우리가 할 일은 없어.

장현　　뭐든... 전쟁을 빨리 끝낼 만한 게 있어야 하는데...(하는 데)

량음　　대체 왜 이래? 니가 언제부터 나라 걱정을 했다고!!

장현　　(피식) 그랬지. 헌데 지금은 이 나라의 운명이 조금은 궁금하구만.

량음　　(...!!) 니가 목숨 걸고 이 짓을 하고 있는데, 세자 저하 쪽에서 제대로 된 답신이라도 받은 적 있어? 널 믿기는 하는 거야?

장현　　(저편을 보며 무심히) 세자가 날 알아주건 말건, 그게 무슨 상관이야.

그때, 쾅쾅, 홍이포 포탄 터지는 소리. 동시에 저편 일각에서 다급하게 말을 달려가는 마부대와 그 부하들, 그 화급한 기색. 장현과 랑음, 의아한 얼굴이 되어 달려가는 마부대를 보는데.

S#28.　　**남한산성 성벽 / 낮**

남한산성 성벽에 선 마부대와 부하들. 마부대, 겁박하는 얼굴, 과장
된 몸짓으로 목청을 높인다.

마부대　　폐하께서 말씀하신다. 조선왕은 어서 성 밖으로 나와라.
　　　　　　싫다면 한판 겨루자! 하늘이 결판을 내주실 것이다!

S#29.　　**남한산성 편전 / 낮**

편전 안까지 들리는 홍이포 포탄 소리. 인조와 소현, 대신들이 잔뜩
당황스러운 얼굴이 되어 선전관 민진익의 말을 듣는다.

민진익　　적들이 갑자기 화의를 독촉하며, 홍이포를 쏘아 겁박하
　　　　　　고 있나이다!!

인조와 소현, 그리고 최명길 김상헌 등의 대신들 서로 의아한 눈빛
교환하면,

소현　　　전하의 출성 소식이 아니고선 사신도 보내지 말라 하
　　　　　　지 않았는가?

민진익　　예, 헌데 오늘 갑자기 전하께오서 출성을 하시든, 아니
　　　　　　면 군사를 보내 한판 겨루든 일을 마무리 짓자 재촉하

느지라...

최명길   필시... 적들에게 다급한 일이 생긴 것입니다.

김상헌   혹... 근왕병이 당도하여 저들의 뒤를 친 것이 아닐는지요.

김류   그것이 아니라면, 본국에 다급한 사정이 생긴 모양입
니다.

인조, 소현   ...?!!

S#30.   청군 진영 / 낮

장현과 량음이 다른 짐꾼들과 함께 짐을 나르면서 주변을 살피고
있다. 그 위로, 소현의 음성.

소현(E)   적들이 갑자기 싸워 결판을 내든, 출성을 하든 일을 마
무리를 짓자며 독촉하고 있다. 근왕병이 당도한 것인
가? 아니면 저들의 본국에 문제가 생긴 것인가? 속히
알려다오.

짐을 나르며 청군 진영 주변의 기색을 쓱... 살피는 장현.

량음   다급하니 이제야 연락하는군.

장현   근왕병에게 당했다면 부상자가 늘었어야지. 그건 아
니야.

량음   ...?!!

S#31.　　용골대 막사 앞 / 낮

용골대 막사 앞에 선 장현과 량음. 안에서 들리는 용골대의 호통
소리. 장현, 슬쩍 열린 막사 안 풍경을 살피면, 용골대가 전에 없이
큰 소리로 허리에 붉은 띠를 두른 한 사내를 호통치고 있다.

장현　　　저자는...?

(Ins.C)　6부 16씬

마치 정탐병처럼 주변을 매의 눈으로 살피던 붉은 띠를 두른 사내.

다음 순간, 검을 빼어 그 목을 베어버리는 용골대. 장현과 량음, 놀
라 얼어붙는데, 곧, 벌컥 막사 장막을 젖히고 나오다가 장현과 량음
을 보고 우뚝 멈춰 서는 용골대.

량음　　　(얼른 읍하여) 폐하께 노래를 올리려...(하는데)

용골대　　이제 올 필요 없어.(하고 가버리면)

장현과 량음, 얼른 허리 바싹 굽혀 읍하는데, 읍한 채, 작게 량음에
게 묻는 장현.

장현　　　그때, 저자 하는 일이 뭐라고 했지?

량음　　　붉은 띠... 어쩌면 사두관일지도 몰라.

장현　　　사두관?

량음　　　전염병을 발견해 보고하는 자.

S#32.　　청군 진영 + 홍타이지 막사 / 밤

홍타이지 막사가 보이는 진영 일각에 몸을 숨기고 지켜보는 장현.
잠시 후, 막사 안에서 나오는 홍타이지, 겹겹의 호위를 받아 일각으
로 이동하는데, 어쩐지 다급한 기운이 느껴진다. 도대체 무슨 일이
지? 장현, 시간을 두고 천천히 그 뒤를 쫓으려는데,

용골대	여기서 뭘 하고 있었지?

뒷목이 서는 장현. 애써 침착하게 돌아보면, 역시 용골대가 의심스
러운 눈빛으로 장현을 본다.

용골대	이제 노래를 올릴 필요가 없다 했을 텐데...
장현	(잠시 우물쭈물... 용골대 더욱 의심스러운데) 제 모래를 돌려주십시오. 제 목숨을 지켜주는 물건입니다. 지금처럼 위험한 때에...(하며 용골대를 떠보면)
용골대	(살짝 당황...)
장현	(뭔가 있구나! 한술 더 떠본다) 알 만한 사람은 다 압니다!! 요 며칠 두두와 요토 버일러도 아니 보이시고, 이제 이곳에서 죽을지도 모른다고 생각하니...(훌쩍) 그러니 돌려주십시오!!
용골대	그렇지 않아도 다들 죽을 길이라 피해서 골치였는데 잘 됐군.(피식... 유리병 건네며) 넌 운이 좋으니 살겠지. 너도 다른 쿠틀러들을 도와!
장현	...?!!

S#33.　청군 진영 격리 막사 앞 + 안 / 낮

쿠틀러1을 따라, 막사 앞에 당도한 장현. 쿠틀러1이 장현에게 툭, 낡은 수건 따위를 던져주곤, 자기도 수건으로 얼굴을 둘러 묶고 안으로 들어가면, 장현, 의아한 얼굴로 따라 들어갔다가 순간, 놀란 얼굴 된다.

보면, 장막 안, 신음하고 있는 십수 명 천연두 환자들. 그들의 얼굴에 붉게 피어 있는 열꽃.

장현(N)　　　마마(자막: 천연두)다...!!

S#34.　청군 진영 격리 막사 인근 / 낮

량음, 장현이 염려되어 격리 막사 인근을 서성이며 안절부절못하는데, 누군가 홱 량음을 잡아끈다. 수건으로 코와 입을 막은 장현이다!

장현　　　오랑캐들한테 마마가 돌고 있어.

량음　　　...!!!

장현　　　어서 세자께 오랑캐들한테 천연두가 돌기 시작했다고 알려.

량음　　　같이 가! 넌 천연두 앓은 적도 없잖아.

장현　　　지금은 안 돼. 칸이 보이질 않아. 칸이 천연두에 걸린 것인지, 아니면 그저 몸을 숨긴 것인지 알아내야 해. 그러니 어서!!

S#35. 남한산성 소현 침전 / 낮

납서를 읽던 소현, 놀란 얼굴 된다.

소현   천연두?!!

장현(E)   이들이 화의를 서두른 것은 청군 진영에 천연두가 돌
             고 있기 때문입니다. 사두관을 처형하여 죄를 물었고,
             며칠째 칸과 요토, 두두 등 버일러들의 종적을 알 수 없
             습니다. 본시 오랑캐들은 천연두에 약하여, 천연두를
             겪지 않은 '생신(자막: 生身 천연두를 앓은 적이 없어 면역이 없
             는 자)들은 천연두가 창궐하면 몸을 숨기곤 합니다. 칸
             이 생신이라 몸을 숨긴 것인지, 아니면 천연두의 화를
             입었는지 아직 알 수 없으나, 만일 살았다면 이제 칸은
             절대 느긋이 항복하기를 기다리지 않을 것이며, 모든
             수단을 동원하여 산성의 전하를 압박할 것입니다. 서두
             르지 않으면 큰 피를 보실 것입니다.

소현   모든 수단...? 모든...(두렵고 절박한 마음으로 곰곰... 생
             각하다가 번쩍 눈 뜨인다) 설마...?!!

S#36. 남한산성 인조 침전 / 밤

마주한 소현과 인조. 소현, 인조의 안색을 살피며, 간절한 심정이
되어,

소현   칸이... 항복하면 반드시 사직을 보존케 해주겠다 약조
             했다지요? 전하, 오랑캐들이 거짓말을 일삼는 자들이라

하나, 이번 한 번만 저들을 믿어보심이 어떠하신지요?

인조 (고개 절레) 아니다. 우리가 칸을 황제로 섬기겠다 약
조했음에도 굳이 나를 성 밖으로 나오라 하는 것을 보
니... 저들이 틀림없이 정강에서와 같은 일을 꾸미고 있
음이야. 동궁도 알고 있지? 금나라로 끌려가던 휘종에
게 금나라 장수가 술과 고기를 땅에 버린 다음 강제로
주워 먹게 했다지? 그뿐인가? 흠종의 황후 주씨에게 술
까지 따르게 했다 한다. 내, 차라리 죽더라도 절대 그런
치욕은...(하는데)

소현 허나, 화의를 서두르지 않으면 큰 피를 볼 수도 있습니다.

인조 큰 피라니?

소현 일전에 강화도를 침략하겠다며 큰소리치던 말이 그냥
허세가 아닐 수도 있나이다.

인조 (피실... 절레절레) 오랑캐는 땅에서 강할 뿐, 물에는 서
툰 자들이다. 강화도는 안전해.

소현 하오나 전하, 칸이 몸소 여기까지 온 마당에, 조선에서
도 임금이 출성치 아니하면...(하는데)

인조(E) 과인이 출성하기를 바라는가?

이제껏 들은 적 없이 싸늘한 인조의 음성. 소현, 놀라 고개 들면, 부
르르... 수염이 떨릴 정도로 노한 인조.

소현 소, 소자... 그저 사직을 지키기 위해... 저들이 전하께서
출성키만 하면 사직을 지켜준다 하여...

인조 다른 이도 아니고 어찌 세자의 입에서...!!

소현	(바싹 부복하여) 전하, 소, 소자를... 소자를 벌하여 주소서!!

S#37. 홍타이지 막사 / 낮

홍타이지의 새 막사 안. 사방에 피워진 향. 밑이 뚫린 탁상에 앉아 훈증을 하며 몸을 담요로 감싸고 있는 이, 홍타이지다. 곧 용골대 안으로 들어와 읍하면,

홍타이지	저들이 끝내, 임금을 성 밖으로 내보내지 않겠다 했단 말이지.
용골대	(고개 푹 숙이며) 예.
홍타이지	조선인들은 내가 명을 상대하느라, 조선은 대수롭지 않게 여긴다 생각했을 게야. 허나... 나는 나의 모든 것을 걸고 조선에 왔다.
용골대	...!!
홍타이지	그간 명에 대한 의리를 지켜왔던 조선을 굴복시켜야, 내가 진정 하늘의 뜻을 받은 황제가 될 수 있는 것이다. 마마가 창궐했다 하나... 나는 포기하지 않아. 나는 반드시, 조선에서 승리할 것이다.
용골대	....
홍타이지	강화도에 배를 보내. 어떤 희생을 치르고서라도 강화를 점령해!
용골대	예!!

S#38. 강화도 토굴 / 새벽

피난민들이 숨은 강화도 토굴 안, 솥단지 뚜껑을 놓고, 니 꺼네, 내
꺼네... 하며 싸우는 여인1, 2. 전처럼 무기력하게 모로 누운 길채,
지겹고 짜증 난다.

길채　　　그놈의 솥단지. 피난길에 이고 지고, 밀고 끌고...(하는
　　　　　　데)

싸우던 여인1의 대여섯 살쯤 되어 보이는 꼬마 아이가 와서 엄마
의 치맛자락을 끈다.

꼬마　　　저 아래 배에서 사람들이 내렸는데, 빡빡머리야.

여인1, 저리 가라며 대수롭지 않게 여기지만, 길채, 순간 눈이 번쩍
뜨인다.

길채　　　(몸 일으켜 여전히 엄마 치맛자락 잡은 꼬마에게 다가
　　　　　　가) 정말 빡빡머리였어? 어떻게? 저 할아버지처럼? 아
　　　　　　니면...?
꼬마　　　반들반들... 요기만 머리 쪼끔...
길채　　　...!!

여전히 여인들 싸우는 소리가 요란한데, 길채, 불안한 마음에 자는
방두네와 은애, 종종이를 본다. 방두네가 안고 있는 아이에 시선이
멈추는 길채. 세상모르고 눈을 꿈벅이며 생글거리는 애기.

S#39.　　강화도 해안 / 새벽

길채가 새벽바람을 뚫고 나가 바닷가를 살핀다. 평범한 작은 배들 십여 척이 정박해 있고, 조금 떨어진 해안에 모인 어부들로 보이는 십수 명 사람들. 그들이 옷을 갈아입는데 모자를 벗으니, 꼬마가 말한 민머리에, 안에 입은 청군 갑옷! 놀라, 숨이 턱 막히는 길채.

길채　　　　오랑캐... 오랑캐야!!

S#40.　　강화도 산 일각 / 새벽

산길을 다시 달려 올라가는 길채. 서두르다가 넘어져 무릎이 깨졌지만, 내쳐 일어나 달려간다.

S#41.　　강화도 토굴 / 새벽

급히 달려오느라 흐트러진 머리를 한 채, 방두네와 종종이, 은애를 깨우는 길채.

길채　　　　가야 돼. 일어나!!
종종이　　　(눈 비비며) 애기씨...
길채　　　　오랑캐야. 오랑캐가 왔어!
은애　　　　오랑캐라니...!

부스럭부스럭... 여기저기서 일어나는 사람들.

피난민1	오랑캐라니? 오랑캐는 배를 못 탄다고 하던데!
길채	다들 피해요! 오랑캐가 곧 여기로 올라온단 말이에요.
피난민2	쓸데없는 소리 말어. 기집애가 뭘 안다고?
길채	(매서워지며) 기집애 말 듣기 싫으면 그냥 여기서 죽든가!

길채가 우격다짐으로 방두네 등을 끌며 나가면, 뒤에 남은 사람들 뒤숭숭해지는데, 그때, 저 뒤편에서 들리는 다급한 외침.

피난민3	오랑캐다!!(하고 뛰어오다 활에 맞아 푹... 고꾸라지고)

곧 사방에서 들리는 비명 소리. 경악한 길채와 종종이 은애, 방두네 필사적으로 뛰기 시작하고. 그제야 도망치는 사람들. 하지만 뒤늦은 사람들은 속절없이 오랑캐에게 당하고.

S#42.   강화도 산 일각 / 아침
도망치던 길채와 다른 피난민들. 길채 등은 한쪽으로, 일부는 다른 쪽으로 가는데, 청병들 역시 둘로 나뉘어 쫓기 시작하고.

S#43.   강화도 산 일각 + 절벽 / 아침
산을 타고 도망치는 피난민들. 그 와중에 활에 뚫리고, 실족해 추락하고, 청병의 오랏줄에 걸려 끌려가는 등 아비규환인데, 뭉쳐 다니던 십수 명의 여인들, 죽을힘을 다해 도망치다 절벽 끝에 내몰렸다.

청병들이 천천히 다가오자, 여인들, 눈물범벅이 되어 천천히 절벽 끝으로 밀려가는데.

S#44. 강화도 바다 / 낮

강화도 바닷물 위에 머릿수건 하나가 둥둥 떠 있다. 카메라 뒤로 물러나면, 수십 개의 머릿수건들. 마치 물 위의 낙엽이 바람 따라 떠다니듯. 그 위로,

자막   **정축년 一月 二十二日**
       병자호란 발발 43일. 강화도 함락.

S#45. 남한산성 편전 / 낮

충격으로 얼어붙은 인조와 소현, 최명길, 김상헌, 김류, 홍서봉 등의 대신들. 선전관 민진익이 참담한 표정이 되어 입을 연다.

민진익   여인들 수십, 수백이 절개를 지키고자 절벽에서 떨어
            져, 강화 바다 위엔 여인들의 머릿수건만이 둥둥 떠다
            니고 있으며...

S#46. 강화도 해안 / 낮

강화도 해안 절벽 일각에 숨어, 서로 꼭 껴안은 채, 벌벌 떠는 길채와 종종이, 은애, 방두네. 해안가에 둥둥 떠 있는 머릿수건들을 보

며, 얼이 빠졌다. 그때, 흑... 울음 소리. 보면, 그간 항상 인내하던 은애마저 결국 오열하고 만다.

은애　　　흑... 윽... 윽......

애기를 꾹... 껴안은 채, 눈물마저 말라붙은 방두네, 역시 눈이 벌게져서 벌벌 떠는 종종이. 길채 역시 해안가 수십 개의 머릿수건들, 어쩌면 자신들의 운명이었을지도 모를 그 머릿수건들을 보며 덜덜 턱이 떨리고.

S#47.　　**남한산성 편전 / 낮** (45씬 연결)

민진익　　(잠시 김상헌 본다. 안타까운) 예판의 형인 김상용은 불붙은 화약 더미에 뛰어들어 손자와 함께 자결했으며,

김상헌　　(파르르... 떨고)

민진익　　권순장의 아내는 세 딸의 목을 매어 죽이고 자신도 자결했으며, 충의 민성 역시 세 아들과 세 며느리를 벤 후 자결하였고...(영의정 김류 안타까이 봤다가) 영상의 아내와 며느리까지 삼대의 여인들이 자결하여...

김류　　(털썩... 주저앉고)

소현　　허면.... 원손은! 원손은... 어찌 되었는가?

S#48. 강화도 민가 내실 / 낮

민가의 허름한 내실 안. 여염 여인의 옷차림을 한 강빈이 젖먹이 원손을 안고 벌벌 떨며, 오열하고 있다.

강빈 강화가 함락되었으니 남한산성의 전하와 세자도... 무사치 못할 것이다. 이제 남은 것은 원손뿐이니 부디... (하곤 내관1에게 아이를 넘기려다가 도로 뺏으며 거세게 도리질) 아니다, 죽어도 어미와 함께 있자...(하다가 세자빈의 체통 따윈 잊은 듯 다시 철철 오열하며) 살려다오, 내 아드님을 살려다오.(하며 내관1에게 맡기면)

내관1 (비장한) 천신 죽더라도 원손 마마는 반드시 섬 밖으로 모시겠나이다!

그때, 밖에서 들리는 히이잉... 말 소리.

강빈 가거라, 어서!!!

아이를 안고 나서는 내관1, 그리고 그런 내관1의 뒤를 따르는 무장한 내관2, 3, 4, 5.

S#49. 강화도 해안가 일각 / 낮

앞으로 아이를 안고 말을 달리는 내관1. 그 옆, 뒤로 네 명의 건장한 내관들이 내관1을 엄호하며 달린다. 하지만 저 멀리 뒤편에서 이들을 쫓는 청병들.

S#50. 강화도 해안가 일각 / 낮

집요한 눈빛이 된 길채가 아직도 눈물 기운이 남은 은애와, 종종이
등을 이끌고 길을 재촉하고 있는데, 문득 멈춰 서는 방두네.

방두네	애기씨... 저는... 여기 두고 가세요.
은애	(놀라) 방두네!
방두네	(애써 미소) 저는 이제 못 뛰어요. 그러니 저는 여기 두 시고...(눈물 고여) 우리 애기만... 데려가 주세요...(하 는데)
길채	(왈칵 일으켜 세우며) 한 번만 허튼소리 하면, 산모고 뭐고 대차게 매질을 해줄 테야, 일어서!!!
방두네	(눈물 흘리며) 애기씨...

길채, 우격다짐으로 방두네를 끌고 가려는데, 저편에서 소란스러운
소리. 보면, 해안가에서 아귀다툼이 벌어지고 있다.

S#51. 해안가 일각 / 낮

해안 일각 풀숲에 숨어 지켜보는 길채 일행. 보면, 해안가에 고작
열 명 정도를 태울 수 있는 작은 배가 있고, 그 배를 지키고 있는 군
병 대장, 복초와 구원무 등의 부하 군관들.

그런데 그 작은 배를 타고자 수십 명의 피난민들이 들러붙어 애원
하고 있다. 살려주세요, 태워주십시오, 제발 우릴 태워주십시오!!
우는 아비, 어미, 목이 터져라 우는 아이들.

복초   너희들을 태울 배가 아니라지 않아!!

군병들 우악스럽게 그들을 발길질하고, 밀치고, 검으로 위협하며 떼어놓는데,

길채   우리도... 저 배를 타자.
은애   무슨 수로? 타려는 사람들을 다 쫓아내잖아.(하는데)
종종이   저기!!

보면, 꺾어진 길 저 멀리서부터 말을 타고 달려오는 내관들. 보자기에 싼 아이를 소중하게 품고 말 달리는 내관1을 다른 내관들이 엄호하고 있는 모양새. 하지만 뒤편에서 쫓아오던 청병의 활이 뒤편 내관4, 5를 쏘아 쓰러트리고. 원손을 안은 내관의 말도 다리에 화살을 맞고 고꾸라진다. 필사적으로 아이가 다치지 않게 안고 쓰러지는 내관1. 이를 본 순간, 눈이 번쩍이는 길채.

길채   아니야, 우린 탈 수 있어!

S#52.   청군 진영 격리 막사 외경 / 낮

진눈깨비가 흩날리는 청군 격리 막사 외경. 수건을 두른 채, 마마 환자들을 격리 막사 안으로 옮기는 일을 하는 장현. 그 위로,

자막   **3일 후**

장현, 그사이 늘어난 천연두 환자들의 수를 가늠하다가 곁에서 같이 환자를 나르던 쿠틀러1에게 슬쩍 말을 건넨다.

장현   환자가 많이 늘었군. 혹시 폐하께서도 걸린 건 아니겠지?

쿠틀러1   폐하께선 하늘이 내린 분이야. 절대 이딴 병에 걸리지 않아!

장현   알지. 그냥 환자가 너무 늘어나니 혹시나 해서...(하는데)

마침 양팔을 잡혀 끌려 들어오는 청병2.

청병2   난 멀쩡하다니까.(쿨럭쿨럭) 그냥 고뿔이야. 마마가 아니라니까!!

쿠틀러1   (청병2 보며 고개 절레) 역시 물길은 갈 게 못 돼.

장현   (의아하여) 물길이라니?

쿠틀러1   (쓱 보더니) 폐하께서 강화도에 배를 보냈대.

장현   ...?!!

보면, 청병2의 허리춤에 차고 있는 낯익은 단도. 바로, 장현이 길채에게 준 단도다. 순간, 홀린 듯 청병2에게 다가가는 장현.

장현   이거... 어디서 났어?

청병2   넌 뭐야?

청병2, 장현에게서 단도 낚아채려다가 한순간, 쿨럭쿨럭... 컥... 피를 뽑는다. 좌악... 장현의 얼굴에 피가 튀면, 다른 쿠틀러들이며 청병들 놀라 흠칫, 피하는데, 장현, 얼굴에 튄 피는 안중에도 없다는 듯 더 바싹, 멱살을 잡고 묻는다.

장현   어디서 났어!!!

S#53.   청군 진영 격리 막사 인근 / 낮

격리 막사를 나선 장현. 뒤에서 다른 쿠틀러들이 뭐라 뭐라 꾸짖는 모양새지만, 들리지도 않는다. 외진 곳으로 가서 망연한 표정으로 쪼그리고 앉는 장현, 넋이 나간 표정인데, 그때, 작게 장현을 부르는 소리.

량음(E)   이봐... 이봐!!

하지만 장현, 량음의 소리 역시 들리지 않는다. 결국 주변을 살피곤, 은밀히 장현 곁으로 가는 량음.

량음   여기 있음 안 돼. 니가 아무리 잘나고 똑똑해도, 마마는 사람 가리지 않아. 그러니까...(하는데)
장현   (미칠 것 같은 심정이 되어) 내가 가라고 했어. 조선에서 제일 안전한 곳이 강화도라고, 내가... 가라고 했어.
량음   ...?!!

S#54.　청군 진영 격리 막사 / 밤

청병2, 벽을 보고 누워 여전히 흐느끼고 있는데, 누군가의 단검이 쓱... 청병2의 턱 밑에 꽂힌다.

청병2	뭐, 뭐야?!!
장현	이 단도... 어디서 났어?
청병2	내 전리품이라니까! 내가 죽인 조선인이 가지고 있던 거란 말이야.
장현	(얼이 빠진) 죽였어? ...정말?
청병2	(찔려서 머뭇...) 뭐, 죽은 건 못 봤지. 하지만 죽은 게 분명해. 여자가 어떻게 피해?
장현	...?!!

S#55.　(과거) 강화도 해안 일각 / 낮 (51씬 연결)

길채	너희들은 먼저 배로 가 있어.
종종이	싫어요! 전 애기씨랑 같이 있을 거예요!!
길채	어서 가!!(하며 저편 쓰러진 내관1 쪽으로 달려가고)
은애	(놀라 잡으려 했지만 늦었다) 길채야!!

S#56.　(과거) 강화도 해안 일각 / 낮

내관1의 품에 안긴 젖먹이 원손, 벼락같이 울고, 뒤에서 점점 가까워지는 청 추격병들. 내관1 일어나 보려 하지만 다리가 풀썩 꺾이자 절망스러워진다.

내관1　(원손을 꼭 안은 채 바닥을 기며 눈물범벅) 마마... 마마...!!(하는데)

길채　애기! 저한테 주세요.

내관1, 화들짝 놀라 보면, 절박한 표정으로 선 낯선 젊은 여인, 길채다.

길채　배를 봤어요. 그 배 타려던 거 맞죠? 내가 배 있는 곳까지 데려갈게요.

내관1　(반신반의하지만, 저편에서 가까워져 오는 청병들을 보고 지푸라기를 잡는 심정 되어 고개 끄덕) 제발... 우리 애기씨를...!

내관1, 길채에게 원손을 넘기고, 끙.... 검을 짚고 일어선다. 비장한 표정으로 청병들을 향해 우뚝 서는 내관1. 한 몸 희생해, 잠시라도 시간을 벌어보겠다는 심산.

내관1　(길채에게 어서 가라며 고개 끄덕) 가시오!

길채　(마주 끄덕... 하며 뛰기 시작하고)

저 멀리서 가까워지는 청병들. 내관1이 필사적으로 활을 쏘며 그들을 막아 길채가 뛸 시간을 벌고, 그중, 청병2가 쏜 화살을 필두로 십수 발의 화살이 피슝... 길채를 겨냥하며 허공을 가르고.

S#57.　(과거) 강화도 해안 일각 / 낮

해안가, 원손을 태울 배 인근, 아직도 배에 태워 달라 매달리는 피난민들. 그리고 그들을 검으로 위협하며 오르지 못하게 하는 복초 등 조선 군관들. 그때, 은애가 종종이와 방두네를 이끌고 배 앞에 온다.

복초　오지 말라니까! 너희들을 태울 배가 아니야!!(하는데)

은애　(헉헉... 숨을 고르며) 귀한 애기씨를 기다리고 있지요? 제 동무가 애기씨를 데려온다고 했습니다!!

복초　...?!!

S#58.　(과거) 강화도 해안 일각 / 낮

길채, 필사적으로 뛰어보지만, 이제 힘이 점점 떨어져 가고, 뒤편의 청군들은 점점 가까워진다. 땀범벅, 눈물범벅이 된 길채.

길채　제발... 제발...!!

이제 청병 하나가 거의 길채에게 가까워져, 길채에게 검을 휘두르려는데, 슝... 맞은편에서 화살이 날아와 청병에게 박힌다. 보면, 저편에 나와 길채를 엄호하는 조선 군병들.

군관1　원손 애기씨를 지켜라!!!

군관1을 비롯한 조선 군병들이 청병들과 맞서 싸우는 사이, 마지막

힘을 내어 뛰는 길채. 저편 해안가에 배와 은애, 종종이, 방두네가 보인다. 길채의 얼굴에 희망의 빛이 뜨고.

S#59.   (과거) 강화도 해안 일각 / 낮

이윽고 배 앞에 당도한 길채. 다급해진 복초, 팔을 활짝 벌려,

복초   애기씨를 다오, 어서!!

길채   (주려다가 멈추며) 내 동무들도 태워주세요.

복초   안 돼! 너는 태워주마!

길채   (아이를 더 꽉 안고 외면하며) 우리 모두 안 태우면 애
            기씨도 못 태웁니다.

은애   길채야, 너라도...(하는데)

종종이   (눈물범벅) 애기씨...

길채   원손 애기씨 젖은 누가 줍니까?(방두네 끌어당기며)
            우리에겐 막 몸을 푼 산모가 있어요. 젖이 돕니다!

방두네   (화들짝 격하게 고개 끄덕) 예, 젖이 돕니다. 젖이 나와
            요!!

복초   (격하게 갈등하다가) 태워!!

이윽고 길채와 은애 등등이 타면, 그제야 반갑게 길채에게 손을 내
미는 구원무. 길채가 원무의 손을 잡고 배에 오르면, 망연자실해 있
던 다른 피난민들 길채 등이 타는 것을 보고 눈이 휘둥그레지며 달
라붙기 시작한다. 나도 태워주시오, 나도 태워줘, 우리 아이라도 태
워주시오...!! 저편에선 다시 청병들이 쫓아오고 있고, 그때, 어떤 여

자가 마지막으로 배에 타려던 종종이의 다리를 잡고 늘어진다.

종종이   애기씨!!

여인1   우리 애라도 제발... 제발!!

종종이가 여인1의 손에 딸려 떨어지려 하자, 눈에 불길이 이는 길채.

길채   놔, 놔!!! 종종이한테 떨어져! 당신들이 탈 자리가 없다지 않아!

길채, 배를 잡고 있는 여인1의 손등을 단검 손잡이로 퍽퍽 찔러 떨쳐내다가 그 와중에 단도를 놓쳐버린다. 그제야 종종이, 여인에게 붙들렸던 다리가 풀려나며 겨우, 배에 올라탄다.

이윽고 배가 떠나면, 배 밖으로 밀려난 사람들이 오열하고. 곧, 해안에 당도한 청병3 등 병사들, 가차 없이 남은 피난민들을 베고, 끌고 가기 시작하고, 그사이 바닥에 떨어진 단도를 줍는 청병2. 아비규환의 현장을 보며, 얼어붙은 길채와 은애, 종종이, 그리고 방두네.

S#60.   (과거) 바다 + 배 / 밤

칠흑 같은 밤, 흔들리는 배. 배 한쪽 구석에 서로 몸을 꼭 붙여, 추위와 두려움을 견디는 은애와, 종종이, 방두네. 은애가 문득 눈을 뜨면 저편에 길채가 서 있다. 어쩐지 위태로운 길채의 뒷모습.

CUT TO

망연한 얼굴로 선 길채. 초점 없는 눈으로 어디 먼 곳을 보고 있으면, 그사이, 곁으로 다가온 은애.

길채   (문득 자신의 손을 내려보며) 내 손이 어떻게 된 모양이야.

은애   (가만 길채의 손을 잡더니, 어깨에 머리를 기대며) 아무 생각하지 마. 니 덕분에 종종이가 배에 탔잖아.

길채   ...

은애   너야, 우릴 구한 사람은. 언제나 너였어.

검은 바다 위에 오롯이 뜬 달, 흔들거리는 작은 배. 길채를 위로하는 은애와, 망연한 심정으로 먼 곳을 보는 길채의 눈빛.

S#61.   *(다시 현재) 청군 격리 막사 / 낮*

얼빠진 표정으로 청병2의 말을 듣는 장현.

청병2   운 좋으면 그 배에 탔겠지만, 못 탄 사람들이 더 많았고...

장현   ... 그럼, 그 배에 탄 사람들은?

청병2   곧 잡히겠지. 지금 근처 섬을 수색할 사람들을 모으고 있다는데... 누가 가? 이제 나도 물길이라면 지긋지긋해!(또 울먹울먹) 나도 바다를 건너다가 마마에 걸렸단 말이야...(엉엉... 울고)

장현	...!!

S#62.   청군 진영 / 낮

청병2의 말대로, 청군 진영 일각에서 일전 조선 선비의 머리 가죽을 벗기라 명했던 흉터 청병이 군병들을 모집하고 있다.

흉터 청병	물길에 익숙한 자들은 나서라! 폐하께서 큰 상을 내리신다! 배를 타본 적 있는 자들은 나서라! 누가 자원하겠는가!!

내키지 않는 표정으로 작게 웅성거리는 청병들.

청병3	물길 좋아하는 사람이 누가 있어? 천금을 준대도 싫어.
청병4	나도 싫어. 바다를 건너면 마마에 걸린대.(등등 구시렁대는데)

번쩍 손을 들며 나서는 이, 장현이다!

장현	내가 가겠소! 공을 세워서 나도 당당한 갑사가 되고 싶습니다!!
량음	(사색이 되어 턱, 장현 잡으며 속삭) 무슨 짓이야!!
장현	(주머니에서 작은 납서를 얼른 량음의 손에 쥐여주곤 다시 목청 높인다) 갑사가 되면 나도 내 몫으로 재미 좀 볼 수 있나? 헤헤...

장현의 능청에 와자하게 터지며 뭐라 뭐라 말 거드는 청병들. 량음, 납서 쥔 주먹을 꾸욱... 쥔 채 당혹스러운데.

S#63.　　산 일각 / 낮

강화도 인근 섬, 산 일각을 수색하는 청군 병사들. 바다의 발자국을 살피면서, 기민한 눈으로 사방을 살피는 흉터 청병을 비롯한 청군 병사들. 그리고 짐꾼이 되어 갑사들의 짐을 지고 이동하는 장현!

그때, 조금 높은 곳에서 이들의 움직임을 관찰하는 시선이 있다. 바로, 원손을 지키고 있는 복초와 구원무다. 청군의 움직임을 감지한 복초, 심각한 표정 되었다가, 문득 뒤를 돌아본다.

저편에서 원손에게 젖을 물리고 있는 방두네와 그 옆의 길채, 은애, 종종이 등의 초췌한 몰골. 복초, 뭔가 결심한 눈빛 되고.

S#64.　　동장소 / 낮

복초, 젖을 먹이고 있는 방두네 곁으로 다가와 서면,

방두네　　애기씨가 아주 기운이 좋으세요.(실실... 비굴한 미소 지으며 은애한테 원손 넘기곤) 이제 우리 애기한테 젖 먹여도 되지요? 칭일 굶겨서...(하며 얼른 종종이가 안고 있는 애기 받는데)

복초　　(은애에게 원손을 달라는 손짓)

은애	(의아해하며 원손 넘겨주면)
길채	(역시 의아해서 보는데)
복초	(원손을 받아 옆의 구원무에게 넘겨주며) 오랑캐 놈들이 수색대를 보낸 모양이야. 붙어 다니면 위험하니, 일단 둘로 나눠 가자고.
길채	예? 하지만...
복초	걱정 마. 너희는 여자들뿐이니, 더 안전한 길로 보내지. 저편 길로 갔다가 다시 나루터에서 합류한다. 거기에 우리를 기다리는 배가 있을 거야.
길채	(의심하는 눈빛을 거둘 수 없고)
복초	가, 어서! 늦으면 배를 탈 수 없어!

길채와 은애 등, 주춤주춤... 뒤돌아서 가면, 복초, 사람 좋은 미소 지으며 길채 등에게 가라는 손짓. 길채 등이 멀어지자, 부하 군병 구원무, 당황스러워 복초를 본다.

구원무	저편은 오랑캐들이 지나가지 않습니까?
복초	저들이 시간을 벌어주겠지. 가자!!
구원무	...?!!

S#65. 산일각 / 낮

수색하는 청병들, 뒤편에서 짐을 지고 따르는 장현. 어쩐지 입이 버썩 말랐고, 식은땀이 흐른다. 몸이 왜 이러지? 그사이, 장현에게 청병들이 시시덕거리는 소리 들린다.

청병5	조선 세자의 아내라면 우리가 데리고 놀아선 안 되겠지?
청병6	그래도 시녀들은 우리랑 놀아도 되지. 시녀들도 피부가 하얘.
흉터 청병	(슛! 하지만 실실 웃는 표정이고)
청병6	이 고생을 하고 여즉 조선 여자들 맛도 못 봤습니다. 몽골 놈들은 진즉 볼 재미 다 봤다는데. 여긴 섬이니... 좀 봐주십시오.
청병5	(아랫춤을 턱 잡으며) 이놈이 밤마다 얼마나 우는데요. 하얀... 하얀...하면서.

다들 껄껄... 웃고, 장현, 뒤편에서 이들의 대화를 들으며 쓴 얼굴이 되는데, 다음 순간 장현, 흠흠 잔기침을 하는가 싶더니, 쿨럭... 크게 한 번 기침한다. 장현의 손에 묻어 나오는 검붉은 피!

(Ins.C) *6부 52씬*

좌악... 장현의 얼굴에 튄 청병2의 피.

장현, 놀라 멈칫했다가 눈에 띌까 얼른 그 피를 비벼 닦는데, 그때, 뒤편에서 가늘게 들리는 애기 울음소리. 앞선 흉터 청병, 돌아서서 묻는다.

흉터 청병	무슨 소린가?
장현	(혹시...?!! 얼른 나서며) 제가 가봅지요!

장현, 소리 나는 쪽으로 가면.

S#66.   산 일각 / 낮

소리 나는 쪽으로 다가가는 장현. 아련하게 들리던 애기 울음소리
가 점점 가까워지고.

한편, 바위 뒤에 숨은 길채 일행. 방두네가 우는 애기를 달래보려
하지만 애기는 계속 칭얼거리고, 저편에서 저벅저벅 발소리까지
들리자, 길채 등, 사색이 되는데, 한순간 발소리가 멈춘다. 길채 등,
더욱 겁에 질려 뒤도 돌아보지 못한다. 하지만 길채의 뒤에 선 이
는 바로 장현.

길채를 발견한 장현, 울컥 눈물이 맺힐 만큼 반가워, 자기도 모르게
한 걸음 다가서려다가 멈춘다. 자신의 손에 남은 피, 천연두의 흔
적. 장현, 얼른 입과 코를 막고 몸을 돌이켜 저편을 보면, 흉터 청병
대장이 이쪽으로 다가오고 있다. 길채 일행을 뒤에 두고 얼른 흉터
청병 쪽으로 성큼 걸어가는 장현.

흉터 청병   뭔가?

장현   (아무렇지도 않은 척) 고양이.

흉터 청병   (고개 끄덕 돌아서 가며) 고양이는 꼭 사람 애기처럼
          운다니까.

장현   그러게 말입니다.(하고 그 뒤를 따르려는데)

다시 가느다란 애기 소리. 흉터 청병, 고개 갸웃...

흉터 청병   이건 고양이 소리가 아닌데.

하며 길채 쪽으로 다가가려는데, 다음 순간, 청병 대장의 한쪽 무릎
이 풀린다. 장현이 돌덩이로 흉터 청병의 뒤를 쳤다. 흉터 청병, 뒷
목을 움켜잡곤, 눈에 불을 뿜으며 검을 뽑아 장현에게 달려들고. 길
채 등이 소란에 화들짝 돌아보면, 장현과 흉터 청병이 싸우고 있다.

종종이　　지들끼리 싸우나 봐요!
길채　　　가자. 이 틈에 가야 해!!

길채가 일행을 데리고 저편으로 뛰기 시작하고, 흉터 청병에 맞서
싸우며 길채 등의 뒷모습을 보는 장현. 부디... 제발! 빨리 도망가!!
응원하는 눈빛 되어.

그 와중에 무기가 없어 밀리던 장현이 쓱, 허벅지가 베이자, 장현,
있는 힘을 다해 퍽... 돌멩이로 흉터 청병을 쳐 쓰러트리곤 검을 뺏
는다. 곧, 우르르... 몰려오는 청병들.

청병6　　（흉터 청병이 쓰러진 것을 보고 놀라） 무슨 일이야?
　　　　　（했다가 저편에 달려가는 길채 일행의 뒷모습 보고） 쫓
　　　　　아..!!（하는데）

장현, 끙... 검을 짚고 우뚝 서서 청병들 앞을 막아선다.

장현　　　（조선말로） 이제 여기는... 아무도 못 지나간다.

S#67.   길채와 장현 교차 / 낮

- 산 일각

필사적으로 뛰는 길채 일행. 그때, 길채에게 떠오르는 찰나의 순간.

(Ins.C)   6부 66씬

청병 대장과 싸우던 사내, 털모자 아래로 살짝 드러난 옆얼굴. 장현을 닮은 듯도, 아닌 듯도.

뛰다 말고, 우뚝 멈춰 선 길채.

은애	길채야! 빨리!(하는데)
길채	(어쩐지 알 수 없는 기분에 획 돌아보고)

- 산 일각

홀로 십수 명 청병을 맞아 필사적으로 싸우는 장현.

- 산 일각

은애의 부름을 뒤로하고 저편을 보는 길채. 문득 장현의 말이 떠오른다.

(Ins.C)   5부 59씬

장현	내... 이 달빛에 대고 맹세하지. 그대가 어디 있든, 내 반드시... 그댈 만나러 가리다.
길채	먼저 가 있어.

은애	무슨 소리야?
종종이	애기씨!!!

하지만 길채, 이미 되돌아 뛰기 시작하고.

청병들을 맞아 필사적으로 싸우는 장현과 의구심이 점점 확신으로
바뀌며 장현에게 달려가는 길채, 두 사람에서.

- 6부 끝

戀人 —— 제 七 부

戀
人
—

S#1. 산일각 / 낮

장현, 끙... 검을 짚고 우뚝 서서 청병들 앞을 막아선다. 당황하여 시선을 교환하는 청병들.

장현   (조선말로) 이제 여기는... 아무도 못 지나간다.

S#2. 산일각 / 낮

필사적으로 뛰는 길채 일행. 하지만 길채에게 떠오르는 찰나의 순간.

(Ins.C) 6부 66씬

청병 대장과 싸우던 사내의 털모자 아래로 드러난 옆얼굴. 장현을 닮은 듯도, 아닌 듯도.

결국, 우뚝 멈춰 선 길채.

S#3.   산 일각 / 낮

청군 십수 명을 맞아 필사적으로 싸우는 장현. 장현, 잔 상처를 입고, 체력이 고갈되어 기진맥진해졌지만 한 놈도 보내지 않으려 사투를 벌이고, 이제 마지막 한 놈이 남았다. 여기저기 다쳐 휘청거리는 청병. 장현, 핏발 선 눈으로 마지막 청병에게 검을 휘두르는데, 놈이 장현의 검을 피하며 가격하자, 장현, 그대로 야트막한 비탈 아래로 굴러떨어져 버린다.

장현, 마지막 남은 체력을 모아 기어 올라가 마저 처리하려고 하는데, 갑자기 현장에 나타난 구원무. 원무, 휘청거리는 마지막 청병을 베어버린다. 동시에, 들리는 음성.

길채(E)   우릴 구해주셨군요!

장현, 가늘게 눈을 떠보면, 저만치 다시 돌아와 원무와 마주한 이, 길채다!

길채   우릴 사지로 보낸 것인 줄 알고 원망했는데.
원무   (난처한) 그것이...
길채   (눈물 그렁...) 제가 괜한 오핼 했습니다. 고맙습니다!
원무   (말 돌린다) 여기서 지체하지 말고, 이제 가시지요.

원무, 길채를 저편으로 인도하는데, 길채, 어쩐지 묘한 기운에 잠깐 장현이 있는 쪽을 돌아본다. 하지만 끝내 장현을 발견하지 못하고 가는 길채. 장현, 핏발 선 눈에, 안도의 미소를 담아 눈물마저 그렁...

장현　　　말했지. 내 반드시... 그댈 만나러 온다고...

그리곤 그대로 정신을 잃는 장현.

타이틀 오른다.
〈몹시 그리워하고 사랑한 **연인**戀人〉

S#4.　　　**남한산성 소현 침전 / 밤**
소현과 마주한 량음. 량음이 창백해진 얼굴로 바싹 부복하고 있다.

량음　　　(납서를 바치며) 장현이 마지막으로 올린 납서이옵니다.

자막　　　**3일 전**

소현, 얼른 받아 납서를 펼치면, 량음, 눈시울이 붉어져서 이마가 바닥에 닿을 듯 부복하여,

량음　　　저하, 하루속히 이 전쟁을 끝내시어...
언겸　　　무엄하다! 니까짓 게 감히 저하께 왈가왈부하느냐?!!

량음	하오나 장현이 내일이면 섬으로 떠나는데, 전쟁이 길어
	지면 언제 돌아올지, 살아 올지 기약할 수 없으니...(하
	며 메인 목을 어쩌지 못하는데)

그때, 들어오는 이, 최명길이다.

최명길	(소현에게 읍하면 소현이 고개 까닥. 명길, 이제 량음
	보더니) 내가 그자를 직접 만나봐야겠네.
량음	...!!

S#5. 나루터 / 낮

청병들이 나루터에서 출발하기 전 배를 타려고 준비하고, 장현 등
쿠틀러들 몇이 짐을 나르고 있는데, 저편에서 쌔꾹쌔국... 새소리.
평이한 새소리에 다들 무관심한데, 오직 장현의 안색만 변한다.

장현	(옆 흉터 청병에게) 아이구 배...
흉터 청병	(다녀오란 듯 눈짓하면)
장현	예예!

장현, 헤헤... 능청스레 바지춤 추키며 얼른 저편 수풀 쪽으로 뛰어
가고.

S#6.   산 일각 / 낮

장현이 오면, 량음이 기다리고 있다.

장현   미쳤어? 여길 왜...(하는데)

량음 뒤에서 나타난 이, 평민 복장을 한 최명길이다.

장현   ...?!!

S#7.   동장소 / 낮

량음의 시선으로 보이는 청병들의 모습. 배에 오르거나, 배에 오르기 전 시시덕거리며 농담 따먹기 하는 모양. 량음 다시 고개 돌려 보면, 저편에 마주한 장현과 최명길.

- 일각

최명길과 마주한 장현. 장현, 여전히 물음표가 그려진 얼굴인데,

최명길   자네로군. 그간 납서를 보낸 이가.

장현   살다 보니 별일을 다 봅니다. 높으신 분께서 목숨 걸고
           예까지 납시다니. 제가 알아낸 것은 모두 납서로 올렸
           습니다만... 부족하십니까?

최명길   우리 임금을 살릴 방도가 있겠는가?

장현   ...?!!

최명길   니가 일찍이 납서를 보내 강화도가 함락될 것을 우려

했던 것을 알고 있다. 허나... 조정에선 차마 정강에서의 일이 벌어질까 두려워 화의를 서두르지 못했어. 이제 강화도까지 함락된 터에 전하께서 출성하시면 어찌 정강에서와 같은 일을 면할 수 있겠는가? 우리 임금을 구할 방도가 있겠는가?

어이없다는 표정으로 멍... 하니 보다가 곧 킬킬 웃고 마는 장현. 당황스러운 명길, 저편 망을 보던 량음도 당황해서 보고.

장현	(실실... 웃으면) 참으로 대단하십니다. 지금 이 판국에 나랏님 목숨이 그리 중하십니까? 어린 병졸들이 얼어 죽고, 고지식한 선비들 머리 가죽이 벗겨지고, 강화도 여인들 수십이 자결했소이다. 차라리, 이판 대감 목숨 구할 방도를 물으십시오. 허면, 내 정성을 다해 도우리다.
최명길	허면, 니가 목숨을 걸고 노진까지 간 이유가 무엇이냐? 너 역시 이 나라 조선의 사직을 구하고자 함이 아니냐? (하는데)
장현	(웃음기 거두며 똑바로 명길 본다) 사직 따윈 관심 없소이다. 다만... 빌어먹을 전쟁이 빨리 끝나기만을 바랐을 뿐이오.
최명길	전쟁은!! 이제 전쟁은... 끝난 것이나 마찬가지다. 다만... 청과 화의하는 일에 이 나라 조선의 사직이 달려 있어. 조선의 명운이 달려 있단 말이다!
장현	(보면)
최명길	니놈이 알량하게 위악을 떨고 있지만 너 또한 백성을

근심하여 목숨 걸고 노진에 든 것이겠지? 허나... 전하를 살려야 백성이 사는 것이다.

장현　(명길의 말을 부정하지 못하고)

최명길　전하께서 저들의 손에 시해되시는 것으로 전쟁이 끝나면, 우리 신하들은 전하를 살리지 못한 죄인이 될 것이고, 이 백성들은 임금 없는 나라의 백성이 되는 것이다. 부모 없는 자식의 비참을 니가 아느냐? 임금 없는 백성의 고통을 아느냐!! 어찌 모르느냐? 알면서도 모르는 척하는 것이냐?!!

노대신의 탄식과 두려움, 절망이 고스란히 전해지고. 그런 명길을 보다가 깊은 한숨 뱉는 장현.

장현　그래, 내 한 번만 속는 셈 치겠소. 정, 전하를 살리고 싶거든 천연두를 이용해 보십시오.

최명길　...?!!

S#8.　**나루터 / 낮**

명길과 대화를 마친 장현이 배에 오르고, 일각에서 이를 보는 명길과 량음. 장현의 배가 멀어지자 량음의 표정이 애절해진다. 청병들과 시시덕거리다 설핏, 이편을 보는 장현. 량음, 그런 장현을 떠나보내며 눈시울이 붉어지고.

S#9.　　용골대 막사 / 저녁

용골대 막사 안에 앉아 용골대를 기다리는 최명길. 잠시 후, 용골대
가 정명수를 대동하고 들어오면,

최명길　　우리 임금과 사직을 보존할 수 있을지 확답을 얻고 싶
　　　　　　소!

용골대　　(명수에게 전해 듣더니) 그건 오직 폐하께 달린 일입니
　　　　　　다.(하고 나가려는데)

최명길　　허면, 폐하를 뵙게 해주시오.

용골대　　내게 말하시오.

최명길　　허면 도도(자막: 십왕, 홍타이지의 이복 아우)를 만나게 해주
　　　　　　시오.

용골대　　(이자가 왜 이러지... 하는 눈빛 되어) 내게 말하라지 않
　　　　　　소!

최명길　　혹... 두 사람 다 '생신'(자막: 生身 천연두를 앓은 적이 없어 면
　　　　　　역이 없는 자)이기에 만날 수 없는 겁니까?

용골대　　...?!!

최명길　　마마가 돌고 있다는 사실을 알고 있소. 또한 그 때문에
　　　　　　폐하와 생신들이 몸을 숨겼다는 사실도 압니다.

용골대　　(예민해진 얼굴) 누가 그런 헛소문을 퍼트린단 말인
　　　　　　가? 강화도가 함락되었다. 너희 왕도 이제 더는 버틸
　　　　　　수가 없어!

최명길　　마마가 퍼진 사실이 알려지는 건 두렵지 않소?

용골대　　...!!!

(Ins.C)	***7씬 연결***
최명길	천연두를 이용해?
장현	칸이 제수용품을 챙겨 왔습니다. 칸은 조선을 굴복시켜 천명이 자신에게 있음을 증명하려 이곳까지 온 것이 분명합니다. 헌데, 마마가 돌았습니다. 그게 무슨 의미 인지 아십니까? 본시 마마가 창궐하는 것은 하늘의 분 노로 여겨집니다.
최명길	...?
장현	대감께선 나 같은 놈보다 똑똑한 분이니 이쯤 하면 뭘 해야 할지 아시겠지요?
최명길	(느긋하게 찻잔 들며) 폐하께선 차하르에서 몽골을 굴 복시켜 받은 전국옥새를 무척 귀하게 여기시지요. 전국 옥새는 천하의 주인이 될 자를 스스로 찾아간다는 전 설이 있다지요. 그 옥새가 폐하께 왔으니... 폐하께오선 참으로 천명을 받아 황제가 되신 것이 아닙니까?
용골대	....(점점 불안해지고)
최명길	헌데... 조선 원정길에 마마가 퍼진 사실이 알려지면, 누 가 폐하께서 하늘의 뜻을 받았음을 믿겠소? 마마는 본 시...(똑바로 본다) 하늘이 내리는 분노가 아닙니까?
용골대	(쿵.. 탁상 내리치더니) 우리가 너희를 모두 쓸어버릴 수 있음을 모르는가?
최명길	우리가 쓸려가기 전에 칸의 위엄을 해칠 수 있음을 모 르시오?
용골대	(부들부들 떠는데)

최명길	(다시 부드러운 말투 되어) 장군... 노여워 마시오. 우리 도 화친을 원합니다. 다만... 조건이 있소.
용골대	...!!

장현(E)	임금님을 출성시키는 것은 저들에게 절대 양보할 수 없는 조건이니, 이것은 받아들이셔야 합니다. 만일 이 마저 거절하면 끝내 홍이포로 성 문을 부수고 들이닥 칠 것입니다. 대신, 마마가 돌았던 일을 비밀로 하겠다 고 약조하면 임금님께서 출성하여도 절대 저들이 정강 에서와 같은 일을 벌이진 못할 것입니다. 저들이 가장 원하는 것은 조선왕이 스스로 머리를 숙이는 것입니다.

최명길	우리 임금께서 출성하실 것이오. 허나 만일... 정강에서 와 같은 일이 벌어진다면... 내 사지 육신이 찢기는 한이 있더라도 그대들이 이곳에서 천연두를 얻어 하늘의 뜻 을 저버린 것이 증명되었음을 온 천하에 알릴 것이오.
용골대	이......(부들거리고)
최명길	(다시 달래는 투로) 우리 임금께서 성 밖으로 나와 신 하의 예를 갖추고, 세자께선 볼모로 가실 것입니다. 이 것이면 충분치 않습니까? 허나 여기서 더 시간을 끌면, 천연두는 걷잡을 수 없이 퍼질 것이고, 폐하의 안위도 장담 못 하리다. 만일 폐하께오서 천연두에 걸리기라도 하면...
용골대	(두려움으로 흔들리는 눈빛)

S#10.   홍타이지 막사 / 낮

훈증기에서 내려와 가운을 입는 홍타이지, 그 앞에 선 용골대. 막 용골대의 보고를 받은 듯, 불편한 기색이 된 홍타이지.

용골대   저들이 마마가 퍼진 일이며, 폐하께오서 생신으로 몸을 숨기신 일까지 모두 알고 있었나이다.

홍타이지   (끙...)

용골대   해서... 마마에 대한 비밀을 지키는 대신, 화친에 반대한 신하는 고작 셋만 내보내고, 화친이 성사된 이후 어떤 포로도 잡을 수 없으며, 또한... 절대로 정강에서와 같은 일을 꾸며선 아니 된다 요구했나이다.

홍타이지   (피식) 조선에도 거래를 할 줄 아는 자가 있었던가.

용골대   (고개 푹 숙이며) 마마가 잡히질 않사옵니다. 하루빨리 철군하지 않으면, 폐하께오서....

홍타이지   (쿵!) 짐은 하늘이 낸 천자다! 절대 마마에 걸리지 않아!!

용골대   (흠칫 시선 떨구면)

홍타이지   (서안의 물건을 모두 쓸어버리며 폭발한다) 저자들을 다 쓸어버릴 것이다. 골수까지 잘근잘근 씹어 죽일 것이다!!

전에 없던 홍타이지의 분노. 용골대, 덜덜 떨며 얼어붙고.

S#11. 남한산성 편전 마당 + 편전 / 밤

어둠에 휩싸인 남한산성 외경. 진눈깨비가 희끗거리며 날리고 있다.
그 위로, 부복한 채 꿈쩍도 하지 않는 김상헌과 윤집, 십수 명 간관
들. 상헌의 수염이 하얗게 얼어 딱딱해졌지만, 일어설 줄 모르고.

일각엔 최명길과 김류, 홍서봉 등이 서서 근심 깊은 표정으로 이들
을 지켜보고 있고, 편전문 앞, 우뚝 서서 이를 지켜보다가 문을 닫
고 돌아서는 소현. 소현의 시선 끝, 편전 어좌 위에, 인조가 홀로 쓸
쓸하게 앉아 있다.

S#12. 남한산성 편전 / 밤

편전에 오직 인조와 소현세자뿐. 막막한 정적. 이윽고 인조가 입을
연다.

인조	저들은 여전히... 눈을 맞으며... 침묵으로 외치는가?
소현	(목울대가 울렁...하고)
인조	저들이 죽기로 나의 출성을 반대하니, 그 충심을 고마워해야 할 것인가... 나와 더불어 죽기를 다짐하니, 그 절개를 원망해야 할 것인가?

소현, 깊은 고통을 속에 가둔 채, 담담한 표정으로,

소현	전하. 원손의 생사를 알 길이 없습니다. 이제 전하만이 유일한 사직의 희망이오니, 부디...(차마 말 잇기가 어

려우나 용기를 내어) 출성하시어... 사직을 보존하소서.

인조　세자는 칸이 나를 성 밖으로 끌어내고도 살려줄 것이라 믿는가?

소현, 얼른 눈물을 삼키며 무릎걸음으로 절박하게 다가가,

소현　전하, 저들이 천단에 놓을 제수용품을 챙겨 얼음강을 건너왔다 합니다. 칸이 제수용품을 하루에도 몇 번씩 들여다보았다 했습니다. 칸은 전하를 끌고 가려는 것이 아니라, 전하를 신하 삼은 것을 온 천하에 과시하고저 전하의 출성을 독촉하고 있나이다. 허나, 지금 나가지 아니하면, 저들은 산성을 부수고 산성 안의 모든 사람을 도륙 낸 후에, 전하를 무릎 꿇릴 것이오니, 그때에 이르면... 그 무엇으로도 전하를 구할 수 없을 것이옵니다.

인조　(고개 끄덕... 끄덕끄덕) 그래... 내가 성 밖으로 나가야겠지. 허나... 저들이 설사 나의 육신을 살려준다 한들, 오랑캐에게 머리 숙인 임금은 이미 죽은 것이나 마찬가지다. 내, 광해가 오랑캐와 사통한 것을 치죄하고자 반정을 일으켰거늘, 이제 오랑캐에게 허리를 굽히면, 장차 누가 나를 섬기겠는가? 누가 나를 임금으로 여기겠는가?

소현, 무릎걸음으로 더 가까이 인조 앞에 다가간다. 인조의 무릎을 잡고 머리를 숙여 오열하는 소현.

　연인 1

소현	세상이 전하를 오해하여도 소자는 아웁니다. 전하께오선 사직을 위해 굴욕을 감내하시는 것입니다. 오직 용기 있는 자만이 비굴함을 견뎌 삶을 구할 수 있으니...
인조	(눈물 범벅된 소현의 얼굴을 애틋하게 쓰다듬어 눈물을 닦아주며) 그래... 동궁만은... 이 애비의 맘을 알아줄 것이다. 세상이 모두 등을 돌려도... 동궁만은... 내 아드님만은...
소현	(끄덕, 끄덕끄덕) 예, 아버지... 예...

인조, 소현을 품에 안은 채, 철철 오열하고.

S#13.   남한산성 서문 / 낮

남복을 입은 채 남한산성 서문을 나서는 인조. 그 뒤로 따르는 소현과 최명길, 김류, 홍서봉 등의 신하들. 길 양옆으로 출성을 반대하는 신하들의 전하, 전하... 비통한 음성. 그리고 일각에 서서 이를 지켜보는 연준과 대오 등, 다른 유생, 선비, 백성들. 의분에 찬 젊은 선비들의 말이 인조의 뒤에 꽂힌다.

선비1	전하 저들을 믿지 마소서. 이제 궁을 나서시면 저들이 정강에서와 같은 일을 벌일 것이옵니다.
선비2	당초 오랑캐들이 말하길 세자를 보내면 화친하는 일을 이룰 수 있다고 하였는데, 세자를 보내기로 약조한 뒤에는 또다시 칭신하라 하였고, 칭신한 연후에는 전하를 성에서 나오라 하였사오니, 이는 반드시 전하를 북으로

끌고 가고자 함이옵니다.

선비3 화친을 꾀하는 자들은 겉으로는 눈물을 흘리며 임금을 버리고 자신을 안전하게 보전할 계책을 품고서 전하를 호랑이의 입에다 던져 넣으려고 하나이다! 성을 나서지 마소서, 전하!!

선비들의 말을 뒤로하고 성을 나서는 인조에서 화이트 아웃.

S#14. *길 일각 / 낮*

화면 또렷해지면, 피난민들이 수십여 명 줄지어 이동 중이고, 그 속에 길채와 은애, 이제 걷기 시작한 방두네와 종종이도 섞여 있다. 이루 말할 수 없이 초췌한 몰골이 된 길채와 종종이. 그저 죽을힘으로 한 걸음, 한 걸음 걷는데, 저편에서 마주 오는 피난민들.

방두네 (의아하여) 어딜 가시우.

사내1 난리가 끝났소.

길채 끝나다니요?

은애 허면... 우리 임금께서 결국 끌려가셨습니까? 혹, 목숨을 잃으셨습니까?!!

사내1 그건 아니라우. 임금님이 성 밖을 나왔는데도 안 죽이고 살려줬대.

사내2 임금님이 오랑캐한테 아홉 번이나 머리를 조아렸다지 않아. 챙피하게.

사내1 그 덕에 전쟁이 끝났잖아! 그럼 평생 피난 다닐 거야?

사내2   누가 그렇대...(하며 멀어지면)

길채 등, 피난민들이 웅성거리며 멀어지는 것을 멍... 보는데,

길채   (혼잣말처럼 중얼...) 전쟁이 끝났어.
방두네   (울컥 밝아지고)
종종이   (믿을 수 없다는 듯) 애기씨...

와락 길채를 껴안는 은애. 길채, 얼떨떨하여 멍해 있더니,

길채   가자...(울 것 같은, 하지만 희미한 미소) 집에 가자...!

S#15.   능군리 동구 / 낮
능군리 동구 큰 나무 밑을 지나는 길채와 은애. 동구 아래 보이는 능군리 풍광. 서로 희망과 설렘에 가득 차, 시선 교환하다가 다시 걸음을 재촉하는데.

S#16.   능군리 길 일각 / 낮
길채와 은애 등의 낯이 식었다. 보면, 폐허가 된 능군리 곳곳. 꽃달임 날 반갑게 손잡던 골목길도, 여인들이 화전가를 부르며 걷던 꽃나무 길도, 송추 회혼례 날 신랑을 싣고 지나던 서원 담벼락도 모두 불타고 허물어졌다. 넋 나간 얼굴로 지나가는 길채 등.

일각, 말라비틀어진 개가 길채 일행을 보고 꼬리를 흔들며 다가오다가 기운이 풀렸는지 바닥에 주저앉고.

길채   이게 뭐야...(하는데)

S#17.   길채집 별채 마당 / 낮

별채 마당, 길채가 깊숙이 파묻었던 꽃신들이 이미 파헤쳐져 불에 타거나 썩어 있는 모양이 화면 가득. 보면, 타다 만 꽃신을 본 길채, 넋이 나간 표정인데. 일각에서 님자!! 하는 소리. 보면, 방두네의 남편, 박대다.

박대   님자!!!
방두네   여보오!!
박대   아이고, 님자... 아이고...!!

방두네와 남편 박대가 얼싸안고, 박대, 아이를 보고 놀라 기뻐하며 안는 와중에,

영채(E)   언니...

길채, 홱 돌아보면, 저편에 제남의 손을 잡은 교연과 영채가 서 있다. 길채, 지금 앞에 선 것이 진짜 아버지인가, 진짜 영채인가... 해서 보면, 영채가 다가와 와락 길채를 껴안는다.

영채   왜 이제 와. 안 오는 줄 알았단 말이야. 죽은 줄...(하다
        목 메이고)

멍하니 안겨 있던 길채, 이제 아버지 교연에게 시선이 옮겨 간다.
제남의 손을 꼭 잡고, 멍... 하니 선 교연. 어쩐지 예전 아버지와 다
른 느낌. 교연, 경계하듯 길채를 보면,

길채   아버지...(하며 얼른 다가가는데)
교연   (한순간 뒷걸음으로 물러나고)
길채   아버지... 저예요, 길채예요!!
교연   길채... 내 딸을 아시오?
길채   ...!!

S#18.   길채집 별채 / 낮

대청에 멍하니 앉은 교연. 몸은 여기 있으나 시선은 저 멀리 먼 곳
을 더듬는 듯 넋이 나간 표정. 그 앞에서 천진하게 흙장난하는 제남.
그리고 방 안에서 이를 보는 길채와 영채 그리고 은애. 은애, 마치
처분을 기다리는 심정, 두려움 가득한 얼굴로 영채만 보고 있다.

영채   ... 강 건너자마자 오랑캐를 만났어. 은애 언니 아버지가
        오랑캐를 유인해서 따돌리시겠다고 했어. 덕분에 우린
        살았지만, 언니 아버지는 잡혔어.
은애, 길채   ...!!
영채   오랑캐들이 잡고 보니 힘없는 늙은이라고 화를 내더

니, (은애 보며 망설이다가...) 죽였어. 그 자리에서.

은애   (숨이 턱)

영채   우리는... 숨어서 다 봤어. 아버진 차마 우리 때문에 나

              서지도 못하고... 그러다 저렇게...

은애   (그대로 혼절하고)

방두네   애기씨!!

영채   미안해, 미안해 은애 언니...

혼절한 은애와, 엉엉 영채의 울음 소리. 길채, 정신이 아득해져서 마루에 앉은 아버지 교연을 본다. 교연, 제남의 노는 양을 멍... 하니 보는데, 교연에게 떠오르는 근직과의 한때.

S#19.   *(교연의 회상)* **여희서원 마당 / 낮**

송추의 회혼례장. 뒷짐 진 채, 근엄한 표정으로 량음의 노래를 듣던 근직. 하지만 근직의 뒷짐 진 손가락과 발만은 까닥까닥 장단을 맞추고 있다.

S#20.   *(다시 현재)* **길채집 / 낮**

저만치 먼 곳을 더듬는 눈빛으로 근직을 떠올린 교연에게 희미하고 슬픈 미소가 뜨고, 그 위로,

김류(E)   난리 중에 공을 세운 자들을 아룁니다.

S#21.　　조선 궁 편전 + 한양 우심정 내실

- 조선 궁 편전 / 낮

인조 아래로 최명길, 김류, 홍서봉 등의 대신들이 일별한 가운데, 포상을 받을 사람들이 부복하고 있다. 그중에 연준과 구원무, 그리고 복초 등도 보인다.

김류　　　전쟁 중에 적병을 뚫고 산성으로 와 전하를 뫼신 자.

앞으로 나서는 연준과 대오 등.

- 산 일각 / 새벽

피투성이가 된 채 죽은 듯 쓰러진 장현. 그때, 휘잉~ 부는 겨울바람. 장현, 스르르... 눈을 뜬다. 겨우 몸을 일으키는 장현. 겨울바람은 더욱 매섭게 몰아치고, 장현, 덜덜 떨며, 다리를 절룩이며 산길을 나선다. 외롭고 쓸쓸하다.

- 은애집 근직방 / 낮

생전 근직의 방에서 근직이 읽던 서책을 쓰다듬으며 우는 은애. 양옆에서 지켜보는 길채와 종종이, 방두네, 영채 등. 마당에선 제남과 교연이 천연스럽게 놀고 있고.

- 조선 궁 편전 / 낮

김류　　　전하를 뫼시고 산성에 들어간 호송 공신...(부복한 자들 중 두엇이 앞으로 나서고) 적을 베어 나라의 위를 높인 공신...(구원무와 복초 등이 나서고)

- 섬 나루터 / 낮

량음과 구잠이 사람을 풀어 장현을 찾고 있다. 일단의 사내들이 우르르... 저편으로 가고, 막 다른 사내들이 우르르 도착하여 량음과 구잠에게 보고하는 모양새.

량음   (문득 뭔가를 보고 굳는다)

보면, 저편에서 뚜벅뚜벅... 홀로 걸어오며 가까워지는 사내, 장현이다!

장현   (덜덜 떨며 오다가 량음 등 발견하고 미소) 어~이!!
               (하고 손 드는데 다음 순간 또 쿨럭쿨럭 피를 토한다)

구잠   성님!!(하고 달려가면)

량음   ...!!

- 조선 궁 편전 / 낮

김류   특히 초관 구원무는 홀로 적병 십수 명을 처단하여, 원손 애기씨를 구하는 공을 세웠나이다.

원무   (읍하면)

복초   (그런 원무를 질시하는 눈빛으로 보고)

- 한양 우심정 내실 / 낮

이마의 식은땀, 얼굴엔 열꽃이 핀 채, 신음하는 장현. 그리고 장현의 이마를 정성껏 닦아주며 간호하는 량음, 옆에서 울상이 된 구잠.

구잠	아이고 성님...!!
량음	(매섭게 화내며) 왜 울어? 누가 죽었어?

신열에 시달리는 장현과 영광스런 자리에 선 연준과 원무에서.

S#22. 능군리 일각 / 낮

박대와 함께 능군리 논밭 일대를 도는 길채, 영채, 대복이 업은 방두네, 제남의 손을 잡고 따르는 교연 등. 그사이 피폐해진 능군리의 들판.

박대	땅 부쳐 먹던 소작농들은 죽은 건지, 포로로 끌려간 건지 돌아올 기약이 없습니다. 추수한 곡식은 오랑캐 놈들이 죄다 가져가서 종자로 쓸 것도 없고... 에이, 천벌 받을 놈들.
길채	자네는 돌아와 줬구만.
박대	당연히 와야지요. 공 받은 걸 오랑캐 놈들에게 다 뺏겨서... 죄송할 따름입지요.
방두네	(코 훌쩍) 암요. 죽더라도 마님 옆에서 죽어야지. 농사꾼들 돌아와 다시 땅 다지고 소출 내려면 두어 해는 지나야 할 터인데, 어찌하면 좋을지...(하는데)
교연	가라, 오랑캐 놈! 가!! 저리 가지 못해!!

보면, 교연이 웬 낯선 사내에게 맨 주먹질을 하며 쫓아내자, 당황한 사내가 엉거주춤 교연 피하며,

심부름꾼	한양에서 서한 심부름을 왔다니까요! 경근직 나리 댁
	이 어딥니까!
길채	..!!

S#23.　은애집 은애방 / 낮

영채의 부축을 받아, 은애가 힘겹게 일어나서 떨리는 손으로 서한을 열면, 긴장하여 보는 길채와 영채, 방두네, 종종이 등.

연준(E)	스승님... 난리 중에 무사하신지요. 저와 대오는 무사히
	산성에 들어 전하를 뫼실 수 있었습니다.

S#24.　조선 궁 편전 / 낮

인조가 지켜보는 가운데 연준에게 임명 교첩을 내리는 승지.

연준(E)	전하께서 저를 사간원 수찬으로 명하셨습니다. 조정이
	난리를 수습하느라 몹시 분주하여 능군리에 돌아갈 길
	이 요원합니다. 전하께서 집을 하사해 주셨으니, 혹 난
	리 중에 능군리가 상하여 머물기가 마땅치 않으시면 은
	애 낭자와 스승님을 한양으로 모시고 싶습니다.

S#25.　은애집 은애방 / 낮 (씬 연결)

서한을 안고 소리 죽여 우는 은애.

은애	...도련님은 무사하셔!
영채	(얼른 껴안으며) 언니...
방두네	아이고, 세상에... 아이고, 아이고!!!

얼른 서한을 받아 읽는 길채, 곧, 길채에게도 벅찬 미소가 뜬다.

S#26. 은애집 은애방 / 낮

아버지의 신주를 천에 곱게 싸는 은애. 곁에서 지켜보는 길채, 부럽고 아쉽고 복잡한 눈빛이다.

은애	아버지... 같이 가요.
길채	(마음이 복잡하다) 이제 헤어지는 거네. 영영...(하는데)
은애	(순간 당황하여 길채 보더니) 헤어지다니? 난, 너 없인 아무 데도 안 가.
길채	...!!
은애	이제 아버지도 안 계시는데, 너까지 날 버릴 셈이야?

S#27. 길채집 마당 / 낮

이사 준비가 한창이다. 말 묶은 수레가 대기 중이고, 바리에 사랑채의 짐을 이것저것 챙기는 방두네와 종종이, 박대 등. 방두네, 전처럼 묘하게 빈정거리는 어투 되어,

방두네	길채 애기씨가 손 쓴 게지? 같이 한양 가고 싶어서.

종종이	무슨 소리예요? 은애 애기씨가 사정사정한 거예요. 어머, 우리가 같이 가는 게 싫어요?
방두네	누가 그렇대!(하더니 쑥스러운 마음 티 내지 않으려 애쓰며) ...좋아서 그러지.
종종이	(어라? 해서 보면)
방두네	그 고생을 같이했는데...(저편 대복이 안고 어르며 실실 대는 박대 보며) 저 화상보다 더 나한테 잘해줬는데... 너하고, 애기씨들하고...
종종이	(피.. 삐죽삐죽)
방두네	(역시 코 훌쩍, 삐죽삐죽)

방두네, 종종이 서로 흠흠... 큼큼... 어색해하더니,

방두네	(훌쩍 눈물 콧물 훔치며) 그래도... 늬 애기씨 또 우리 연준 도련님 넘보면 내가...(하는데)
종종이	(발끈) 방두네!!!
방두네	(화들짝. 나오던 눈물 쏙 들어가고)

S#28. 능군리 곳곳 / 낮
능군리 곳곳을 살피며 추억에 잠긴 길채.

- 산 오솔길
오솔길을 오르는 길채. 문득 꽃달임 날이 떠오른다.

(Ins.C)   1부 18씬

꽃달임 날, 곱게 차려입고 수다 떨며 오솔길 오르던 길채와 은애,
능군리 애기씨들.

- 계곡 / 낮

계곡물에 손을 담가보는 길채.

(Ins.C)   1부 23씬

도령들을 희롱하던 길채. 어리바리하고 순수하던 태성, 준절 등 도
령들.

- 그네터

이윽고 그네터에 이른 길채, 망가진 그넷줄을 가만... 만져본다.

(Ins.C)   4부 17씬 회상

길채의 그네를 밀어주는 순약. 순약의 순박한 미소.

순약을 떠올리며 서글퍼지는 길채. 괜히 퉁박스레 말 뱉으며 추스
른다.

길채   이제 이건 누가 고쳐!(하는데)
은애(E)   길채야....

길채, 보면, 은애가 다가와 길채 옆에 선다. 길채가 무슨 생각을 하
는지 다 알겠다는 표정이 된 은애.

은애	고마워. 같이 가줘서.(가만... 길채의 어깨에 머리 기대며) 나는... 너랑 함께라면 어디든 자신 있어.

S#29. 능군리 동구 / 낮

한양으로 떠나는 길채와 은애 가족. 수레에 탄 길채와 은애, 영채 등. 그리고 그 앞으로 수레의 말을 모는 박대와 박대의 뒤로 따르는 아이 업은 방두네와 종종이. 수레에 앉은 교연, 두리번거리며 당혹스러워한다.

교연	어딜 가는 거냐? 능군리로 가야지. 능군리로 가는 게지?
길채	예, 능군리 갈 거예요. 걱정 마세요.

그제야 환하게 웃으며 제남의 손을 꼭... 잡는 교연. 작고 노란 새 한 마리가, 주변을 빙빙 돌며 길채 일행을 배웅한다.

S#30. 한양 길 일각 / 낮

한양으로 들어선 길채 일행. 길채, 한양 여자들이 세련된 차림으로 분주히 오가는 것을 보더니, 자신의 낡은 옷이 민망한지 괜히 옷깃을 여며보는데,

종종이	난리 끝이래두... 한양은 한양이네요. 애기씨들 피부 뽀얀 거 보세요. 한양 물은 다른가...
길채	그래두 뭐, 나보다 예쁜 애들은 없는 것 같아.

방두네	(작게 박대에게 종알) 사람 어디 안 가...(하는데)
박대	(피식... 하는데)
종종이	애기씨, 저기!!

은애 보면, 길목에서 초조하게 서성이며 은애 등을 기다리는 연준과 대오.

영채	세우게, 어서! 대오 도련님!!(하고 뛰쳐 가면)
대오	낭자!!(하고 마주 오고)

영채와 대오가 감격스런 해후를 하는 사이, 차마 뛰어가지 못하고 연준을 보는 은애, 눈물이 그렁... 맺혔다. 덩달아 너무 반가워 울컥, 목이 메는 길채.

곧, 연준, 다가와 교연에게 읍한 후, 이제 은애를 본다. 교연, 이게 누군가... 하며 새삼스레 보고. 은애, 눈물을 꾹... 누르며 벅찬 얼굴로 연준을 본다.

차마 연준 앞으로 나설 수 없는 길채, 그 모습을 부러운 듯 보고, 그 위로, 장현의 신음 소리.

S#31. 한양 우심정 내실 / 낮

여전히 천연두로 고통스럽게 신음 뱉는 장현. 그런 장현을 눈물로 간호하는 량음.

량음　　　(눈물 그렁... 땀 닦으며) 포기하면 안 돼. 절대 포기하
　　　　　지 마!! 제발...

열에 들떠 사경을 헤매는 장현. 그때, 장현에게 들리는 거센 빗소
리. 또다시 장현의 환영이 시작된다.

S#32.　　(장현의 환영) 고방 / 밤
쏟아지는 빗줄기, 고방 앞에 부복한 침의 차림 소년, 퍽퍽퍽 방망이
소리.

소년　　　아버지... 아버지!!!!

일각에 서서 마치 뭐에 속박당한 듯 꼼짝도 못 하고 서서 이를 지
켜보는 장현. 소년의 애타는 절규 계속된다. 아버지... 아버지!!!

그때, 고방에서 흘러나오는 검붉은 피. 핏물이 빗물과 엉켜 소년의
짚은 손을 지나 장현의 발밑으로 뻗친다. 장현, 하얗게 굳은 채, 꼼
짝도 못 하고 덜덜덜... 떨 뿐인데.

길채(E)　　피하셔요!!

획 돌아보면, 길채다.

길채　　　이리 오셔요, 어서요. 어서 이리 오셔요!!

장현이 길채에게 한 발 내딛자, 순식간에 사라지는 빗소리와 소년의 절규. 이제 화사한 길채와 장현, 둘뿐. 길채, 뾰루퉁한 표정으로 장현에게 다가와,

길채	어딜 가세요? 또 날 두고 가시려구요?
장현	(사무치게 반가워 눈물이 그렁) 말했던가? 낭자가 웃으면 분꽃 피는 소리가 들린다고, 내가, 말... 했던가?

S#33. (다시 현재) 한양 우심정 내실 / 낮
장현, 스르르... 눈을 뜨면, 놀라 눈 커지는 랑음과 구잠.

랑음	...!!
구잠	성님!!!
장현	(허공에 둔 시선. 마치 길채를 보듯, 잔잔한 미소가 떴고)

S#34. 한양 연춘집 길채방 / 밤
길채, 방에서 종종이와 함께 세간을 정리 중인데, 어쩐지 길채 얼굴에 근심 가득.

길채	(작게 혼잣말) 도대체 어디 있는 거야?
종종이	(길채의 옷 개면서 무심히 대꾸) 그러게 말예요.
길채	그치...(하다가 화들짝) 누, 누굴 말하는지 알구?
종종이	장현 도련님 말하는 거 아니에요?

길채	어머, 너 웃긴다. 장현 도령이 어디 있든 말든 내가 왜 궁금해하니?
종종이	아님 말구요...
길채	아님 마는 게 아니라... 팔도에 정인을 두고 비혼이니, 주저할 섬이니 쌈이니 하는 도령을 내가 왜 궁금해하며, 설사 내가 궁금해한들 어디 있을지 알게 무엇이고...(점점 화가 난다) 뭐? 내가 어디에 있든 날 만나러 와? 뚫린 입으로 헛소리나 빵빵...(하다가)

문득, 장현의 예전 말이 떠오르는 길채.

| 장현(E) | 한양 우심정 같은 곳에서나 들을 수 있는 소리지만... |

S#35. **한양 연준집 마당 / 낮**
영채와 대오가 별채 쪽문 앞에서 서로 애절한 눈빛으로 손잡고 있다.

대오	내가 얼마나 기다린 줄 아시오?
영채	허면 어째 제겐 서한 한 자 안 쓰셨어요? 연준 도련님은 은애 언니에게 직접 서한도 보내셨다구요!
대오	면이 안 서서 그랬지. 연준이야 전하께서 사간원 수찬을 삼아주셨지만, 난 변변치가 못해서...
영채	참으로 날 보고 싶었던 게 맞지요? 우리 언니가 아니라.
대오	(화들짝) 무슨 소리! 난 길채 낭자처럼 눈이 초롱초롱 크고 코가 오똑 날렵하고, 얼굴선이 그린 듯 갸름한...

그런 여인을 좋아하지 않아요. 난 그저 낭자처럼 작은 눈, 낮은 콧대, 넙데데한 듯 방실한 얼굴... 이런 게 귀엽고 좋아!

영채　(이게 칭찬이야 욕이야... 눈 꿈뻑꿈뻑하는데)

대오　낭자...(하며 스르르... 입을 맞추려고 다가오는 순간)

길채　그만!

화들짝! 떨어지는 영채와 대오.

대오　(벌게져서) 허허, 허면 난 이만...(하는데)

길채　도련님은 나 좀 보구요!(척척 다가가면 대오, 흠칫... 뒷걸음질하는데) ...우심정이 어딘지 아십니까?

영채　우심정이 뭔데요?

대오　아유, 우리 영채 낭자는 그런 덴 몰라도 돼요.

영채　뭔데 뭔데 뭔데!!

대오　우심정은 유명한 춤꾼 노래꾼들이 모이는 곳으로 의주에도 있고 한양에도 있고, 왜관에도 있다고 들었소만. 헌데, 우심정 얘길 누구한테 들었습니까?

S#36.　**한양 우심정 마당 / 낮**

장현이 마당에서 슬슬 움직이며 몸을 풀고, 마루에 앉아 그런 장현을 흐뭇하게 보며 찻물을 내리는 량음. 량음, 장현 곁에서 장현을 온전히 독차지할 수 있어서 기쁜 표정이다. 그때, 저벅저벅 발소리. 장현, 혹시나? 하고 돌아보면, 뜻밖에도 길채가 아니라 언겸이다.

| 연겸 | 살아 있었구만. 그럴 줄 알았지. |

S#37.　　동장소 / 낮
대청에 나란히 앉은 장현과 언겸.

연겸	(둘러보다 현판 보며) 기쁘기도 슬프기도 하다... 하여 우심정. 여각 이름 한번 요상하군. 의주며 왜관에도 우심정이 있다지?
장현	왜 오셨소?
연겸	세자께서 볼모가 되어 심양에 가시네. 물설고, 척박한 곳에서 저하를 제대로 뫼실 수 있을지 걱정이야. 해서 말인데... 같이 심양에 가줄 수 있는가? 자네가 가준다면 내 천군만마를 얻은 듯 마음이 든든할 터인데...(하는데)
장현	생각 없습니다. 왔으니 놀다 가시우...(하며 일어서고)
연겸	저하께서 큰 상을 내리신대두!!

하지만 장현은 피실.. 웃으며 벌써 멀어졌고.

S#38.　　한양 우심정 내실 / 낮
장현이 시키는 대로 바리짐에 갖가지 물건을 챙기는 구잠.

| 장현 | 그렇지, 그것도 넣어라. 그것도. |

구잠	(구시렁) 살림 차리겠네.
장현	그래, 연준 도령이 벼슬을 얻어 길채 낭자도 한양으로 불러들였다는 게지?
구잠	예!
장현	그래서 길채 낭자도 여기 한양에 있다... 그 말이지?
구잠	아, 그렇다니까요! 몇 번을 물어...
장현	(활활... 부채질하며 기분 좋은 표정)

S#39.   한양 우심정 앞 / 낮

장현이 바리짐을 진 구잠을 데리고 우심정을 나선다. 그리고 아주 간만의 차이로 우심정 앞에 당도한 길채.

길채	여기가... 그 우심정이란 말이지?

그렇게 엇갈린 장현과 길채.

S#40.   한양 연준집 / 낮

같은 시간, 연준의 한양 집 앞을 서성이는 누군가의 발. 보면, 장현이다! 커다란 바리함을 지고 곁에 선 구잠, 장현이 들어가려다 말고 또 가려다 말고 하자 버럭 짜증 내며,

구잠	아, 안 들어가고 뭐 해요. 여기가 연준 나리 댁이라니까요!!

장현	그래...
구잠	분명히 종종이랑 길채 애기씨도 여기 같이 산다고 했다니까요.
장현	(슛!) ...알았대도!!
구잠	그런데 왜 안 들어가요?
장현	(들어가려다 또 멈칫... 하더니) 에이, 안 되겠어. 돌아가자!(하는데)

마침, 대문 열리며 은애와 종종이가 나오다 장현과 구잠을 발견한다.

종종이	구잠아!
은애	장현... 도련님?
장현	...!!

S#41.　한양 우심정 앞 / 낮

안에서 들리는 여인들의 웃음 소리, 여인들에게 안기다시피 하여 나서는 사내들. 들썩들썩 술기운이 낭자한 우심정 풍광. 길채, 꽃발을 딛고 담장 안 우심정을 살피며,

길채	벌건 대낮부터 잘들 논다. 난리 끝난 지가 언제라고.

하면서도 기웃기웃 장현을 찾아보는데, 마침, 사내들이 기녀들에게 안겨 나오자, 얼른 몸을 피하고.

S#42.   한양 연준집 은애방 / 낮

윗목에 장현과 은애가 마주했고, 아랫목에서 함을 푸는 종종이. 그 옆에 붙은 구잠.

| 구잠 | (괜히 종종이 옆구리 픽 찌르며 능글...) 나 많이 보고 싶었지? |

구잠   (괜히 종종이 옆구리 픽 찌르며 능글...) 나 많이 보고 싶
           었지?

종종이   (손등 찰싹 때리며) 미쳤나 봐!

구잠   (민망하여 눈만 꿈벅)

그사이, 윗목에 마주 앉아 대화 나누는 장현과 은애.

은애   그간 어찌 지내셨습니까? 산성에서 갑자기 사라지셨다
           듣곤 얼마나 걱정했는지 모릅니다.

장현   그게... 뭐, 그냥 여기저기...(하하하...)

은애   그나저나 길채는 어딜 가서 이리 늦는지. 종종아, 길채
           아직이냐?

장현   허허... 길채 낭자를 보러 온 것이 아니라는데두...(하면
           서도 답을 기다리는 눈친데)

방두네   (막 들어와 다과상 내밀며) 요즘 툭하면 나가서 날이
           저물어서야 들어오지 뭐예요. 뭐, 한양 구경하신다나.

장현   하하하... 난 정말 지나다 그냥 들른 겁니다. 헌데... 한양
           어딜 구경하러...(하는데)

은애   그간 고생 많으셨지요?

장현   예? 아... 나야 뭐... 고생은 낭자께서 많으셨겠지요.

은애   광교산에 머물 때가 좋았지요. 이후엔...

방두네	글쎄, 길채 애기씨가 굳이 강화도로 가야 한다고 하지 않겠습니까?
장현	(순간, 안색 굳는다) 그...래?
방두네	에휴 고집이, 고집이... 왜 굳이 바다 건너 강화도냐고 물어도, 대답도 안 해주고, 그저 무슨 일이 있어도 강화도에 가야 한다구 생고집을 부리셔서... 강화도에서 얼마나 고생을 했는지...(고개 절레절레하면)
장현	(더욱 낯빛 굳어지더니) 전, 그만 가봐야겠습니다. 그리고... 길채 낭자에겐 내가 다녀간 일은 비밀로 해주십시오.
은애	예? 어찌...?
장현	(일어서서 가면) 부탁드립니다.
은애	(의아해지고)

S#43.   한양 우심정 앞 / 낮

장현과 구잠이 우심정이 있는 길로 들어섰다. 여전히 굳은 낯빛의 장현. 그런 장현을 보며 답답한 구잠.

구잠	아, 간 김에 더 있다 오면 좋잖아요. 왜 꽁무니는 빼고 그래! 뭐, 죄졌수?!!
장현	(식은 얼굴로 걸음만 재촉하는데)

뒤편에서 불쑥 들리는 음성.

길채(E)	살아 계셨습니다!
장현	...!!

멈칫, 굳어버린 장현. 꿈에서라도 듣고프던 길채의 음성이다. 장현, 천천히 돌아보면, 조금 화난 표정이 된 길채. 장현, 반가워 심장이 쿵... 떨어질 지경이지만, 아닌 척, 능청 떤다.

장현	이게 누구신가?
길채	아주 신수가 훤하십니다.
장현	신수가 구질할 건 뭐요?
길채	(욱하여 성큼 다가와) 내가 얼마나 고생했는 줄 알아요? 강화도에 가 있으라면서요! 강화도는 안전할 거라면서요?

길채, 원망스레 장현의 가슴팍을 팡 치려는데, 턱, 손목을 잡는 장현.

장현	이리 멀쩡하게 살아 있으면서 뭘. 기운도 여전하시고!
길채	(욱하여) 죽을 뻔했단 말입니다!!
장현	(잠시 스치는 죄책감. 하지만 또 털고 위악) 나를 기다렸소?
길채	(퍽 장현을 밀쳐버리며) 기다리긴 누가!!(흐트러진 매무새를 매만지며) 뭐, 도련님 따위 없어도 끄떡없었습니다. 아주 멋진 군관님께서 우릴 구해주셨거든요.
장현	그래요?
길채	예! 오랑캐들한테 잡히려 했는데, 그 군관님이 17대 1로

싸워 우릴 구해주셨지요.

장현 (피실...) 그거 대단히 운이 좋았구만.(하며 부채질하
는데)

여전히 길채에게 남은 의구심.

길채 헌데 그 군관님이 이상한 소릴 했습니다.

장현 무슨 소릴?

길채 자기가 그 많은 오랑캐를 해치운 게 아니라지 않겠어
요?

장현 (부채질만 하면)

길채 해서 말인데... 혹시 우리... 섬에서 만난 적 있소?

장현 (능청스레 부채질만 하며) 섬? 무슨 섬?

길채 그렇지요?(혼잣말) 하긴 사람이 아무리 별스러워도 그
사이 오랑캐가 됐을 리가 없지.

장현 (흠흠... 모른 척 부채질만 하는데)

길채 흥, 남한산성에 있다 갑자기 사라졌다면서요? 산성이
함락될까 두려워 도망쳤습니까?(쓱... 위아래 보더니)
이리 멀쩡한 걸 보니, 도망친 보람이 있습니다. 아무튼
살아 다시 만나니, 뭐...

장현 반갑소?

길채 아니!

장현 기쁘시오?

길채 누가?

장현 이런... 나는 낭자를 다시 만나 무척이나 반갑고 기쁩니

다.(미소) 누군지 몰라도 17대 1로 싸워 이긴 군관 덕
　　　에 목숨을 구했다니, 내가 다 고맙구만. 왜, 이번엔 연
　　　준 도령 대신 그 군관에게 마음이 가십니까?

길채　(피실...) 이보세요, 도련님. 나는 누구처럼 한 마음에
　　　여러 정인을 품는 여자가 아니에요.

장현　나는 그런 사람이고?

길채　(쓱... 경멸하는 눈빛으로 우심정 봤다 장현 보며) 이런
　　　데나 드나들고. 본인이 잘 알겠지.

장현, 피실... 웃으며 살랑살랑 부채질하는데, 길채, 장현의 능청스
런 모습을 가만... 보다가 한 걸음 다가간다. 두 사람 사이의 거리가
가까워지고.

장현　(당황. 흠칫 뒤로 한 걸음) 왜... 왜 이러시오!

길채　(다시 한 걸음 바싹. 장현은 마른침 꿀꺽 삼키는데) 사
　　　실 오래전부터 궁금했는데 말이지요.

장현　뭐, 뭐가?

길채　도련님 그 부채 말입니다. 겨울에 부채질을 하면 춥지
　　　않으십니까?

뒤편에 서서 듣던 구잠, 큭... 웃음 새고,

길채　뭐, 허세 같긴 합니다만, 아무래도 추워 보여서...

장현　나, 난... 열이 많아!!

길채　아... 그러시구나. 열이 많으시구나.

장현	(벌게져서 더 활활 부채질하는데)
길채	그럼, 계속 열 내리셔요. 난 그만 가볼 터이니.

길채, 흥... 하며 가버리면, 멀어지는 길채를 멍... 하니 보는 장현. 마침 구잠이 쓱... 장현 옆으로 와 선다.

구잠	왜 거짓말해요? 구해줬다면서요? 17대 1로 싸워서. 그걸 왜 말 안 하냐고요.
장현	그냥. 쪽팔려서.

장현, 멀어지는 길채를 마냥 보기만 하고.

S#44. 한양 연춘집 길채방 / 저녁

은애가 길채 앞에 장현이 챙겨온 물건을 펼쳐 보인다. 곁에서 구경하며 신나는 영채와 종종이, 방두네.

은애	어쩜 이리 살뜰하신지...

보면, 쌀과 마른 생선, 육포 따위뿐 아니라, 소주, 지필묵에 비단까지.

길채	(흥) 여길 다녀갔단 말이지?
은애	그리고 이건 네게 주신 물건이야.(보면 고운 치마저고리)

길채	이게 왜 내 것이야?(혹시?) 날... 주라고 했어?
은애	아니, 그런 말씀은 안 했지만, (피식) 그럼... 날 주셨겠 니, 종종이를 주셨겠니.
방두네	(눈치 없이) 날 주신 겐가?
종종이	(착 째려보면)
방두네	(얼른 내려놓고)
길채	흥, 됐어! 나 입으라 준 거면 좀 전에 말했겠지.
은애	(놀라) 장현 도령을 만났어? 어디서?
길채	(당황) 어디긴? 듣던 대로 문란한 사내지 뭐니? 술 팔 고 웃음 파는 우심정인가 뭔가 하는 델 제집처럼 들어 가더라니까.
은애	헌데 넌 거길 어찌 알고 가게 된 게야?
길채	응?(눈 꿈뻑꿈뻑)
영채	우심정? 거기 가려고 대오 도령한테 물어본 거야?
길채	으응?(더 당황하여 꿈뻑)
은애	어머, 니가 직접 찾아간 게야? 장현 도련님을 만나려고?
길채	(괜히 귀 후비며) 아유 간지러워... 뭐가 들어갔나...(하 는데)

연준 들어오며,

연준	무슨 얘기가 이리 즐거우십니까?
은애	(일어서며) 글쎄, 장현 도련님이 다녀가셨어요.
연준	(놀라 눈 커지며) 장현 도령을 만났어요? 무사합니까? 지금 어디 있답니까? 이럴 것이 아니라, 나도 만나봐야

겠습니다!!

S#45. 한양 우심정 앞 / 낮

은애와 연준, 길채가 우심정 앞에 서면, 곧 안에서 편한 차림의 장
현이 나와 거하게 맞는다.

장현	어서들 오시지요!!
연준	장현 도령!(성큼 다가가며 덥석 손잡는다) 서운합니다. 어찌 소식 한 자 없으셨소?
장현	(미소) 사간원 수찬이 되셨다구요. 긴 얘기는 차차 하고자, 어서 안으로 드십시오.(하고 길채 보면)
길채	(괜히 새침한 표정으로 섰는데, 쓰개치마 아래로, 장현이 선물한 치마 밑단이 보인다)
장현	(픽... 웃는데)
연준	헌데...(불편한 기색) 이런 데 말고 다른 곳에서...(하는데)
장현	이런 데라니? 여긴 내 집입니다.
연준	(놀라) 기루가 집이라니요?
장현	내 벗의 집이니, 내 집이나 매한가지지.(마침 량음이 나오면, 척, 량음에게 어깨동무를 하며) 내 벗 량음을 알지? 만고절창 량음!
량음	(정중히 읍하며) 오랜만에 뵙습니다.
은애	(화들짝 반가워) 량음 아닌가? 무사했는가?
량음	하대하십시오. 천한 소리꾼입니다.
장현	이놈 내숭 봐라. 나랑 단둘이 있을 땐, 해라를 땅땅... 하

면서!!

랑음   (장현 보며) 도련님!(하는데)

은애   하대라니? 장현 도련님과 함께 우리 목숨을 구해준 은
인 아닌가? 또한 장현 도련님이 벗으로 아끼는 분을 내
어찌 하대하겠소?

장현   (순간 감탄) 역시... 은애 낭자는 어찌 이리 사리가 밝으
실꼬.

길채   (장현이 은애를 칭찬하자 이것 봐라... 하며 시샘하는
표정 되고)

랑음   제집에 오신 손님이니 귀하게 모시겠습니다. 간만에 제
노래도 들려드리지요.(하며 안으로 모시고)

S#46.   한양 우심정 내실 / 낮

장현과 길채, 연준과 은애가 술상을 가운데 놓고 앉았는데,

장현   드십시오. 난리 끝이라 찬은 부족하지만, 손맛은 있습
니다.

은애   그래요?(하며 젓가락 들어 먹으려고 하는데)

그때, 은애의 옷소매가 다른 요리에 닿으려고 하자, 연준이 익숙하
게 은애의 옷깃을 잡아준다. 그 모습을 본 길채, '어찌 저리 다정한
지...' 하는 듯, 반한 눈빛. 길채의 그 눈빛을 포착하고 순간 질투심
에 휩싸인 장현.

장현	연준 도령, 광교산 가는 길목에서 우리 만났던 날 기억하시지요? 옷은 찢어지고, 다쳐서 절룩이면서, 임금님을 구하겠다니... 그리고선 평생 음식 구경 못 한 사람처럼 주먹밥은 또 얼마나 열심히 자시던지...(과장되게 킬킬거리면)
은애	(그랬구나... 안쓰러운 듯 연준 보고)
연준	(조금 창피해지고)
길채	(이 모습에 화가 나 장현에게 쏘아붙인다) 본시 충의로운 선비는 그런 고초를 겪는 법이지요. 피난길이나 찾는 누구랑 같겠습니까?
연준	아닙니다. 장현 도령 말이 맞아요. 몰골이 말이 아니었지요. 장현 도령 덕분에 오늘 제가 살아 있습니다.
길채	(다시금 겸손한 연준을 존경 가득한 눈으로 보면)
장현	(더욱 심통이 나서 술 벌컥 들이켜는데)

그때, 량음이 들어와 읍한다.

량음	노래 한 자락 올리겠습니다.

CUT TO

량음의 노래(량음 자작시 노래)가 흐른다. 술을 마시며, 노래를 들으며, 담소를 나누며, 그 와중에 서로 엇갈리는 다섯 남녀의 눈빛들.

은애	(량음의 노래에 감동하여 따뜻한 눈빛으로 연준 보고)

연준	(마주 따듯하게 은애에게 미소 지어 보였다가 은애에게 술 따라주면)
길채	(다정한 연준을 부럽다는 듯, 혹은 반한 듯 보고)
장현	(연준을 보는 길채를 서운한 표정으로 보고)
량음	(길채를 보는 장현을 아프게 보고)
길채	(연준 봤다가 시선 돌려 노래하는 량음 보면)
량음	(역시 장현 보던 시선 거두고 노래하고)
장현	(역시 시선 거두려다가 뭔가를 보고 멈칫한다)
연준	(문득 길채를 이전과 다른 눈빛으로 보고 있다)
장현	...!!

S#47. 길 일각 / 밤

박대가 호롱을 들고 앞장서고, 종종이와 방두네가 술에 취한 은애를 부축하고 걷고, 그 뒤에서 걸으며 왜 저리 취했어... 하고 보는 길채. 그리고 몇 걸음 떨어진 뒤로, 연준이 역시 기분 좋게 취한 낯이 되어 걷는데.

길채	앤 웬 술을 이리 마시구...
방두네	(배실...) 이제 아셨어요? 우리 애기씨 술 잘해요. 안 마셔서 글치.

곧 멀어지는 방두네와 은애, 종종이 등. 그사이 취한 얼굴로 길채의 뒤편으로 걸어오는 연준. 연준이 길채를 부드럽게 보고, 길채, 새삼스레 그런 연준의 표정에 수줍어지는데,

연준	조만간 은애 낭자에게 청혼할 예정입니다. 스승님도 아니 계시는데 혼례를 하자면, 얼마나 맘이 슬프겠습니까. 길채 낭자가 잘 살펴주세요.
길채	...!!

S#48.   길 일각 / 밤

은애와 방두네 등은 벌써 멀어졌고, 길가 큰 나무 아래 선 길채와 연준. 둘 사이에 흐르는 묘한 긴장감.

연준	만일 순약이 살아 왔다면 전에 능군리에서 말한 대로 합혼을 하여도 좋았을 텐데...
길채	(피실... 쓴 얼굴 되어) 혼인날 은애 단장은 제가 해야지요. 이제 도련님과 단둘이 대화하는 일도 없겠습니다. (전에 없이 쌀쌀한 기운을 풍기며 가려는데)
연준	순약이 죽기 전... 제게 이상한 걸 물었습니다.
길채	(의아한 얼굴이 되어 돌아보면)

(Ins.C)   4부 17씬

순약	자네... 길채 낭자를 좋아하지?

일순 순약의 말을 떠올리며 혼란스러운 표정이 된 연준.

연준	헌데 난... 아니라고 답하지 못했어요. 왜 그랬을까요?
길채	...?!!

연준   (흠칫, 정신 차리며) 늦었습니다.(하고 가려는데)

길채   무엇을 답하지 못했단 말씀이셔요?

연준, 더욱 혼란스러운 눈이 되어 길채를 찬찬히 본다. 잠시 동안 전에 없이 뜨거워진, 그리고 혼란스러워진 연준의 눈빛. 그 눈빛에 덩달아 놀라면서도 동요하는 길채의 눈빛.

연준   아닙니다. 취해서... 헛소리가 나왔어요.(하고 가려는데)

길채   (턱 잡으며) 대답을... 해주세요...

결국 혼란스러워하는 길채를 마주 보는 연준. 다음 순간, 연준에게서 알 수 없는 미소가 뜬다.

연준   낭자, 난 알아요. 나를 향한 낭자의 마음은 그저 어린아이들이 갖고 싶은 장난감을 얻지 못하여 애태우는, 그런 마음이지요. 손에 넣고 나면 금방 시들해질 것입니다.

길채   해서... 내가 시들해할까 봐 날 선택하지 않는다는 건가요? 사람 우습게 보지 말아요. 나도 누구보다 진심일 수 있어요. 나도...

연준   그만합시다.(하고 가려는데)

길채   (덥석 잡는다) 은애와 혼인을 해도 좋아요. 하지만 마지막으로 한 번만 솔직하게 말해줘요. 한 번이라도 날 여인으로 좋아했던 적이 있었나요?

연준   (뜨겁게 보면서 입으론 엉뚱한 말이 나온다) 앞으로 낭자와 나 사이에... 이런 대화를 하는 일은 없을 겁니다.

| 길채 | ...!! |

그대로 길채의 손을 뿌리치고 가버리는 연준. 결국 후두둑... 눈물을 떨구는 길채.

그리고 나무 기둥 뒤에 서서, 두 사람의 대화를 모두 듣고 있던 이, 장현이다. 우는 길채와 그런 길채를 뒤에 두고 미련 없이 가버리는 연준, 이를 본 장현, 뼛속까지 싸늘해지고.

S#49. 길 일각 / 밤

연준, 길채와의 여운 때문인지 자못 슬픈 얼굴이 되어 밤길을 홀로 걷고 있는데,

장현(E)	자네는 도대체 뭐 하는 사내인가?
연준	(의아해 봤다가 장현임을 알고 미소) 장현 도령!
장현	난 자네 같은 자들을 아주 잘 알아. 마음 가는 대로 행동하기엔 잡생각이 너무 많고, 머리 굴린 대로 살기엔, 미련을 떨쳐버리지도 못하지. 해서 결정 따윈 불쌍한 여인들에게 맡겨버리고, 치마폭 뒤로 숨어 애타는 여인들의 눈빛을 즐길 뿐이야. 딴에는 나랏일을 하네, 큰일을 하네... 하며 돌아다니지만, 기실... 여인들이 움직이지 않으면, 제 집 안 하나 깔끔하게 간수할 줄 모르거든.
연준	(놀라 보다가 곧 허허... 웃으며) 취하셨습니다. 그러지 말고 우리 집으로 가서 한 잔 더...(하는데)

장현	(턱... 그 손을 치워버리더니) 여전하구만. 여전히... 적
	과 아군도 구분 못 할 정도로 순진해. 은애 낭자의 서방
	감만 아니라면... 그 허연 모가지를 두 손에 쥐고 분질
	러버리고 싶어.(하고 가버리고)
연준	....!!

S#50. 조선 궁 일각 / 낮

궁 후원을 천천히 걷는 두 사람의 모습이 작게 보인다. 보면, 장현
과 언겸이다.

장현	(쓱... 훑으며) 여기가 말로만 듣던 대궐이군. 심양에 제
	자리 하나 만들어 주십시오.
언겸	(놀라) 어찌 생각이 바뀌었나? 심양 가는 길을 다들 죽
	을 길로 여기는데!
장현	(피실...) 죽을지도 모르는 곳이라 갑니다. 죽을까 무서
	우면 쓸데없는 생각은 안 하겠지요.

농인지 진담인지 장현 우스갯소리 하듯 말하며 앞서가 버리면, 언
겸, 장현의 말뜻이 궁금하여 고개 갸웃.

S#51. 한양 우심정 내실 / 낮

량음이 바느질 아낙 서넛을 불러 각종 채단을 어찌 재단해서 무슨
옷을 만들 것인지 지시하고, 구잠 그 곁에서 구경하며 딴지나 걸고

있다.

구잠	또 성님 옷 짓게? 넌 돈 벌어서 성님 옷 짓는 데 다 쓰냐? 성님은 옷 많아. 내 옷이나 한 벌 지어주라.
량음	(들은 체도 안 하고 아낙들에게) 저고리는 흑청색으로 하고...
구잠	나도 비단옷 한번 입어보자고!!

그때, 장현이 들어온다. 량음이 눈짓하면, 아낙들이 나가고, 량음, 자연스레 장현의 갓을 받아주며,

량음	밥도 안 먹고 어딜 돌아다니다 온 거야?
장현	(끙... 앉으며) 우리 청나라에 갈까?
구잠	한양 온 지 얼마 됐다고 또 어딜 가? 싫수다, 안 가!!
장현	구잠이 넌 여기 있는가.
구잠	성님!!
량음	언제 떠나? 맡겨둔 옷 찾을 시간은 될라나?
구잠	(욱!) 넌 성님 가는 길이면 똥뚜간도 따라갈래!!
장현	(왈칵 량음에게 거칠게 어깨동무하며) 그래, 량음이야 말로 참 벗일세!!

량음, 어쩐지 웃는 장현의 표정이 밝지만은 않은 것을 알아채고.

S#52.   길 일각 / 낮

길채, 연준과 마지막으로 대화를 나누었던 곳에 오도카니 섰다. 연준의 혼인을 떠올리는지 심란한 표정인데, 불쑥 들리는 장현의 음성.

장현(E)	연준 도령이 혼인을 서두르니 마음이 심란하시겠소?
길채	(화들짝 봤다 새침해져서) 무슨 상관입니까?(냉큼 몸 돌려 가려는데)
장현	우리 길채 낭자는 언제쯤 사내 보는 눈이 생길꼬? 내가 돌아올 때쯤엔 생기려나?
길채	(가다 말고 멈칫) 또... 어딜 가십니까?
장현	(빙글...) 내가 떠나는 게 아쉽소?
길채	(발끈) 누가 아쉽다고 했어요?
장현	(길채 앞으로 와 빙글거리며) 아닌데... 살짝 서운한 것 같은데.
길채	(어이없어 피실...) 도련님이 저길 가든, 여길 오든... 난 아~~무 관심도 없습니다.
장현	그래요?
길채	팔도에 애첩을 두고 있다더니, 이번엔 전라도에 가서 꽃놀이를 하실려우, 경상도에 가서 화류가를 부르시려오? 흥! 그러다 달포쯤 지나면 또 내게 와서 수작 걸 심산인 모양인데, 어림도 없소!(하는데)
장현	청나라에 갑니다. 세자 저하를 뫼실 생각이오.
길채	(순간 안색 식으며) ...청이라면...?
장현	(고개 끄덕) 달포 만에 오고 갈 만한 곳은 아니지.
길채	갑자기 왜...?

장현	이거 봐, 이거! 내가 가니 아쉬운 게지?
길채	아니라고 하지 않습니까?(했다가... 괜히 심술이 나서) 이번엔 청나라에 가서 오랑캐 기집을 사귈 모양이지!! (하는데)
장현	그렇게 한가하면 다행이지. 심양에 가면 오랑캐 등쌀에 죽을 수도 있다던데.(하며 슬쩍 길채 눈치 살피면)
길채	(죽는다고?!! 하며 당황해서 눈 커지고)
장현	(길채 당황하는 모습에 피실...) 어쨌든 운 좋게 살아, 우리 다시 만나게 되면... 우리 그땐, 진지한 얘기를 합시다.
길채	...?!!
장현	내가 아무리... 비혼으로 살겠다 마음을 먹었지만 말입니다. 만약, 어떤 여인을 내 것으로 만드는 방법이 혼인밖에 없다면 말이지요... 혼인이라는 것을 할 용의도 있소.
길채	(어이없어) 그딴 걸, 청혼이라고 하는 겁니까?
장현	급할 건 없어요. 난, 오~~래 기다릴 수 있소. 항상 하는 말이지만, 낭자는 철이 좀 들어야 하니까.

장현, 씩... 웃으면서 다시 부채를 탁탁 치며 가면, 그 뒷모습을 멍하니 보는 길채.

S#53.   한양 연준집 길채방 / 낮
면경 속 가득, 길채의 얼굴이 떴다. 거울 속 자신을 빤... 히 보는 길채.

길채	이상해.
종종이	(방바닥에 배 깔고 누워서 이야기책 보며 꿀 절인 대추 따위 먹다가) 뭐가요?
길채	면경을 봐도 기분이 좋아지질 않아. 연준 도련님이 의병 나가셨을 때도 면경 속 예쁜 내 얼굴 보면서 기운을 차렸는데, 왜 오늘은 기분이 좋아지질 않지?
종종이	좀 오래 보세요.
길채	그렇지? 좀 오래 보면 좋아지겠지?

길채, 다시 예쁜 미소를 지으며 거울을 보지만 여전히 기분이 나아지지 않는지, 탁, 면경 뚜껑을 닫는다.

종종이	깜짝이야!
길채	아무래도 가서 따져야겠다.
종종이	예? 누구한테요? 뭘 따져요?

하지만 길채, 벌써 쓰개치마 낚아채서 나가고 있고.

S#54. 들판 일각 / 낮

봄꽃이 막 피기 시작한 들판 일각. 장현과 량음이 들판 일각 나무 기둥에 매어둔 말을 놓고, 이놈이 튼튼하네, 아니네 이놈이 오래 걷네 따위를 말하고 있는데, 길채가 불쑥 나타난다.

장현	(의아한) 여긴 웬일이요?

길채   (쓰개치마 벗으며) 잠시 할 말이 있습니다.

량음, 눈치를 살피곤 자리를 피해준다. 한순간, 길채와 가깝게 엇갈려 가는 량음. 흘긋 길채를 보는 량음의 눈빛이 서늘하다.

량음이 떠난 후, 이제 길채와 장현만 남는데.

S#55.   **동장소 / 낮**

들판의 봄꽃들이 바람 따라 너울거리고, 그 꽃판 일각에 마주한 길채와 장현. 장현, 쪼그리고 앉아 꽃 하나 꺾어 향을 맡는 둥, 꽃대를 빙글 돌리는 둥 하며 길채가 무슨 말을 하려나... 보면,

길채   (화난 얼굴로) 어제 못 한 말이 있어서 따지러 왔소.

장현   (끙... 일어서며) 무슨 말을?

길채   꿈도 야무지십니다. 도련님이 돌아오면 그때도 내가 만나줄 것 같습니까?

장현   (피실...) 그 말을 하러 왔다?

길채   예!! 절대 만나주지 않을 터이니, 그리 아세요! 그럼, 할 말 다 했으니 전 이만...(하고 가려는데)

장현   왜 안 만나주겠다는 거요? 나 죽지 말라고... 낭자 물건도 슬쩍 챙겨줄 땐 언제고.

길채   (순간 눈 끔벅 당황) 누가?(했다가 아차...) 그 댕기는 제 것이 아니에요!

장현   (꽃 빙빙 돌리며) 댕기란 말은 안 했는데.

길채	(헉!!)
장현	낭자가 준 게 맞구만.(쓱... 품에서 댕기 꺼내 이리저리 살피면)
길채	(화들짝 당황하여 뺏으려 하고)
장현	(얼른 댕기 든 손 피하며) 줬다 뺏으면 아니 되지.
길채	주, 준 게 아니라 잃어버린 겁니다.
장현	호오... 굳이 내 수통에 꽁꽁 숨겨서 잃어버린 모양이군.
길채	이리 주세요. 어서요!!

길채가 장현에게 달려들어 댕기를 뺏으려 하면, 장현, 얄밉게 요리 조리 피하는 와중에, 중심을 잃은 장현과 길채, 풀썩 꽃수풀 사이로 엎어지고 만다. 꽃향기에, 서로의 가까워진 숨소리에, 두근거리는 심장 박동에 아찔해진 길채. 길채, 긴장하여 마른침을 꿀꺽... 삼키 는데.

장현	해서... 내 죽기 전까진 이 댕기를 놓지 않을 작정이야. (댕기를 자신의 가슴 안쪽 깊이 쑥 넣더니, 심장 쪽 툭 툭 두드리며) 정 가져가고 싶으면 직접 손을 넣어 가져 가시든가.
길채	그대는 역시.. 저질, 하품, 말종...!!

길채, 발끈하며 일어서려는데 일어설 수 없다. 보면, 장현의 다른 한 손이 길채의 허리를 단단히 잡고 있다.

길채	놓으세요!!(하는데)

장현	(다른 손으로 길채의 손을 끌어 자신의 심장에 대고)
길채	뭐 하는...!!(하며 손을 빼려는데)
장현	(진지한 표정) 느껴지시오?

두근두근... 장현 심장의 박동이 길채의 손에도 느껴진다.

| 장현 | 나도 도무지 모르겠어. 낭자만 보면, 이놈이 왜 이리도 요란해지는지. |

본 적 없이 진지해진 장현의 눈빛. 두근두근두근... 장현의 심장박동, 덩달아 뛰기 시작하는 길채의 심장.

길채를 보는 장현의 눈빛과 숨소리, 당혹스러운 길채의 눈빛이 엉키는 와중에, 장현, 한 손으로 길채의 잔 머리카락을 뒤로 넘겨주면, 길채, 차마 그 손길은 밀쳐내지 못하고 진지해진 장현의 눈빛을 혼란스럽게 마주하는데, 다음 순간, 장현이 길채의 머리카락을 넘기다가 이윽고 길채의 머리를 끌어 가까이한다.

점점 가까워지는 두 사람의 입술. 길채, 잠시 당황하였으나, 그 순간의 분위기에 자기도 모르게 스르르... 눈을 감고, 이제 곧 두 사람의 입술이 만나려는 순간, 갑자기 풉, 장현의 웃음소리.

화들짝 눈을 뜨는 길채. 장현이 길채의 바로 코앞에서 또 뻔뻔스레 빙글거리며 웃고 있다. 길채, 속았다 싶은 마음, 부끄러운 마음, 분한 마음이 치밀어 오르고,

장현   나랑... 참으로 입이라도 맞추려고 했소?

길채   (발끈, 밀쳐내며) 너 같은 사내는... 오랑캐 손에 죽어버
        려도 내, 눈물 한 방울...(하는데)

다음 순간, 왈칵 길채를 끌어 입을 맞추는 장현. 길채, 밀어내려 했
으나, 결국 그대로 장현과 입을 맞추고 만다.

이윽고 입맞춤을 마치고 서로를 바라보는 장현과 길채. 장현의 눈
에 부드러우면서도 강렬한 빛이 번득이고 있고, 길채, 뭐라 할 말을
잊는데,

장현   아직 날 연모하지 않는 건 알아요. 낭자 마음이 여전히
        연준 도령의 것인 것도 압니다.

길채   ...?!!

장현   허나 날 연모하진 않아도, 날 잊진 마시오. 오늘을... 나
        와 함께한 이 순간을, 절대... 잊으면 아니 되오.

그대로 잠시, 길채를 보는 장현의 깊고, 조금은 슬프고, 애틋한 눈
빛. 그렇게 잠시, 혹은 조금은 오래 마주 보는 두 사람에서.

– 7부 끝

만든
사람들

극본	황진영		이남희, 정병철, 정재진, 홍지인,
연출	김성용, 이한준, 천수진		백승도
출연	남궁민, 안은진, 이학주, 이다인,	**아역**	박재준, 문성현
	김윤우, 이청아, 최무성, 김종태,	**특별출연**	유지연, 이미도
	최영우, 김무준, 전혜원, 양현민,		
	박강섭, 박정연, 지승현, 문성근,	**책임프로듀서**	홍석우
	김준원, 김태훈, 최종환, 소유진,	**프로듀서**	김재복, 윤권수, 김지하
	정한용, 남기애, 권소현, 박진우,	**제작총괄**	김명
	오만석, 조승연, 김서안, 이호철,	**제작PD**	한세일, 이룩, 박정태, 최길수
	김준배, 성낙경, 권태원, 배현경,	**라인PD**	배창연, 김미향, 안재홍, 이준형
	김은우, 서범식, 신유람, 지성환,	**촬영**	김화영, 김대현, 강경호, 전호승
	김길동, 김정호, 전진오, 리우진,	**포커스**	박유빈, 윤재욱, 정주봉, 김형욱
	손태양, 박종욱, 박은우, 진건우,	**촬영팀**	김민석, 이미래, 박찬우, 임호현,
	김은수, 남태훈, 하규림, 김가희,		차민경, 이재국, 천경환, 이제영,
	최수견, 강길우, 민지아, 황정민,		이세용, 조성래, 김지은, 김세윤,
	이수민, 이영석, 윤금선아, 진가		이강욱, 안경민
	은, 방주환, 천혜지, 장격수, 하경,	**조명감독**	권민구, 김재근

468 연인 1

조명1st 임창종, 홍석봉

조명팀 김하진, 고영재, 차천익, 도한빈,
　　　장은성, 손정원, 방종배, 김영찬,
　　　이창희

발전차 최동삼, 이인교

조명크레인 박영일

동시녹음 [D.O sound] 조정수, 엄재니,
　　　이현도

동시녹음팀 이상학, 양관열, 원근수,
　　　지명헌, 김민섭

Key Grip 김영천, 선지윤

Grip 서사용, 고진명, 이건희, 김기현,
　　　손지환, 이승환, 이재현, 권용환

무술감독 [서울액션스쿨]
　　　김민수, 장한별

특수효과 [데몰리션] 정도안, 이희경,
　　　최정욱, 김우진, 이종진
　　　[아프로플러스] 하승남,
　　　이재승, 한도희, 문경훈,
　　　김형욱, 최광호 [FX21]
　　　김홍진, 김홍석, 김영신

캐스팅디렉터 김량현, 손승범, 백철

아역캐스팅 [배우마당] 임나윤, 엄이슬

보조출연 [나우캐스팅] 위욱태, 천재형,
　　　이지웅, 김상희, 김병조

미술 [제이브로] 대표 김종석,
　　　상무 양지원

미술감독 최현우, 김혜진

미술팀 장민수, 주현지, 최혜린

소품팀장 심문우

소품팀 윤재승, 서유현, 정진채, 진세이,
　　　성록현, 이성영

장식소품세팅 노철우, 박성환, 정철회

세트부장 서홍길

세트진행 이창환

세트팀 백상목, 박금성, 김태문, 정의석,
　　　김성호, 정갑균, 이찬환

작화 정연기

특수소품 정승돈

미술행정 김소영, 이지은, 노경하

의상감독 [HAMU] 이진희

의상현장총괄 이두영

의상실장 배철영

의상팀장 이윤지, 박소영

의상팀 김주호, 설혜원, 박해인, 황규덕,
　　　임윤진, 박서진, 나성길, 하유미,
　　　김재민, 이연제, 신채원, 김태연,
　　　공성은

분장/미용 [타마스튜디오] 대표 김성우

분장 고재성, 오영환, 한철완, 박대현,
　　　이해인, 정희, 이혜연, 신소연,
　　　이가현, 이승윤, 이슬

미용 이유순, 송다영, 김결, 임예나,
　　　유예랑

UHD 종편감독 김현진

UHD 종편보 송소희

내부FD 김은서

Digital Colorist [MEDIACAN] 이찬원

Assistant Colorist 이온유, 서민경

Color Assistant 이현정, 정다운, 제하영

DIT센터장 김광환

데이터관리 노지웅, 김민수, 임소현,
　　　　　　조은비, 김혜미, 이세라

편집 황금봉

서브편집 고은기

편집보 황유정, 김은영, 오진영

VFX감독 박현종

프로젝트매니저 안선영

2D디렉터 김수겸, 이기웅

2D시니어아티스트 진혜진

2D아티스트 강가영, 배소현, 이민규

3D슈퍼바이저 김지환

3D아티스트 박요셉

FX/R&D슈퍼바이저 강병철

매트페인터 안선영, 정호연

컨셉아티스트 최헌영

VFX [MILK image-works] 타이틀&
　　　모션그래픽 허석연, 양지수

타이포그래피 박창우

음악감독 김수한

OST제작 [도너츠컬처] 고영조, 유경현

작곡 [studio MOJI]

믹싱 [레인메이커] 유석원

Diaiogue&ADR [리드사운드] 정민주,
　　　　　　　　김필수

홍보총괄 여유구

MBC홍보 박원경

MBC브랜디드콘텐츠 최다슬

MBC디지털콘텐츠편집 정예은

외주홍보 [쉘위토크] 심영, 이나래

제작기메이킹 [드림스테이션] 권기수,
　　　　　　　　김영국, 장서형

제작기포스트프로덕션 조영수

포스터 스틸 [마인드루트] 임용훈,
　　　　　　　최성원

iMBC 웹디자인 이경림

iMBC SNS 김하은, 진소희

iMBC 메이킹 양소원, 류동하

iMBC 실시간 클립 최아영, 유이수,
　　　　　　　　이주연, 박경민

MBC 제작운영 이민지

MBC콘텐츠솔루션 장해미, 최지원

포스터디자인 [스푸트닉] 이관용,
　　　　　　　김다슬, 배은별, 박채영

스토리보드 황혜라

타이틀캘리 전은선

봉고배차 김민성

스탭버스 안학성, 백승현

연출봉고 김경회, 유원준

카메라봉고 강한희, 고재홍

진행봉고 강외찬, 박정숙

카메라탑차 신태성

소품탑차 강호길, 이주열

소품봉고 이래행

의상탑차 박춘식, 서정암, 김원묵,

김완수, 이홍주

분장차　[크레비즈] 김철호

분장봉고　장태영, 정해승

데이터봉고　윤승렬

대본　명성인쇄

역사자문　조경란

만주어자문　김경나

은장도자문　박종군

서예　송미견

국궁　박성완

승마　[킴스승마클럽] 김교호, 김평길,
　　　안민재, Julie Cresson

특수차량　[인아트웍] 심대섭, 박민철,
　　　허성두, 최견섭
　　　[픽스온] 이정우

수레업체　[수레길] 이민우

섭외　임진관, 김종아

구성　최현진

보조작가　윤애

SCR　주예린, 신나라

FD　김기태, 김승아, 한은성, 조명광,
　　　여광현, 강두석, 조소현, 양수연,
　　　이진호, 김연수, 이영훈, 이영광,
　　　홍석진

야외조연출　임명근

조연출　박유신, 권지수, 정동건, 윤영채,
　　　권유운

콘텐츠 사업　최윤희, 윤현혜

콘텐츠 기획　오태훈, 문홍기, 김정혜

기획　MBC

제작　MBC, 9아토

제작투자　wavve

戀
人